Embrassons-nous sous les étoiles

SARAH
MORGAN

Embrassons-nous sous les étoiles

ROMAN

Traduit de l'anglais (Royaume-Uni) par
Sophie A. H.

H&

Titre original :
FAMILY FOR BEGINNERS
Ce livre est publié avec l'aimable autorisation de HarperCollins Publishers, LLC, New York, U.S.A.

HARPERCOLLINS FRANCE
83-85, boulevard Vincent-Auriol, 75646 PARIS CEDEX 13.

www.harlequin.fr

ISBN 978-2-2804-5131-4 — ISSN 2271-0256

Pour RaeAnne Thayne, qui est aussi chaleureuse et merveilleuse que ses livres.

Prologue

Clare

Lake District, Angleterre

Détruire des preuves, était-ce toujours un délit ?

Clare chiffonna la lettre, la fourra dans sa poche et traversa l'herbe mouillée pour rejoindre le lac. Il avait plu toute la semaine, et le sol était mou sous ses bottes. La brise lui souffla les cheveux dans le visage, et elle les repoussa. Elle avait besoin d'y voir clair.

Elle n'était pas faite pour les dilemmes, pourtant, voilà qu'elle devait choisir entre les deux qualités auxquelles elle attachait le plus d'importance : la loyauté et l'honnêteté.

Elle s'arrêta à l'endroit où l'herbe laissait place à l'étroite plage de galets. De l'autre côté du lac, sur la rive ouest, la *boathouse* était nichée parmi les hauts roseaux. Derrière elle, un bois dense offrait un enviable degré d'intimité. Enfant, elle y avait joué aux pirates avec sa meilleure amie, Becca, évitant planches branlantes et toiles d'araignée. Elles avaient sorti les canoës et batifolé dans l'eau glacée, hurlant d'une terreur délicieuse, tandis que des algues s'enroulaient autour de leurs bras et leurs jambes.

Son propre enfant avait joué là aussi, bien qu'elle ait été moins détendue que ses parents. Sachant à quelles folles aventures on pouvait s'y adonner, elle avait insisté pour qu'il porte une bouée à chaque fois et ne reste jamais sans surveillance.

Elle avait vécu à Londres et Paris quelque temps, mais ce petit coin d'Angleterre, avec ses lacs et ses montagnes, était le seul endroit où elle s'était jamais sentie chez elle.

Après la mort de son père, Todd et elle étaient venus vivre dans la région pour se rapprocher de sa mère. Todd avait eu l'idée de convertir la *boathouse* en propriété de luxe. Architecte, il voyait du potentiel même dans les bâtiments les plus délabrés, parfois à tort. Dans ce cas précis, sa vision avait été inspirée. Planches et fenêtres cassées avaient été remplacées par de la pierre, du cèdre et du verre. Les caisses en bois qui faisaient office de sièges avaient disparu depuis longtemps. Aujourd'hui, lorsqu'elle avait le temps de se détendre, elle se relaxait dans une atmosphère luxueuse, allongée sur un canapé profond et moelleux ou dans du linge de maison raffiné.

Mais le véritable luxe était l'emplacement. Paisible, en bordure de lac, il attirait les voyageurs les plus avertis, ceux qui cherchaient à échapper au stress du monde moderne et à se plonger dans les plaisirs sybarites de la vie sur le lac, où leurs seuls voisins étaient les canards et les libellules. Nombreux étaient les gens prêts à payer une somme coquette pour un tel degré d'isolement. Todd et elle louaient la *boathouse* suffisamment de semaines par an pour se garantir un revenu généreux.

La *boathouse* était en partie visible de son jardin, et Clare apercevait occasionnellement des vacanciers sur la terrasse. Ils sirotaient leur champagne en regardant les foulques et les cormorans dans les roselières. La nuit, seuls le murmure du vent, le hululement d'une chouette et l'occasionnel plongeon d'un oiseau à la recherche de subsistance troublaient le silence.

Cette partie du lac n'était accessible que par Lake Lodge. L'intimité était donc assurée, d'autant que, à moins de savoir précisément où tourner sur la route, on ratait facilement l'entrée de la propriété. À l'ombre des regards, presque entièrement dissimulé par une végétation surabondante d'azalées et de rhododendrons, trônait un large portail de fer. Immédiatement derrière se trouvait la *gatehouse*, où vivait à présent sa mère. De là, une longue allée de gravier serpentait jusqu'à la maison.

Sa mère avait emménagé dans la *gatehouse* après la mort du père de Clare, insistant pour que Clare et Todd emménagent dans la plus grande maison. Ils avaient aussitôt vendu leur petit appartement londonien pour s'installer dans ce lieu, où le rythme de la vie était beaucoup plus lent. Comme d'autres, ils y étaient venus pour respirer l'air pur, randonner dans les montagnes et naviguer sur les nombreux lacs.

Son amitié avec Becca s'était développée et avait mûri ici. Elle se serait peut-être terminée ici. Mais cela, elle ne le saurait jamais, car Becca était morte.

La *boathouse* ne détenait aucune trace de leur dernière conversation, et elle en était soulagée.

Mais elle avait maintenant une preuve écrite, envoyée la veille de la mort de Becca.

« Je n'aurais rien dû te dire. »

Clare aurait préféré, elle aussi.

Les yeux lui piquèrent. Chagrin. Frustration. Elle regrettait d'avoir eu cette dernière conversation, car aujourd'hui c'était la seule dont elle se souvenait. Leurs décennies d'amitié semblaient avoir été éclipsées par la dernière heure éprouvante qu'elles avaient passée ensemble. Elle avait été si furieuse contre son amie, s'était sentie tiraillée jusqu'au point de rupture entre sa loyauté envers elle et celle envers Jack.

Elle ignorait que cet été-là serait le dernier qu'elles passeraient ensemble. Si elle l'avait su, aurait-elle fait plus d'efforts pour combler le fossé qui s'était creusé entre elles ? Pas certain. Sa colère était trop forte, mais désormais cette colère était ombrée de culpabilité, comme c'était souvent le cas après la perte d'un être cher.

Fallait-il faire preuve de loyauté envers une personne décédée, ou fallait-il dire la vérité, même si cela risquait d'engendrer de la souffrance ?

— Clare !

La voix de sa mère lui parvint du jardin.

— Que fais-tu sous la pluie ? Rentre.

Elle leva la main, mais ne se retourna pas.

Elle avait une décision à prendre, et être à proximité de l'eau l'avait toujours aidée à réfléchir. Elle se considérait comme une personne éthique et morale. À l'école, on s'était souvent moqué de son côté trop sage, trop raisonnable. C'était d'ailleurs étonnant que sa meilleure amie ait été une fille turbulente et perturbatrice.

Perturbatrice, Becca l'avait été jusqu'au bout : elle était morte en la laissant avec un immense cas de conscience.

Clare était si perdue dans ses pensées qu'elle ne remarqua la présence de sa mère qu'en sentant sa main sur son épaule.

— Tu n'es pas obligée d'y aller, tu sais.

Clare contempla le lac. Sa surface était sombre, agitée par les gouttes de pluie qui tombaient en pointillé. L'été, le lac était idyllique, mais avec les lourds nuages qui s'amoncelaient dans le ciel et les petites vagues qui s'échouaient sur la rive, le sentiment de menace allait de pair avec son humeur.

— Becca était ma meilleure amie.

— Les gens s'éloignent. C'est la vie. Tu n'es pas la même personne à quarante ans qu'à quatorze. Parfois, il faut simplement l'accepter.

Sa mère avait-elle senti la tension entre elles durant leur dernière visite ? Elle était descendue de la *gatehouse* pour voir si elle pouvait prêter main forte, le jour du départ, tandis que Becca et Jack chargeaient la voiture et rassemblaient bagages et enfants.

Clare espérait que l'effervescence camouflerait l'atmosphère tendue, mais sa mère avait toujours été intuitive. Fort heureusement, Jack et Todd avaient été trop occupés à parler voitures et moteurs pour remarquer quoi que ce soit. Au moment du départ, Becca avait approché sa joue de la sienne. Il avait alors semblé à Clare qu'elle avait murmuré « pardon », mais elle n'en était pas sûre et, comme Becca ne s'excusait jamais de rien, cela semblait peu probable.

— Elle a toujours fait partie de ma vie.

Sa mère posa la main sur son bras.

— Vous étiez si différentes, pourtant.

— Je sais. Becca était pleine de vie. Moi, j'ai toujours été barbante.

— Non ! Pas du tout.

Barbante était peut-être un peu exagéré. Stable ? Fiable ? *Ennuyeuse ?*

— Ça ne me dérange pas. Je suis bien dans ma peau.

Jusqu'à récemment, elle dormait la nuit, satisfaite de ses choix. Jusqu'à ce que Becca la mette face à une décision impossible.

— Tu lui apportais de la stabilité et elle faisait ressortir ton côté plus aventureux. Elle te poussait hors de ta zone de confort.

Pourquoi est-ce que sortir de sa zone de confort était toujours considéré comme quelque chose de positif ?

Dans le cas présent, ça n'avait rien de positif.

Elle était si loin de sa zone de confort qu'elle n'aurait pas pu retrouver son chemin avec une boussole ou un GPS. Elle voulait s'accrocher à quelque chose de familier, voilà pourquoi elle gardait les yeux rivés sur la *boathouse*. Mais au lieu de tous les moments heureux qu'elle y avait passés, ce qu'elle voyait, c'était Becca, son beau visage strié de larmes tandis qu'elle se libérait d'un poids.

— Je sais qu'il s'est passé quelque chose entre vous. Si tu veux en parler, je suis là.

Sa mère ouvrit son parapluie et passa son bras sous le sien, les mettant toutes deux à l'abri.

Devait-elle le lui dire ? Non, ce ne serait pas juste. Elle détestait être face à un tel cas de conscience. Il était hors de question de mettre sa mère dans la même position. Elle était adulte. L'époque où elle avait besoin que sa mère résolve ses problèmes et prenne des décisions pour elle était révolue depuis bien longtemps.

— Je vais à l'enterrement. J'ai pris mon billet.

Sa mère remonta la main sur le manche du parapluie pour le tenir plus fermement.

— Je savais que tu irais. Tu fais toujours ce qu'il faut. Mais je préférerais que tu n'y ailles pas.

— Cette fois, je ne suis pas sûre de savoir ce qu'il faut faire.

— Tu le sais toujours.

Non, pas cette fois.

— Je les ai déjà prévenus de ma présence, ajouta-t-elle.

Sa mère soupira.

— Que tu y ailles ou non ne fera aucune différence pour Becca.

La pluie martelait le parapluie comme si le ciel sanglotait avec compassion. Clare sentait des gouttes glisser dans son dos, sur son manteau.

— Je n'y vais pas pour Becca. Je suis la marraine d'Izzy. Je veux être là pour elle.

— Ces pauvres enfants ! J'ai le cœur brisé rien que d'y penser. Et Jack. Pauvre Jack.

Pauvre Jack.

— Que pourrais-je bien leur dire ? demanda Clare en regardant droit devant elle.

Elle savait que sa mère ne lui donnerait pas la réponse dont elle avait besoin, car elle n'avait pas posé la question qu'elle voulait vraiment poser.

— Ils s'en sortiront, répondit vivement sa mère. La vie ne nous envoie jamais plus qu'on ne peut en supporter.

Clare se tourna vers elle. Son visage, qui arborait des rides et autres signes de l'âge survenus depuis la mort de son mari, trahissait l'épreuve difficile qu'elle avait traversée et le chagrin qu'elle ressentait encore aujourd'hui de l'avoir perdu.

— Tu le penses vraiment ?

— Non, mais chaque fois qu'on me le dit, je trouve que ça sonne bien. C'est réconfortant.

Clare sourit pour la première fois depuis des jours. Spontanément, elle enlaça sa mère, ignorant leurs manteaux humides et l'eau qui dégoulinait du parapluie.

— Je t'aime, maman.

— Je t'aime aussi.

Sa mère lui serra l'épaule, comme elle le faisait quand Clare était enfant et affrontait quelque chose de difficile.

Tu y arriveras.

— Todd t'accompagne ?

— Je ne préfère pas. Il travaille sur un gros projet.

Il avait insisté pour l'accompagner, disant qu'il mettrait son projet en suspens, mais elle avait refusé. Il lui serait plus facile d'y aller seule.

— Je ne serai partie que quatre jours.

— Est-ce que tu logeras chez eux ?

Clare secoua la tête. Jack avait proposé de l'héberger chez eux, à Brooklyn, mais elle avait refusé. Elle avait prétexté ne pas vouloir s'imposer, mais en vérité elle n'était pas encore prête à passer du temps avec ce cher Jack, de nature si chaleureuse, si souriante. Elle se rappelait encore la première fois que Becca avait parlé de lui. « J'ai rencontré un homme. »

Becca avait rencontré des tas d'hommes, alors au début Clare y avait à peine prêté attention. Elle s'attendait à ce que cette relation soit d'aussi courte durée que les autres.

— C'est un homme bien, avait affirmé Becca.

Elles avaient éclaté de rire. Jusqu'alors, Becca n'avait jamais été intéressée par les hommes bien.

Elle les aimait mauvais jusqu'à la moelle. Elle blâmait son éducation, disait qu'elle ne saurait pas quoi faire d'un homme qui la traiterait bien, mais visiblement sa rencontre avec lui avait changé la donne.

Clare se rappelait la première fois que Becca lui avait fait visiter leur maison de Brooklyn. « Regarde-moi, une vraie adulte – quatre chambres, trois salles de bain et un placard à chaussures. Me voilà presque apprivoisée. »

Presque.

Elle avait dit cela avec une étincelle dans les yeux, la même qui lui avait permis de se sortir d'affaire tant de fois à l'école.

Les doigts de Clare se resserrèrent autour de la lettre.

Assister à l'enterrement ne serait pas le plus éprouvant. Le plus éprouvant serait de prétendre que rien n'avait changé entre Becca et elle ; embrasser Jack sur la joue, tout en taisant ce que Becca lui avait confié.

Sa mère essuya quelques gouttes de pluie sur son manteau.

— Penses-tu que la famille viendra, l'été prochain ?

— J'en doute.

Cela faisait vingt ans que leurs deux familles passaient trois semaines ensemble à Lake Lodge. Les aléas de l'existence, la vie maritale, les enfants – rien n'avait interféré avec ces vacances. Ces semaines d'été leur appartenaient. Elles constituaient une partie sacrée de leur amitié, un moment pour rattraper le temps perdu et se raconter ce qui se passait dans leurs vies respectives.

Puis il y avait eu cette conversation. Celle qui avait tout changé.

Et la lettre, évidemment. Pourquoi une lettre ? Qui écrivait encore des lettres en cette époque d'emails et de messagerie instantanée ?

Elle l'avait trouvée dans la boîte aux lettres, entre un courrier de la banque et un prospectus de livraison de pizza. Elle avait immédiatement reconnu l'écriture ronde, audacieuse. À l'école, Becca avait toujours refusé d'entrer dans le moule, frustrant nombre de leurs professeurs. Son écriture était comme tout ce qu'elle faisait – individuelle. Becca faisait les choses comme elle l'entendait.

Clare avait rapporté la lettre à la maison et l'avait posée sur la table de la cuisine. Une heure s'était écoulée avant qu'elle trouve le courage de l'ouvrir. Depuis, elle regrettait de l'avoir lue. Il arrivait que le courrier se perde. Hélas, cette lettre-ci ne s'était pas perdue. Elle en avait deviné le contenu, mais le voir écrit lui avait néanmoins fait l'effet d'un choc, avait rendu le problème plus concret.

Elle avait presque juré en la lisant, mais s'était retenue. Elle s'efforçait de ne jamais jurer à voix haute.

Le feuillet à la main, elle avait eu l'impression d'entendre Becca : « Putain, Clare ! Vas-y ! C'est l'occasion ou jamais ! »

Sa décision prise, elle embrassa sa mère sur la joue.

— Tu vas être trempée. Rentrons nous mettre au chaud et prendre le goûter. Du thé chaud et des muffins toastés, ça te dit ?

— Tout cela est horriblement triste. Tu as été une bonne amie pour elle, Clare, souviens-t'en.

Était-ce vrai ? Une bonne amie offrait-elle son soutien même quand elle considérait que son amie commettait une erreur abominable ? Ou révélait-elle la vérité, quoi qu'il en coûte ?

Elles atteignirent la maison et se dépêchèrent d'entrer pour se mettre à l'abri.

Laissant le parapluie goutter sur le sol de pierre, sa mère se dirigea vers la cuisine.

— Je vais mettre la bouilloire en route.

— Je te rejoins dans une minute, répondit Clare.

Elle suspendit son manteau, sortit la lettre de la poche et entra dans le salon où un feu crépitait. Le soir, toute la famille s'y réunissait pour discuter, jouer à des jeux ou regarder la télévision. « Adorablement vieux jeu », avait commenté Becca avec le même ton ambigu qu'elle utilisait pour les compliments et les railleries.

Clare marqua une pause, songeant à elle et aux fois où, assises dans cette même pièce, elles avaient partagé anecdotes et éclats de rire.

Puis elle prit une profonde inspiration et jeta la lettre au feu, regardant les bords noircir et onduler sous les flammes.

Becca était morte. Il fallait que la lettre et son contenu disparaissent avec elle.

C'était sa décision. D'une façon ou d'une autre, elle apprendrait à vivre avec.

Flora

New York

La première fois qu'elle le vit, il se tenait à l'extérieur de la boutique et contemplait les fleurs dans la vitrine. Ses mains étaient enfoncées dans les poches de son manteau, et son col, remonté contre la morsure glaciale de l'hiver new-yorkais. Alors que les gens vaquaient à leurs occupations d'un pas pressé et déterminé, la tête baissée, crachotant de petits nuages de vapeur blancs sous le ciel sombre et menaçant, il restait planté devant la vitrine, l'air perdu, à passer en revue l'assortiment de fleurs, dont les couleurs éclatantes illuminaient la grisaille hivernale.

— Il achète des fleurs parce qu'il se sent coupable.

Julia sortit douze roses à longue tige du seau et les plaça sur le plan de travail.

— Je te parie dix dollars qu'il a eu une liaison et qu'il se demande quelles fleurs choisir pour s'excuser et ne pas être mis à la porte.

Flora ne tint pas le pari. Non seulement elle savait que Julia n'avait pas dix dollars à gaspiller, mais cela aurait été de mauvais goût : quelle que soit la raison qui poussait cet homme à acheter des fleurs, il était évident qu'il ne célébrait rien. Il avait les traits tirés, et la ligne fixe de sa bouche suggérait qu'il avait oublié comment sourire.

— Peut-être qu'il est amoureux et que ce n'est pas réciproque. Il va acheter des fleurs qui disent « je t'aime » et en disposer dans chaque pièce.

Ce va-et-vient sur la motivation de l'acheteur était un échange qu'elles avaient tout le temps.

Julia envisageait le pire, ce que Flora n'avait jamais compris puisque son amie était mariée à un pompier, heureuse en ménage, et mère de trois adolescents exigeants mais aimants.

Elle-même était plus optimiste dans son approche. S'il pleuvait le matin, cela ne voulait pas dire qu'il pleuvrait l'après-midi.

— Tu trouves qu'il a l'air d'un homme amoureux ? demanda Julia.

Elle coupa les tiges en biseau, comme le lui avait appris Flora.

— Il fait un froid de canard, reprit-elle. Les gens ne sortent que s'ils y sont obligés. S'ils doivent acheter des choses essentielles à la vie. Comme du chocolat.

— Les fleurs sont essentielles à la vie.

— Je risquerais des engelures pour du chocolat. Pas pour des fleurs. Les fleurs ne sont pas essentielles.

— Elles sont essentielles à *ma* vie. Retire ces feuilles. Si tu les laisses sous l'eau, elles pourriront. Des bactéries attaqueront les tiges et les fleurs mourront.

— Qui aurait cru que c'était aussi compliqué ?

Julia les retira délicatement, puis jeta un coup d'œil vers la fenêtre.

— Il a l'air inquiet, tu ne trouves pas ? Il se demande probablement de quelle taille doit être le bouquet pour que sa compagne lui pardonne.

— Ou son compagnon.

— Ou son compagnon.

Julia pencha la tête pour mieux l'étudier.

— Il a l'air fatigué, stressé. Il préférerait être au chaud à la maison, mais au lieu de ça, il se gèle devant notre vitrine. Il y a forcément une raison à ça. Si tu veux mon avis, il a commis une bourde tellement énorme qu'il se demande même si un bouquet l'aidera à se faire pardonner, ou s'il jettera l'argent par les fenêtres.

— Ou il est marié depuis vingt ans et souhaite marquer le coup par un beau bouquet.

— Ou alors, continua Julia, il a gâché la journée de quelqu'un et il achète des fleurs pour se rattraper. Quoi ? s'exclama-t-elle en croisant le regard de Flora. C'est toi qui m'as appris que les fleurs racontaient une histoire.

— Mais tu imagines toujours une histoire horrible !

Elle sauva une rose sur le point de tomber, inspirant son odeur. Elle prit garde à ne pas toucher les bourgeons, mais elle imaginait aisément leur douceur veloutée. Certaines personnes utilisaient des applications de méditation pour se relaxer ; elle, elle se servait des fleurs.

— Il existe d'autres histoires. Des histoires plus heureuses.

Celia, la propriétaire de la boutique, passa devant elles perchée sur des talons ridiculement hauts, les bras pleins de callas. Son teint rougeâtre et son visage légèrement aplati évoquaient des dahlias pour Flora. Sa personnalité était plus piquante qu'une rose, mais son attitude dynamique et pragmatique la rendait particulièrement efficace pour s'occuper de futures mariées indécises.

— Dépêchez-vous, ces fleurs doivent être livrées pour le dîner de Mme Martin, ce soir. Vous savez combien elle est exigeante.

— On aura fini à temps, Celia, ne vous en faites pas, la rassura Flora avec un sourire.

Cela lui était venu naturellement. Elle avait calmé plus de tempêtes dans un verre d'eau qu'elle n'avait bu de tasses de thé.

— Notre mission est de fournir le meilleur service client et les plus belles fleurs, leur rappela Celia.

— Comptez sur nous.

Sentant Julia grincer des dents à côté d'elle, elle exhorta silencieusement leur patronne à s'éloigner, avant que son amie n'explose.

Celia marqua une pause. Son attitude irritable se fit mielleuse.

— Pourrais-tu travailler samedi, Flora ? Je sais que tu as travaillé samedi dernier, mais…

— … mais je n'ai pas d'impératifs familiaux.

Flora ne rendait plus visite à sa tante le week-end. Elle ne s'y était toujours pas habituée. Bien que celle-ci n'ait pas été consciente de sa présence, la dernière année de sa vie, lui rendre visite avait fait partie de sa routine. Ne plus devoir y aller l'avait vraiment déstabilisée, ce qui l'avait surprise. Le chagrin qu'elle avait ressenti, tout autant. Toutes deux n'avaient jamais réussi à se rapprocher, même si Flora avait tout fait pour.

— Pas de problème, Celia. Je suis heureuse de travailler.

Elle savait que sa patronne profitait de la situation. Elle aurait probablement dû refuser, mais alors Celia aurait été de mauvaise humeur. Or, Flora n'aimait pas le conflit. C'était moins stressant de travailler. À vrai dire, ça ne la dérangeait pas tant que ça. Les week-ends étaient les moments les plus pénibles pour elle.

Emménager dans son propre appartement avait été la concrétisation d'un rêve, mais elle avait été choquée de découvrir qu'obtenir ce qu'on voulait ne rendait pas toujours heureux. Sa vie n'avait pas changé pour autant. Elle ignorait si c'était la faute de l'appartement lui-même, ou de ses attentes.

Sa mère disait toujours que la vie était ce qu'on en faisait, mais Flora ne pouvait s'empêcher de penser que ce qu'on en faisait dépendait des ingrédients que l'on recevait. Même le meilleur des chefs cuisiniers ne pouvait pas faire grand-chose avec des légumes moisis.

Ayant coché ce problème sur sa liste, Celia repartit d'un pas pressé. Julia raccourcit quelques autres tiges avec une vigueur à peine contenue.

— Je croyais que tu en avais fini de toujours faire plaisir aux autres ? grommela-t-elle.

— J'y travaille. C'est un processus.

— Elle se comporte en tyran pour te forcer à travailler le week-end, et comme d'habitude, tu la laisses faire !

Julia était la première à souligner ce trait de caractère, et à lui lancer le défi de s'attaquer au problème.

— Ça ne me dérange pas. Je serai plus ferme le jour où j'aurai quelque chose d'important à lui demander.

— Tu dois commencer bas et augmenter progressivement. Pourquoi as-tu si peur de lui tenir tête ?

Rien que d'y penser, son cœur s'accéléra.

— Elle me virerait, et je ne gère pas bien les conflits.

Ni le rejet. Son pire cauchemar.

— Elle ne va pas te virer, Flora. Tu es son plus grand atout. La moitié des clients viennent ici uniquement pour toi, alors tu n'es pas obligée de faire ses quatre volontés.

— J'ai passé ma vie à essayer de faire plaisir à ma tante. C'est devenu un réflexe. Mon monde se portait mieux quand elle était satisfaite.

Bien que cette dernière n'ait, pour ainsi dire, jamais été satisfaite. Il aurait été plus juste de dire que ses niveaux de désapprobation fluctuaient.

Vivre avec elle avait toutefois apporté à Flora une expérience utile. Elle était douée pour gérer les personnes difficiles. Elle l'avait même, en de rares occasions, fait sourire. Provoquer une remontée des lèvres de Gillian représentait un véritable exploit. Pour les personnes qui, comme elle, voulaient plaire à tout prix, c'était le test ultime, l'équivalent de l'ascension de l'Everest, le parcours du *mile* en moins de quatre minutes ou la traversée de l'Atlantique à la rame. Étant donné que le monde était rempli de personnes difficiles, Flora se sentait reconnaissante envers sa tante de lui avoir fourni tant d'entraînement.

Julia n'était pas d'accord.

— J'apprends à mes enfants à se battre pour ce qu'ils veulent et ce en quoi ils croient. Je leur apprends également qu'ils sont responsables de leur propre bonheur.

— Exactement. Et rien ne me rend plus heureuse que voir les gens autour de moi heureux.

— Dire oui ne te rend pas heureuse. Ça rend l'autre personne heureuse et te fait éviter le conflit. Après, tu te sens mal de ne pas avoir eu le courage de refuser.

— Merci, Ju. Je ne me sentais pas mal, maintenant si.

— Je me montre simplement honnête. Si j'avais rencontré ta tante, je lui aurais dit ses quatre vérités.

Flora grimaça en imaginant une telle confrontation.

— Ma tante n'était ni chaleureuse ni affectueuse, c'est vrai, mais elle était ma seule famille. Elle m'a accueillie quand je n'avais personne. Elle estimait que je lui étais redevable et elle avait raison.

— Je ne pense pas qu'il doive y avoir de dettes entre les membres d'une même famille. Mais si c'est ton opinion, alors sache que tu as remboursé cette dette un millier de fois. D'accord, je comprends, elle t'a offert un toit, mais elle y a gagné une aide à domicile. Et Celia n'est pas ta tante.

— Si j'avais dit non, elle t'aurait demandé de travailler. Tu aurais été coincée. Ton week-end est super chargé. Geoff ne travaille pas, donc tu auras sa mère à déjeuner le midi. Tu as l'épreuve d'athlétisme de Freddie dimanche. En plus, tu as promis à Kaitlin que tu l'emmènerais acheter une robe pour votre réunion de famille à Pâques.

Julia poussa un cri. Elle s'était piquée avec une épine.

— Comment ça se fait que tu connaisses mon emploi du temps mieux que moi ? J'ai vraiment une vie de dingue !

Flora ne répondit pas. Elle ferait n'importe quoi, *n'importe quoi*, pour goûter à la vie que menait Julia. Pas l'emploi du temps rempli à craquer – ça, elle pouvait le reproduire facilement –, mais la complicité. Les liens qui se tissaient entre les membres d'une famille créaient quelque chose de plus grand que l'individu. Quelque chose de fort et durable. Pour Gillian, elle avait été un détail ; un grain de poussière.

— Tu as une famille formidable.

— Tu rigoles ? Elle me rend chèvre. Maintenant que Freddie a une petite amie, ils sont vautrés sur le sofa tous les soirs à se tenir la main et se faire les yeux doux. Eric n'arrête pas de le charrier, alors tu imagines l'ambiance. Quant à Kaitlin… Je ne saurais même pas par où commencer. Je t'envie de ne pas devoir partager ton espace avec qui que ce soit. Quand tu rentres chez toi, il n'y a que toi.

— Oui, que moi, répondit Flora en l'observant assembler délicatement les roses et les mettre en bouquet.

Elle avait tant rêvé d'indépendance quand elle vivait chez sa tante. Aujourd'hui, elle avait son propre appartement. Petit, sans charme, mais tout à elle. Elle avait des amis. Son agenda était rempli d'activités et d'invitations. Elle devrait être reconnaissante et heureuse. Elle était chanceuse, chanceuse, chanceuse.

— Quand tu rentres le soir, ton appartement est exactement comme tu l'as laissé. Personne n'a déplacé quoi que ce soit, ni enterré tes affaires sous les siennes. Tu ne trébuches pas sur une douzaine de paires de baskets, personne ne crie « maman ! » en tambourinant à la porte quand tu essaies d'utiliser la salle de bains, personne n'est vautré sur chaque centimètre de ton sofa.

— Personne ne tambourine à ma porte, c'est vrai, et il n'y a que moi sur le sofa.

Flora retira quelques feuilles éparses que Julia avait laissées.

— C'est formidable, vraiment. Je peux allonger les jambes et m'étaler comme une pieuvre, sans que personne se plaigne.

— Je suis entourée de chaos. Tu baignes dans un silence bienheureux.

— Bienheureux.

— Quand tu choisis des fleurs, elles sont toujours belles. Si j'ai de la chance, Geoff m'achète parfois un bouquet à la supérette.

Mais, au moins, on lui offrait des fleurs.

Personne n'avait jamais offert de fleurs à Flora. Elle passait ses journées à préparer de somptueuses compositions florales pour les autres, mais n'avait jamais reçu la moindre fleur.

— J'ai lu l'autre jour que les femmes seules sans enfants sont les plus heureuses de toutes.

— Ah bon ?

Qui le sondage avait-il interrogé ?

— Tu mènes la vie idéale. Mais tu as besoin d'un homme, alors j'ai quand même envie de t'arranger le coup avec quelqu'un.

Là, elle était moins convaincue. Les hommes avec qui elle était sortie ne s'intéressaient qu'au sexe. Elle ne s'en plaignait pas. Le sexe avait même été agréable, par moments, mais c'était comme se gaver de crème glacée quand votre corps avait besoin de quelque chose de nutritif et de vraiment nourrissant. Satisfaisant à court terme, mais n'offrant aucune subsistance sur le long terme.

Non, ce qu'elle voulait vraiment, c'était compter pour quelqu'un de la façon dont elle avait compté pour sa mère. Elle voulait être importante pour quelqu'un. Avoir des liens, comme Julia avec sa famille. Elle voulait être là pour quelqu'un, et que cette personne soit là pour elle. Que quelqu'un la connaisse intimement et qu'on ait besoin d'elle. À quoi bon vivre, si on ne faisait pas la différence dans la vie d'un autre être ?

Elle avait tant à donner, mais personne à qui le donner.

Elle se sentait seule, mais elle ne le dirait jamais à quiconque. Si vous avouez vous sentir seul, les gens pensent aussitôt que quelque chose cloche chez vous. Les médias parlent d'épidémie de solitude, pourtant, admettre que vous vous sentez seul revient à admettre l'échec. Elle avait trente ans, était célibataire sans enfants, et vivait dans la ville la plus excitante du monde. Les gens pensaient qu'elle menait la vie joyeuse d'une héroïne de sitcom. De l'extérieur, peut-être, en dehors de son appartement qui ressemblait davantage au plateau de tournage d'un roman policier.

Mais à l'intérieur ? Au plus profond de son cœur, elle se sentait terriblement seule. Seulement, si elle l'avouait, on lui dirait qu'elle s'y prenait mal. On l'inviterait à sortir. Or, elle savait que ce n'était pas le problème. Des rencontres, elle en faisait. Jusqu'à présent, aucune n'avait cependant eu suffisamment de profondeur pour lui donner envie de se projeter.

Quand on lui demandait ce qu'elle faisait de ses week-ends

ou de ses soirées, elle répondait invariablement ce que les gens voulaient entendre.

Je suis restée à la maison hier soir à me détendre et passer quelques coups de fil. C'était super.

Ma vie sociale est tellement dingue que j'avais besoin d'une soirée à la maison à ne rien faire.

Les jours de semaine étaient plus faciles que les week-ends, où le temps semblait avancer au ralenti et où, tout ce qu'elle faisait, elle avait conscience de le faire seule. Courir dans le parc voulait dire être témoin de l'intimité d'autres personnes, éviter des mères avec enfants, des couples qui se tiennent la main, des groupes d'amis en train de rire en sirotant des cafés sur un banc. Faire les magasins voulait dire croiser des femmes en train de choisir des tenues pour une soirée en ville.

Elle faisait tout ce qu'elle pouvait pour échapper à ce silence que Julia semblait estimer au-dessus de tout. Elle allait courir avec ses amis, les appelait, mangeait avec eux, prenait des cours de poterie, d'art, écoutait musique et podcasts, regardait des films en streaming. Dans la salle de bains, elle mettait même parfois en route sa brosse à dents électrique dans le seul but d'avoir un bruit de fond.

Néanmoins, invariablement, arrivait le moment où elle devait s'allonger et fermer les yeux. Le silence l'enveloppait alors comme un nuage étouffant. Pourtant, son immeuble n'était guère silencieux. Loin de là. Au-dessus vivait une famille italienne qui se déplaçait d'un pas lourd d'une pièce à l'autre et se disputait avec des voix faites pour franchir le mur du son. À côté, un couple s'adonnait à des parties de jambes en l'air bruyantes aux petites heures du matin. Elle était entourée de gens qui vivaient des vies remplies et heureuses.

— Je n'ai pas grand-chose de prévu, à part un cours de yoga et un brunch avec une amie. Ce n'est pas un problème. Tu sais que j'adore travailler ici.

— Tu adores Celia ?

— J'adore les fleurs.

— Pfiou. L'espace d'un instant, j'allais suggérer que tu consultes un psy. Tu as raison, si tu avais refusé de travailler ce week-end, j'aurais dû m'y coller, alors merci. Mais un jour, je veux t'entendre lui crier « non » haut et fort.

— Un jour.

Elle avait bien conscience des inconvénients de toujours vouloir faire plaisir. Dans les quelques relations qu'elle avait eues, elle avait passé tant de temps à faire plaisir à l'autre qu'elle en avait perdu son propre bien-être de vue. C'était généralement le moment où elle y mettait fin, avec un charmant « Ce n'est pas toi, c'est moi » qui évitait rancœur et ressentiment.

Julia regardait Celia haranguer un autre membre du personnel.

— C'est quoi, son problème ?

Profitant de l'inattention de son amie, Flora fit quelques ajustements rapides à la composition.

— Elle est anxieuse. Elle possède la boutique, et les temps sont durs. On s'inquiète assez de nos propres boulots. Imagine, si on était responsables de celui de tous les employés.

— Je doute que ce soit son inquiétude pour nous qui l'empêche de fermer l'œil. Pas étonnant qu'elle vive seule ! Elle a probablement mangé son premier mari. Ou peut-être qu'il s'est dissout quand elle l'a arrosé d'acide. Si elle était une fleur, elle serait de la ciguë.

Julia avait un flair pour le dramatique. Elle avait rencontré son mari alors qu'elle rêvait de devenir actrice. Trois enfants avaient rapidement suivi, alors elle avait abandonné son rêve et enchaîné les petits boulots. Flora bénissait le jour où elle était entrée dans la boutique, à la recherche d'un travail.

— Je m'améliore, tu ne trouves pas ? lança Julia en admirant le bouquet de roses.

Flora ajouta quelques branches de feuillage et raccourcit légèrement une des tiges.

— Tu as l'œil pour ça.

En réalité, Julia ne l'avait pas du tout, mais en aucun cas Flora ne le lui aurait dit. Non seulement elle ne voulait pas lui faire de peine, mais elle savait combien son amie avait besoin de cet emploi.

— Tu baignes dans les fleurs depuis que tu sais marcher. Je ne serai jamais aussi douée que toi, mais je trouve que je m'améliore de jour en jour.

Julia jeta un coup d'œil au type dehors.

— Tu crois qu'il a frappé sa compagne et qu'il est là pour acheter des fleurs qui disent « Pardon de t'avoir fait mal » ?

— J'espère que non.

— Viens manger à la maison un dimanche. Ce sera ma façon de te remercier.

— Avec plaisir.

Flora adorait déjeuner chez Julia, bien que le badinage entre son amie et son mari lui donne des pincements au cœur. Personne ne la connaissait assez pour la taquiner.

— Je t'inviterais bien à rester dormir pour que tu puisses passer une nuit hors de ton appartement, mais tu sais qu'on est très à l'étroit. Et, crois-moi, tu ne veux *pas* partager un lit avec Kaitlin. Ton proprio continue d'augmenter ton loyer ?

— Oui.

Flora sentit une pointe d'anxiété. Elle avait vaguement essayé de chercher autre chose, mais l'écart entre ce qu'elle souhaitait et ce qu'elle avait les moyens de s'offrir la déprimait.

— A-t-il réglé le problème du cafard ?

— Pas encore. Et il n'y a pas qu'un seul cafard.

Julia frémit.

— Comment peux-tu être si détendue ?

— Au moins, ils sont entre amis.

— Tu vois, c'est la différence entre nous. Je pense extermination, toi, tu penses site de rencontres pour cafards. Tu lui en as parlé ?

— Je lui ai envoyé un email dans lequel je ne mâchais pas mes mots.

— Qu'est-ce qu'il a dit ?

— Rien. Il n'a pas répondu.

— Tu l'as envoyé quand ?

— Il y a un mois.

— *Un mois* ? Te connaissant, il disait certainement : « Propriétaire chéri, je vous serais immensément reconnaissante de bien vouloir régler mon problème d'humidité et de cafards, mais si ce n'est pas possible, ce n'est pas grave. »

— J'ai été plus ferme que ça.

Mais pas tellement plus ferme. La preuve, ses mots n'avaient pas eu le moindre impact.

— Qu'en est-il de l'humidité ? A-t-il trouvé la cause ?

— Il n'a pas cherché. Je suis inquiète. La tache au plafond s'étend.

— Peut-être que ton voisin est mort et que son cadavre se décompose lentement et fuit dans ton appartement.

— S'il se décompose, il fait beaucoup de bruit. Il chantait de l'opéra, hier soir.

Levant les yeux, elle remarqua que l'homme se tenait encore là. Il devait être gelé. Que faire ? L'inviter à entrer ? Lui offrir une boisson chaude ?

— C'est l'anniversaire de sa mère et il n'a pas eu le temps de lui acheter de cadeau, proposa-t-elle.

Elle voyait ça tout le temps, des gens qui se précipitaient et attrapaient un de leurs bouquets déjà préparés, sans consacrer trop de temps ou de réflexion au processus de sélection.

Elle ne les jugeait pas. Au contraire, elle tirait une grande fierté que ses bouquets soient un sujet de discussion dans ce petit coin du quartier des fleurs de Manhattan. Comme sa mère avant elle, elle adorait en créer pour repondre à une commande précise, mais était tout aussi heureuse d'en confectionner qui évitaient aux acheteurs de se prendre la tête. Certaines personnes étaient nerveuses à l'idée d'acheter des fleurs, elles se sentaient étourdies par le choix, s'inquiétaient de commettre une erreur.

Les fleurs, de l'avis de Flora, n'étaient jamais une erreur. Les fleurs fraîches, comme les aimait sa mère. Ce n'était pas assez d'en être entourée dans la boutique où elle travaillait, elle en disposait partout dans la maison. Une large composition dans l'entrée accueillait les invités de son parfum, un bouquet trônait dans le salon, et d'autres, plus petits, égayaient les chambres. Violet Donovan considérait que les fleurs étaient un art, et un art essentiel. Si mère et fille devaient se serrer la ceinture, alors elles s'achetaient moins de vêtements et sortaient moins au restaurant. En repensant à leur tendre enfance, la plupart des gens se rappellent des événements. Flora, elle, se rappelait des fragrances et des couleurs.

Ça avait duré jusqu'à ce qu'elle ait huit ans et qu'elle parte vivre chez sa tante, qui ne partageait pas l'amour de sa sœur pour les fleurs.

« Pourquoi gaspiller de l'argent pour une chose qui meurt ? »

Flora, ivre de chagrin, lui avait fait remarquer que tout finissait par mourir, et que l'important était de profiter des choses tant qu'elles étaient vivantes. Jusque-là, elle avait vécu avec insouciance, mais elle avait vite appris à marcher sur la pointe des pieds, négociant délicatement chaque situation. Elle avait aussi rapidement repertorié ce qui mettait sa tante en colère, et ce qui lui valait un simple froncement de sourcils.

L'homme leva les yeux et regarda droit vers elle. Il ne pouvait pas savoir qu'elles parlaient de lui, mais elle sentit néanmoins son visage tourner au rose pivoine sous l'effet de la culpabilité.

Elle lui lança un sourire de bienvenue mêlée d'excuses. Il ne lui vint pas à l'idée de prétendre qu'elle ne l'avait pas vu.

— Woah, murmura Julia. Tu vois comme il te regarde ? Geoff m'a regardée comme ça et, un mois plus tard, j'étais enceinte. Soit tu seras l'amour de sa vie, soit tu seras sa prochaine victime. Tout dépend si tu es plutôt romance ou thriller. Il utilisera des pétales de rose pour enterrer ton corps. Ou celui de sa femme.

— Arrête !

— Tu crois qu'il regarde ta robe ? J'aimerais trop pouvoir porter ça. Tu as l'air à la fois d'avant-garde et bohème. J'aurais l'air ridicule, moi, si je portais une robe rouge avec des collants violets. Personne d'autre que toi ne penserait à assembler ces couleurs. Kaitlin refuserait d'être vue avec moi, alors qu'elle pense que tu es la personne la plus cool de la planète. Où as-tu trouvé ces boucles d'oreilles ?

— Au marché.

— Jolie trouvaille. Tu déchires, dans ce look ! Mais je ne voudrais pas poser les yeux sur toi si j'avais la gueule de bois.

— J'aime que les vêtements soient…

— … joyeux, termina Julia. Je sais. Tu adores faire sourire. Tout le monde râle, râle, râle, moi y compris, mais, toi, tu es la lumière incarnée, le rayon de soleil qui illumine les journées sombres et orageuses.

— Ta journée sera encore plus orageuse si tu ne te dépêches pas de finir ce bouquet.

Julia coupa le reste des tiges et leva de nouveau la tête.

— Toujours là. Bientôt, il aura des engelures. Regarde ses yeux. Ils sont pleins de secrets.

Flora ne répondit pas. Elle avait des secrets, elle aussi. Des secrets qu'elle n'avait jamais partagés. Ce n'était pas ça, le plus triste. Le plus triste, c'était que personne n'avait jamais souhaité creuser pour les découvrir. Personne n'avait jamais souhaité la connaître intimement.

— Il ne sait peut-être tout simplement pas quelles fleurs choisir

— Si quelqu'un est capable de découvrir la vérité sur lui, c'est bien toi.

Julia ajouta du feuillage, puis ficela les tiges pour que le destinataire n'ait rien d'autre à faire que mettre le bouquet dans un vase.

— Les gens te disent tout. Pas étonnant, tu es trop polie pour leur demander de la boucler.

Elle souffla pour écarter les cheveux qui lui tombaient dans les yeux.

— Tu te soucies d'eux.

Flora s'en souciait effectivement. Comme les fleurs, les personnes existaient de toutes couleurs, formes et tailles, et elle les appréciait toutes. Sa mère aussi. À l'époque, les gens qui entraient dans la boutique pour des fleurs restaient boire un café et discuter. Flora s'asseyait alors discrètement parmi les plantes. Là, baignée de chaleur et entourée de leur parfum, elle écoutait le fredonnement réconfortant des conversations d'adultes.

La porte s'ouvrit. L'homme s'engouffra dans la boutique, apportant avec lui une bourrasque d'air froid. L'atmosphère devint fébrile. Des têtes se tournèrent. Il y eut une pause dans la conversation, tandis qu'on l'étudiait avant de retourner à ses occupations.

— Je dois admettre qu'il est sexy, fit Julia. Je parie que c'est le meilleur dans son domaine. Je comprendrais presque pourquoi quelqu'un aurait une liaison avec lui. Il est tout à toi, mais s'il t'invite à sortir, ne propose pas chez toi. Sauf s'il travaille dans l'extermination des nuisibles.

Elle disparut à l'arrière de la boutique, où d'autres fleurs étaient stockées.

Flora sentit une montée d'exaspération.

Il ne l'inviterait pas à sortir. Il achetait des fleurs, voilà tout.

— Comment puis-je vous aider ?

Elle repoussa la conversation avec Julia. S'il avait une liaison, ça ne la regardait pas. Personne n'était parfait. La vie était compliquée, et les fleurs la rendaient plus lumineuse.

— Je dois acheter un cadeau. Pour une jeune femme.

Ses yeux étaient bleu glacier, un contraste saisissant avec le noir de jais de ses cheveux.

— Une jeune femme qui compte beaucoup.

Julia avait-elle raison ? Entretenait-il une liaison ?

En tant que fleuriste, elle voyait tout le spectre de la vie, de la célébration à la commisération. Cela n'aurait pas dû la déranger ; pourtant, l'idée qu'il puisse avoir une liaison la décevait.

— Y a-t-il une occasion ? Un anniversaire ? Des excuses ?

Il fronça les sourcils.

— Des excuses ?

Avait-elle dit ça à voix haute ? Intérieurement, elle maudit Julia qui l'avait infectée par son cynisme.

— Si vous me dites quelle est l'occasion, je pourrai vous recommander la fleur adéquate pour transmettre votre message.

— J'en doute.

— Essayez, pour voir. J'adore les défis.

Il l'étudia.

— Je veux qu'elles disent pardon pour toutes les fois où j'ai merdé, ces derniers mois. Toutes les fois où j'ai dit, ou fait, ce qu'il ne fallait pas ; où je suis entré dans sa chambre quand elle voulait de l'intimité, ou je l'ai laissée toute seule quand elle voulait de la compagnie. Je veux qu'elles disent que je l'aime et que je l'aimerai toujours, même si je le montre de façon maladroite. Je veux qu'elles disent que je suis navré qu'elle ait perdu sa mère, et que j'aimerais pouvoir la faire revenir, ou au moins faire disparaître la douleur. J'aimerais surtout que sa mère soit là, maintenant. Elle aurait su quoi acheter pour le dix-septième anniversaire de notre fille. Moi pas.

Il marqua une pause, gêné. Ses pommettes avaient légèrement rosi.

— Si vous trouvez le moyen de dire tout cela avec des fleurs, alors vous êtes plus maligne que moi.

Flora sentit une pression dans sa poitrine. Sa gorge se serra. La douleur de cet homme s'était répandue et l'avait recouverte, elle aussi. Le silence, à l'arrière de la boutique, lui indiquait que Julia écoutait.

Épouse décédée.

Ni Julia ni elle n'avait vu juste.

— C'est le dix-septième anniversaire de votre fille, répéta-t-elle d'une voix rauque.

Il célébrait cette journée spéciale sans l'amour de sa vie. La mère de sa fille. Sa conjointe. Flora voulait le serrer dans ses bras. Elle voulait serrer sa fille dans ses bras, aussi. Elle connaissait la perte, comprenait le trou immense et déchirant que perdre quelqu'un laissait dans une vie. On se retrouvait à essayer de coller des morceaux qui ne s'assemblaient plus. La vie devenait un patchwork, affublé de quelques trous.

— Becca, mon épouse, aurait exactement su quoi lui acheter. Elle choisissait toujours le cadeau parfait, peu importe l'occasion. Elle aurait probablement organisé une fête en invitant toutes les bonnes personnes. Mais je ne suis pas mon épouse et, malheureusement, elle n'a laissé aucune note. Sa mort a été soudaine. Alors j'improvise.

Flora respira lentement. Pleurer pour lui ne servirait à rien. Il avait besoin qu'elle résolve son problème. Choisir le cadeau adéquat était difficile. Elle faisait tout son possible pour acheter le cadeau idéal pour chaque occasion, mais il lui arrivait de se tromper. Becca, apparemment, ne se trompait jamais. Elle imaginait une blonde cool qui transportait un carnet et notait des idées cadeaux dès que quelqu'un mentionnait quelque chose.

Acheter une écharpe en soie couleur pêche à Tasha pour Noël.

Le jour de Noël, Tasha ouvrirait son cadeau et pousserait un cri, n'en revenant pas que quelqu'un ait si bien choisi.

Personne ne retournerait jamais un cadeau choisi par Becca.

Personne ne ferait jamais la moue en pensant « J'en ai déjà trois ».

Pas étonnant que son épouse lui manque. Car elle lui manquait, ça se voyait.

Il avait une présence physique puissante, pourtant il semblait perdu et sonné. Elle ne se serait jamais doutée qu'il était possible d'avoir l'air si fort, si solide et si vulnérable à la fois.

— Les fleurs sont une excellente idée, dit-elle.

Elle eut soudain le besoin pressant d'alléger son fardeau. Vouloir à tout prix faire plaisir à autrui n'était pas toujours synonyme de lâcheté. Parfois, il s'agissait simplement de vouloir aider quelqu'un.

Il jeta un coup d'œil au bouquet que Julia venait de terminer.

— Des roses ?

— Il y a de meilleurs choix pour un dix-septième anniversaire. Parlez-moi un peu d'elle. Qu'est-ce qu'elle aime ?

— En ce moment ? Bonne question. Elle ne se confie pas à moi.

Il se frotta le front et s'excusa de la main.

— Vous pensez probablement que je suis un père horrible.

— Vous êtes ici, à la recherche du cadeau idéal pour votre fille. Cela fait de vous un père attentionné. Faire son deuil n'est jamais facile.

— Vous parlez d'expérience ?

Oui. Elle avait perdu sa mère lorsqu'elle était plus jeune, mais elle était certaine de savoir tout ce que sa fille et lui ressentaient. Perdre un être cher était extrêmement douloureux, peu importait l'âge auquel on le perdait. Même aujourd'hui, tant d'années plus tard, il arrivait que sa mère lui manque, surtout lorsqu'elle sentait le parfum d'une fleur.

— Qu'est-ce que votre fille aime faire de son temps libre ?

— Quand elle n'est pas au lycée, elle s'occupe de sa sœur. Molly a sept ans. Quand je rentre à la maison et une fois que Molly est au lit, elle s'enferme dans sa chambre et passe la soirée sur son téléphone. Avez-vous des fleurs qui disent : « Tu devrais passer moins de temps sur les réseaux sociaux ? » C'est un sujet épineux, alors ces roses seraient plus appropriées que vous ne le pensez. Ou pourquoi pas un cactus ?

Donc, il y avait un sens de l'humour, là, quelque part. Enfoui, peut-être même oublié, mais bien là.

— On peut faire mieux qu'un cactus.

Flora sortit de derrière le comptoir et se dirigea vers les seaux qui contenaient un assortiment de fleurs. Elle s'était rendue au marché aux fleurs sur la 28e Rue avant le lever du soleil. Énergisée par la caféine, elle avait sillonné les allées à la recherche de pépites de perfection, en évitant les camions qui déchargeaient leurs caisses. Seules les fleurs pouvaient lui donner envie de quitter le lit à une heure aussi matinale.

De nombreux producteurs se focalisaient sur la durée de conservation au détriment de la couleur et du parfum, mais Celia comptait sur elle pour privilégier la qualité, et Flora ne se contenterait jamais de moins. Sa mère lui ayant enseigné l'importance des saisons, elle avait sélectionné en cette fin d'hiver du lys des Incas et des amaryllis, des œillets et des chrysanthèmes, et choisi d'épais fagots de feuillage, de baies de suif et d'eucalyptus, qu'elle avait déposés sur les étagères de métal fournies à cet effet. Passant devant des narcisses, elle en avait ajouté à sa pile grandissante.

Elle avait touché, senti, enfoui son visage profondément dans les fleurs et inspiré parfum et fraîcheur. Elle les traitait comme d'autres traitent le vin, comme quelque chose de précieux qui devait être savouré. Pour elle, ce périple matinal était un événement social. Certaines des personnes qu'elle y croisait l'avaient connue enfant et avaient connu sa mère. Elle chérissait de tout son cœur ce lien avec le passé.

Sa sélection terminée, elle avait aidé son collègue Carlos à charger le van qu'ils utilisaient pour les livraisons, puis ils avaient rapporté leur précieux chargement au magasin. Sa sélection avait ensuite été triée, feuilles et épines avaient été retirées, les tiges, coupées. Elle s'était alors consacrée aux clients, aux commandes Internet et en magasin. Ses jambes lui faisaient mal, mais elle y était si habituée qu'elle le remarquait à peine.

Son regard glissa sur les hortensias et les lilas, s'arrêtant brièvement sur le lys des Incas.

Repensant à ses propres années d'adolescence, elle se pencha pour sélectionner plusieurs gerberas dans des tons de jaune ensoleillé et d'orange profond.

— Celles-ci devraient constituer le cœur du bouquet.

Il pencha la tête.

— Elles sont jolies.

— Les Celtes pensaient que les gerberas soulageaient le chagrin.

— Espérons qu'ils avaient raison.

Elle sentit son regard sur elle tandis qu'elle sélectionnait des tulipes et des roses. Elle prit son temps pour assembler le bouquet, taillant les tiges, retirant les feuilles et les épines des roses, ajoutant du feuillage. Inclinant les tiges, elle vérifia l'équilibre et la position des fleurs.

— Vous êtes douée.

— C'est mon travail, répondit-elle en ficelant le bouquet. Je suis sûre que vous êtes bon dans le vôtre.

— Oui. Il me plaît. Je devrais sûrement m'en sentir coupable.

— Pourquoi ?

Elle enveloppa délicatement les fleurs et ajouta de l'eau dans la poche.

— Ce n'est pas mauvais en soi d'aimer son travail, ajouta-t-elle. Je dirais même que c'est obligatoire.

Elle se demandait ce qu'il faisait dans la vie.

Malgré les difficultés qu'il rencontrait avec sa fille, il se dégageait de lui une assurance discrète qui suggérait qu'il ne doutait pas de lui dans les autres aspects de sa vie. Sous son manteau noir, sa tenue était décontractée. Il n'était probablement ni avocat ni banquier.

Publicité ? Non. Un métier dans les nouvelles technologies, peut-être ?

Julia aurait probablement une foule de suggestions.

Tueur en série.

Braqueur de banque.

— Je me sens coupable car, quand je suis au travail, parfois j'oublie.

— Il faut en être reconnaissant, au contraire. Le travail est une distraction bienvenue. Certaines douleurs ne peuvent être effacées. Parfois, il s'agit de trouver le moyen de rendre chaque jour meilleur. Ces fleurs devraient rester fraîches plus d'une semaine. Mettez des nutriments dans l'eau. Changez l'eau tous les jours. Retirez toutes les feuilles immergées. Elles resteront ainsi en bon état.

Elle les lui tendit.

— N'oubliez pas de retirer les pétales de protection des roses.

— Les pétales de protection ?

— Ceci.

Elle pointa du doigt le bord d'un pétale recourbé et légèrement flétri.

— Ils ont l'air abîmés, mais ils sont là pour protéger la rose. Une fois à la maison, retirez-les. La fleur sera alors parfaite. J'espère qu'elles lui plairont.

— Moi aussi.

Il sortit sa carte bleue.

— Vous venez de me sauver la vie. Comment vous appelez-vous ?

— Flora.

Elle passa la carte dans la machine.

— Flora Donovan.

Elle profita de lui rendre sa carte pour jeter un œil à son nom. Jack Parker. Ça lui allait bien.

— Flora. Nom approprié. Vous avez un don, et j'en suis l'heureux destinataire. Merci. Je vous suis reconnaissant.

— Allez-vous organiser une fête pour votre fille ? s'enquit-elle.

— Elle a dit qu'elle n'en voulait pas, que ce ne serait pas pareil sans sa mère. Je l'ai prise au mot.

Il glissa la carte dans sa poche.

— C'était une erreur ? demanda-t-il d'un air inquiet.

Le cœur de Flora se serra. Essayer de comprendre une adolescente devait être si difficile !

— À défaut d'une fête, vous pourriez faire une activité qu'elle ne faisait pas avec sa mère.

— Comme quoi ?

Flora réfléchit.

— Si elle est sportive, allez dans une salle d'escalade. Ou passez la journée à faire de la poterie. Emmenez-les, ses amies et elle, à un cours de salsa. Ou faites une activité ensemble. Si elle se sent perdue, elle a probablement besoin de passer du temps avec vous.

— Je n'en suis pas si sûr. Les papas sont une source d'embarras pour les adolescentes.

Hélas, elle n'avait aucune expérience dans ce domaine. Elle aurait donné beaucoup pour être embarrassée par son père, mais son père n'avait pas voulu d'elle dans sa vie.

« Tu es mon univers », disait toujours sa mère, mais après sa mort, Flora s'était demandé si la vie aurait été plus facile, si leur univers avait inclus quelques personnes de plus.

Elle voulait lui en demander plus sur sa fille, mais plusieurs clients faisaient la queue, et Celia fronçait les sourcils dans sa direction, de l'autre côté de la boutique.

Il ne semblait pas pressé de partir.

— Depuis quand travaillez-vous ici ?

— Depuis toujours.

Elle leva les yeux vers les hauts plafonds et les larges fenêtres.

— Ma mère travaillait ici avant de mourir. Je l'ai aidée dès que j'ai su marcher. Nombre de nos clients étaient déjà les siens. On livre des fleurs dans tout Manhattan.

Elle était fière de continuer ce que sa mère avait commencé. Travailler chez le même fleuriste lui donnait l'impression de conserver un lien avec le passé et lui apportait du réconfort.

— Quel âge aviez-vous quand vous avez perdu votre mère ?

— Huit ans.

À peine plus âgée que sa plus jeune fille.

— Et votre père ?

Son ton s'était adouci. Elle lui fut reconnaissante de sa délicatesse.

— Ma mère m'a élevée seule.

— Comment avez-vous surmonté cette épreuve ?

Il prit une brusque inspiration.

— Pardonnez-moi. C'était une question indiscrète. J'en suis au point où je cherche des réponses partout. Quelque chose à dire, à faire… J'essaierais n'importe quoi.

— Je ne suis pas sûre de l'avoir surmontée. Je l'ai traversée du mieux que j'ai pu.

Sa vie était passée d'un chaud soleil à un froid mordant. Elle avait quitté un foyer où elle se sentait aimée et en sécurité pour celui de sa tante, où elle s'était sentie vulnérable et exposée.

— Je ne sais pas si ce qui m'a aidée aiderait les autres.

— Qu'est-ce qui vous a aidée ?

— Les fleurs. Les fleurs me la rendaient plus proche.

Il l'étudia et, l'espace d'un instant, elle aurait pu jurer qu'il la voyait vraiment. Pas la robe rouge, les collants hyacinthe, ni les cheveux qui cascadaient, ondulaient et refusaient d'être disciplinés au grand dam de sa tante, mais les fissures en elle. Les morceaux manquants.

Il sourit. Elle sentit de la chaleur se diffuser en elle et se répandre dans ces fissures. Son cœur se mit à cogner dans sa poitrine.

Il y avait tant de charme dans son sourire. Elle était certaine que, dès l'instant où il déciderait de se remettre en couple, il trouverait quelqu'un.

— Vous semblez vous en être bien sortie, répondit-il.

Il avait décidément envie de s'attarder.

— Je m'inquiète pour mes filles. Je crains qu'elles ne s'en remettent pas. Mais vous êtes la preuve vivante qu'on peut s'en sortir. Vous me redonnez de l'espoir.

Il y avait une force d'acier en lui, qui donnait l'impression qu'il pourrait tout surmonter.

— Vous vous en sortirez.

Aussitôt, elle se sentit embarrassée.

— Pardon. C'était cliché. Comme une de ces citations qui fleurissent sur Internet. *Vivez votre vie à fond.*

Il sourit, et Flora eut l'impression d'avoir réalisé un exploit.

— Je déteste ces citations. Surtout celles qui conseillent de danser sous la pluie.

— J'adore danser sous la pluie, répliqua-t-elle.

C'était mieux que danser dans son appartement, où ses coudes cognaient contre les murs et ses voisins se plaignaient du bruit.

Il soutint son regard. Une fois encore, une onde de chaleur la traversa.

— Vous avez une pause déjeuner ? Est-ce que vous vous joindriez à moi pour manger un morceau ? Ou prendre un café ?

Son cœur s'éveilla. Lui proposait-il un rendez-vous ?

— Je…

— Vous vous demandez si je suis un tueur en série ou un cinglé. Ce n'est pas le cas. Mais vous êtes la première personne à qui je parle depuis longtemps qui semble comprendre ce qu'on traverse.

Il sourit faiblement. Elle vit que ses yeux étaient verts, pas bleus. Et qu'il avait l'air fatigué. Elle sourit en retour. Le bref instant de connexion la surprit. Elle n'avait pas ressenti autant d'intimité avec quelqu'un depuis bien longtemps. Ironique, pensa-t-elle, que ce soit avec un inconnu.

— Je pense que vous n'êtes ni cinglé, ni tueur en série.

— Je vous ai invitée à boire un café parce que c'est facile de parler avec vous.

Son regard se posa sur un point derrière elle.

— Je suppose que la femme qui me fusille du regard est votre patronne ?

Flora n'eut même pas besoin de se tourner.

— Exact.

— Je risque de vous faire virer, si je reste là à parler plus longtemps. Je ne veux pas de ça sur la conscience. Merci d'avoir écouté, Flora. Merci de vos conseils.

Il s'occupait seul de deux filles en deuil. Traumatisées. Qui souffraient.

Qui veillait sur lui ? N'avait-il personne pour le soutenir ?

Il avait perdu sa femme, clairement parfaite en tout point. *Becca.* Quelle tristesse que deux personnes qui avaient réussi à se trouver dans ce monde effréné et complexe doivent ensuite se perdre. D'une certaine façon, c'était pire que de ne jamais rencontrer l'amour.

Elle ne devrait pas s'en mêler. Un café et une conversation ne résoudraient pas les problèmes de cet homme.

Mais qui pourrait dire non à un père veuf qui essayait désespérément de prendre soin de ses filles ?

Pas elle.

— Va pour un café, répondit-elle. J'aurai une pause dans une heure.

Izzy

New York

— Tu as invité une femme à dîner ? Tu *sors* avec quelqu'un ? Tu te moques de moi ! Ça ne fait même pas un an que maman est morte, et tu l'as déjà oubliée ?

Izzy arrêta de plier le linge et porta la main à sa bouche, effarée. Avait-elle vraiment dit ça à voix haute ? La culpabilité la submergea. Elle avait si bien tenu le coup, jusque-là. Mais son père venait d'ouvrir une porte qu'elle gardait fermée. Ses paroles avaient libéré toute la douleur qu'elle cachait à l'intérieur, à l'image du placard contenant les jouets de Molly. Il débordait tellement qu'Izzy pouvait à peine le refermer.

Maintenant ses mains tremblaient, et elle était tellement troublée qu'elle en était moite de sueur. Ces derniers temps, elle se sentait mal dans sa peau, comme si elle habitait le corps de quelqu'un d'autre. Elle avait des vertiges, se sentait parfois étrangement détachée, avait des palpitations tant elle craignait de péter les plombs en public et de se taper la honte. Au début, ses camarades n'avaient eu de cesse de lui demander comment elle allait. Elle avait tant de fois répondu qu'elle allait bien qu'ils l'avaient crue et que leur inquiétude s'était muée en admiration. « Tu déchires grave. Ta mère serait trop fière de toi. »

Si le deuil était un test, alors apparemment elle avait eu une bonne note. Par moments, elle se sentait même fière d'elle-même, une émotion qui était bien trop compliquée à analyser. Devait-elle être fière de réussir à survivre un jour après l'autre ?

Progressivement, ses camarades avaient arrêté de marcher sur des œufs ; ils étaient redevenus eux-mêmes et avaient repris le cours de leurs vies. Ils abordaient rarement le sujet, aujourd'hui. Elle avait cru que ce serait plus facile, mais non. Ils étaient passés à autre chose, pas elle. Sa vie avait été détruite, et elle essayait encore d'en recoudre les fragments seule, les doigts à vif et en sang. Cependant, rien n'atténuait la douleur ni le trou béant que la mort de sa mère avait laissé dans son existence. Elle essayait de le remplir pour le bien de son père, et surtout pour celui de Molly.

Son père avait-il réfléchi à l'impact que fréquenter quelqu'un aurait sur Molly ?

Comment pouvait-il faire ça ? Elle ne comprenait pas l'amour. Que valait-il, s'il ne laissait aucune trace ? Si on pouvait passer si facilement d'une personne à une autre ?

Elle aurait dû se réjouir pour lui, mais cela lui était impossible. S'il passait à autre chose, que deviendrait leur famille ? Que deviendrait-*elle* ?

Une vague de panique l'envahit. Ses oreilles se mirent à bourdonner.

Peut-être que cette relation n'était pas sérieuse. Elle fut tentée de sortir son téléphone et de taper « deuil et relations de consolation » dans la barre de recherche. Même s'il le cachait bien, elle savait qu'il souffrait et qu'il était vulnérable. Elle n'allait pas laisser une femme opportuniste profiter de lui ! Molly n'avait certainement pas besoin d'une parade de femmes étranges dans la maison !

Son père passa son bras autour d'elle, mais elle s'écarta, bien qu'elle ait besoin d'un câlin plus que de toute autre chose.

Il sembla très surpris.

— Qu'est-ce qui ne va pas ? Ça ne te ressemble pas de refuser un câlin.

— Désolée. Longue journée.

Les dents serrées, elle secoua une autre serviette et la plia.

— Tu crois vraiment que j'ai oublié ta mère ?

— Je ne sais pas. On dirait, c'est tout.

Ça la faisait flipper qu'il puisse être si calme. Elle essayait de l'imiter, mais il mettait la barre haut. Pleurait-il ? Lui arrivait-il de sangloter dans la douche, comme elle ? Elle avait besoin de savoir qu'elle était normale, qu'elle n'était pas la seule à se sentir aussi mal. Au fond d'elle-même, elle savait néanmoins que voir son père pleurer lui ferait peur.

C'était une situation merdique, mais s'il pouvait être brave et stoïque, s'il pouvait tenir bon, alors elle aussi. Elle s'était bien débrouillée, non ? Jusqu'à aujourd'hui.

Elle plia une autre serviette, puis une autre, jusqu'à obtenir une pile ordonnée, et se sentit tout de suite plus apaisée.

Mme Cameron venait faire le ménage et la lessive tous les matins, mais c'était elle qui sortait le linge du sèche-linge et le pliait. C'était agréable, un peu comme de la méditation.

— J'ai fait des hamburgers végétariens maison pour le dîner, annonça-t-elle.

— Encore ? On en a déjà mangé il y a deux jours.

— Ce sont les burgers préférés de Molly.

Peut-être aurait-elle dû faire les préférés de son père, pas ceux de sa sœur. *Pression, pression, pression.*

— Alors tu as bien fait. Tu es ma superstar, Izz. Ta maman aurait été si fière.

Il prit la pile de serviettes.

— Molly n'a pas mangé le déjeuner que je lui ai préparé ce matin.

— Tu as mis du jambon ? Elle déteste le jambon.

— Ah bon ? répondit-il, surpris. J'essaierai de m'en souvenir. Que ferais-je sans toi ? Tu es bonne cuisinière et tu es géniale avec Molly.

— C'est ma sœur. La famille.

Elle luttait pour garder leur famille unie, et voilà qu'il invitait une étrangère chez eux. Bien que cette femme ne soit apparemment pas une étrangère pour lui. Avait-il couché avec elle ? Elle sentit son visage brûler, et sa poitrine, se contracter. Une fille, au lycée, avait des crises d'angoisse tout le temps. Elle-même n'en avait jamais eu, pas de vraies, mais elle soupçonnait que cela ne saurait tarder. Et si elle en avait une alors qu'elle surveillait Molly ? Elle se força à respirer lentement pour bloquer les images de son père et cette femme nus et enlacés qui l'assaillaient.

Le problème, quand on était une famille, c'était que chaque membre était affecté par les actions d'un seul individu. Cette histoire regardait son père, sauf que Molly et elle étaient concernées aussi.

— Je n'ai pas oublié ta mère, Izzy, murmura-t-il avec tristesse.

Même si elle débordait de colère, elle se sentit touchée par sa peine.

Peut-être ne l'avait-il pas oubliée, mais il était passé à autre chose. Sa tête fourmillait de questions qui commençaient toutes par *pourquoi*.

Pourquoi sa mère était-elle morte ? Pourquoi son père ne se sentait-il pas coupable, quand elle-même se sentait coupable *tout le temps* ? Coupable de toutes les fois où elle n'avait pas serré sa mère dans ses bras et ne lui avait pas dit qu'elle l'aimait. Coupable de ne jamais avoir fait son lit et d'avoir laissé des cartons de lait vides dans le frigo. Plus que tout, elle se sentait coupable de cette dernière dispute qu'elles avaient eue, avant que sa mère ne quitte la maison, ce soir-là. Celle dont elle ne pouvait pas parler. Celle qu'elle n'avait mentionnée à personne, ni à ses amis, ni à son père. Encore moins à lui. Elle n'osait rien lui dire. Si elle le lui disait… Non, elle ne pouvait pas. Impossible. Tout changerait. La famille qu'elle essayait si fortement de protéger exploserait. Y penser était si douloureux qu'elle aurait pu tout aussi bien presser du citron sur une plaie à vif.

— Quel jour tu l'as invitée ? J'emmènerai Molly au parc.

— Non. Je l'ai invitée ici justement pour qu'elle vous rencontre toutes les deux.

Bon sang, les hommes étaient vraiment à côté de la plaque ! Elle avait l'habitude que ses camarades fassent preuve de maladresse, mais que son propre père ne voie pas ce qui était en jeu était particulièrement blessant.

— Tu ne crois pas que ça risque de perturber Molly ?

— C'est une amie, c'est tout. Molly et toi invitez bien des amis.

Izzy finit de vider le sèche-linge.

— Donc, tu es en train de me dire que c'est une soirée pyjama ?

Elle vit les joues de son père s'empourprer.

— C'est un dîner, rien de plus.

Elle fut tentée de lui conseiller d'emmener cette femme dîner ailleurs, loin de chez eux, mais une partie d'elle songea qu'il valait mieux qu'ils restent dans le coin. Elle pourrait ainsi garder un œil sur la situation. Que voulait cette femme, au juste ?

Elle attrapa le drap qu'elle avait lavé. Son père fronça les sourcils.

— Pourquoi est-ce que tu laves les draps de Molly ? C'est Mme Cameron qui s'en occupe, d'habitude.

— Elle a renversé sa boisson.

Le mensonge sortit avec une facilité déconcertante. Cela aurait dû l'inquiéter, mais il n'en fut rien. Elle avait promis à sa sœur qu'elle ne dirait à personne qu'elle avait mouillé son lit pour la quatrième nuit consécutive. La seule façon de tenir cette promesse était de laver les draps elle-même.

Son père savait-il que Molly grimpait dans son lit en pleine nuit, quand elle avait mouillé le sien, apportant avec elle un zoo de peluches ? Ça avait commencé les premières semaines, et c'était devenu une habitude. Chaque nuit, ivre de sommeil, elle aidait sa sœur à se nettoyer et changer son pyjama, puis la bordait dans son propre lit, avec Dizzy, la girafe étourdie. Molly s'endormait immédiatement, mais Izzy restait éveillée pendant des heures, ne s'endormant souvent qu'au lever du soleil. Au lycée elle se traînait, et ses notes baissaient. Deux fois, elle s'était endormie en cours. Parfois, elle se cognait même dans les meubles.

Certains de ses amis s'étaient mis à l'appeler Izzy l'Étourdie. Ça n'arrangeait pas son humeur d'être appelée comme la peluche de sa sœur.

Ils ignoraient ce qu'était sa vie, son père aussi, et elle n'avait aucune intention d'en parler. Elle en avait appris plus sur les gens depuis la mort de sa mère que dans toute sa vie. Elle avait appris qu'ils se concentraient surtout sur eux-mêmes. Quand il leur arrivait de penser aux autres, c'était surtout en relation avec eux-mêmes. Ses amies ne pensaient pas à ce qu'elle traversait, sauf quand elle ne pouvait pas sortir avec elles, parce qu'elle devait garder Molly. Ce n'était pas intentionnel ni malicieux. C'était de l'indifférence. De l'égoïsme. Deux attitudes qui pouvaient faire atrocement mal.

Amener une femme à la maison, était-ce une forme d'égoïsme ?

Elle savait que ça perturberait Molly de voir une autre femme dans la maison. Cette perspective ne la réjouissait pas non plus.

Sa mère lui manqua soudain si fort qu'elle en eut le souffle coupé. Elle voulait remonter le temps. Il y avait tant de choses qu'elle regrettait de ne pas avoir dites et faites. Personne ne lui avait jamais appris qu'il était possible de se sentir en colère et triste à la fois.

Après leur terrible dispute, ce soir-là, sa mère avait fait irruption dans sa chambre pour l'informer qu'elle sortait. Ses cheveux foncés étaient relevés en un élégant chignon. Elle portait une robe noire drapée de soie qui tombait jusqu'au sol. Izzy tenait absolument à terminer leur conversation, cette fois sans crier, mais avant qu'elle puisse parler, son père était entré dans la chambre. Frustrée et anxieuse, elle s'était promis qu'elle forcerait sa mère à en parler le lendemain. Mais il n'y avait pas eu de lendemain. Sa mère était subitement décédée d'une rupture d'anévrisme. Elle était morte avant d'atteindre l'hôpital.

Cette nuit-là, leur monde s'était effondré. Pour Izzy, il était resté en ruines, mais apparemment son père avait été occupé à reconstruire le sien.

— C'est un dîner, Izzy. C'est tout. On ne couche pas ensemble. Elle n'emménage pas ici. Mais je l'apprécie beaucoup.

Il hésita.

— Je pense que Molly et toi l'apprécierez aussi.

Non, elle ne l'apprécierait pas. En aucun cas, *aucun cas*, elle n'était prête à voir son père avec quelqu'un d'autre. Que deviendrait-elle ? Quelle serait sa place, dans ce scénario ? Pour l'instant, son père avait besoin d'elle. Est-ce que cela changerait, s'il avait une autre femme dans sa vie ?

— Depuis combien de temps vous sortez ensemble ? demanda-t-elle en s'efforçant d'imiter son intonation calme. Comment est-ce que tu l'as rencontrée ?

— Tu te rappelles les fleurs que j'ai achetées pour ton anniversaire ? Tu les avais adorées. Elle est fleuriste. C'est elle qui a confectionné le bouquet.

Elle avait effectivement adoré le bouquet. Recevoir des fleurs lui avait donné l'impression d'être une adulte. Elle avait trouvé l'attention délicate, mais maintenant qu'elle découvrait que l'idée venait de quelqu'un d'autre, le cadeau perdait de sa valeur.

— Tu la fréquentes depuis mon anniversaire ? s'exclama-t-elle.

— On est allés prendre un café, ce jour-là. Elle a traversé des moments difficiles, elle aussi. Elle avait l'âge de Molly quand elle a perdu sa mère.

Ce n'était pas une bonne nouvelle. Cette femme allait s'imaginer qu'elle les comprenait, or ce n'était certainement pas le cas. Rien n'était plus complexe qu'une famille.

— Mais tu l'as revue après ça.

— Elle travaille près de mon bureau. On a déjeuné ensemble quelques fois.

Quelques fois. Assez pour vouloir à présent l'amener à la maison et la présenter à ses filles.

— Tu n'en as jamais parlé.

— Il n'y avait rien à dire.

— Mais maintenant, si.

Son père posa les serviettes.

— Je sais que c'est difficile, et je te demande de garder l'esprit ouvert.

Molly venait tout juste d'arrêter de pleurer au moment de s'endormir. Est-ce que cela recommencerait ?

— Et alors quoi ? Tu veux que j'enlève toutes les photos de maman ?

Il se passa la main sur le front d'un air las.

— Non, ce n'est pas ce que je souhaite. Ta mère fera toujours partie de nos vies.

Il baissa la main.

— Tu es devenue aussi blanche que les draps. Est-ce que tu vas bien, Izzy ? Vraiment ?

— Ouais, super.

Les mots étaient sortis automatiquement. Elle les avait prononcés tant de fois qu'elle les croyait presque, même si, au fond d'elle-même, elle se demandait pourquoi une telle tragédie lui arrivait. Qu'avait-elle fait pour mériter ça ? Elle n'était pas parfaite, pas horrible non plus. Elle recyclait ses déchets. Elle avait fait un don pour sauver des baleines en voie de disparition. Elle n'avait pas crié quand Molly avait renversé du jus de cassis sur son pull préféré.

— Si jamais tu veux parler…

Il marqua une pause.

— Pas obligé que ce soit avec moi. L'hôpital m'a donné le nom de quelqu'un. Un psychologue. Je t'en ai parlé, il y a quelque temps, et tu n'as pas voulu, mais si tu changes d'avis…

— Je ne changerai pas d'avis.

Elle ne pouvait rien imaginer de plus embarrassant. Jamais elle ne pourrait raconter à qui que ce soit ce qui se passait dans sa tête. C'était trop *énorme*. Elle ne faisait confiance à personne. Elle n'écrivait même pas à ce sujet sur son blog, pourtant elle y racontait tout. Elle l'avait appelé *The Real Teen*, et parlait de tout, des menstruations au réchauffement climatique. C'était anonyme, libérateur. Elle écrivait des choses qu'elle n'aurait jamais dit à voix haute. Des choses qu'elle n'aurait jamais pu confier à son père ou à ses amis.

Elle l'avait créé pour elle, mais avait été surprise de gagner rapidement un public. Il avait grandi à une vitesse incroyable. Ses lecteurs laissaient même des commentaires. Parfois seulement un « Oh mon Dieu, je ressens la même chose ! » ; parfois quelqu'un écrivait une réponse plus longue, parlait de ses problèmes, la remerciait. C'était enivrant de savoir qu'elle aidait les gens. Elle aimait exprimer ce que les autres taisaient par peur. Pendant que ses copines postaient des selfies et parlaient fringues et maquillage, elle abordait des sujets sérieux. Les mots avaient tellement de pouvoir ! Ça l'étonnait que si peu de gens s'en rendent compte.

Elle avait déjà décidé de son choix de carrière. Elle deviendrait journaliste. Pas le genre qui interviewait les célébrités sur les tapis rouges, sur des sujets qui n'intéressaient personne, mais le genre qui exposait les mensonges et dévoilait la vérité au grand jour. Elle voulait changer le monde.

Son père la regardait.

— Je m'inquiète pour toi.

— Ne t'inquiète pas.

Elle ne voulait pas qu'il se fasse du souci. Elle ne voulait pas être un fardeau.

— Il faut qu'on parle de l'université. Il est temps de visiter quelques campus.

Elle se raidit.

— Rien ne presse.

Elle n'irait probablement pas, mais garda cette information pour elle. Elle préférait rester auprès de sa famille.

— On peut en reparler plus tard ?

— Bien sûr.

Il hésita, puis ajouta :

— C'est ce que ta mère aurait voulu.

Les gens n'obtenaient pas toujours ce qu'ils désiraient. Ironiquement, sa mère, si. Sauf pour sa mort, évidemment. Mourir ne faisait pas partie de ses projets.

Son père reprit les serviettes. Izzy eut le sentiment qu'il cherchait à s'occuper les mains.

— Je vais les monter à l'étage. Te sens-tu de cuisiner pour Flora ? C'était son nom ?

— Oui. J'y tiens.

Elle montrerait à cette femme qu'ils formaient une famille unie, qu'il n'y avait pas de place pour quelqu'un d'autre.

Il était hors de question qu'elle aille à l'université. Elle resterait à la maison et trouverait un job pour garder un œil sur la situation. Si elle réussissait à augmenter son trafic, peut-être qu'elle pourrait monétiser son blog. Elle ne serait pas la première. Des gens étaient bien payés pour parader avec des sacs à la noix devant un appareil-photo. Pourquoi ne pourrait-elle pas être rémunérée pour publier des choses importantes ? Les personnes qui laissaient des commentaires, sur son blog, avouaient des choses qu'ils ne révélaient pas en public. Ils parlaient de choses *réelles*. Cela lui serait aussi bénéfique pour son avenir professionnel. Tout le monde savait que les employeurs appréciaient ce genre d'expérience sur un CV.

— Merci, Izzy.

Son père s'approcha encore une fois pour la prendre dans ses bras ; elle s'écarta. Elle craignait de s'effondrer.

Lisant la douleur sur son visage, elle se sentit envahie de culpabilité. Son souffle se bloqua. Elle était vraiment une personne horrible.

— Désolée, s'excusa-t-elle précipitamment. J'ai beaucoup à faire. Je dois vérifier le cartable de Molly pour demain, lui faire la lecture. Ensuite, j'ai une dissertation à rédiger.

— Je lui ferai la lecture la prochaine fois pour que tu t'octroies une pause. Je sais qu'elle préfère lire avec toi, mais je tenterai ma chance.

— Pas la peine.

Elle aimait sentir qu'on avait besoin d'elle. L'amour de Molly lui faisait l'effet d'un baume sur ses blessures.

— Je m'inquiète, tu en fais trop.

— J'aime participer.

Leur vie avait changé de façon dramatique après la mort de sa mère. Malgré tout, elle faisait son possible pour maintenir une certaine routine familiale. Elle aimait être utile, indispensable.

— Je suis content que tu rencontres Flora. Sache que je n'essaie pas de remplacer Becca. J'essaie de continuer à vivre, un jour après l'autre.

Il semblait fatigué.

— Heureusement, l'amour est infini. On ne l'épuise pas sur une seule personne. C'est comme une rivière qui continue de couler.

Certaines rivières se tarissaient. Elle avait tant pleuré qu'elle se sentait continuellement déshydratée. Son père ne soupçonnait pas la moitié de ce qui se passait dans sa tête. Il ignorait la vérité, et elle ne pouvait pas la lui dire.

— Je n'ai pas oublié ta mère, Izzy. Loin de là.

Il posa la main sur son épaule.

— Tu ne crois pas qu'on mérite le bonheur ? Tu ne crois pas que ta mère aurait voulu qu'on soit heureux ?

Elle ne connaissait pas la réponse. Sa mère avait toujours été le centre de l'attention, la star. Que ce soit à une fête ou un événement scolaire, Becca Parker illuminait la pièce où elle entrait, éblouissant les gens autour d'elle par son éclat. Izzy avait souvent entendu que ses parents formaient un beau couple. Ils attiraient effectivement l'attention partout où ils allaient. Il fallait dire aussi que sa mère insistait toujours pour arriver en retard, ce qui avait rendu Izzy dingue à de nombreuses reprises. Mais elle avait oublié. Ce qu'elle se rappelait, c'était que tout le monde remarquait sa mère.

— Tu devrais être prudent, répondit-elle d'un ton détaché. Elle court sûrement après ton argent.

— Tu penses que c'est la seule raison pour laquelle une femme voudrait être avec moi ?

Pour la première fois depuis le début de leur conversation, il sourit.

— J'ai un peu plus de discernement que ça. Détends-toi, Izzy. Tu l'apprécieras, et je sais qu'elle t'appréciera, elle aussi. Tout ira bien.

Sérieux ? Il le pensait vraiment ?

Cette famille allait déjà super mal. Elle ne laisserait pas la situation empirer. Elle devait garder ses membres unis à tout prix. Pour elle-même, oui, mais aussi pour Molly. Sa petite sœur comptait sur elle. Elle ne la laisserait pas tomber.

Son objectif n'était pas de s'assurer que Flora l'apprécie. C'était de s'assurer que cette femme ne veuille plus jamais remettre les pieds chez eux.

Flora

New York

C'était un dîner informel, rien de plus.

Bon, d'accord, elle avait changé de tenue trois fois, mais cette soirée était importante. Il était important, *crucial*, que ses filles l'apprécient. Elle était convaincue d'avoir toutes ses chances. Elle savait ce qu'elles traversaient, c'était un atout. Elle espérait qu'avec le temps elle pourrait même les aider un peu. Elle leur ferait bien comprendre qu'elle n'avait aucune intention de perturber leur famille, ni de causer le moindre remous dans leur environnement sécurisant et familier. L'idée de remplacer leur mère ne lui avait pas traversé l'esprit un seul instant, et elle n'avait pas l'intention d'essayer. Elle les encouragerait à la considérer comme une amie plus âgée.

Elle imaginait Molly, la plus jeune, grimpant sur ses genoux pour un câlin. Quant à Izzy, elle serait soulagée d'avoir enfin quelqu'un avec qui partager ces pensées et sentiments que l'on pouvait seulement partager avec une autre femme. Elle-même n'avait eu personne à qui se confier. Sa tante, guère affectueuse, ne l'avait jamais réconfortée. Leurs échanges s'étaient cantonnés au strict minimum. Encore aujourd'hui, elle trouvait difficile de parler de ses sentiments ; elle n'avait pas eu assez d'entraînement. Elle avait dû se consoler et trouver les réponses à ses questions toute seule. Elle ne voulait pas de cela pour les filles de Jack.

Brûlait-elle les étapes ? Probablement, mais quel mal y avait-il à rêver un peu ?

Jack.

Elle se sentait tomber amoureuse, une idée aussi angoissante qu'excitante. Était-il amoureux d'elle ? Elle l'ignorait. Mais elle savait que, pour que leur relation passe au niveau supérieur, il fallait que ses filles l'apprécient.

Il avait été clair : ils devaient y aller en douceur et rester discrets. Cela lui convenait. Ces sentiments étaient nouveaux pour elle aussi.

Elle avait eu quelques relations amoureuses, ces dernières années. Elle avait rencontré son ex le plus mémorable, M. Le Gestionnaire de fonds spéculatifs, lorsqu'elle avait commis la bêtise de s'inscrire à un cours de yoga matinal. Son médecin lui ayant conseillé de réduire son niveau de stress, il avait décidé de se mettre au yoga. Accro à son téléphone, il le consultait même lorsqu'il était en position du chien tête en bas. Le téléphone les accompagnait à chacun de leurs rendez-vous, posé sur la table comme un chaperon. Elle-même ne pouvait spéculer que sur les fleurs et les plantes, alors malgré ses efforts, elle avait été incapable d'apprendre quoi que ce soit qui lui aurait permis d'avoir une conversation un tantinet savante avec lui.

La relation s'était effondrée plus rapidement que les marchés boursiers. Ensuite, il y avait eu Ray, l'instituteur passionné de basket. Elle avait enduré huit matchs avant qu'il se plaigne qu'elle n'était pas suffisamment investie. Elle s'était sentie offensée. Elle était experte quand il s'agissait de feindre de l'intérêt pour un domaine et, dans ce cas précis, elle avait fait ses devoirs, se documentant sur la passe de poitrine, la passe avec rebond et la passe d'ouverture. Elle avait crié et brandi le poing quand il avait crié et brandi le poing. Il n'en avait pas moins senti que, sous son enthousiasme soigneusement chorégraphié, quelque chose manquait.

Avec le recul, elle avait compris qu'elle ne s'était pas véritablement investie, que le cœur n'y était pas, ni avec lui, ni avec M. Le

Gestionnaire de fonds. Elle avait fait mine de s'intéresser à eux, à leurs hobbys, leurs passions, sans révéler ce qui la faisait vibrer, elle.

Les enjeux étaient différents avec Jack. Jack, qu'elle trouvait si intelligent, charismatique, séduisant, attentionné. Leur premier café s'était transformé en déjeuner. Par la suite, ils avaient commencé à se voir régulièrement. Leur amitié avait grandi, des sentiments plus forts s'étaient développés à leur insu. Elle ne se rappelait plus quand la teneur des siens avait changé. Était-ce le jour où il lui avait pris la main au jardin botanique de Brooklyn ? Ou lors de leur premier baiser, près de la fontaine à Central Park ?

Elle avait toujours dû faire de gros efforts pour que ses relations fonctionnent, que ce soit avec sa tante ou ses petits amis. Ainsi, elle avait été étonnée de découvrir qu'elle pouvait être elle-même avec lui. Pas *complètement* elle-même, bien sûr. Il ignorait encore bien des choses à son sujet, et elle gardait des sentiments fermement verrouillés dans un compartiment inaccessible à tous sauf elle. L'inverse était probablement vrai aussi. Mais, pour l'instant, elle n'avait rien découvert de rédhibitoire chez Jack.

Il semblait s'y connaître en tout, alors, au lieu de taper ses questions dans un moteur de recherche, elle l'interrogeait, lui. Lorsqu'ils avaient visité la Frick Collection, elle n'avait d'ailleurs pas pris la peine de s'encombrer d'un guide audio puisque il s'était mis, dès leur arrivée, à commenter chaque tableau d'une façon qui donnait vie à l'art. Sa mère ayant possédé le même don, elle s'était sentie encore plus proche de lui. Ils s'étaient rendus dans le Bronx pour visiter le jardin botanique de New York, un lieu où Flora s'était souvent rendue avec elle. Là, dans cet oasis luxuriant, au milieu des bourgeons et des fleurs, Jack n'avait eu de cesse de lui poser des questions. Comment s'appelait cette fleur ? Quel climat était favorable à cet arbre ? Si elle avait un jardin, qu'y planterait-elle ? Il était le premier homme qui s'intéressait sincèrement à elle, à ses passions. Et l'intérêt était mutuel.

Toutefois, Jack travaillait à un poste senior dans une entreprise spécialisée en intelligence artificielle, et ses quelques tentatives pour lui décrire ce qu'il faisait lui avaient donné mal à la tête. Heureusement, il ne ressentait pas le besoin de parler de son travail lorsqu'ils passaient du temps ensemble. Ainsi, elle avait rapidement arrêté ses recherches sur « l'intelligence artificielle pour les nuls ».

Ce n'était pas comme si les sujets de conversation manquaient. Mais celui qui concernait sa femme n'était pas abordé. Il parlait d'elle par rapport aux filles, décrivait comment elles géraient la situation, mais il ne parlait jamais de ses propres émotions. Elle s'était montrée délicate, opérant avec la douceur de quelqu'un retirant le pansement d'une plaie ouverte, mais il avait gentiment coupé court. Elle n'avait pas insisté. Elle comprenait. Elle aussi, elle avait son jardin secret.

Leur relation se passait si bien qu'elle était sur le point de rencontrer ses filles, la prunelle de ses yeux.

Ils en avaient parlé la veille, assis côte à côte sur leur banc préféré, dans le parc. Elle n'aurait jamais pensé qu'il était possible de vivre des moments follement romantiques, étourdissants, dans un jardin public, mais elle avait découvert que ce n'était pas le lieu qui comptait, mais la personne avec qui l'on se trouvait. Chaque fois qu'elle était avec Jack, son cœur galopait dans sa poitrine, et le reste du monde disparaissait.

Physiquement, tout restait très discret, bien sûr. Doigts entrelacés, pression ferme de sa cuisse contre la sienne. Ce n'était pas beaucoup, mais plus que suffisant pour la faire fondre et pour que son esprit s'emballe. Être près de lui exacerbait tant ses sens que ses réactions, largement disproportionnées au vu du contact restreint et limité qu'ils avaient eu, l'inquiétaient. Heureusement, elle lui faisait le même effet. Elle sentait sa tension, voyait occasionnellement son regard s'embraser. Ce n'était pas un hasard s'ils se voyaient toujours dans des lieux publics. Il y avait une sorte d'accord tacite entre eux : la seule façon d'aller lentement était de s'imposer certaines restrictions.

— Es-tu nerveuse à l'idée de les rencontrer ? lui avait-il demandé.

— Un peu, avait-elle répondu en toute franchise. Mais j'ai hâte. Elles ont l'air intelligentes, intéressantes, spéciales.

Elle adorait la fierté avec laquelle il parlait d'elles. Ça en disait long sur sa personnalité, qu'il soit un père si investi. Elle espérait que ses filles savaient combien elles avaient de chance de l'avoir.

En toute honnêteté, ce qui l'effrayait le plus n'était pas de rencontrer Izzy et Molly, c'était la force de son attachement envers Jack. Jamais elle n'avait autant souhaité s'investir dans une relation.

— Tu es incroyable, tu le sais ?

Il lui avait pris la main et l'avait appuyée contre sa cuisse. Elle avait eu du mal à se concentrer sur la conversation.

— Moi ?

— La plupart des femmes seraient parties en courant en apprenant que j'avais deux filles. Elles auraient fui une situation aussi compliquée. Mais toi, tu es ouverte et optimiste.

Elle ne se serait pas décrite comme telle. Elle était circonspecte. Prudente. Elle se protégeait. Mais avec Jack, c'était différent. Se sentant impliquée, elle l'avait déjà interrogé en profondeur sur ses filles. Elle savait qu'Izzy voulait devenir journaliste et que Molly adorait dessiner et danser, bien qu'elle ait arrêté après la mort de Becca. Elle aussi adorait dessiner et peindre, alors elle espérait qu'en y allant doucement, elle arriverait à persuader Molly de dessiner avec elle. Elle savait néanmoins qu'elle devrait faire attention à ne pas la brusquer. Sa tante lui avait mis beaucoup de pression pour qu'elle « fasse son deuil et aille de l'avant », et cela l'avait énormément stressée.

Chassant ses souvenirs, Flora s'arrêta au bout de la rue. Elle avait apporté des fleurs et une bouteille de citronnade maison. Jack l'avait prévenue que sa fille préparait le dîner. Ignorant le menu, Flora avait opté pour de la citronnade, estimant que cela allait avec tout.

Elle ne savait pas grand-chose sur les ados, mais elle était impressionnée qu'Izzy fasse la cuisine.

Becca était-elle bonne cuisinière ? Lui avait-elle appris à cuisiner ? Flora l'imaginait sélectionnant soigneusement des menus et passant des heures à préparer des repas sains et équilibrés à ses enfants.

Une vague d'insécurité l'envahit, menaçant d'ébranler son optimisme.

Non, se rassura-t-elle. Jack ne la comparerait pas à son épouse, ses filles non plus.

Le trajet depuis son appartement n'avait pris que quinze minutes en métro, mais elle avait l'impression d'avoir parcouru un millier de kilomètres. Jack vivait dans le quartier le plus historique de Brooklyn, avec de larges rues arborées et des vues éblouissantes de la skyline de Manhattan, de l'autre côté de l'East River. En ce jour de printemps, les fleurs embaumaient le ciel de nuages parfumés, faisant pleuvoir de doux pétales sur les rues pavées.

Vérifiant la direction sur son portable, elle se décala sur le côté pour éviter une petite fille en trottinette et sourit à la jeune maman qui courait derrière elle pour la rattraper. Le quartier, familial, était considérablement plus huppé que celui où elle vivait. En chemin, elle avait dépassé plusieurs bistrots et une boutique. Comme elle aimerait vivre ici ! Le soir, en rentrant chez elle, elle achèterait des fruits à un vendeur de rue, riant et échangeant quelques blagues.

Même le nom des rues était charmant. Elle avait passé Cranberry Street, Pineapple Street et Orange Street. *Les gens qui vivent là ont leurs cinq fruits et légumes par jour rien qu'en se promenant,* pensa-t-elle, amusée. Même l'air semblait plus pur qu'au centre de Manhattan. Les rues autour de son appartement sentaient les ordures.

Elle avait dix minutes d'avance. Était-ce un problème ?

L'anxiété faisait papillonner son ventre, mais elle se sentait toujours nerveuse avant de voir Jack.

Un homme la dépassa en la contournant largement ; elle réalisa que c'était parce qu'elle souriait béatement.

D'humeur guillerette, elle grimpa les marches et sonna à la porte.

Un jour, se promit-elle, *j'aurai ma propre porte d'entrée, flanquée d'oliviers ou de plantes grimpantes.*

Jack lui ouvrit. Il était pieds nus, portait un jean et une chemise au col déboutonné. Une barbe discrète ombrait sa mâchoire. Ici, chez lui, il semblait plus jeune et plus détendu.

— Tu as trouvé sans problème ?

Son regard croisa le sien. Une vague brûlante de désir faillit la faire tomber à la renverse. Un peu sonnée, elle entra dans la maison. Les doigts de Jack frôlèrent légèrement les siens. Elle frissonna. L'espace d'un fol instant, elle crut qu'il allait refermer la porte du pied et l'attirer fougueusement contre lui, mais il la referma soigneusement. Le dos tourné, un bras en appui contre la porte, il inspira un grand coup pour se calmer.

Il mit un moment avant de pivoter vers elle. Bien qu'ils se soient à peine touchés, la tension sexuelle était palpable.

Elle sourit avec compassion en déboutonnant son manteau.

— Ça va ?

— Je ne dirais pas non à une douche glacée. Tu es ravissante dans cette robe, répondit-il à voix basse. J'adore quand tes cheveux bouclent comme ça.

— C'est un style que j'appelle « l'indécis ».

Elle lui tendit son manteau.

— J'ai passé et enlevé tant de vêtements en essayant de décider quoi mettre que j'ai produit assez d'électricité pour alimenter tout le quartier.

Il éclata de rire, brisant la tension.

— Je suis content que tu sois venue. Les filles ont hâte de te rencontrer.

— Moi aussi.

Tandis qu'il suspendait son manteau, elle jeta un coup d'œil alentour avec curiosité.

Elle avait imaginé une maison familiale chaleureuse, légèrement en désordre, quelques signes ici et là révélateurs d'un homme dépassé par la situation. Or, ce n'était pas du tout le cas.

Les murs de l'entrée étaient décorés dans une douce palette de blancs et crèmes, qui réfléchissait la lumière et agrandissait l'espace. Jamais elle n'avait vu maison aussi bien rangée. Elle avait l'impression d'être dans un spa. Elle s'attendait presque à ce qu'une esthéticienne en blouse blanche l'escorte vers une salle de traitement pour un soin du visage.

Un large vase rempli de callas était fièrement disposé sur une console. L'envie la démangeait de les réarranger, mais elle n'osa pas. Il n'y avait pas le moindre désordre. Aucun courrier à ouvrir, pas de trousseau de clés qui traînait, pas de détritus à jeter. Tout était à sa place.

— Tu vends ta maison ? lança-t-elle.

Jack haussa les sourcils.

— Non, qu'est-ce qui te fait dire ça ?

Zut ! Elle aurait dû y réfléchir à deux fois avant d'ouvrir la bouche.

— C'est tellement… ordonné, répondit-elle, gênée. Parfois, on nous demande de fabriquer des compositions florales pour mettre en valeur une propriété. Les maisons sont toujours immaculées, comme la tienne.

— Maman aimait que tout soit en ordre. On essaie de garder la maison comme elle l'aimait, déclara une voix timide en provenance de l'escalier.

Flora se retourna. Une fillette se tenait sur les marches. Ses cheveux foncés étaient relevés en une queue-de-cheval inégale. Sa robe bleue pendait sur son corps maigrichon, et elle portait une girafe molle qui n'avait probablement jamais vu l'intérieur d'une machine à laver. Elle la regardait d'un œil méfiant, l'air de se demander : amie ou ennemie ?

— Bonjour.

Flora lui sourit chaleureusement.

— Tu dois être Molly.

Elle avança, mais la petite fille recula, la girafe serrée contre la poitrine.

— Viens là, Molly.

Jack tendit la main.

— Viens dire bonjour.

Au lieu de la saluer, Molly courut vers lui.

Il la prit dans ses bras.

— Que se passe-t-il, ma chérie ?

— Elle porte des chaussures.

Sa voix était à peine audible.

— Maman ne nous laisse pas porter de chaussures dans la maison.

Le regard de Jack croisa le sien au-dessus de la tête de Molly. Elle se pencha pour retirer ses tennis, le visage brûlant.

— J'étais si excitée de vous voir que j'ai oublié de les enlever.

Elle était si nerveuse que ses doigts glissèrent sur les lacets. Elle avait de nouveau huit ans et retirait son manteau, les doigts tremblants, sous le regard sombre et la moue désapprobatrice de sa tante.

« J'ai choisi de ne pas me marier et de ne pas avoir d'enfant, alors il va falloir qu'on trouve le moyen de cohabiter. »

Rien ne stressait plus Flora que de savoir qu'elle n'était pas la bienvenue. Elle voulait être acceptée. Accueillie. Aimée.

Protégée par les bras de son père, Molly prit de l'assurance.

— Tu portes des chaussures dans ta maison ?

— Je n'ai pas de maison, j'ai un appartement. Et je ne le possède pas, je le loue. Il appartient à quelqu'un d'autre qui ne se préoccupe pas trop des fuites et des problèmes d'humidité.

Ni des cafards.

— Il n'est pas aussi beau que ta maison.

La pensée de tous les gens qui avaient foulé son appartement et toutes les activités qui s'y étaient déroulées lui donnait envie de se déplacer dans une combinaison de protection, pas pieds nus.

Quand bien même, lorsqu'elle imaginait la maison familiale de ses rêves, l'endroit était plus chaleureux, moins clinique.

Elle plaça soigneusement ses chaussures dans l'entrée, sur le côté.

— On a un placard à chaussures.

Flora ouvrit la porte que désignait la fillette. Derrière se trouvait un large placard avec étagères.

— Regardez-moi ça !

Elle y rangea ses tennis.

— Je parie que c'est un super endroit pour jouer à cache-cache.

Molly la regarda curieusement.

— C'est un placard. On se salirait.

— Parfois se salir est amusant, et…

Flora s'interrompit, avant de reprendre :

— Tu as raison, tu te salirais. Ta robe est si jolie. Ce serait dommage d'y mettre de la poussière.

Enfant, elle avait passé son temps à se salir, au grand dam de sa tante.

— Ta robe scintille, elle est très brillante, fit remarquer la fillette.

— Merci.

Flora baissa les yeux vers sa robe.

— Je l'ai faite moi-même.

Molly fronça les sourcils.

— Pourquoi ? Tu n'avais pas d'argent pour en acheter une ?

Jack s'éclaircit la gorge.

— Flora l'a faite elle-même car elle a du talent. Il est temps de changer de sujet, jeune demoiselle. Allons dans la cuisine aider ta sœur avec le dîner.

Il posa Molly par terre et lança à Flora un regard d'excuse.

Elle lui sourit pour le rassurer, mais la réaction de la fillette et son accueil plutôt tiède l'inquiétaient. Si c'était un test, elle avait lamentablement échoué.

Tandis qu'elle les suivait à l'arrière de la maison, elle jeta un coup d'œil par une porte ouverte qui donnait sur le salon et remarqua des sofas blancs élégants. Des sofas blancs ? Quelle folie ! Comment faisaient-ils pour les garder aussi immaculés ? Elle espérait qu'elle ne serait pas invitée à y entrer. Elle n'oserait pas s'asseoir de peur de les salir ou de les tacher.

Avec sa sélection de livres d'art empilée sur une table basse et son large tapis crème qui recouvrait le parquet en chêne, la pièce semblait tout droit sortie d'un magazine de décoration. Si elle n'avait pas su qu'une famille vivait là, elle aurait pensé que les habitants étaient un couple passant la majeure partie de son temps au bureau ou recevant des amis qui ne buvaient pas de vin rouge.

Les photos accrochées au mur et les objets d'art donnaient à la maison une atmosphère chic, distinguée. Regardant de plus près, elle remarqua que toutes représentaient la même danseuse gracieuse et céleste. L'une d'elles la montrait en train d'exécuter un grand jeté, capturant l'élégant étirement de ses bras, la courbe de son cou-de-pied, tandis qu'elle tendait les jambes et pointait les orteils. À la voir comme ça, la figure semblait tellement facile.

Elle tourna la tête. Molly l'observait.

— C'est ma maman. C'était une danseuse célèbre.

Aussitôt, les pièces du puzzle s'assemblèrent. Becca. L'épouse de Jack était Becca Parker. *La* Becca Parker, chouchoute des médias et des amateurs de ballet du monde entier, une danseuse qui incarnait la combinaison parfaite de force et de grâce, de puissance et d'élégance. Ces photos, toutefois, ne représentaient que le triomphe, pas les difficultés. Elles ne racontaient que le début de l'histoire de Becca.

Alors étoile montante de la danse, Becca Parker s'était blessée au genou et avait dû abandonner la danse. Une autre personne aurait probablement sombré dans la dépression. Pas elle. Elle avait transformé sa guérison en triomphe et inventé un programme sportif appelé « Le Corps de Becca ». Elle avait investi dans un premier studio, puis un autre, jusqu'à ce que son entreprise donne des cours dans les plus grandes villes des États-Unis.

Flora n'avait jamais pris de cours. Elle n'avait ni le budget ni la motivation. Ni, assurément, la bonne silhouette.

Regardant ces photos, elle se sentit comme un éléphanteau maladroit. Elle avait le sentiment qu'elle n'aurait pas impressionné Becca.

Elle était bonne dans de nombreux domaines, mais était la première à admettre qu'elle ne savait rien faire de particulièrement *impressionnant*. Elle pouvait redonner vie à une plante fatiguée, confectionner un bouquet somptueux, danser le tango, faire parfaitement la roue, peindre à l'aquarelle ou dessiner au pastel, confectionner des vêtements originaux. En revanche, elle n'était pas très ordonnée, était incapable de jeter un livre, ou digérer une huître. Et contrairement à Becca, jamais elle ne voudrait être à la tête d'une entreprise.

Elle redressa les épaules et rentra le ventre.

— Ta maman était très belle.

— Elle était parfaite en tout point, déclara une voix froide à l'entrée de la cuisine.

Flora se retourna. Une adolescente l'étudiait. Voilà donc Izzy. Elle portait un jean skinny déchiré aux genoux, ainsi qu'un débardeur qui exposait son ventre plat. Ses yeux étaient verts comme ceux de son père, sa peau d'un ivoire sans la moindre imperfection.

Flora avait imaginé une créature blessée, meurtrie, qui manquait d'assurance, une famille fracturée qu'elle pourrait aider à guérir. Or cette fille n'avait pas l'air brisée. Elle était effroyablement cool, et la férocité de son regard suggérait que non seulement une aide n'était pas nécessaire, mais qu'elle n'était pas la bienvenue.

Elle se tenait dans une position de danseuse au repos, un pied appuyé contre l'autre. Ses cheveux, de la même couleur foncée que ceux de son père, tombaient, raides et brillants, sur une épaule. Ils étaient si lisses et disciplinés qu'instinctivement Flora repoussa une des boucles qui s'était joyeusement libérée de la coiffure qu'elle avait tentée d'élaborer le matin. Jamais, *jamais*, elle n'aurait l'air aussi cool que cette fille.

Jack tendit la main.

— Izzy, viens dire bonjour à Flora. Flora, voici mon Izzy.

La fierté dans sa voix et l'amour dans ses yeux étaient évidents. Sa fille le gratifia d'un bref sourire, avant de se tourner vers Flora.

— Isabella. Enchantée.

Elle tendit la main. Flora eut l'impression de passer un entretien d'embauche.

— Tu détestes qu'on t'appelle Isabella, fit remarquer Molly en mâchouillant son doigt.

— Oui, j'aime que mes proches m'appellent par mon surnom. Mais je préfère que les inconnus m'appellent par mon prénom.

Elle tira affectueusement sur la queue-de-cheval de sa sœur, puis la serra contre elle.

— Enlève ton doigt de ta bouche. Tu as préparé ton livre ?

— Il est sur le lit.

— C'est bien. On le lira ensemble plus tard.

Il était évident qu'Izzy envoyait un message : on forme une équipe soudée dans laquelle les étrangers ne sont pas admis.

Sa nervosité se décupla, passant de quelques papillons à une nuée. Elle s'était préparée à rencontrer et à venir en aide à deux filles perdues et endeuillées. Comment avait-elle pu être aussi naïve ? Elle n'était pas du tout la bienvenue. Alors qu'elle se tenait là, figée, luttant contre son instinct de fuite, la description qu'avait faite Izzy de sa mère lui revint en mémoire.

Parfaite en tout point.

Elle aurait tout aussi bien pu déclarer : « Tu ne lui arriveras jamais à la cheville, alors inutile d'essayer. »

Flora prit une inspiration. Elle n'essayait pas de la remplacer. Ni de lui arriver à la cheville. Cette fois, elle ne jouerait pas un rôle. Avec Jack, elle ne ferait pas semblant d'être une personne qu'elle n'était pas.

Elle décida de se concentrer sur la plus jeune, la moins effrayante des deux.

— Tu danses, Molly ?

Molly se ratatina contre sa sœur.

— Molly est une jolie danseuse, répondit Jack. Mais elle n'a pas dansé depuis longtemps.

Flora avait arrêté de danser après la mort de sa mère, elle aussi.

— J'adorerais te voir danser un jour.

Molly enfouit le visage contre le ventre d'Izzy.

— Hé.

Izzy l'écarta doucement.

— Rien ne t'y oblige. Mais ne te cache pas. On affronte les choses qui nous font peur, rappelle-toi. Viens m'aider à finir de préparer le dîner.

Flora se sentit mal à l'aise. Avait-elle effrayé la fillette ?

Molly prit la main de sa sœur et la suivit en traînant les pieds.

Flora leur emboîta le pas.

— Quelle belle cuisine, s'exclama-t-elle.

La pièce était baignée du soleil de fin d'après-midi. Les fenêtres donnaient sur un patio de calcaire entouré d'érables du Japon et de cerisiers. Plusieurs pots vides attendaient qu'on y plante des fleurs. Flora imagina le jardin en plein été, des fleurs colorées jaillissant de ces pots.

Contrairement au reste du rez-de-chaussée, cette pièce était lumineuse et accueillante.

Molly la regardait.

— Maman adorait le jardin.

Flora sentit une vague d'optimisme. L'enfant lui parlait encore, même si elle s'accrochait à sa sœur.

— J'adore les jardins, moi aussi. Je suis fleuriste. Ça te ferait plaisir, si je plantais des fleurs dans ces pots ?

— Vous êtes une invitée, intervint Izzy, un sourire faussement radieux mais vacillant sur les lèvres. Les invités ne travaillent pas dans le jardin. S'il vous plaît, asseyez-vous, Flora.

— Oui, assieds-toi, Flora, renchérit Jack. Tu n'es pas venue ici pour jardiner. C'est ta soirée de repos. Quand il n'y a que nous trois, on mange au bar, mais on a mis la table en ton honneur.

Il désigna la table, dressée avec sets et serviettes. Il ne semblait pas avoir remarqué qu'Izzy se comportait de façon étrange. Flora se demanda si elle se montrait susceptible. On n'était jamais vraiment soi-même la première fois qu'on rencontrait quelqu'un, comme elle ne le savait que trop bien.

Elle s'assit et tourna la tête vers Jack, avide d'un soupçon de complicité, de tendresse, mais il ne la regardait pas.

— Qu'est-ce que je te sers à boire ?

Il était amical, rien de plus.

Elle admirait son self-control et le comprenait, mais l'intimité qu'il partageait lors de leurs rendez-vous lui manquait. C'était étrange de ne pas le toucher, de ne pas glisser sa main dans la sienne ni sentir la chaleur de ses doigts. Il y avait bien une sorte de tension dans l'air, mais différente. Anticipation, menace ? La maison semblait retenir son souffle.

Jack ne paraissait pas relever cette tension. Peut-être s'y était-il préparé. C'était elle qui avait eu tort de penser que la rencontre serait facile. Un étranger ne pouvait pas se faire une place au sein d'une famille du jour au lendemain. Elle était bien placée pour le savoir.

Elle était néanmoins déterminée à essayer. S'intégrer et plaire à autrui était dans ses cordes. Elle pouvait y arriver. Elle *savait* comment y arriver.

— J'ai fait de la citronnade maison.

Elle sortit la bouteille de son sac extra-large.

— Génial. Merci.

Jack sortit de grands verres d'un meuble vitré.

— Les filles ? De la citronnade ?

— Pas pour moi, merci, répondit Izzy, un sourire poli aux lèvres, tandis qu'elle s'affairait au repas. J'évite le sucre.

La pique fit son petit effet. Il lui était arrivé de se blesser en manipulant des roses, mais cette pique faisait plus mal qu'une épine profondément enfoncée dans sa chair. Aussitôt, les critiques de sa tante lui revinrent en mémoire. « Pourquoi as-tu perdu du temps et gaspillé de l'argent à préparer ça ? »

Jack semblait plus amusé qu'ennuyé.

— Tu t'es lâchée sur le chocolat hier, pourtant.

— C'est la raison pour laquelle je ne mange pas et ne bois pas de sucre aujourd'hui. Je prendrai de l'eau.

La vertu incarnée, elle se dirigea vers le frigo, verre à la main, se servit quelques glaçons et le remplit d'eau. Jack poussa le verre de Molly vers Flora.

— La citronnade est la boisson préférée de Molly. Tu vas adorer, ma chérie.

Molly ne partageait pas son enthousiasme, mais ne rejeta pas l'idée non plus, alors Flora la servit et retint son souffle. Y avait-il public plus effrayant qu'une enfant de sept ans ?

Molly goûta prudemment.

Flora ne respira que lorsque l'enfant en prit une deuxième gorgée.

Molly sourit timidement et se lécha les lèvres.

— C'est trop bon !

Le cœur de Flora bondit dans sa poitrine. C'était comme obtenir une promotion et une augmentation de salaire en même temps. Elle voulut se jeter sur Molly et pleurer de gratitude, mais elle parvint à se retenir.

— Je suis contente qu'elle te plaise.

Izzy tourna le dos et abattit violemment une poêle sur la cuisinière.

— On mange des burgers végétariens. J'espère que ça conviendra à tout le monde.

— Je déteste les burgers végétariens, ronchonna Molly.

Flora sourit. La personnalité de la fillette émergeait en dépit de sa timidité.

Izzy lança un regard exaspéré à sa sœur.

— Depuis quand ? La semaine dernière, c'étaient tes préférés. On est samedi. On mange toujours des burgers végétariens le samedi.

— Uniquement parce que maman les aimait. Mais moi, je les déteste.

— Comment peux-tu détester un plat si savoureux ? fit Jack. Izzy est un vrai cordon bleu, Flora.

Il sourit à sa fille.

— Tu devrais goûter ses pancakes. Quand la journée commence avec ses pancakes, impossible qu'elle soit mauvaise.

Le sourire d'Izzy disparut en un éclair.

— J'en fais seulement au petit déjeuner.

Vu sa posture rigide, il était clair que, si Izzy obtenait gain de cause, Flora ne serait jamais invitée pour le petit déjeuner.

— Des burgers végétariens ? Super ! s'exclama Flora pour dissiper la tension. Tu les as préparés toi-même ? Je suis impressionnée. Il faudra que tu me donnes la recette. J'adore cuisiner.

— C'était la recette secrète de ma mère, répondit Izzy, les dents serrées.

Flora se sentit encore un peu plus exclue.

Izzy fit griller les steaks et les retourna d'une main experte.

Intimidée par un tel savoir-faire, Flora reporta son attention sur Molly.

— Tu vas à l'école dans le quartier, Molly ?

Jack retira doucement la main de Molly de sa bouche.

— Tu réponds à Flora ?

Flora pensait qu'elle se contenterait d'un rapide hochement de tête, mais la fillette lui répondit.

— Je peux y aller à pied. Izzy m'emmène. Son école est à côté.

— C'est gentil de sa part.

— C'est ma sœur, rétorqua Izzy. C'est ce que font les sœurs.

Il semblait à Flora qu'Izzy remplissait plus un rôle de mère que de sœur, mais elle n'avait pas assez d'expérience en la matière pour en juger.

— Papa est déjà parti quand je me lève, expliqua Molly. Il part travailler tôt, mais parfois il rentre avant que j'aille au lit.

Cette salve d'informations lui valut un autre regard frustré de la part de sa sœur.

— Tu t'es lavé les mains, Molly ?

— Oui. Toutes propres, répondit Molly en agitant les mains dans les airs. Je peux avoir encore de la limonade ?

— *Puis-je*, la réprimanda Izzy, et je n'ai pas entendu de « s'il te plaît ».

— Puis-je, s'il te plaît ?

Molly poussa son verre en avant, et Flora le remplit, ressentant envers elle une immense gratitude.

— Ma matière préférée, à l'école, c'était l'art. Quelle est la tienne ?

— J'aimais bien dessiner avant.

Molly sirota sa boisson, avant d'ajouter :

— Mais plus maintenant.

— J'adore dessiner.

Encouragée, Flora sortit de son sac le carnet à dessins et le crayon qu'elle emportait partout.

— Quel est ton animal préféré ?

— Le renard, répondit Molly.

Izzy fronça les sourcils.

— C'est la girafe.

— C'est le renard, répéta fermement Molly.

Flora dessina rapidement un renard, ajoutant quelques arbres en arrière-plan.

— Tiens, il est pour toi. Tu peux le colorier, si tu veux.

Elle poussa le dessin vers elle. Avant que Molly puisse l'attraper, Izzy s'en empara.

— Molly n'aime pas colorier.

L'adolescente traversa la cuisine, le dessin à la main. Flora crut qu'elle allait le jeter à la poubelle, mais à la dernière minute, Izzy le posa sur le plan de travail.

— Sors le ketchup et la salade du frigo, Molly. Les steaks sont presque prêts.

Qu'avait-elle fait de travers ? Pourquoi Izzy ne voudrait-elle pas que Molly colorie l'image ?

La jeune fille fit griller les pains à burger, les posa sur une assiette au centre de la table, puis ajouta des bols de salade et enfin les steaks.

— Je ne les ai pas assemblés exprès. Chacun pourra composer le sien et y mettre ce qu'il aime.

Flora décida que la meilleure façon de faire plaisir à Izzy était de s'extasier sur la nourriture.

Elle était sur le point de saisir un bun, quand Izzy prit la parole.

— Je n'étais pas sûre que vous en vouliez, Flora. Ma mère ne mangeait jamais de bun. Elle évitait les féculents.

Flora redirigea sa main vers le steak et la salade.

— Je n'en mange pas non plus.

Son estomac protesta bruyamment contre sa décision. Son cerveau protesta, lui aussi, mais plus discrètement. Allait-elle vraiment changer ses habitudes pour faire plaisir à une adolescente ? Oui. Elle entendit la voix de Julia dans sa tête, l'exhortant à ne pas se laisser marcher sur les pieds, mais elle voulait mettre toutes les chances de son côté pour que sa relation avec Jack fonctionne. Ce n'était que du pain, après tout. Cela ne lui ferait pas de mal d'éviter les féculents.

Molly mordit dans son burger complet, avec pain toasté.

— On aura de la glace en dessert ?

— C'était prévu, mais tu as bu toute cette citronnade sucrée, alors on mangera des fruits, répondit Izzy.

Elle se servit, calme et sereine, laissant Flora affronter toute la force de la déception de Molly. À cause d'elle, il n'y aurait pas de crème glacée. Elle avait ruiné le dessert, ruiné le moment de réconfort.

Flora étudia l'adolescente, essayant de déterminer quelles émotions bouillonnaient sous la surface. La rancœur ? La tristesse ? Rien ne transparaissait. Mais alors qu'Izzy plaçait une assiette devant elle, Flora remarqua que sa main tremblait : elle était stressée.

Aussitôt, la nervosité de Flora s'évapora. Elle voulait dire quelque chose pour indiquer qu'elle était une amie, pas une ennemie. Elle voulait dire qu'elle comprenait, du moins en partie, ce qu'Izzy ressentait.

Elle jeta un coup d'œil à Jack, pour voir s'il avait remarqué la tension chez sa fille, mais si c'était le cas, il n'en montrait rien. Il attaquait son burger avec enthousiasme, concentré sur Molly.

— Marcy organise une soirée pyjama pour son anniversaire, mais je ne veux pas y aller.

Jack se resservit de la salade.

— Ce serait amusant, non ? Tu adores Marcy.

Molly triturait son burger.

— Je veux rester à la maison.

Flora sentit un élan de compassion. Elle ne se rappelait que trop bien ces sentiments d'insécurité qui l'avaient poussée à rester à la maison.

Jack fronça les sourcils.

— Mais…

— Elle n'est pas obligée d'y aller si elle n'en a pas envie, coupa Izzy, qui mangeait avec élégance. Marcy peut venir ici le lendemain. On fera des gâteaux. N'enlève pas la laitue, Molly.

Molly remit la salade dans son burger et prit une bouchée avec un air de martyr.

— On dirait de l'herbe.

— Tu n'as jamais mangé d'herbe.

Izzy sourit à sa sœur, et ses yeux se plissèrent aux coins. Puis elle reporta son attention sur Flora, et le sourire s'éteignit aussi abruptement que des lampes lors d'une panne de courant.

— Mon père dit que vous êtes fleuriste, Flora.

Elle était si formelle que c'en était presque ridicule, comme si elle cochait des sujets de conversation appropriés dans sa tête.

Flora persévéra.

— Je t'en prie, tu peux me tutoyer. Oui, je suis fleuriste. Mon amour des fleurs me vient de ma mère. C'était une fleuriste très talentueuse. Elle était capable de reconnaître chaque plante, chaque fleur.

Elle hésita.

— J'ai perdu ma mère quand j'avais à peu près le même âge que Molly.

Molly attrapa le ketchup.

— Où est-ce que tu l'as perdue ?

— Je veux dire, elle est morte.

Izzy se figea une microseconde. Molly fit gicler du ketchup sur la table.

Un poids tomba sur l'estomac de Flora tandis qu'elle pensait, paniquée, *Erreur.* Grosse, *grosse* erreur.

— Notre maman est morte, bredouilla Molly, les yeux écarquillés et brillants de larmes.

Izzy lança sa serviette sur le ketchup, envoya un regard furieux à Flora et passa le bras autour de sa sœur.

— Tout va bien, mon lapin. Je suis là.

— Je suis si navrée que tu aies perdu ta maman, répondit Flora, le cœur serré.

Mon Dieu, qu'est-ce qui lui avait pris ? Elle avait tout gâché.

Pourquoi avait-elle parlé de sa mère ? Elle-même n'aimait pas parler de son vécu. Au lieu de leur apporter son soutien, elle leur avait fait de la peine, leur avait causé de l'inquiétude.

Et maintenant, elles se liguaient contre elle.

Le regard de Jack était rivé sur Molly. Flora sentait son impuissance, sa farouche détermination à protéger ses enfants.

Elle n'avait rien arrangé du tout. Au contraire, elle avait empiré la situation.

— Viens là.

Il prit sa plus jeune fille sur ses genoux et rapprocha son assiette de la sienne. Molly se blottit contre lui, la tête sur son épaule, sa queue-de-cheval éparpillée sur sa chemise. Elle s'accrochait avec ses bras et ses jambes, accablée de tristesse.

— Maman me manque.

— Je sais. Elle nous manque à tous. C'est normal.

Il la tint d'un bras et lui caressa la jambe de l'autre.

— Mais on est là les uns pour les autres, et on va rester groupés comme tous les ingrédients de ce délicieux burger que ta sœur a préparé.

— Je peux rester sur tes genoux ?

— Bien sûr, mais je risque de manger ton burger par accident, en plus du mien. Tant que ça ne te dérange pas.

Elle le gratifia d'un petit rire.

Izzy frottait la table avec frénésie bien que le ketchup soit parti depuis longtemps. Ses joues étaient rouges, et elle n'arrêtait pas de cligner des paupières. Flora voulait prendre cette main crispée dans la sienne, mais elle n'osait pas. Elle jeta un coup d'œil à Jack pour voir s'il avait remarqué la réaction de sa fille aînée, mais il était concentré sur la plus jeune.

Elle voulait disparaître. Tout était de sa faute.

— Je suis désolée. Je n'ai pas réfléchi, murmura-t-elle.

— Quand ta maman est morte, tu as vécu avec ton papa, comme nous ? demanda Molly, en sécurité dans les bras de Jack.

Flora avait le souffle court. Elle aurait préféré changer de sujet.

— Je suis allée chez ma tante. C'était ma seule famille. J'ai vécu avec elle jusqu'à ce que j'emménage dans mon propre appartement. Elle est morte l'année dernière.

Izzy posa son burger.

— Tu n'as pas de famille ? s'exclama-t-elle. Personne du tout ?

— Izzy, la réprimanda Jack en fronçant les sourcils.

— J'ai plusieurs amis proches, répondit Flora. Les amis proches sont comme une famille.

Sauf qu'ils ne l'étaient pas vraiment. Aucun d'eux ne semblait remplir le trou béant laissé par la mort de sa mère. Sa tante ne l'avait pas rempli, non plus. D'une certaine manière, c'était elle qui lui avait fait prendre conscience de son immense solitude. Gillian avait fait son devoir en l'accueillant, mais elle n'avait jamais voulu d'elle, et Flora avait toujours eu conscience de son sacrifice. La culpabilité l'avait poursuivie comme une ombre jusqu'au jour où elle avait enfin déménagé.

— *Comme* une famille. Mais pas de la *même* famille, dit Izzy.

— Une famille est unie par les liens du sang, expliqua gentiment Molly.

Alors qu'elle se forçait à sourire, Flora croisa le regard perçant d'Izzy.

L'adolescente n'ajouta rien, mais le message était clair.

Flora n'avait pas de famille à elle, et en aucun cas elle se ferait une place dans la leur.

Izzy

New York

Affalée sur le lit de Charlie, Izzy grignotait du pop-corn pendant que ses amies se préparaient pour sortir. Son père gardait Molly à la maison, alors elle avait la soirée de libre. Mais comment était-elle censée s'amuser comme une ado, alors qu'elle avait l'impression d'avoir cent ans ?

Elle faisait mine de participer à la conversation sur les vêtements et les garçons ; en réalité, elle pensait à son père et à Flora.

S'étaient-ils revus ? Leur relation était-elle sérieuse ? Elle les avait observés si scrupuleusement qu'elle avait failli en brûler les steaks, les imaginant quittant en douce le travail pour être ensemble. Que faisaient-ils, quand ils se retrouvaient à l'heure du déjeuner ? Couchaient-ils ensemble ? Où ça ? Elle était certaine qu'ils n'avaient pas fait ça à la maison. Ils devaient s'envoyer en l'air chez Flora, sur un lit king-size, entourés de fleurs fraîches.

Que se passerait-il, s'ils tombaient amoureux ?

Soudain, elle eut du mal à respirer. La chambre manquait d'air.

— Izz ? Tu écoutes, ou quoi ?

Avery lui fourra un flacon de vernis à ongles sous le nez.

— Tu penses quoi de cette couleur ?

— Elle est jolie.

Et s'ils décidaient de se marier ? Est-ce que son père en discuterait d'abord avec elles, ou se contenterait-il de le leur annoncer, comme il avait annoncé qu'elle venait dîner ? Elle n'avait pas eu son mot à dire. Elle n'avait pas eu son mot à dire non plus pour les événements tragiques qui s'étaient produits cette année.

Sa vie avait été brisée. Elle n'avait toujours pas recollé les morceaux, et voilà qu'une fois de plus tout partait en vrille.

Ses amies s'écroulèrent de rire. Elle n'avait pas suivi la conversation et se força à sourire. Trouvait-elle les discussions sur les cheveux, les ongles et les fringues intéressantes, avant ? Elle ne s'en souvenait même plus.

Paniquée, moite de sueur, elle essaya de se concentrer sur ses amies.

Charlie avait mis la musique à fond. Izzy savait que, d'un instant à l'autre, sa mère lui hurlerait de baisser le son car elle ne pouvait pas s'entendre penser. C'était tellement prévisible que ça lui donnait des démangeaisons.

On était samedi soir. Dans sa vie d'avant, les samedis soirs étaient toujours consacrés aux amies, pour traîner, faire des choses d'ado. Être chez Charlie aurait dû lui faire du bien. Sa propre maison lui faisait penser à sa mère, ce qui était émotionnellement épuisant. Passer du temps ici aurait dû lui changer les idées, mais elle ne se sentait pas à sa place.

— Charlie ! tonitrua sa mère du rez-de-chaussée. Baisse la musique. Tout de suite !

Charlie leva les yeux au ciel et monta le volume.

— Au moins, comme ça, on ne l'entendra plus. Elle me fait grave chier ! Elle râle au sujet de mes notes, elle critique ce que je porte, la façon dont je parle…

Avery souffla sur ses ongles.

— Je me suis disputée avec ma mère, moi aussi. Elle voulait que je sois rentrée à 23 heures. Vous imaginez ? La honte, quoi. Qu'est-ce que mes parents me soûlent ! Ils voulaient que j'apprenne à conduire, et maintenant, y a genre une dispute chaque fois que je veux prendre la voiture. J'ai hâte d'aller à l'université. Je postulerai de l'autre côté du pays pour ne plus les avoir sur le dos.

Les oreilles d'Izzy se mirent à bourdonner.

Elles se plaignaient en permanence. Pour des futilités. La distance entre leurs priorités et les siennes était si vaste qu'elles auraient pu tout aussi bien vivre sur des continents différents. Si elle était passée devant elles en rampant, en sang et blessée, l'auraient-elles seulement remarquée ? C'était comme ça qu'elle se sentait à l'intérieur.

Se montrait-elle égocentrique ? Ne devrait-elle pas s'intéresser aux choses auxquelles elles attachaient de l'importance, même si elle les considérait aujourd'hui comme frivoles ? Quant à ses amies, ne devraient-elles pas faire plus d'efforts pour essayer de comprendre ce qu'elle ressentait ?

Elle se réprimanda intérieurement. Cela ne servait à rien de tout voir en noir et blanc. Ses amies n'étaient pas nulles. Elles faisaient du mieux qu'elles pouvaient. Seulement, il y avait des jours où elle ne se sentait pas assez soutenue.

À une époque, elle aussi s'était intéressée aux fringues, au maquillage, aux sorties… Comme elle aurait aimé que son plus gros dilemme soit de choisir entre le débardeur bleu et le rouge !

— Dès que j'arrive à la fac, j'achète une nouvelle garde-robe et du maquillage, annonça Charlie en appliquant du vernis orange sur ses ongles. Maman n'aura pas son mot à dire sur la façon dont je dépenserai mon argent. Ce sera trop génial d'être loin.

Elles ne se rendaient pas compte que se plaindre de leurs mères manquait de tact. Elles étaient censées être ses meilleures amies, mais ces derniers temps Izzy se sentait seule.

Perturbée par toutes ces pensées négatives, elle attrapa la cannette et descendit sa boisson. Énergisée par le soudain apport de sucre, elle décida de parler franchement. Elle en avait ras le bol de rester silencieuse et de prétendre partager leur avis, ressentir les mêmes choses qu'elles. Elle voulait les choquer, les secouer, leur dire de se réveiller et de profiter de leurs familles avant qu'il ne soit trop tard.

Elle s'était disputée avec sa mère, elle aussi, mais n'avait pas eu la chance d'arranger les choses. Aujourd'hui, elle était accablée de chagrin et devait faire face toute seule. Elle ne voulait pas que la même chose leur arrive.

Si elle avait pu remonter le temps, sa devise aurait été : « On crève l'abcès, un câlin et au lit. » Comment aurait-elle pu ne pas parler de ce coup de fil qu'elle avait surpris ? Jamais elle n'aurait pu l'ignorer. C'était trop énorme. Toutefois, elle regrettait d'avoir levé la voix lors de cette ultime conversation.

— Ta mère se fait du souci, c'est tout, dit-elle.

Charlie admira ses ongles, écartant les doigts jusqu'à ce que sa main ressemble à une étoile de mer.

— Ouais, c'est ce que je te dis. Elle se soucie d'elle-même. Tout doit être comme elle le souhaite. J'ai envie d'ajouter une bande de paillettes. Qu'est-ce que vous en pensez ?

— Elle se fait du souci pour *toi,* imbécile !

Izzy écrasa la cannette vide si fort entre ses mains que ses articulations blanchirent.

— Elle est sur ton dos parce qu'elle se soucie de toi.

Charlie leva les yeux au ciel.

— Tu ne sais pas de quoi tu parles. Tu n'as pas à te farcir toutes ces…

Sa voix faiblit, tandis qu'elle réalisait, trop tard, sa maladresse.

— Ouais, j'ai tellement de chance d'avoir perdu ma mère. Ça me rend la vie tellement plus facile.

Izzy ne reconnaissait pas sa propre voix. Elle était aussi aiguë et stridente que l'alarme incendie du lycée. Si ses amies avaient du bon sens, elles évacueraient les lieux. Or, elles restaient assises là à la dévisager.

— Je parie que vous m'enviez. Personne ne me dit quoi faire. Personne ne m'ordonne de baisser la musique ou de porter une jupe plus longue. C'est génial, vraiment. Vous n'imaginez pas à quel point c'est cool.

Charlie regarda Avery, qui rougit et secoua imperceptiblement la tête, à la fois embarrassée et sur la défensive.

Izzy était furieuse contre elle-même. C'était la deuxième fois en deux jours qu'elle pétait les plombs. Que lui arrivait-il ?

Paniquée à l'idée de la conversation qui allait suivre, elle se leva et s'approcha de la fenêtre.

— Ignorez-moi. Je suis fatiguée, c'est tout.

— Désolée, Izz, fit Avery d'une petite voix. On n'a pas réfléchi. Tu sais qu'on ne pensait pas à mal. On se comportait normalement en ta présence, c'est tout. Tu as dit que tu en avais marre des gens qui marchaient sur la pointe des pieds, qui te traitaient comme une bête curieuse. Tu te rappelles ?

Ouais, elle se rappelait.

Par la fenêtre, elle vit la mère de Charlie monter en voiture. *Ma mère aurait pris un taxi,* songea-t-elle tristement, se remémorant combien Becca détestait conduire. Elle était si mauvaise conductrice que son père, Molly et elle se moquaient gentiment chaque fois qu'elle quittait l'allée en marche arrière, laissant de profondes bandes marron sur la pelouse. Ces traces de pneu lui manquaient. Encore un de ces petits détails qu'on ne remarquait que lorsque la personne n'était plus là.

Elle ressentit soudain le besoin de raconter à Avery et Charlie ce qui se passait, en partie du moins. Elles étaient ses amies. Elle devrait les traiter comme telles. Peut-être qu'alors elle se sentirait normale pendant quelques minutes.

— Mon père voit quelqu'un.

Un silence choqué suivit.

Avery remit le vernis dans son sac.

— Une femme, tu veux dire ?

— Évidemment, une femme ! aboya Izzy. Perdre ton conjoint ne te fait pas changer d'orientation sexuelle.

Elle enroula les bras autour d'elle-même. Pourquoi se sentait-elle si maussade, si furieuse, en permanence ? Elle devrait peut-être s'inscrire dans une salle de sport pour faire du kickboxing, au lieu d'agresser ses proches.

Avery, d'ordinaire peu affectueuse, s'assit sur le lit pour se rapprocher d'elle.

— Comment tu l'as appris ?

— Il l'a amenée à la maison.

— Oh mon Dieu, tu l'as rencontrée ?

Charlie laissa de côté le maquillage et s'affala sur le lit.

— Comment est-elle ?

Souriante, pensa Izzy. Souriante, jolie, très différente de sa mère. Sa mère n'aurait jamais porté de couleurs vives, ni laissé ses cheveux cascader sur ses épaules comme Flora. Flora était créative, un peu bohème, et…

Cool.

Elle sentit une nouvelle vague de panique l'envahir. D'où lui était venue cette pensée ? Flora n'était pas cool, c'était une briseuse de ménage.

— Izz ? insista Charlie. Comment est-elle ?

Quelle importance ?

Elle regrettait de leur avoir parlé, mais il était trop tard pour faire marche arrière.

— Je ne l'ai vue que quelques heures, c'est tout.

Mais Flora avait fait sourire son père. Plusieurs fois.

Izzy n'avait pas vu son père sourire pour de vrai, avec spontanéité et sincérité, depuis longtemps. Il se fendait de sourires forcés, bien sûr. Ceux qui disaient qu'il allait bien. Elle savait tout de ces sourires. Ils demandaient tant d'efforts, étaient si peu naturels, que le visage faisait mal.

— Est-ce qu'elle a des enfants ?

— Je ne crois pas.

En réalité, elle l'ignorait. Elle ne savait rien de Flora. Elle s'était sentie si paniquée et menacée de voir une autre femme dans la maison qu'elle n'avait pas posé beaucoup de questions.

— Elle n'a probablement pas d'enfants, ou elle en aurait parlé. Espérons au moins qu'elle *aime* les enfants. Elle a été sympa avec Molly ?

Charlie croisa le regard d'Avery.

— Quoi ? On a tous lu les histoires sur les belles-mères malfaisantes. La belle-mère de Cam est une vraie sorcière. Elle fait infuser toutes ces herbes chelous. C'est franchement flippant. Je ne bois jamais rien d'autre que des cannettes que j'ouvre moi-même, quand je suis chez lui.

Izzy avait la poitrine serrée.

— Elle ne deviendra pas ma belle-mère.

Elles avaient cependant donné voix à sa plus grande peur. Que cette relation ne soit pas temporaire. Qu'elle continue et devienne encore plus sérieuse.

Elle s'imagina en chemin pour la salle de bains dans un demi-sommeil, un matin, et croiser Flora. Pire, Molly croisant Flora. Elle devrait alors lui parler de sexe. Rien que d'y penser, elle se mit à transpirer.

— Ça doit être cool d'avoir un autre adulte dans les parages, lança Avery avec hésitation. Elle pourrait surveiller Molly, et on te verrait plus souvent. Tu es toujours occupée à faire des trucs dans la maison.

— Ça ne me dérange pas. Ça me plaît.

Elle ne voulait pas que quiconque interfère chez elle ; elle ne voulait pas que quelqu'un d'autre s'occupe de Molly. Elle seule savait comment s'occuper de sa petite sœur. Avoir une étrangère à la maison ne ferait qu'accroître le stress de Molly, or celle-ci était déjà suffisamment stressée.

Molly était restée agitée longtemps, après la visite de Flora. Quand elle s'était enfin endormie, elle avait fait le pire cauchemar de sa vie. Elle s'était réveillée en pleurs. Izzy avait alors mis plus d'une heure à la calmer. Elle avait failli aller chercher son père, mais il devait se lever tôt le lendemain et, même si elle ne l'admettrait jamais devant personne, elle aimait que Molly grimpe dans son lit. Ses visites nocturnes lui permettaient de penser à autre chose qu'à elle-même, de rester ancrée dans le moment présent, au lieu de cogiter sur le passé et le futur.

Son boulot était de tout garder aussi normal que possible chez eux. D'être indispensable. Alors, elle avait câliné Molly, allumé la veilleuse que sa sœur trouvait réconfortante et lui avait fait la lecture jusqu'à ce qu'elle se rendorme. Lorsque Molly s'accrochait à elle, Izzy pouvait prétendre que tout irait bien. Molly l'adorait. Molly avait besoin d'elle. D'une façon ou d'une autre, tout finirait par rentrer dans l'ordre.

Elle s'était toutefois interrogée sur le cauchemar de sa sœur. Flora était-elle responsable ? Elle en voulait à son père d'avoir empiré une situation déjà difficile. Ils ne s'étaient pas enlacés et embrassés à table, c'était déjà ça. Elle les avait surveillés, prête à intervenir si elle remarquait un comportement inadapté pour Molly. Mais elle n'avait rien remarqué de tel. S'il n'y avait pas eu ce regard empli de désir que Flora avait lancé à son père et qu'elle avait surpris, elle aurait même pensé que tous deux n'étaient rien de plus que des amis. Il n'avait pas remarqué. Il était concentré sur Molly à ce moment-là, mais l'instant n'avait pas échappé à Izzy.

— Donc, euh…

Avery marqua une pause, comme quelqu'un s'apprêtant à marcher sur de la glace et se demandant si elle céderait sous son poids.

— Visiblement, il l'apprécie, ou bien il ne l'aurait pas amenée à la maison pour vous rencontrer. Rencontrer les enfants, ce n'est pas rien.

Izzy, qui essayait de se convaincre que cette relation ne durerait pas, se sentit anéantie par ces paroles.

— Mouais, peut-être.

— Ça n'a rien de surprenant. Ton père est du genre sexy.

Charlie fit mine de vomir.

— Beurk, dégueu !

— Je veux dire, pour un homme de son âge. Ne fais pas comme si tu n'avais pas remarqué.

Izzy aurait donné cher pour un siège éjectable. Elle voulait s'éjecter de la chambre et atterrir de préférence sur une autre planète.

— Cette conversation devient bizarre, bougonna-t-elle.

— Elle va vous accompagner en Angleterre, cet été ?

— Quoi ? s'exclama Izzy. Bien sûr que non !

Elle en eut le tournis. Elle n'avait même pas envisagé cette possibilité. Flora à Lake Lodge ? Hors de question. Chaque année, sa famille passait trois semaines dans la belle région de Lake District, chez la meilleure amie de sa mère et sa famille. Tante Clare était sa marraine. Leur séjour en bord de lac constituait l'une des grandes joies de sa vie. Exercice physique et éclate totale. Liberté et air frais. Aiden.

« Je t'aime, Izzy. Je t'ai toujours aimée. »

Penser à lui la calma un peu. Elle n'avait raconté à personne ce qui s'était passé entre eux, l'été précédent. En aurait-elle parlé, si elle n'avait pas perdu sa mère ? Pas forcément. Son rapprochement avec lui était trop précieux pour l'évoquer en mode potins. Ses amies discutaient des garçons comme elles discutaient de mascara, comparant leurs qualités. Elle ne voyait pas Aiden comme ça. Ce n'était pas un de ces garçons qui attendaient le bon moment pour plonger la main dans le décolleté des filles. Quand son vélo s'était cassé, il l'avait réparé. Elle aurait pu le faire elle-même – son père le lui avait appris –, mais elle avait apprécié qu'il soit prêt à tacher ses vêtements d'huile et de sueur pour l'aider.

Elle avait cru que ce qu'ils avaient était spécial, mais le temps avait érodé cette conviction, ainsi que de nombreuses autres. Ce qui était spécial l'été précédent ne l'était plus forcément à ce jour. Les sentiments changeaient. Elle voulait remonter le temps, à l'époque où sa mère était vivante, à l'été où Aiden lui avait dit qu'il l'aimait ; la vie semblait simple, alors, et sa tête tourbillonnait de joyeuses pensées – Aiden, l'université – et de possibilités.

Si elle avait su combien sa vie allait changer, elle aurait savouré chaque instant. À l'idée de ne pas retourner à Lake Lodge ni revoir Aiden, elle se sentit envahie de désespoir.

— Ta tante Clare était l'amie la plus proche de ta mère…

La voix de Charlie faiblit, mais l'implication était claire. Pourquoi passeraient-ils l'été chez la meilleure amie de sa mère, alors que celle-ci n'était plus parmi eux ?

— Pas seulement celle de ma mère. C'est une amie de la famille. Papa l'adore, aussi. On l'adore tous.

Elle ne mentionna pas Aiden. Elle devait arrêter de penser à lui. Il n'avait pas répété ces mots-là depuis. Durant l'année, ils n'avaient échangé que des messages factuels. « J'ai été pris dans l'équipe de foot. Je suis allé faire du bateau avec papa. »

L'amour, comme les gens, pouvait mourir.

— Molly serait dégoûtée si on n'y allait pas. On essaie de ne pas chambouler nos habitudes.

Son père en aurait forcément parlé s'il était question de ne plus y aller, non ?

Une image du lac s'imposa à son esprit. C'était si paisible là-bas, l'air était si frais et pur. Le cadre, beau à couper le souffler, atténuait les problèmes. Et, en l'occurrence, elle avait terriblement besoin que les siens diminuent. Elle était fatiguée d'être coincée dans un endroit rempli de souvenirs de sa mère. Lake Lodge était certes aussi un endroit qu'elle associait à sa mère, mais pas de la même façon.

La maison appartenait à tante Clare et sa famille, et elle était remplie de leurs trésors de famille et d'affaires personnelles. Elle ne serait pas obligée de passer devant une large photo de sa mère chaque fois qu'elle descendrait prendre le petit déjeuner. Même les souvenirs seraient différents. Elle se rappelait sa mère allongée sur un transat, un livre ouvert à côté d'elle, un genou plié pendant qu'elle parlait à Clare ; sa mère, lovée dans la bibliothèque pendant que la pluie martelait les fenêtres et agitait l'eau du lac. Sa mère était une personne différente pendant ces vacances, du moins durant les premiers jours. Après, elle devenait fébrile, pressée de retrouver son rythme de vie effréné.

Un jour, elle lui avait pris la main et l'avait entraînée vers la pelouse qui s'étendait jusqu'au lac.

— Écoute, avait-elle dit. Qu'entends-tu ? Rien, n'est-ce pas ?

Izzy avait scrupuleusement écouté.

— J'entends des oiseaux et des vagues.

De légers ploufs. Le clapotis de vagues minuscules qui léchaient la rive. C'étaient les sons les plus relaxants qu'elle ait jamais entendus. Elle aurait vécu là si elle avait pu, mais apparemment sa mère n'était pas du même avis.

— Exactement. Des oiseaux et des vagues. Les bruits de la ville ne te manquent pas ?

Non, mais la vie était toujours plus simple quand les choses allaient dans le sens de sa mère. Sentant une certaine pression, elle avait hoché la tête, gardant pour elle combien elle adorait l'endroit. Pas seulement le lac, mais la maison. Elle adorait les larges fenêtres et sa chambre dans la tourelle avec vue sur l'eau. Elle adorait que la maison arbore les signes du temps qui passe. Les profonds sofas légèrement usés, les meubles éraflés.

Tante Clare ne vous demandait jamais d'enlever vos chaussures ou de manger et boire seulement dans la cuisine. C'était une maison où les chiens étaient les bienvenus, tout comme les bottes pleines de boue, le rire et la vie dans toute sa joyeuse pagaille. Là-bas, Izzy pouvait vraiment se détendre, alors qu'elle ne le pouvait jamais dans sa propre maison. À Brooklyn, ils vivaient surtout dans la cuisine et les chambres. L'élégant salon était réservé à leurs parents et leurs invités. Chez Clare, aucune pièce n'était interdite.

Elle aimait tout particulièrement l'immense jardin, avec ses recoins sombres et ses arbres anciens. La star du spectacle était le marronnier géant aux branches robustes, idéales pour grimper. Elle aimait également le lac, avec sa surface transparente et son sens de profond mystère. Mais plus que tout, elle adorait la *boathouse*.

Elle s'était souvent demandé quel effet cela ferait de vivre dans un endroit aussi idyllique. Elle n'était peut-être pas faite pour la ville, après tout.

Mais il ne s'agissait pas seulement l'endroit. Son affection allait aussi aux personnes qui y vivaient.

Quand ils étaient petits, Aiden et elle se faufilaient hors de leurs lits et s'asseyaient en haut de l'escalier pour écouter le tintement des verres et le rire musical des grandes personnes. Elle trouvait ça très adulte et avait hâte de grandir pour les rejoindre. Aiden, lui, trouvait les conversations des adultes ennuyeuses. Elle n'était pas d'accord. Sa mère et Clare étaient allées à l'école ensemble et demeuraient meilleures amies. Elle enviait leur complicité. Une phrase sur deux semblait commencer par « Tu te rappelles la fois où… ».

Se sentant seule alors qu'elle était en compagnie de ses soi-disant meilleures amies, Izzy essaya de se projeter dans dix ans, s'imaginant dire « Tu te rappelles la fois où… », mais son cerveau refusa de jouer le jeu. Elle ne voudrait pas se rappeler cette époque.

Elle trouvait difficile de parler à qui que ce soit, mais elle était convaincue qu'elle pourrait parler à Aiden. Il comprendrait ce qu'elle traversait. Il comprenait toujours. Ils avaient toujours été capables de parler de tout et de rien, probablement parce qu'ils n'étaient pas embourbés dans les détails quotidiens de la vie l'un de l'autre. Contempler le gréement d'un bateau, sur le lac, gravir des flancs de montagnes escarpés tissaient des liens et facilitaient les échanges.

Elle regrettait qu'ils ne vivent pas plus près l'un de l'autre. À la fin de chaque été, ils se promettaient de rester en contact, mais ensuite la vie s'en mêlait et emportait leurs bonnes intentions telle la marée. Ils étaient accaparés. Elle prenait de ses nouvelles en parcourant les réseaux sociaux, même si tout le monde savait qu'on y publiait des trucs bidons. Tante Clare était venue pour l'enterrement, évidemment, et l'avait serrée si fort qu'Izzy avait pensé que ses os allaient craquer. Elle avait lu un poème d'une voix chevrotante et parlé de l'importance de l'amitié. Pâle et épuisée, elle avait une mine terrible.

Tout comme elle-même. Elle avait mobilisé chaque once d'énergie pour tenir le coup et n'avait pas eu la force de parler à Clare.

Aujourd'hui elle regrettait de ne pas lui avoir demandé s'ils passeraient l'été ensemble, comme chaque année. Elle était partie du principe que oui, et la promesse d'un séjour à Lake Lodge l'avait réconfortée toute l'année, lui avait fait l'effet d'une couverture chaude par une nuit glaciale. Elle voulait sentir l'herbe sous ses pieds nus tandis qu'elle courait vers la rive. Elle voulait sentir la brise sur son visage tôt le matin et se baigner dans l'eau fraîche et limpide. Lake Lodge était le lieu idéal pour des vacances estivales, un endroit qu'elle associait aux moments heureux. Est-ce que ce serait bizarre d'y aller sans sa mère ? Probablement, mais elle aimait tant cet endroit qu'elle était convaincue qu'elle saurait s'adapter. Elle enverrait un email à tante Clare, histoire d'être sûre.

Ses amies la regardaient, attendant un signal de sa part.

Charlie haussa les épaules, gênée.

— Ça doit être bizarre, mais c'est génial, vraiment, qu'il soit heureux.

Izzy était en train de penser à Aiden, alors il lui fallut une minute pour réaliser qu'elles parlaient de son père.

En gros, elles étaient en train de dire qu'elle était égoïste. Qu'elle devrait penser à lui, au lieu de ne penser qu'à elle.

Elle se sentit plus seule que jamais.

Elle souhaitait que son père soit heureux, évidemment, mais que se passerait-il, si son bonheur était synonyme d'enfer pour Molly et elle ? Elle ne voulait pas qu'il sorte avec Flora. Elle ne voulait pas qu'il sorte avec qui que ce soit. Qu'est-ce que cela faisait d'elle ?

Une mauvaise personne. Elle était une mauvaise fille. Une mauvaise amie.

Mauvaise, mauvaise, mauvaise !

Elle chercha à changer de sujet, mais Avery ne lui en laissa pas l'occasion.

— Quelle est la prochaine étape ?

— Je ne sais pas.

Ignorer ce qui l'attendait l'inquiétait. Elle avait fait de son mieux pour que leur vie change le moins possible. Et maintenant, à cause de son père, tout partait à vau-l'eau.

À sa grande surprise, il ne lui avait pas demandé ce qu'elle avait pensé de Flora. Cela voulait-il dire qu'il se fichait de son opinion et de celle de Molly ? N'avaient-elles pas leur mot à dire sur leur avenir ? Ou cela signifiait-il qu'il ne la fréquentait plus ?

À cette possibilité, son moral remonta légèrement. S'ils se fréquentaient encore, il parlerait d'elle, non ? Il l'inviterait. Or, elle ne l'avait pas vu quitter la pièce pour prendre un appel.

L'explication la plus probable était que leur relation était terminée.

Elle sentit une montée d'optimisme. Si c'était bien le cas, alors certains de ses problèmes prenaient fin aussi.

Flora

New York

Dès que Flora arriva le lendemain, Julia lui bondit dessus.

— Alors, comment ça s'est passé ? s'enquit-elle en l'entraînant à l'arrière de la boutique. Les enfants sont tombés amoureux de toi, non ? Tu es leur nouvelle maman, et vous allez tous vivre *happily ever after.*

Pas exactement.

Son histoire avec Jack était terminée. Elle avait tout gâché.

— C'était… déroutant.

La soirée avait fait remonter de vieux souvenirs. Elle s'était revue assise à table avec sa tante. Elle triturait invariablement sa nourriture en se demandant pourquoi elle se sentait seule au monde, alors qu'elle était assise en face d'une autre personne. Elle avait eu la même sensation chez Jack.

— La petite Molly est très timide. L'aînée, un peu… méfiante.

Méfiante ? Elle était certaine qu'Izzy l'avait détestée à l'instant même où elle avait posé les yeux sur elle. Malgré ses bonnes intentions et ses techniques pour essayer de plaire aux gens, la soirée avait été un désastre. Elle ne leur en voulait même pas d'avoir fait front mais, depuis, elle était assaillie de souvenirs douloureux, et elle broyait du noir.

Elle avait tant besoin de se sentir acceptée, ressentait un tel besoin d'appartenance, que c'en était pathétique.

— Les ados sont toujours méfiants, la rassura Julia. Les miens me regardent d'un air soupçonneux chaque fois que j'entre dans une pièce. Ils craignent que je leur demande de participer aux tâches ménagères. Bienvenue dans la vie de famille !

Elle ne s'était pas sentie bienvenue. Ni par ceux qui étaient vivants, ni par ceux qui étaient morts. Les photos accrochées aux murs lui avaient donné l'impression que Becca surveillait ses faits et gestes de ses yeux de biche.

« Ne t'approche pas de ma famille. »

La soirée aurait été tellement plus agréable si la présence de Becca avait été moins visible dans la maison ! songea-t-elle.

Aussitôt, elle se culpabilisa. C'était égoïste de sa part. Les photos de Becca apportaient sans aucun doute du réconfort aux enfants et à Jack. Elle se rappelait combien elle avait été peinée, quand sa tante avait rangé toutes les photos de sa mère. « Les regarder te rappellera qu'elle est morte et te rendra malheureuse. Les photos ne font que remuer le passé. »

Flora avait glissé en douce une photo sous son matelas. Elle l'avait regardée tous les soirs, et cela l'avait réconfortée. Comment alors pourrait-elle blâmer les filles de vouloir des photos de Becca sur les murs ?

— Est-ce que tes ados cuisinent et participent beaucoup aux corvées ? demanda-t-elle, se remémorant le comportement d'Izzy.

Julia éclata de rire.

— Tu plaisantes ? Si je leur demande de mettre leur assiette au lave-vaisselle, ça se termine en dispute.

— Izzy tient les rênes de la maison. Elle ne ressemble pas du tout à l'ado typique.

— L'ado est un animal unique et imprévisible. Il s'adapte à son environnement.

Julia fronça les sourcils.

— Ce qui, maintenant que j'y pense, est probablement la définition d'un virus. Va comprendre. Même après qu'ils ont quitté la maison, tu sens les effets secondaires.

Son amie arrivait toujours à la faire sourire.

— Elle a cuisiné. Maison. Des hamburgers végétariens. Elle a même toasté les buns.

— Et elle a dix-sept ans ?

Julia écarquilla les yeux.

— Je suis impressionnée. Tu en as de la chance !

Flora ne se sentait pas chanceuse. Elle était arrivée convaincue que son histoire avec Jack pourrait marcher, qu'elle pourrait soutenir les filles dans cette épreuve, mais elle avait tout gâché dès l'instant où elle avait parlé de sa propre mère.

Elle avait envie de se confier à Julia, mais elle craignait que cette dernière l'assaille de questions auxquelles elle ne voulait pas répondre. Comment admettre qu'elle avait eu le fantasme stupide de débarquer telle Mary Poppins et de transformer leurs vies ?

Elle se força à se concentrer sur son travail.

— On doit récurer ces seaux et changer l'eau.

— Ce boulot n'est que glamour, lâcha Julia. Je récure pendant que tu t'occupes des fleurs et que tu coupes les tiges. Tu es si douée pour ça. Moi, je massacre tout ce que je touche.

Elle ramassa un seau.

— J'ai l'impression que le dîner s'est très bien passé. Je ne suis pas psychologue, mais ça aurait pu être pire. Ces filles viennent de subir un gros traumatisme. Et alors qu'elles essaient de s'adapter à leur nouvelle vie, leur père amène une autre femme à la maison. Ça aurait pu mal se passer.

Ça *s'était* mal passé.

— Hmm, marmonna Flora.

— Tu aurais pu te sentir en compétition avec l'épouse décédée.

— Crois-moi, il n'y a aucune compétition. Becca gagne haut la main !

Elle pouvait au moins être honnête sur ce point. Elle ajouta :

— Elle est *la* Becca du « Corps de Becca ».

— Sérieux ? Woah. J'ai assisté à un de ses cours, une fois. J'ai eu besoin d'un mois de physio pour m'en remettre.

— D'après Izzy, tout ce qu'elle faisait, elle le faisait brillamment.

Julia vida l'eau usée et nettoya le seau.

— Elle adorait sa mère. On porte rarement un regard objectif sur ceux qu'on aime.

Ou peut-être qu'Izzy avait exagéré pour qu'elle se sente insignifiante et mal dans sa peau.

— Becca n'avait pas le moindre vice. Elle ne mangeait pas de féculents, faisait des tas de trucs pour des œuvres caritatives. Même ses cheveux étaient disciplinés.

Rien que d'y penser, Flora se mit à déprimer.

— Je me suis fait l'effet d'une grosse vache paresseuse, en regardant sa photo. Son corps était si ferme et musclé que tu te serais fait mal si tu lui étais rentrée dedans. Avec moi, l'atterrissage est plus doux.

— Flora…

— Tu aurais dû voir les photos, insista-t-elle en coupant les tiges. Elle était si mince, si parfaite.

— Elle n'est plus là, dit Julia avec douceur. Inutile de te mesurer à elle. Sois *toi*. C'est de cette femme-là que Jack est accro.

Être elle-même n'avait jamais vraiment marché. Elle avait passé tant d'années à essayer de satisfaire sa tante qu'à un moment donné elle avait perdu de vue qui elle était.

Une fois les seaux nettoyés, Julia se tourna vers elle.

— Alors, que se passe-t-il ensuite ?

— Rien. Il n'a pas appelé.

— C'est inhabituel ? Il appelle quand, d'habitude ?

— Tous les soirs, avant qu'on aille se coucher.

— De quoi parlez-vous ?

— On se raconte nos journées.

Ils se concentraient surtout sur le présent. Elle ne parlait pas de son passé, il ne parlait pas de son épouse. Ces conversations tardives, quand ils étaient tous les deux au lit, avaient quelque chose d'intime. Ils n'étaient pas au lit *ensemble*, mais c'était mieux que rien. Et vu le fiasco de la veille, leur histoire n'irait probablement pas plus loin que ça.

— Si vous parlez si souvent, tu devrais l'appeler.

Et le forcer à admettre que ses enfants ne l'aimaient pas ? Qu'il n'ait pas appelé lui indiquait tout ce qu'elle avait besoin de savoir. Elle s'attendait au rejet le plus traumatisant et monumental de l'histoire.

— Je verrai plus tard.

— Poule mouillée !

Julia l'aida à remettre les fleurs dans les seaux d'eau fraîche.

— Il est peut-être temps que vous arrêtiez de discuter et que vous passiez à l'action.

— Ce n'est pas une option.

Ce temps-là était révolu. De toute façon, Izzy avait probablement installé des caméras et des alarmes partout.

— Quoi qu'il en soit, tu ne peux pas l'inviter chez toi. Ton appartement n'est pas conçu pour la passion.

Julia fronça les sourcils.

— Je ne sais pas pour quoi il est conçu, au juste.

— Ça n'a plus aucune importance, répondit Flora en nettoyant soigneusement les ciseaux. C'est terminé.

Elle se sentait abattue et malheureuse, alors que la rupture n'avait même pas encore eu lieu.

— Flora, c'est le premier type qui te plaît depuis longtemps. Envoie-lui un message.

— S'il voulait me contacter, il le ferait.

Julia reposa avec colère le seau qu'elle avait dans les mains.

— Je n'arrive pas à croire qu'il ne t'ait pas appelée. Les hommes sont d'une lâcheté !

— Il n'est pas lâche, protesta Flora. Il fait passer ses enfants en priorité, c'est un bon père.

Il allait sûrement devoir envoyer ses filles en thérapie à cause de son manque de tact.

Son téléphone bipa, annonçant l'arrivée d'un texto. Elle farfouilla dans son sac. Son cœur fit la cabriole lorsqu'elle découvrit qu'il venait de Jack.

— C'est lui. Il veut qu'on se retrouve au parc, à l'heure du déjeuner.

— Eh bien, en voilà une bonne nouvelle !

Vraiment ? Est-ce que ça n'annonçait pas plutôt une rupture face à face, plus élégante que par téléphone ou par texto ?

Rien que d'y penser, elle se mit à hyperventiler.

Comment gérer la situation ?

La réponse lui vint en un éclair. Elle allait rompre sur-le-champ, leur épargnant à tous les deux la douleur de se voir et de prétendre que tout allait bien.

Elle l'appellerait tout de suite, évitant de penser à la petite Molly, avec son visage pâle et son sourire tremblotant. Jack ne saurait jamais qu'elle était tombée amoureuse de lui, ni qu'elle avait naïvement espéré qu'ils formeraient un jour une famille.

Elle composa son numéro, mais il ne décrocha pas. Il était probablement déjà en chemin pour la retrouver, déterminé à rompre comme un gentleman.

N'ayant pas d'autre choix, elle se mit en route.

S'attendant à vivre leur dernière conversation, elle fut choquée qu'il la soulève et l'embrasse sous le cerisier en fleur. Sa bouche, son souffle, ses mots se mêlèrent aux siens, tandis qu'il la guidait avec une détermination farouche à l'ombre de l'arbre de ses mains puissantes, la plaquant contre l'écorce rugueuse. Sentant son corps contre le sien, elle ferma les yeux, se laissant enivrer par les odeurs et les sensations. Un frisson d'excitation d'une puissance inouïe, presque insoutenable, la traversa. Elle fondit sous la caresse habile de sa langue et celle, experte, de ses doigts. Son ventre se contracta, son sang s'emballa. Il l'embrassait avec une telle avidité et une telle frénésie qu'elle n'avait aucun doute : c'était un prélude aux au revoir. À la pensée que leur intimité n'irait jamais plus loin que des baisers langoureux, une déception sourde l'envahit.

Elle serait la première à rompre. Mais pas tout de suite. Ce serait criminel d'écourter un baiser aussi agréable.

— Tu m'as manqué, souffla-t-il contre ses lèvres.

Il déposa une traînée de baisers de sa bouche à son menton, puis descendit jusqu'au creux de son épaule.

— Je te dois une excuse.

— Hmm ?

Elle avait du mal à former des pensées cohérentes, alors parler...

— Pour mon silence... J'ai eu une crise au travail, puis j'ai dû me rendre à une réunion parents-professeurs à l'école de Molly, car elle ne s'en sort pas très bien. Entre une chose et l'autre, le temps m'a filé entre les doigts.

Son regard remonta de sa bouche à ses yeux.

— Problèmes de père célibataire. J'essaie d'être maman et papa à la fois.

— Je trouve que tu fais un boulot formidable.

Elle devait rompre maintenant avant de tomber plus profondément amoureuse.

— Je n'en suis pas si sûr. J'ai oublié d'emporter Dizzy la girafe, quand on est allés faire les courses, hier. J'ai sous-estimé le rôle qu'elle joue dans chaque expédition au supermarché. J'ai acheté une marque de yaourt que tout le monde trouve apparemment « beurk », et j'ai laissé la boisson de Molly à la maison, alors j'ai attrapé quelque chose dans le rayon. Izzy m'a dit plus tard qu'elle contenait tant de sucre que ses dents tomberaient sûrement d'ici vendredi.

Il garda les bras autour d'elle.

— Puis il y a eu *la* conversation. Je ne m'attendais pas à ce qu'elle me demande d'où viennent les bébés au rayon des viennoiseries.

— Oh ! c'est adorable !

Quitte-le, Flora ! Quitte-le.

— D'une voix très forte. Elle a vu un bébé dans une poussette. J'ai essayé de lui dire que le bébé venait de la voiture, dehors, mais elle n'a pas marché. Elle voulait connaître toute son histoire, de sa conception à sa naissance.

Flora imagina Molly, les yeux écarquillés, devant un Jack bredouillant. Même dans son état de nervosité actuel, la situation l'amusait.

— Je suppose que tu sais d'où viennent les bébés ?

Ils étaient en train de rompre et elle flirtait ? Elle traitait ça comme un dernier *fun date*. Était-elle masochiste ?

— J'en ai une vague idée, même si j'avoue que la frustration sexuelle dont j'ai souffert dernièrement a peut-être causé une lésion cérébrale. Au bout du compte, je lui ai donné une explication brève et très basique, fondée sur les conseils donnés par quelques articles que j'ai trouvés sur Internet pendant que je remplissais le chariot de bagels. Une fois encore, pas les bons car, apparemment, on ne mange pas de blé complet. Au cas où tu ne le saurais pas, il y a beaucoup de nourritures « beurk » en vente, là-dehors. J'ignorais qu'elle était aussi difficile, mais ce n'était pas moi qui étais de corvée de courses avant. Elle traverse une période si compliquée que je ne veux pas l'embêter avec la nourriture.

— Tu as dit qu'elle avait des problèmes à l'école. Que s'est-il passé ?

Elle se promit qu'elle mettrait un terme à leur histoire dès qu'elle aurait eu des nouvelles de sa fille.

Il hésita.

— Rien. Ne t'inquiète pas. Ce n'est pas ton problème.

Un poids lui tomba sur l'estomac. Il avait raison.

Quitte-le, Flora, quitte-le.

— On est amis, Jack. Les amis partagent leurs soucis.

Ce n'était pas strictement vrai. Elle partageait rarement les siens, mais il n'était pas question d'elle. Pour l'heure, il y avait une petite fille qui traversait ce qu'elle-même avait traversé à une époque, et qui en souffrait.

— Parle-moi de Molly.

Elle l'attira sur la pelouse, jusqu'au banc inoccupé le plus proche.

Il allongea les jambes devant lui.

— Molly a toujours été bavarde, extravertie. Le problème, c'était de la faire écouter, pas de la faire parler. Mais depuis la mort de Becca, elle parle rarement en classe, elle est devenue renfermée et silencieuse. Le soir où tu es venue, je l'ai à peine reconnue. L'ancienne Molly aurait parlé sans cesse, t'aurait montré ses jouets, aurait demandé que tu la regardes danser. Elle adorait danser.

Le cœur de Flora se serra.

— Son monde a changé si brusquement. Elle n'a pas encore eu le temps de s'adapter. Mais elle dansera de nouveau un jour, sois-en certain.

— Tu as changé, toi aussi, après la mort de ta mère ?

— Bien sûr. J'ai dû m'adapter. Tout avait été bouleversé, dans ma vie.

Elle n'en parlait généralement pas, mais si son expérience pouvait aider Molly de quelque façon que ce soit, alors elle était prête à se confier. Ils étaient sur le point de rompre, de toute façon ; elle ne voyait pas l'intérêt d'essayer de se protéger.

— Je n'ai pas seulement perdu ma mère, j'ai perdu ma maison et le monde tel que je le connaissais. Molly mettra du temps à s'adapter à sa nouvelle vie. Je parie que ses émotions sont toutes chamboulées.

Et sa maladresse au dîner avait probablement accentué le mal-être de la fillette.

— Par moments, elle éclate de rire, mais elle s'arrête aussitôt, l'air horrifié. Comme si elle pensait qu'elle n'avait plus le droit de s'amuser.

Flora comprenait.

— Tu te sens coupable, déloyal. Tu crains que rire donne l'impression que la personne ne te manque plus autant.

— Est-ce que tu te rappelles à quel moment tu as commencé à te sentir toi-même de nouveau ?

L'estomac de Flora se noua. Cette conversation devenait plus personnelle qu'elle l'avait imaginé.

— Tout le monde change au cours d'une vie. On est tous façonnés, transformés par les événements qui nous touchent et touchent nos proches. Mais même quand on souffre, on continue d'avancer.

Comme elle le prouverait, une fois de plus, après leur rupture.

— Est-ce que c'est devenu plus facile avec le temps ?

Il se tourna vers elle pour mieux voir son visage.

— Ne prends pas de pincettes. J'ai vraiment besoin de savoir. Becca est morte il y a un an. Je dois trouver le moyen d'aider Molly.

Molly. Elle finirait la conversation sur Molly, puis elle mettrait un terme à leur histoire.

— La deuxième année a été plus dure que la première, pour moi. Tous mes camarades étaient passés à autre chose, avaient oublié. Pas moi. Les rappels étaient constants. Chaque fois qu'il y avait une réunion parents-profs, chaque fois que mes amis se plaignaient de leurs parents.

Y penser lui fendait le cœur. Pourquoi s'infligeait-elle cela ?

Parce qu'elle voulait aider Molly.

— Est-ce que quelque chose en particulier t'a aidée ?

— Un de mes professeurs a suggéré que j'écrive tout ce dont je pouvais me rappeler sur ma mère. Ça m'a beaucoup réconfortée.

— C'est une bonne idée. Je lui en parlerai.

Il se leva et tendit la main.

— Marchons. Quel genre de personne étais-tu à l'époque ? En quoi as-tu changé ?

— Je suis devenue anxieuse.

Elle se promena avec lui le long du chemin, essayant de ne pas penser que ce serait probablement la dernière fois.

— J'ai été arrachée à tout ce que je connaissais. Je n'avais plus aucun repère. Je ne me sentais pas en sécurité dans ma nouvelle vie. Tout ce que je voulais, c'était ma maman. Je me sentais très vulnérable.

— Pas étonnant. Le monde tel que tu le connaissais avait disparu. Tu ne croyais plus en la permanence de quoi que ce soit.

— Exactement.

— En plus, ta tante te donnait l'impression d'être une étrangère.

Sa main se resserra sur la sienne.

— Mais tu as su rebondir. Tu es devenue une personne formidable.

Il arrêta de marcher et l'attira à lui.

— Cela me donne de l'espoir pour mes filles.

Flora doutait de pouvoir inspirer qui que ce soit. Elle se faisait souvent la réflexion que sa vie n'avait rien d'exemplaire.

D'un autre côté, il avait raison, elle avait effectivement rebondi. Elle avait de grandes sources d'incertitudes, mais elle les affrontait. Habituellement, elle était réservée ; pourtant, elle venait de lui confier des choses qu'elle n'avait jamais dites à personne, et elle ne s'en portait pas plus mal pour autant.

— Comment va Izzy ?

— Elle m'aide beaucoup. Je suis fier d'elle. Je m'inquiète pour elle, évidemment, mais je me dis que c'est normal qu'elle ait des hauts et des bas vu les circonstances, et globalement, elle s'en sort remarquablement bien. Tu l'as vue, l'autre soir, elle s'en sort comme un chef, non ?

Flora n'était pas du même avis.

— A-t-elle toujours autant participé à la maison ?

— Non. C'était l'ado typique, focalisée sur elle-même. Becca ne supportait pas le désordre. Elle aimait que tout soit à sa place. Izzy a toujours été bordélique, alors ça explosait de temps à autres. Mais aujourd'hui, c'est ma superstar. Je ne m'en sortirais pas sans elle. Elle a tellement de patience avec sa sœur.

Il l'entraîna hors du chemin d'une maman qui joggait avec une poussette.

— Izzy était très proche de sa mère, alors la situation est dure pour elle, mais à la voir, on ne le devinerait pas.

Pourtant si, Flora avait deviné.

Elle se rappelait combien les mains d'Izzy tremblaient lorsqu'elle avait essuyé le ketchup.

Elle voulut demander si le fait qu'elle vienne dîner avait empiré la situation, mais elle connaissait déjà la réponse.

— Tes filles iront bien. Elles sont là l'une pour l'autre et elles t'ont, toi. Molly manque probablement de repères, mais Izzy et toi êtes si doux, si présents, que cette sensation disparaîtra avec le temps. Elle a toujours sa maison, son école, ses amies. Et le fait que tu sois prêt à en parler est très bénéfique pour elles.

— Est-ce que ça t'aide, d'en parler ?

— Je n'en avais jamais parlé avant.

Elle vit le choc sur son visage.

— Jamais ?

— Non.

C'étaient des détails personnels, intimes. Elle n'avait jamais été assez proche de quiconque pour envisager de se confier.

Il la prit contre lui.

— Tu peux m'en parler quand tu veux.

C'était impossible. Ils étaient sur le point de rompre.

Elle garda la tête posée sur sa poitrine un moment. Finalement, quand elle eut la certitude qu'elle ne braillerait pas comme un bébé en proie à un mauvais épisode de colique, elle s'écarta de lui.

— Et toi, Jack ? Comment vas-tu ?

Il l'avait écoutée, il était normal qu'elle lui rende la pareille.

— Moi ? Bien.

— Tu ne peux pas aller bien, Jack.

Il prit une profonde inspiration.

— Je gère. C'est pour les filles que je m'inquiète.

Il ne voulait pas parler de lui, c'était son droit. Elle essaya de ne pas le prendre personnellement.

— Je me sens coupable, ajouta-t-il.

Il serra sa main plus fort.

— On ne s'est pas vus depuis des jours, et il n'est question que des enfants !

Elle trouvait au contraire qu'ils n'avaient fait que parler d'elle. Cet échange, baigné de vérité et de confiance, avait créé une nouvelle intimité entre eux. Une intimité qui n'était plus la bienvenue, étant donné les circonstances.

Soudain, elle voulut en finir avec ce supplice le plus rapidement possible.

— Écoute, Jack, j'apprécie que tu aies proposé qu'on se voie. C'est brave de ta part de faire ça de vive voix.

— Faire quoi de vive voix ?

Il glissa les doigts dans ses cheveux. Puis sa bouche frôla le coin de la sienne, de ses lèvres taquines et traînantes.

Elle ferma les yeux, s'autorisant un dernier baiser.

— Rompre. Face à face.

Il s'écarta brusquement.

— Rompre ? Qu'est-ce qui te fait croire que j'ai l'intention de rompre ?

Abasourdie, elle rouvrit les yeux.

— Tu… tu n'es pas en train de rompre ? balbutia-t-elle.

— Non !

— Jack, on sait tous les deux que la soirée ne s'est pas très bien passée. Présenter une autre femme à tes enfants est une sacrée étape. Je ne t'en veux pas de penser que notre histoire va trop vite.

L'idée de cette séparation la chagrinait profondément, mais elle s'efforça de mettre ses sentiments de côté.

— On ne s'est pas rencontrés au bon moment.

— Je ne vois pas du tout de quoi tu parles.

Glissant les doigts sous son menton, il lui leva le visage.

— Les filles t'ont adorée. Tu as été un franc succès. La soirée s'est bien passée.

De son point de vue peut-être, mais elle n'avait jamais été aussi mal à l'aise pendant un dîner.

— J'ai trouvé Izzy un peu…

Elle s'interrompit pour chercher ses mots.

— Elle n'était pas très contente que je vienne.

— Elle a été choquée quand j'ai annoncé que tu venais, mais ce n'est pas étonnant. J'avais un peu peur qu'elle réagisse mal, mais dans l'ensemble, le dîner s'est bien passé.

Il fronça les sourcils, fouillant dans sa mémoire.

— Pourquoi, Izzy t'a dit quelque chose ?

— Non.

— Alors qu'est-ce qui te fait penser qu'elle a un problème avec toi ? Elle a été polie, non ?

— Oui.

Flora pensa aux regards, aux questions, aux commentaires subtils. N'avait-il vraiment rien remarqué ?

— Elle semblait un peu tendue.

— Les ados le sont toujours pour une raison ou une autre. Le lycée. Les amis. La planète. La vie en général. Ils ont les hormones en ébullition. À cela s'ajoute la mort de sa mère. Becca lui manque. Quant aux enfants, ils sont toujours méfiants quand ils rencontrent quelqu'un pour la première fois. Mais je comprends que tu te méfies. Tu te sentais de trop chez ta tante, alors tu te dis que tu n'es pas la bienvenue cette fois encore.

Le fait qu'il en sache autant sur elle était à la fois effrayant et excitant.

Il ne semblait pas vouloir rompre.

Alors maintenant, quoi ?

Devait-elle mettre son plan à exécution et rompre quand même ? Et s'ils continuaient de se voir, mais finissaient par se quitter dans quelques mois, quand elle serait encore plus mordue ? Pour la première fois de sa vie, elle sentait une vraie connexion avec quelqu'un et, vraisemblablement, cette connexion ne ferait que s'approfondir.

D'un autre côté, elle ne voulait pas perturber ses filles…

— Oh ! j'ai failli oublier !

Il sortit une feuille de sa poche.

— Tiens, c'est pour toi.

— Pour moi ?

Elle le déplia et déglutit.

— C'est le dessin que j'ai fait pour Molly.

— Elle l'a colorié. Elle a passé des heures dessus pour essayer de le rendre aussi joli que possible. J'ai eu l'impression qu'elle progressait. Elle n'avait pas colorié depuis le décès de sa mère. Elle tenait absolument à ce que je te le donne.

— Elle … à moi ? bredouilla Flora.

— Oui. Je ne sais pas comment j'ai pu oublier. Je l'ai sur moi depuis quelques jours. Elle voulait que tu l'accroches chez toi.

Molly avait pensé à elle. Molly lui avait fait un dessin.

Molly.

Sa gorge se serra. L'émotion lui emplit la poitrine. Se sentant étourdie, elle réalisa qu'elle respirait trop vite.

— Je l'adore.

C'était la plus jolie chose qu'elle ait jamais vue. Oui, la fillette avait colorié en dehors des lignes, mais qui s'en souciait ?

— Non seulement je vais l'accrocher, mais je vais l'encadrer.

Il sourit.

— Tu n'as pas besoin de l'encadrer, Flora.

— Si. Savoir qu'elle l'a colorié pour moi me touche énormément.

Il avait dû sentir qu'elle était au bord des larmes, car il l'attira contre lui.

— Le dîner a été éprouvant pour toi, non ? C'est probablement toi qui souhaites rompre, estimant la situation trop compliquée et délicate.

— Rompre ?

Sa voix était rauque.

— Qu'est-ce qui te fait croire que j'en ai envie ?

Elle tenait le dessin loin de lui pour ne pas qu'il le froisse plus qu'il ne l'avait déjà fait. Elle le repasserait avant de l'encadrer.

— Notre relation ne sera jamais simple. Je devrais peut-être te laisser partir, mais je ne suis pas si altruiste.

— Tant mieux !

En pensant qu'elle avait failli rompre, elle eut des sueurs froides.

— Qui voudrait d'une relation simple ? Quel ennui ! s'exclama-t-elle.

Il fit entendre un bruit entre le rire et le grognement.

— Je ne veux pas qu'on en reste là, Flora.

Il prit son visage dans ses mains.

— Tu m'as redonné le sourire. Tu me rends heureux. J'espère que je te rends heureuse, moi aussi.

— Oh que oui.

Elle ne l'avait jamais été autant de sa vie. Elle flottait, des pensées joyeuses plein la tête, le genre de pensées qu'elle ne s'était jamais autorisées auparavant. Leur lien était fort. Assez pour surmonter les problèmes.

Molly avait colorié le dessin. Molly voulait qu'elle l'accroche chez elle.

On y arrivera. D'une façon ou d'une autre, songea-t-elle.

Certes, Izzy lui avait réservé un accueil glacial, mais les ados étaient plus complexes que les enfants. Tisser des liens avec la jeune fille prendrait du temps, mais elle était prête à y consacrer tout la patience nécessaire.

Jack semblait penser qu'il n'y avait pas de problème, et il connaissait son propre enfant mieux qu'elle. N'est-ce pas ?

Izzy

New York

— Elle est en retard.

Izzy jeta un coup d'œil au soufflé. C'était la pièce maîtresse des dîners organisés par sa mère et le plat préféré de Molly, mais il ne pardonnait pas les arrivées tardives. Elle avait fait exprès de choisir un mets compliqué, se disant que sainte Flora ne savait probablement pas le cuisiner. *Intimidation par soufflé.*

— À quelle heure est-ce que tu lui as donné rendez-vous ?

— Midi. C'est sa journée de repos, alors elle devrait être là d'une minute à l'autre. Ça sent délicieusement bon, Izz. Que puis-je faire pour t'aider ?

Quitte-la et concentre-toi sur notre famille.

— Tu pourrais l'appeler pour lui demander à quelle heure elle compte arriver. Elle fait peut-être partie de ces gens qui ne sont pas très à cheval sur les horaires.

Elle avait dit ça exprès. Son père aimait que les gens soient ponctuels et fiables.

— Appelle-la, papa.

Fais-la culpabiliser.

— Bonne idée.

Il sortit son téléphone et composa son numéro. Izzy fulmina intérieurement en remarquant qu'il n'avait même pas eu besoin de le chercher dans son répertoire.

Elle se tourna vers le placard et sortit l'huile et le vinaigre afin de préparer une vinaigrette pour la salade.

— Flora ? Tout va bien ?

La voix de son père était légèrement tranchante.

— On t'attendait à midi.

Tu es en retard, pensa gaiement Izzy. *Tu es super, super en retard, et mon père ne supporte pas ça.*

Tu es probablement déjà dans son rétroviseur.

Bye bye, Flora.

Elle sortit le soufflé du four en se parant de sa plus belle expression de martyr. Le moment venu, elle dirait, l'air de rien, qu'elle n'aurait jamais choisi de préparer un soufflé si elle avait su que Flora serait en retard. Son père se sentirait coupable et contrarié. Flora serait troublée et embarrassée. Elle, elle se montrerait indulgente et généreuse.

Les paroles qui suivirent firent voler son plan en éclats.

— Tu plaisantes ! Quand ? Comment ?

Son ton se durcit.

— As-tu appelé ton propriétaire ?

Izzy le voyait rarement énervé. Il était toujours d'humeur égale et ne réagissait jamais avec émotion. Mais là, il en montrait, de l'émotion.

— Papa ?

Ses articulations étaient blanches sur le téléphone.

— Donne-moi son numéro.

Il y eut une pause tandis qu'il écoutait.

— Oui, je sais que tu peux gérer ça toute seule mais…

Une autre pause. Son père prit une profonde inspiration.

— OK, OK. Je ne m'en mêlerai pas, mais…

Il se pinça l'arête du nez, un geste qui trahissait son inquiétude.

— Je sais que je me montre trop protecteur.

Depuis quand était-il trop protecteur ? Il croyait en l'égalité des sexes. Il affirmait être féministe, bien qu'Izzy n'en soit pas convaincue.

Mais le problème rencontré par Flora semblait avoir réveillé ses instincts les plus primaires.

Elle se demanda quelle excuse avait trouvée Flora. Quoi que ce soit, c'en était une bonne et, clairement, le déjeuner ne serait pas consommé de sitôt.

Acceptant la mort imminente de son soufflé, elle versa du vinaigre dans l'huile. Ils ne se mélangèrent pas. Elle songea alors à sa famille. Ils étaient l'huile et Flora le vinaigre. Elle se trouvait en plein milieu, rendant tout acide.

— C'est horrible ! Tu devrais t'installer ici, disait son père. On a beaucoup d'espace.

Prise de panique, Izzy en oublia aussitôt sa vinaigrette.

— Papa ?

Il lui lança un sourire rassurant, mais elle n'était pas rassurée du tout. Elle n'aimait pas son ton. Doux. Soucieux. Le genre de ton avec lequel on s'adressait à un être cher.

— Que se passe-t-il ?

Son père leva la main pour lui demander de patienter.

— Flora, j'insiste. Il te faut un endroit où habiter jusqu'à ce que ce soit réglé.

Habiter ? Habiter ? Qu'est-ce que…

Ça ne ressemblait plus du tout à une simple invitation à déjeuner.

Dans sa tête, où elle vivait désormais la plupart du temps, Izzy employa un mot qui, elle le savait, lui vaudrait d'être punie pendant des semaines, si elle le prononçait à voix haute.

— Prends un taxi. Je paierai à ton arrivée.

Pourquoi paierait-il ? Flora n'avait pas les moyens de s'offrir un taxi ?

Elle travaillait comme fleuriste, un job qu'Izzy n'avait jamais envisagé. Combien touchait un fleuriste ?

Ses soupçons étaient-ils fondés ? Flora s'accrochait-elle à son père pour son argent ?

Il raccrocha, et elle retint son souffle.

Pitié, faites que ce ne soit pas aussi grave que ça en a l'air !

— Papa ?

Il se tourna vers elle, l'air perturbé.

— Pardon. Pauvre Flora. Quelle matinée !

— Que s'est-il passé ?

— Son appartement a été inondé. Une canalisation a explosé dans l'appartement au-dessus du sien. Le plafond s'est effondré. Il y a du plâtre partout sur son lit. Tout est sous l'eau, et la plupart de ses affaires sont foutues. Quelle malchance. Tu imagines ?

Elle croyait volontiers à la partie malchance. Depuis la mort de sa mère, la vie ne l'avait pas épargnée. En revanche, elle était moins encline à croire l'histoire à faire pleurer dans les chaumières de Flora.

Son appartement était-il vraiment inondé, ou était-ce un subterfuge ?

Cette femme menait son père en bateau.

Elle passa aussitôt en mode journaliste. La première étape était de vérifier l'histoire. Elle ne serait pas une de ces journalistes qui n'attachaient pas d'importance à la vérité. Ses lecteurs pourraient croire chaque mot qu'elle écrirait et prononcerait. Elle allait d'ailleurs commencer sur-le-champ. Elle allait examiner « l'inondation ».

— Pauvre Flora ! Elle doit être dans tous ses états. Pourquoi lui as-tu demandé de prendre un taxi ? On devrait aller la chercher, papa.

— La chercher ?

— Elle n'arrivera pas à sauver ses affaires toute seule. On devrait tous lui prêter main-forte.

Ils pourraient alors constater que « l'inondation » n'était rien de plus qu'un produit de l'imagination de Flora.

Elle se mit à rêvasser. Elle s'imaginait enquêter sous couverture, exposant les mensonges et la malhonnêteté. Les P-DG corrompus trembleraient en entendant son nom. Ils auraient peur de prendre ses appels ou de lui donner une interview, car ils sauraient qu'elle ne lâchait jamais rien.

— Et ton soufflé ?

Est-ce qu'une journaliste qui suivait la piste d'une bonne histoire avait le temps de faire des pauses-déjeuner ? Certainement pas.

Elle haussa les épaules.

— Flora a besoin d'aide. Le déjeuner peut attendre.

Son père s'approcha et la prit dans ses bras.

— Tu es une fille attentionnée, Izzy.

Elle n'était pas attentionnée. Elle se battait pour sa place dans cette famille, même si, bien évidemment, il l'ignorait.

— Allons-y. Appelle un taxi et prépare Molly pendant que j'essaie de sauver le soufflé.

— Je devrais probablement la prévenir qu'on arrive.

— Non ! s'exclama Izzy. Faisons-lui la surprise.

La prévenir, et puis quoi encore ? Elle serait capable de renverser un seau sur le sol de son appartement pour faire croire à un dégât des eaux.

— Ce sera une jolie façon de lui témoigner notre soutien si on débarque sans rien dire, ajouta-t-elle.

— Bonne idée. Comment me suis-je retrouvé avec quelqu'un d'aussi spécial que toi ?

— Tu es un sacré veinard, lança-t-elle sur le ton de la plaisanterie.

C'est pour la bonne cause, se dit-elle, ignorant la culpabilité qui l'assaillait. Il la remercierait plus tard. Avec un peu de chance, il admettrait même que sa relation avec Flora avait été une erreur monumentale.

À partir de maintenant, il n'y aura que nous trois. Je n'ai besoin de personne en dehors de Molly et toi.

Ils mirent Molly dans le taxi et prirent la direction de Manhattan. Comme d'habitude, la circulation était dense, ce qui laissa à Izzy tout loisir de réfléchir. Tandis que la skyline défilait par les vitres, Izzy s'interrogea sur le scénario probable qui les attendait. Elle imaginait Flora sans voix, morte de honte d'avoir été prise en flagrant délit de mensonge.

Finalement, ce fut elle qui resta sans voix.

Sur le palier, perchée dans les bras de son père, Molly souffla d'une voix ébahie :

— Pourquoi est-ce que ta maison est sous l'eau ?

— Une canalisation a explosé dans l'appartement du dessus, et mon plafond est tombé. Mon appartement a été inondé. J'ai passé une matinée pour le moins excitante.

Flora se montrait gaie et enjouée, mais Izzy voyait qu'elle était au bord des larmes. Sa voix était aiguë et son sourire, un peu trop marqué.

Elle est brave, pensa-t-elle à contrecœur. Si ça avait été chez elle – *pitié, faites que je ne vive jamais dans un endroit aussi sordide !* –, elle serait tombée la tête la première dans l'eau pour se noyer.

Elle regrettait à présent qu'ils soient venus et aient constaté l'inondation en personne. C'était vraiment horrible. Elle était prête à parier que l'appartement de Flora n'était déjà pas terrible au départ, mais là, avec toute cette eau, il était carrément déprimant. Elle n'arrivait pas à croire qu'on puisse vivre dans un endroit pareil.

Les images dérangeantes qu'elle avait de son père et Flora s'adonnant ici à des ébats en secret disparurent. Ce lieu n'avait rien de romantique. Elle avait consulté en ligne le compte bancaire de son père et n'y avait relevé aucune facture d'hôtel. Alors, soit Flora payait, ce qui semblait peu probable étant donné qu'elle ne pouvait même pas s'offrir un taxi jusqu'à Brooklyn, soit ils n'avaient toujours pas couché ensemble.

À cette pensée, elle sentit un regain d'espoir. Le sexe n'était pas toujours sérieux, elle le savait. La moitié de ses amies l'avaient fait simplement parce qu'elles estimaient qu'il était temps, pas par amour. Mais elle avait le sentiment que, pour son père, ça l'était. Sa mère disait toujours qu'elle l'avait épousé car, avec lui, l'amour durait toute une vie.

Elle regretta aussitôt d'avoir eu une telle pensée parce que, maintenant, elle pensait à sa mère. Et penser à elle s'accompagnait d'un chagrin dévastateur et de colère. Pourquoi ? *Pourquoi ?*

Ses parents auraient dû être ensemble pour toujours. Ils auraient dû vivre côte à côte jusqu'à ce qu'ils soient tous les deux vieux, chiants et sans dents. Or, au lieu de ça…

Izzy déglutit.

Elle espérait vraiment que son père n'était pas du genre à aimer pour toujours, mais plutôt du genre qui passait à autre chose après un coup d'un soir.

Le voyant remonter Molly sur sa hanche et tendre le bras vers Flora, elle se raidit.

— Viens là.

Son père la réconfortait ouvertement devant Molly. Cela alarma Izzy encore plus que l'eau qui lui arrivait aux chevilles.

— Mieux vaut ne pas te montrer compatissant. Je risquerais de pleurer comme une Madeleine, et on n'a pas besoin de plus d'eau dans cet appartement.

Flora s'éloigna de lui et pataugea jusqu'à son lit en traversant ce qui devait être, avant l'inondation, un tapis.

— J'ai réussi à sauver quelques-uns de mes livres, ainsi que mon ordinateur portable. Mes vêtements sont pour la plupart foutus, mais tout est remplaçable. Ce sont les gens qui comptent, pas les choses.

Le pensait-elle vraiment ?

Molly pointa quelque chose du doigt.

— Tu as sauvé mon dessin ! s'écria-t-elle.

Izzy tourna la tête. Ses yeux se posèrent sur le fameux renard. *Sérieux ? Toutes tes affaires prennent l'eau, et tu sauves un coloriage à la noix ?*

Flora sourit.

— Bien sûr que j'ai sauvé ton dessin. Je l'adore. Je ne voulais pas qu'il soit abîmé.

Molly fit la fière, et Izzy grinça des dents.

C'était un renard, bon sang, pas un Van Gogh.

— Tu étais au lit quand le plafond est tombé ?

— Non. Heureusement, j'ai senti de l'eau me tomber dessus. Je suis sortie du lit pour voir ce qui se passait deux minutes avant qu'il s'effondre.

Flora contempla les dégâts en se frottant les bras.

— C'est ma faute.

— Quoi ? Comment ça ?

Même Izzy, qui cherchait désespérément à la blâmer pour tout et n'importe quoi, ne voyait pas comment une personne aurait pu causer ça.

— Il y avait une tache bizarre au plafond. Je l'ai lentement regardée grandir. J'en ai parlé au propriétaire, qui n'a pas pris la peine de chercher d'où elle venait. Apparemment, c'était une fuite du tuyau dans la salle de bains du dessus. J'aurais dû être un peu plus insistante.

Izzy regardait les dégâts.

— Tu aurais dû.

Piquée, Flora redressa le dos.

— Le propriétaire a appelé un plombier. L'assureur fait le déplacement. Le propriétaire entreprendra les réparations nécessaires, j'en suis sûre.

Elle ne semblait pas convaincue, pourtant, et Izzy, qui n'y connaissait rien dans ce domaine, l'était encore moins. Cet endroit pouvait-il être réparé ? Il lui semblait plutôt qu'il devrait être démoli.

Un poids lui tomba sur l'estomac lorsqu'elle vit son père attirer Flora contre lui. *Il tient à elle*, pensa-t-elle.

Cette fois, Flora ne résista pas. Elle s'accrocha à lui comme s'il était un canot de sauvetage. Il y avait tellement d'eau dans l'appartement que s'il y avait eu un vrai canot de sauvetage, Izzy serait montée dedans, elle aussi.

Les lèvres pincées, son père arborait une expression déterminée qui lui fit l'effet d'un crochet à l'estomac. Quand ses parents se disputaient et qu'il avait ce regard-là, il gagnait toujours. Sa mère criait avec hystérie et secouait les bras comme une vraie *drama queen*. Lui restait ferme et stoïque, attendant qu'elle ait fini pour exposer ses arguments.

— Tu t'installes chez nous. Pas de protestations.

Moi, j'ai envie de protester, s'insurgea intérieurement Izzy. *J'ai une tonne de raisons de protester.*

Flora secoua la tête.

— C'est trop vous en demander.

Non, tu crois ?

Quelques heures plus tôt, elle paniquait à l'idée que Flora vienne déjeuner, et maintenant, voilà qu'elle emménageait chez eux ? Izzy ne pouvait même pas l'accuser d'avoir provoqué l'inondation. Elle ne la pensait pas assez tordue pour entrer en douce dans l'appartement du dessus et ouvrir les robinets à fond.

— Où tu iras, sinon ? demanda Molly, les yeux ronds. Tu ne peux pas aller chez ta famille, tu n'en as pas.

Un jour ou l'autre, il faudra vraiment que j'explique à Molly les concepts de tact et de diplomatie, songea Izzy.

Mais, pour l'heure, elle avait d'autres priorités.

— Tu n'as pas d'amis ?

Les mots jaillirent de sa bouche avant qu'elle puisse les retenir.

— Ils ne peuvent pas t'aider ?

Ses amies l'avaient déçue, cette année. Elle espérait qu'il en existait de meilleurs.

Flora se fendit d'un autre de ses braves sourires.

— Si, j'en ai. Ma meilleure amie s'appelle Julia.

Izzy poussa un soupir de soulagement. Flora irait chez Julia. Elle ne viendrait pas chez eux.

— Tu devrais l'appeler tout de suite. On peut t'aider à t'y installer.

— Je ne peux pas séjourner chez elle, même pour quelques nuits.

Flora se ressaisit et quitta les bras de Jack.

— Elle a trois enfants, et leur appartement est minuscule.

Izzy fut sur le point de répondre que, s'ils avaient l'habitude d'être à l'étroit, alors une personne de plus ne ferait aucune différence, mais son père secoua la tête.

— On ne parle pas de quelques nuits, chérie. Les travaux dureront un moment.

Chérie ? *Chérie ?*

— Je sais. J'ai d'ores et déjà décidé de chercher un nouvel appartement. J'aurais dû le faire il y a longtemps.

Flora regarda autour d'elle, l'air un peu abasourdie.

— Cet endroit était censé être mon rêve mais…

Elle s'interrompit.

Mais quoi ?

Izzy ouvrit la bouche pour rétorquer : « Si c'était ça ton rêve, à quoi ressemblent tes cauchemars ? », puis s'abstint. Cela aurait souligné le fait que Flora devait trouver d'urgence un endroit où s'installer.

Ce qui semblait être l'avis de son père.

— Si tu cherches un nouvel appartement, raison de plus d'avoir un endroit où t'installer quelque temps. Une décision aussi importante ne doit pas se faire dans la précipitation. Qu'en pensez-vous, les filles ?

Il déplaça Molly sur son autre hanche.

— On a plein de place pour Flora, n'est-ce pas ?

Molly hocha la tête.

— Tu peux vivre avec nous. Tu ne rentreras pas dans mes habits, mais je peux te prêter mes jouets.

Les yeux de Flora s'embuèrent.

— Tu es bien trop gentille.

Elle n'avait pas tort sur ce point.

Izzy voulait plaquer la main sur la bouche de sa sœur. Molly ne s'était pas montrée très bavarde, le soir où Flora était venue dîner. Elle aurait préféré que cela continue.

— Flora ne va pas vivre avec nous, Molly. Elle va *séjourner* chez nous.

Molly enroula une mèche de cheveux autour de son doigt.

— C'est ce que j'ai dit.

— Quand tu vis avec quelqu'un, c'est pour toujours. Là, ce ne sera pas pour toujours. C'est temporaire.

Son père et Flora se tournèrent pour la regarder.

— Je ne veux pas m'imposer, intervint Flora. Êtes-vous sûrs que ça ne vous dérange pas ?

Son père et Molly hochèrent tous les deux la tête. Ils la regardaient, attendant qu'elle se joigne à eux pour accueillir Flora chez eux. Izzy se raidit.

C'était l'horreur absolue. Elle était si atterrée qu'elle en avait la gorge complètement serrée. Flora serait là au petit déjeuner, au déjeuner et au dîner. Elle ferait partie de la famille. Elle essaierait probablement d'aider autant que possible dans la maison, or cela, c'était *son* boulot. Son père disait qu'elle était sa superstar. Que se passerait-il, si Flora prenait le relais ? Quel serait son rôle ? On n'aurait plus besoin d'elle, et si on n'avait plus besoin d'elle, alors…

— Izzy ?

Elle s'humecta les lèvres.

— Ouais, j'en suis sûre.

Sûre qu'elle courait à la catastrophe. Elle voulait se précipiter vers son père et l'enlacer. Elle voulait tout lui dire, toutes les choses atroces qu'elle cachait, mais elle savait qu'elle ne pouvait pas. Une fois encore, elle se sentait terriblement seule.

Il ne lui restait plus qu'à espérer que Flora ne prenne pas trop ses aises. Elle savait exactement comment l'éviter.

— La chambre d'amis est déjà prête, déclara-t-elle poliment. J'ai changé les draps après les derniers invités.

Pendant que Flora mangerait, elle ajouterait quelques touches à la chambre pour lui rappeler qu'elle n'était pas chez elle. D'autres photos de sa mère ne feraient pas de mal, histoire que personne n'oublie qu'elle n'était que de passage dans leur vie.

Les yeux de Flora se mirent à scintiller.

— Vous êtes tous si généreux !

— De rien, répondit Molly gentiment. On peut aller manger, maintenant ? Je meurs de faim.

Izzy pensa au soufflé, retombé et tristounet, sur la table de la cuisine. Elle se sentait exactement comme lui. Dire qu'elle s'était inquiétée pour le déjeuner d'aujourd'hui ! La situation était désormais bien pire.

Flora ne les rejoignait pas seulement pour déjeuner. Elle emménageait carrément chez eux.

Flora

New York

— Voici ta chambre, annonça Izzy.

Nerveuse et fébrile, Flora resta sur le seuil. Le temps de mettre ses affaires dans des sacs et d'affronter les bouchons pour rentrer à Brooklyn, l'après-midi s'était lentement écoulé. En chemin, Izzy lui avait assuré d'un ton si guilleret qu'un déjeuner ruiné n'avait aucune importance, qu'il était clair qu'elle n'en pensait pas un mot. À en juger par la lueur dans son regard, elle estimait que Flora avait non seulement ruiné son déjeuner, mais également sa vie.

Si Jack n'avait pas été aussi attentionné et Molly, aussi adorable (elle avait failli fondre en larmes quand la fillette avait proposé de lui prêter ses jouets), elle aurait décidé sur-le-champ que se faire héberger chez eux était une très mauvaise idée.

Consciente qu'Izzy l'observait, elle entra.

En dépit de la journée éprouvante qu'elle venait de passer, un sentiment de calme l'envahit aussitôt. La pièce, baignée de lumière naturelle, était décorée dans des tons neutres de gris et crème. Un large tapis recouvrait le parquet en chêne. Un fauteuil était disposé près d'une des fenêtres, assorti d'une petite table sur laquelle étaient empilés des livres. À l'autre bout se trouvait une cheminée. Bien qu'elle soit éteinte, elle donnait à la chambre une atmosphère chaleureuse.

Flora fut saisie d'une brusque envie d'ajouter quelques touches de gaieté : des coussins de couleurs vibrantes sur le lit, des fleurs des champs dans un vase. Mais elle ne se plaignait pas. Alors qu'elle était habituée à un appartement sombre et humide, cette pièce était ensoleillée et spacieuse. Jetant un coup d'œil par la fenêtre, elle découvrit qu'elle offrait de surcroît une vue somptueuse sur le charmant jardin. Les cerisiers en fleur, d'une beauté nuptiale et d'un rose crémeux, firent remonter des souvenirs si vifs de sa mère qu'elle en eut le souffle coupé. La plupart avait disparu avec le temps, mais l'un d'eux lui restait en mémoire avec une clarté étonnante. Elles visitaient le jardin botanique de Brooklyn, près de Prospect Park. Sa mère avait préparé un pique-nique, et elles étaient assises sur l'herbe, au soleil, admirant la beauté pastel des fleurs. Plus tard, sa mère avait peint la scène, et Flora, accroché le tableau au mur de sa chambre. C'était le premier objet qu'elle avait sauvé, quand l'eau avait commencé à inonder son appartement.

La vue devait être belle toute l'année, mais elle soupçonnait qu'elle ne l'était jamais plus qu'en cette saison. Elle voulait s'allonger sur le lit large et moelleux, s'envelopper dans le doux plaid couleur crème et admirer les couleurs par la fenêtre tout en faisant taire la petite voix qui lui soufflait qu'elle ne gagnerait jamais la confiance d'Izzy.

Si elle avait pu choisir la maison de ses rêves, elle aurait probablement choisi celle-ci, qui était nichée confortablement au milieu des maisons avoisinantes. Elle l'aurait toutefois décorée différemment.

Elle tourna la tête vers Izzy. Leurs regards se croisèrent. Elle lut dans celui de l'adolescente un profond désespoir, que celle-ci s'empressa de camoufler.

Elle regretta aussitôt d'avoir accepté la proposition de Jack. Elle aurait dû aller s'installer chez Julia. Dormir avec Kaitlin ne l'aurait pas dérangée.

— C'est gentil de ta part de m'accueillir chez toi, dit-elle.

— De rien, répondit Izzy, avec un sourire raide et figé.

Flora aurait préféré qu'elle pleure et hurle qu'elle ne voulait pas d'elle ici. Elle aurait alors su à quoi s'en tenir.

Lorsqu'ils étaient arrivés, Izzy avait insisté pour la conduire à l'étage, pendant que Jack et Molly déchargeraient de la voiture les pathétiques reliques de sa vie. « Je vais lui faire visiter la maison et l'aider à s'installer, pour qu'elle se sente chez elle. »

Elle avait le sentiment d'être testée.

— Cette chambre est charmante.

C'était joli, mais un peu trop clinique à son goût. Elle préférait les lieux qui donnaient l'impression d'être habités, remplis de touches individuelles. Là, elle avait l'impression de séjourner dans un hôtel très chic.

— Ma mère l'a décorée. Elle avait beaucoup de goût.

— Je vois ça.

Le sous-entendu était que Flora n'en avait pas, mais étant donné l'état de son appartement, elle n'en voulait pas à la jeune fille de penser de la sorte.

« Choisissons une palette de couleurs dans des tons neutres et parsemons quelques touches raffinées ici et là, avec rideaux et coussins », aurait suggéré Becca en se tenant devant le miroir en pied dans une position de danseuse sophistiquée et gracieuse.

Elle aurait ouvert les fenêtres pour laisser entrer l'air gorgé du parfum des fleurs. Passant ses cheveux foncés et disciplinés sur son épaule, elle serait partie d'un rire rauque, parfaitement chez elle dans ce cadre somptueux, sûre d'elle et de l'amour de Jack.

Flora n'avait jamais été aimée inconditionnellement, sauf de sa mère, et elle s'en souvenait à peine. Sa mère lui manquait si fort qu'elle sentait un vide immense en elle. Non seulement sa mère lui manquait, mais elle était chagrinée en pensant à la vie qu'elles auraient pu avoir, les rires et les secrets qu'elles auraient pu partager, les voyages qu'elles auraient pu faire. Elle avait raté tant de moments précieux.

Une demi-douzaine de photos étaient disposées sur la table de chevet. Spontanément, Flora en prit une.

— C'est ma mère au sommet du Kilimandjaro, expliqua Izzy. Elle l'a gravi afin de lever des fonds pour une œuvre caritative.

Évidemment.

— C'est… impressionnant.

— Elle adorait les défis. Rien n'était hors de sa portée.

Izzy prit une autre photo, la serrant jusqu'à ce que ses doigts blanchissent.

— La voici en train de franchir la ligne d'arrivée du marathon de New York. Celle-ci – elle en attrapa une autre – a été prise après qu'elle a traversé l'Atlantique à la rame avec cinq autres femmes. Une chaîne de télévision a même réalisé un documentaire. Ça a été une aventure incroyable, un immense accomplissement. Elle estimait qu'il fallait accomplir de grandes choses pour donner du sens à sa vie.

Elle étalait les qualités de Becca comme de petites pierres, espérant probablement qu'elles la feraient couler.

— Vraiment impressionnant.

Flora était à court d'adjectifs. Son vocabulaire n'était pas assez fourni pour illustrer avec originalité les nombreuses qualités de Becca. Elle commençait à se demander pourquoi Jack sortait avec elle. Cette femme et elle étaient visiblement très différentes.

— Tu cours, Flora ?

Oui, elle serait bien partie en courant, là, tout de suite ! Elle aurait dévalé l'escalier, franchi la porte d'entrée et serait retournée dans son appartement inondé. Luttant pour ne pas prendre la fuite, elle reposa soigneusement la photo, la plaçant à bonne distance du bord. Mieux valait ne pas faire tomber Becca.

— Je n'ai jamais couru de marathon, mais j'en ai toujours eu envie.

Qu'est-ce qui lui avait pris de dire ça ? La fierté ? Le désir de tisser un lien avec Izzy ? Le besoin de montrer qu'il y avait au moins un domaine qu'elle avait en commun avec Becca ?

Izzy plissa les yeux un instant, avant de la gratifier d'un sourire mielleux.

— C'est super. On peut courir ensemble pendant ton séjour ici. Ça me fera de la compagnie.

Mais quelle imbécile ! Elle venait de se faire piéger. Elle n'était pas sûre d'être capable de courir jusqu'au bout de la rue, alors faire un jogging, encore moins. Elle tomberait sûrement raide morte devant une Izzy triomphante.

— Super, se força-t-elle à répondre, consciente que ce serait peut-être sa seule chance de gagner l'approbation de l'adolescente.

— On va s'éclater.

— C'est clair, approuva-t-elle encore, en se disant que ce serait une vraie torture.

— Je préfère courir tôt le matin. C'est plus pratique pour moi, car papa est encore à la maison, donc il peut surveiller Molly.

Izzy reposa les photos soigneusement.

— Si on part à 5 heures, on devrait être rentrées à 6 h 30.

— Tu as dit 5 heures ?

— Oui. C'est trop tard ? Tu préfères 4 h 15 ? Maman courait parfois à cette heure-là, quand elle avait des journées chargées.

Flora ignorait de quoi Becca était morte, mais elle commençait à se demander si ce n'était pas d'épuisement.

— Va pour 5 heures.

Elle essaya de se convaincre que ce serait comme aller au marché aux fleurs aux aurores. Sauf qu'elle reviendrait non pas avec des fleurs, mais avec des ampoules.

— Parfait. On sera rentrées avant que papa parte pour le travail. C'est une bonne idée, non ?

C'était la pire idée que Flora ait entendue depuis longtemps, mais voilà ce qui arrivait quand on se laissait intimider par une adolescente rusée et une femme morte.

Izzy passa ses cheveux par-dessus son épaule.

— Commençons dès demain. Je te réveillerai à 4 h 45. Tu prends du thé, le matin ?

À cette heure-là, la seule chose capable de la faire sortir du lit était un seau d'eau glacée sur la tête, mais Flora garda cette information pour elle. Autant jouer le jeu à fond.

— Je préfère courir l'estomac vide. Je prendrai mon petit déjeuner quand on rentrera.

— Ah bon ? fit Izzy. Ma mère ne prenait pas de petit déjeuner. Elle jeûnait toute la journée et mangeait un dîner léger le soir, constitué de protéines et de légumes.

— Ta mère était une femme impressionnante.

Bon sang, Flora, emploie un autre adjectif, n'importe lequel !

— Spéciale.

— C'est vrai. Papa disait toujours qu'elle était la personne la plus spéciale qu'il ait jamais rencontrée.

Préférant ne pas relever, elle reporta son attention sur les trois autres photos, toutes de Becca et sa famille. Il y en avait une de Becca en bateau, ses cheveux au vent tandis qu'elle riait, la tête levée vers Jack. Flora aurait parié que, dans la même situation, elle aurait eu la moitié des cheveux dans la bouche et l'autre dans les yeux.

Derrière se trouvaient deux photos en noir et blanc de Becca enlaçant ses deux filles. Elle était pieds nus, en jean. *Cette femme avait vraiment tout pour elle.*

Jusqu'à ce que la mort l'emporte.

La vie avait un sens de l'humour bien triste.

— Je peux déplacer les photos si elles te dérangent, proposa Izzy, tirant Flora de ses pensées.

— Elles ne me dérangent pas.

— J'espère que tu te sentiras bien dans cette chambre. Ma mère voulait que ses invités s'y sentent à l'aise.

Avait-elle appuyé sur le mot *invités* ou était-ce son imagination ?

Elle pensa à toutes les fois où elle avait essayé de parler de sa mère. Sa tante l'avait invariablement interrompue. Flora en avait terriblement souffert. Avec le temps, elle en avait oublié *comment* parler de sa mère. Elle ne voulait pas de cela pour Izzy. Si l'adolescente voulait parler de Becca, alors elle l'écouterait.

— Ta maman doit beaucoup te manquer.

Les doigts d'Izzy s'enfoncèrent dans le plaid.

— On fait avec. On est là les uns pour les autres. On doit rester unis, c'est tout.

Et elle-même était une intruse. Message reçu.

— Je suis désolée de débarquer à l'improviste et de perturber votre routine.

— Pas grave. Je sais que c'est temporaire.

Izzy pointa l'index vers une porte ouverte.

— J'ai mis des serviettes propres dans la salle de bains, ainsi que des produits de toilette. C'étaient les préférés de ma mère. J'espère qu'ils te plairont, mais si tu en souhaites d'autres…

— Ce sera parfait, lui assura-t-elle.

Elle voulait s'intégrer sans heurt à cette famille, même s'il y avait peu de chances que cela arrive, étant donné qu'Izzy lui avait déclaré la guerre.

— On dîne à 18 heures. C'est un moment en famille.

L'adolescente marqua une pause.

— Je pourrais te monter ton repas sur un plateau, qu'en penses-tu ? Tu as eu une journée stressante. Tu apprécierais probablement de pouvoir t'installer tranquillement.

Au moins, c'était clair.

Bien que Flora se sente terriblement mal à l'aise, elle se sentait encore plus mal pour Izzy. Sans les photos pour s'occuper les mains, elle faisait les cent pas, agitée et fébrile.

Flora n'avait jamais vu autant d'émotions contenues dans une silhouette si menue. Elle se demanda comment l'adolescente gardait tout à l'intérieur, puis elle se souvint qu'elle avait fait exactement la même chose. Leur situation était différente, mais elle soupçonnait que leurs sentiments étaient semblables. Izzy, comme elle-même alors, avait brutalement découvert que nombre de choses dans la vie étaient hors de votre contrôle.

Mais cette petite chose ne l'était pas.

Flora sourit.

— Si tu es sûre que ça ne te dérange pas, j'aimerais dîner ici, merci.

Izzy cessa d'arpenter la chambre. Ses épaules et ses mains se détendirent. Flora eut un aperçu de la jeune fille qu'elle était, avant que la vie ne l'accable de tensions.

Elle marcha jusqu'à la porte.

— Je te monterai ton dîner. Si tu as besoin de quoi que ce soit d'autre, préviens-moi.

Izzy partie, Flora s'assit au bord du lit.

Elle n'était pas psychologue, mais elle soupçonnait que son apparition avait poussé l'adolescente au bord du gouffre.

Devait-elle alerter Jack sur le comportement de son aînée ? Lui dire ce qu'elle avait remarqué ?

Se sentant dépassée, elle se leva et ouvrit ses deux valises.

Essayant d'ignorer les six photos de Becca – oserait-elle les glisser dans le tiroir ? –, elle déplia ses affaires, les suspendit, et sortit la petite photo sous cadre de sa mère qu'elle gardait toujours près de son lit.

Elle la posa devant les photos de Becca et se sentit aussitôt mieux. Voir un visage familier était réconfortant. Le cliché lui rappela qu'on n'avait pas besoin de courir un marathon ou de traverser l'Atlantique à la rame pour donner du sens à sa vie. Les petites actions comptaient, elles aussi. Elle venait d'ailleurs d'en faire une bonne en acceptant de dîner dans sa chambre, faisant ainsi passer le bien-être d'Izzy avant le sien.

Spontanément, elle ajouta le dessin de Molly, l'appuyant contre deux photos de Becca. Chaque fois qu'elle contemplait ce renard, elle se sentait d'humeur joyeuse.

Molly l'avait colorié pour elle et avait demandé qu'elle l'accroche. C'était ce qu'elle avait fait.

Personnaliser la chambre lui mit du baume au cœur. Rassérénée, elle entra dans la salle de bains en marbre.

Flora prit un des flacons et lut l'étiquette. Tout ce qu'elle savait de cette marque, c'était qu'elle était onéreuse. « Rien que le meilleur », aurait lancé Becca à Jack en sélectionnant les produits et en passant commande pour ses invités. Il aurait évidemment été d'accord, car personne ne contestait le goût de Becca.

Ses invités ne voulaient probablement jamais repartir.

Sur une impulsion, elle verrouilla la porte et se fit couler un bain dans la baignoire sur pieds. Elle se sentait crasseuse après avoir vidé son appartement. Un bain dans les huiles parfumées la mettrait de meilleure humeur et lui donnerait meilleure allure. Elle aurait parié que Becca n'était jamais passée à table en sentant le chien mouillé.

Elle barbota un moment, se lava et se sécha les cheveux, puis elle enfila un jean et un joli débardeur qu'elle avait teint elle-même.

Quand elle quitta la salle de bains, elle trouva un plateau avec bol de soupe et petit pain chaud qui l'attendait sur la table, près de la fenêtre.

Elle s'installait pour manger son dîner en solitaire, lorsqu'on frappa à la porte.

— Entrez.

Jack pénétra dans la chambre, l'air inquiet.

— Est-ce que ça va ?

— Ça va, oui.

Elle ne prêtait généralement pas attention à sa respiration, mais chaque fois qu'elle voyait Jack, elle remarquait qu'elle avait le souffle court. Le regarder l'étourdissait parfois. Elle étudia chaque partie de lui, de l'angle de sa mâchoire à la courbe de ses pommettes, pour essayer de déterminer ce qui le rendait si spécial.

Il la mit debout.

— Je ne savais pas que tu étais si bouleversée. Pourquoi ne pas m'avoir parlé, au lieu de te cacher ici ?

— Je ne me cache pas. Et je ne suis pas bouleversée. La journée a été éprouvante, mais je vais bien. Je trouverai un autre appartement, ou je retournerai dans le mien lorsque le propriétaire aura fait les réparations nécessaires.

— Tu ne retournes pas là-bas, décréta-t-il.

Il la prit dans ses bras, lui apportant la sécurité qu'elle venait de perdre.

— Tu resteras ici jusqu'à ce qu'on trouve une meilleure option. Une bien meilleure option.

— Ce n'est pas juste envers tes filles que j'emménage ici. C'est perturbant pour elles.

— Tu es une amie. Je veux qu'elles apprennent qu'il est important d'aider ses amis.

Il s'écarta légèrement.

— Tu as été seule la majeure partie de ta vie, Flora. Mais ce n'est plus le cas. Tu nous as *nous*, maintenant.

Elle se sentit réchauffée de l'intérieur. Dorlotée. Soutenue. Les bras de Jack lui faisaient l'effet d'un sanctuaire.

— Comment va Molly ?

— Elle fouille dans ses affaires pour te dénicher un doudou. Elle veut que tu te sentes chez toi. Ne t'étonne pas si tu trouves ton lit recouvert de peluches la prochaine fois que tu entres ici. Je pensais que tu déballerais tes affaires et que tu descendrais nous rejoindre.

— J'ai pris un bain.

— Tu as bien fait. Mais ça n'explique pas pourquoi tu as insisté pour manger dans ta chambre.

Voilà donc comment Izzy avait présenté les choses.

— Je ne veux pas empiéter sur ton temps avec les filles, répondit-elle, gênée.

Cette conversation lui donnait l'impression de marcher pieds nus sur du verre brisé.

— On est vraiment contents que tu sois là. Tu as passé une journée difficile, alors je comprends que tu aies envie de rester en solitaire, mais je voudrais que tu apprennes à connaître les filles.

Il repoussa ses boucles de son visage.

— Je pensais que…

Elle s'interrompit, choisissant soigneusement ses paroles.

— Vous dînez en famille tous les soirs à 18 heures. Je ne veux pas m'imposer.

— De quoi est-ce que tu parles ?

Il laissa retomber sa main.

— Je suis rarement rentré pour 18 heures. Izzy et Molly dînent ensemble, et je les rejoins quand je peux. On ne mange pas à heure fixe.

— Oh.

— Il y a autre chose…

Il se passa la main sur le front.

— C'est un peu gênant, mais on a une règle : on ne mange pas dans les chambres. Si on mange, c'est à table. On parle. Je sais que la journée a été rude, que tu es fatiguée, mais pourrais-tu dîner en bas avec nous ? Les règles doivent être les mêmes pour tout le monde. J'espère que tu comprends.

— Bien sûr.

Elle comprenait surtout qu'Izzy semblait déterminée à les monter l'un contre l'autre.

Elle ne pouvait pas le lui dire, évidemment. C'était hors de question.

Jack ramassa le plateau et sortit dans le couloir.

— Allons-y. Les filles attendent. Ce soir, quand elles seront couchées, je déboucherai une bouteille de vin qu'on dégustera sur la terrasse.

Flora s'imagina boire une gorgée et tomber raide morte, empoisonnée.

Essayant de calmer son imagination, elle le suivit dans l'escalier et entra dans la cuisine.

Izzy posa aussitôt sa cuillère.

— Il y a un problème avec ton plat ?

— Flora mange à table avec nous.

Jack posa sur la table le contenu du plateau qu'Izzy avait soigneusement préparé.

— On n'a pas le droit de manger dans nos chambres, expliqua Molly.

Flora lui lança un regard d'excuses.

— Je sais.

— Pourquoi tu voulais manger dans ta chambre ? Tu ne nous aimes pas ? insista la fillette.

Flora releva la tension qui émanait d'Izzy. Elle devait trouver un moyen de la protéger, sans offenser Molly, ni alerter Jack sur le fait qu'il y avait un problème. Elle ne savait pas du tout comment gérer la situation. Les subtilités de la vie de famille étaient un sujet auquel elle ne connaissait rien.

— Je me sentais un peu fatiguée, mais ça va mieux maintenant.

— Flora a vécu une expérience traumatisante, déclara Izzy en triturant son pain. Si elle veut rester seule dans l'intimité et le confort de sa chambre, c'est son droit. Manger à table est une règle de famille. Elle ne fait pas partie de la famille.

Flora encaissa le coup sans tressaillir, mais Jack étudia attentivement sa fille.

— C'est notre amie. On aide nos amis.

Flora s'empara de sa cuillère. Elle n'avait plus faim, mais elle ne voulait pas se faire remarquer davantage.

— J'ai reçu un email de tante Clare, ce matin, annonça Jack en poussant le bol de Molly vers celle-ci. Elle voulait savoir si on irait à Lake Lodge cet été. C'est marrant qu'elle m'écrive maintenant. J'y pensais justement ces jours-ci.

Izzy se redressa sur son siège, une lueur d'excitation dans les yeux.

— Qu'est-ce que tu lui as répondu ?

En dépit de son ton détaché, Flora sentait que le sujet lui tenait à cœur.

— Qu'on en parlerait entre nous et qu'ensuite je lui donnerais ma réponse. Des vacances nous feraient du bien. On n'en a pas pris depuis – il marqua une pause – l'été dernier.

Le silence s'abattit sur la tablée.

Izzy posa sa cuillère.

— Nos dernières vacances datent de la semaine avant la mort de maman.

— Oui.

Jack avala une cuillerée de soupe et tourna la tête vers son autre fille.

— Molly ? Qu'en penses-tu ? Veux-tu aller à Lake Lodge cet été comme chaque année ?

— D'habitude, on y va avec maman, protesta la fillette. On y va toujours avec maman.

— C'est vrai.

Jack posa sa cuillère à son tour.

— Elle nous manquera, mais ça ne veut pas dire qu'on ne peut pas y aller. Tante Clare nous invite.

Il y eut une pause.

— Ce serait bizarre sans maman, répondit finalement Molly en tripotant nerveusement ses couverts. Différent.

— Ce sera différent, oui. Parfois, dans la vie, on doit faire des choses qui sont différentes.

— Comme quand j'ai commencé l'école ?

— Exactement. Rien n'est permanent, même quand on le veut très fort.

— Tu penses que maman serait fâchée si on y allait sans elle ?

Flora sentit des larmes lui brûler les yeux et une grosse boule lui bloquer la gorge.

— Non, ma chérie, répondit Jack d'une voix rauque. Maman voudrait que tu t'amuses et que tu vives une vie bien remplie. Elle voudrait que tu sois heureuse.

Il savait toujours exactement quoi dire. Tout ce qu'il faisait respirait la gentillesse. La sauver. Réconforter sa fille.

Elle s'éprenait un peu plus de lui à chacune de ses paroles, chacun de ses gestes.

— Je veux aller à Lake Lodge, déclara Izzy. J'ai envie de voir tante Clare et oncle Todd. Ça ferait du bien de s'éloigner.

Son regard glissa brièvement vers Flora, qui eut la nette impression que c'était d'elle dont elle voulait s'éloigner.

— Et Aiden, ajouta Molly. Tu as oublié Aiden.

Voyant Izzy rougir du cou jusqu'au visage, Flora eut le sentiment qu'elle n'avait pas du tout oublié Aiden.

— Becca et Clare étaient à l'école ensemble, quand elles étaient petites. Puis Becca a gagné une bourse pour une prestigieuse école de ballet. Une fois diplômée, elle a rejoint une troupe de ballet aux États-Unis, expliqua Jack. Les parents de Clare sont britanniques. Ils vivent dans une fabuleuse propriété dans le Lake District.

— Il y a des montagnes, ajouta Molly. On fait du bateau et on grimpe aux arbres.

— C'est vrai.

Jack lui sourit.

— On y passe trois semaines tous les étés. C'est une tradition qui a débuté avant la naissance des enfants.

— Si on y va, tu pourras jouer avec Chase, fit Izzy. Tu adores Chase.

Jack poussa le pain vers Flora.

— Chase, c'est le chien, expliqua-t-il.

— Il s'appelle comme ça parce qu'il court après tout ce qui bouge, renchérit Molly en serrant sa cuillère.

Elle marqua une pause et reprit d'une petite voix :

— On devrait peut-être rester ici cet été.

Le changement est parfois si effrayant, pensa Flora. Le familier rassure et sécurise. Elle se rappelait combien elle avait été terrifiée par les énormes changements dans sa vie.

— Quelles sont tes activités préférées, lorsque tu séjournes chez ta tante Clare ? demanda-t-elle à la fillette.

Molly prit une petite bouchée de pain.

— Jouer avec Chase et nager dans le lac. Maman était championne de natation à l'école. Elle a remporté tous les prix.

Il semblait à Flora que Becca avait été championne dans tous les domaines. Elle voulut demander s'il y avait un domaine dans lequel celle-ci n'excellait pas, mais se ravisa. Elle détestait se montrer aussi superficielle et avoir si peu confiance en elle.

— Elle t'a appris à nager ?

— Non, c'est tante Clare qui m'a appris.

Flora imaginait Becca postée au bord du lac, impatiente de rejoindre l'autre rive.

Izzy finit sa soupe.

— Tu aimes nager, Flora ? s'enquit-elle.

— Non.

Elle ne mentirait jamais à ce sujet. L'eau la terrifiait. Hors de question de prétendre le contraire. Elle aurait probablement dû leur expliquer pourquoi, mais elle n'abordait jamais le sujet. Avec personne.

— Que fais-tu d'autre là-bas, Molly ? reprit-elle.

— Du bateau. Tante Clare nous a appris à naviguer.

Le lac. Toutes les activités tournaient autour.

— Ça a l'air amusant.

À condition d'aimer l'eau. Ce qui n'était pas son cas.

— Ta maman aimait ça, aussi ?

Molly hocha la tête.

— Maman était une super navigatrice.

Évidemment.

Flora leva légèrement la tête. Son regard se posa sur l'une des photos de Becca accrochées au mur. Le photographe l'avait capturée dans la fraction de seconde avant qu'elle éclate de rire. L'image était pleine de malice.

Flora avait l'impression que non seulement elle la regardait, mais qu'elle était en train de se moquer d'elle.

Tu t'imagines que ma famille va tomber sous ton charme ? Tu rêves !

Elle se décala sur son siège pour ne plus voir le cliché.

— Le lac est profond ?

— On ne voit pas le fond. On porte des gilets de sauvetage. Tante Clare nous y oblige.

— Et tu adores ça, assura Izzy, c'est la raison pour laquelle on devrait y aller cet été. Tu m'auras, moi, et tu auras papa. Ce sera comme être ici, mais en mieux.

Flora perdit son peu d'appétit.

Jack regardait sa fille.

— Tu voudrais vraiment y aller, Izz ?

— Oui.

Izzy poussa son bol.

— Ce serait cool de changer d'air. J'adore voir tante Clare. J'adore Lake Lodge et courir dans les *fells*.

— Les *fells*, c'est comme ça qu'on appelle les montagnes où vit tante Clare, expliqua Molly, voyant le regard perdu de Flora. Ce n'est pas parce que des gens en sont tombés. Je le sais parce que j'ai demandé.

— Le mot anglais *fell* vient du vieux norrois *fjell*, qui veut dire « montagne », expliqua Izzy.

Molly déplaça sa nourriture dans son assiette.

— J'aimerais voir tante Clare et Chase. Mais j'ai peur que ce soit bizarre sans maman.

— Tu pourrais essayer de nouvelles activités, l'encouragea Flora. Des activités que tu ne faisais pas avec ta maman. Vivre de nouvelles aventures.

La suggestion lui valut un sourire approbateur de Jack.

— Bonne idée ! Tu pourrais faire de l'escalade. Tu n'en as jamais fait.

Une goutte de soupe tomba de la cuillère de Molly et atterrit sur la table.

— Ça pourrait être rigolo, répondit-elle. Quoi d'autre ?

— Monter à cheval, poursuivit Flora. C'est super amusant.

Molly réfléchit.

— Pourquoi pas.

Izzy se pencha pour essuyer la soupe.

— Donc, c'est oui ? On va à Lake Lodge cet été ?

— Réfléchissons-y pendant quelques jours. On en reparlera avant que je réponde à tante Clare. Décision familiale, hein ?

Jack termina sa soupe.

— Je dois aller au bureau quelques heures, demain. Tout ira bien ici ?

— Je ne travaille pas, annonça Flora. Je serai là si besoin.

— Je gère, répondit sèchement Izzy.

Elle se leva et débarrassa les assiettes. Elle secoua la tête quand Flora se leva pour l'aider.

— Tu es une invitée, Flora. Les invités ne débarrassent pas.

— Flora va vivre ici un moment, déclara alors Jack. Laisse-la t'aider, Izzy. Tu fais tellement dans la maison. Maintenant que Flora est là, tu pourrais peut-être passer plus de temps avec tes amis. Tu mérites de prendre des moments pour toi.

C'était peut-être ça, la réponse ? Rendre la vie plus facile à Izzy. Prendre en charge certaines des tâches ménagères pour qu'elle ait plus de temps avec ses amis.

Flora se sentit emplie d'un regain d'optimisme.

— Je serais ravie d'aider de quelque façon que ce soit. J'adorerais passer plus de temps avec Molly.

Elle sourit à la petite fille.

— Tu vas voir, on va s'éclater.

— Je n'ai pas besoin de prendre du temps pour moi.

Izzy remplit le lave-vaisselle bruyamment, faisant s'entrechoquer les assiettes.

Flora tressaillit. Quoi encore ? Izzy aurait dû être contente. Les enfants de Julia adoraient être dispensés de corvées.

— Tu ne pars pas avant 6 h 30, hein, papa ?

Izzy lâcha les couverts dans le panier.

— Flora et moi sortons courir à 5 heures.

Jack haussa un sourcil en direction de Flora.

— Tu cours ? Tu ne me l'avais pas dit.

Il y avait une très bonne raison à cela.

— Ça m'arrive.

Quand elle était en retard pour le travail ; quand elle se sentait menacée par un type louche qui marchait derrière elle.

Jack la regarda curieusement.

— Vraiment ? C'est… super, répondit-il d'un ton qui montrait qu'il n'était pas dupe.

— J'ai vu qu'il y avait un parc à côté d'ici, lança Flora pour changer de sujet.

Elle attrapa une serviette et essuya les doigts de Molly.

— On pourrait s'asseoir sur un banc et peindre.

Le visage de Molly s'illumina.

— Maintenant ?

Izzy fronça les sourcils.

— On ne va jamais au parc après avoir mangé. Molly lit son livre et, ensuite, elle va au lit.

— Je veux aller au parc, insista la fillette en sautillant sur sa chaise. On peut y aller, papa ?

— Pourquoi pas ? répondit Jack en souriant. C'est une bonne idée.

Izzy était aussi tendue qu'un arc.

— Mais jamais on ne…

— Parfois, c'est bien de changer un peu ses habitudes, Izz.

Il était aussi patient avec l'aînée qu'avec la cadette.

— On ira au parc une demi-heure, c'est tout. L'air frais fera du bien à tout le monde.

— Mais je ne veux pas peindre, précisa Molly. Je n'aime plus peindre.

Flora se leva de table.

— Aucun problème. Je ferai un dessin, et tu m'aideras à le colorier.

Izzy claqua la porte du lave-vaisselle. Molly tourna la tête vers sa grande sœur.

— Tu nous accompagnes ?

— Bien sûr ! Tu ne crois quand même pas que je te laisserais y aller sans moi, si ?

Izzy lui ébouriffa les cheveux et se pencha pour l'embrasser.

— Va prendre ton manteau. Le ciel s'assombrit.

Flora avait espéré qu'Izzy resterait à la maison, mais il était clair que l'adolescente ne comptait pas lâcher Molly d'une semelle.

Flora prit le sac contenant son matériel d'art. À mi-chemin de l'entrée, elle se souvint qu'elle avait laissé son manteau suspendu au dos de la porte de son appartement.

Jack leva la tête vers le ciel, les sourcils froncés.

— Tu n'as pas de manteau ?

— Je l'ai oublié chez moi. Mais ce n'est que de l'eau, ne t'inquiète pas.

Flora passa son sac à l'épaule. Molly était excitée. Hors de question de faire marche arrière maintenant.

— Ce sera probablement plus sec dehors que dans mon appartement, lança-t-elle sur le ton de la plaisanterie.

Sa blague n'eut pas l'effet escompté.

— On va t'en prêter un.

Jack retourna à l'intérieur, ouvrit une porte et sortit un trench couleur crème qu'il lui tendit.

Izzy lui agrippa le bras tel un étau.

— C'est le manteau de maman, dit-elle d'une voix blanche.

Jack baissa la tête et lui parla à voix basse.

Flora n'entendit pas ce qu'il disait, mais Izzy laissa retomber sa main. Blême, les poings serrés, elle recula d'un pas et le laissa passer.

Les deux filles les regardèrent en silence tandis qu'il lui tendait le manteau.

Le manteau de Becca.

Elle hésita. La taille n'était pas le seul problème.

— Je doute que ce soit approprié.

— Mets-le, insista Jack fermement. Ça ne sert à rien d'avoir un manteau que personne ne porte.

Flora jeta un coup d'œil à Izzy. Elle pinçait les lèvres comme pour retenir une bordée de jurons.

Sa douleur était si tangible que le cœur de Flora se serra.

Pendant qu'elle réfléchissait à la façon de gérer ce nouveau développement, Jack lui prit le trench et le tint avec galanterie, ne lui laissant d'autre choix que de l'enfiler. Les manches étaient un peu serrées et jamais elle n'arriverait à fermer les boutons sur sa poitrine, mais il la protègerait de la pluie, si le ciel sombre au-dessus de leurs têtes tournait à l'orage. La tempête qui couvait autour d'elle l'inquiétait davantage.

Elle regarda les enfants d'un air hésitant, guettant leurs réactions.

— Ça va, assura Molly avec un sourire tremblotant.

Sa bravoure augmenta l'affection grandissante de Flora pour elle.

Si un jour elle avait la chance d'avoir une petite fille, elle espérait qu'elle ressemblerait à Molly.

Elle s'agenouilla pour se mettre à sa hauteur.

— C'était le manteau de ta maman, et ça doit être très bizarre de voir quelqu'un d'autre le porter. Si tu préfères que je ne le mette pas, je l'enlèverai.

Molly secoua la tête.

— Ça ne me dérange pas. J'avais peur que si, mais tu ne ressembles pas à maman.

Elle toucha une de ses boucles.

— Tes cheveux sont plus emmêlés.

Pour une fois, Flora fut reconnaissante d'avoir des cheveux indisciplinés. Elle serra la main de Molly.

— Mes cheveux n'en font qu'à leur tête.

Elle se redressa et tourna la tête vers Izzy, mais l'adolescente évita son regard.

— Allons-y, marmonna cette dernière en claquant la porte d'entrée si fort que la maison trembla, tout comme le bref moment d'euphorie de Flora.

Le trajet jusqu'au parc fut moins tendu qu'elle le craignait.

Izzy croisa un groupe d'amis. Pendant qu'ils discutaient, Flora et Jack emmenèrent Molly sur les balançoires et le toboggan.

Malgré la menace de mauvais temps, le soleil perça à travers les nuages. Laissant Jack avec sa fille, Flora s'installa sur un banc et sortit son carnet à dessins de son sac.

Dix minutes plus tard, la curiosité gagna Molly, qui s'assit près d'elle et observa le dessin.

— C'est une fille sur une balançoire, commenta-t-elle en se penchant plus près. Elle a une queue-de-cheval, comme moi.

— C'est toi.

Flora inclina le carnet vers elle.

— Qu'est-ce que tu en penses ?

— Tu m'as dessinée ? Papa ! Viens voir.

Elle s'installa plus confortablement sur le banc. Ses jambes, trop courtes pour atteindre le sol, se balançaient. Elle était si jeune, mais le regard qu'elle portait sur le monde avait irrémédiablement changé. Toutes ses certitudes sur la famille, l'amour et la sécurité avaient volé en éclats.

Le cœur de Flora se serra de compassion.

Jack s'assit de l'autre côté et se pencha lui aussi vers le dessin.

— Superbe. Hé, Molly, on dirait toi !

— Je pourrai le garder ? s'enquit la fillette.

Flora continua de travailler les ombres avec son crayon, ajoutant du relief.

— Bien sûr.

Une fois satisfaite, elle tourna la page et recommença à crayonner, capturant cette fois l'arbre près d'eux et les fleurs.

Molly regardait de si près que son nez touchait presque le crayon.

— Où tu as appris à dessiner ?

— Ma maman m'a appris, répondit Flora. Elle insistait pour que je prête attention aux petites choses. Les plantes. Les fleurs. Les arbres. Elle pensait qu'il était essentiel de profiter de chaque instant, et ne pas perdre son temps à s'inquiéter d'hier ou demain.

— Ça te rend triste de parler d'elle ?

— Un peu, mais ça me plaît. C'est une façon de la garder en vie et de me souvenir d'elle. Est-ce que parler de ta maman te rend triste ?

— Je suis déjà triste, alors ça ne change pas beaucoup.

Flora résista à la tentation de l'enlacer.

— Qu'est-ce qui te faisait sourire, avant ?

— Danser, mais je n'aime plus ça.

Flora hocha la tête.

— Autre chose ?

— Peindre.

Molly étudiait scrupuleusement chacun de ses coups de crayon.

— Tu dessines bien !

— On forme une bonne équipe, alors. Je vais faire un autre dessin, et tu pourras le colorier. À moins que tu préfères dessiner, toi aussi ? demanda-t-elle d'un ton dégagé.

À sa grande satisfaction, Molly approuva.

Elle lui donna papier et crayon, et elles dessinèrent en silence, Molly copiant ses gestes. Celle-ci travaillait soigneusement, avec concentration, la langue entre les dents.

Sentant les doigts de Jack lui caresser la nuque avec douceur, Flora tourna la tête. Son regard était rivé sur sa plus jeune fille. Elle avait le sentiment qu'il retenait son souffle.

— C'est bien, Molly, l'encouragea-t-il d'une voix émue. Je l'accrocherai au bureau.

— Tu es douée, déclara Flora en la regardant. Tu prêtes attention aux détails. Qu'est-ce que tu aimes le plus dessiner ?

— Les animaux. J'ai bien aimé ton renard.

Flora tourna encore la page et dessina rapidement un cheval. Molly gloussa.

— Il est joli. Tu me montres comment on fait ?

Flora le lui montra, trait par trait, pendant que Molly copiait. Elles débattirent joyeusement : le dessin de Molly ressemblait-il plus à une vache ou un cheval ?

— Un cheval, lança Jack en souriant à Flora au-dessus de la tête de Molly. Tu es incroyable, ajouta-t-il à son intention.

En cet instant, les complexités de leur relation furent oubliées. Il n'y avait qu'eux.

— C'est vrai qu'elle est incroyable, approuva Molly. Mon cheval ne ressemble pas à son cheval.

— Une peinture n'est pas obligée de ressembler exactement au modèle. Parfois, il s'agit simplement de rendre une impression.

Molly troqua son crayon vert pour un rouge.

— Comme Monet ! s'exclama-t-elle. Je connais Monet. Tante Clare est allée à Paris et nous a envoyé une carte postale. Maman a promis qu'un jour elle nous y emmènerait.

Jack étira les jambes.

— Si tu veux y aller, on ira.

— Est-ce que Flora viendrait ?

— Voudrais-tu qu'elle vienne ?

Flora retint son souffle. *Ça passe ou ça casse*, pensa-t-elle. À son grand soulagement, Molly hocha la tête.

— Oui. Elle pourra nous parler des peintures.

Jack lui fit un clin d'œil.

— On ne t'invite pas parce qu'on t'apprécie. On a simplement besoin d'un guide touristique.

Flora éclata de rire, mais Molly fronça les sourcils.

— Bien sûr qu'on l'apprécie ! Tu es bête, papa.

— C'est vrai. Je suis très bête.

Il semblait plus léger, plus jeune, quand il était avec Molly. Flora aussi eut l'impression d'être plus légère. Il y avait donc de l'espoir.

Constatant que Molly semblait l'accepter, du moins un peu, son cœur gonfla dans sa poitrine.

— Pourquoi est-ce que vous souriez ?

Izzy apparut devant eux, bloquant le soleil tel un nuage sombre.

Molly lui montra son dessin.

— Il ressemble à Monet. On va tous à Paris, claironna-t-elle. Flora vient aussi.

L'expression d'Izzy se figea.

— Quand ? On s'était mis d'accord pour aller chez tante Clare, cet été.

Molly pointa du menton d'un air boudeur.

— Je veux aller à Paris.

— On passera l'été à Lake Lodge, comme tous les ans.

— Est-ce que Flora peut venir avec nous là-bas ?

— Non ! s'écria Izzy. Flora a son travail. Et ce sont des vacances en famille. Flora n'en fait pas partie. Ce serait horrible pour elle de se retrouver au milieu de gens qui se connaissent depuis toujours.

Juste comme ça, la porte se referma brutalement, avec d'un côté leur famille, et elle de l'autre.

Elle se sentit profondément blessée, ce qui la surprit étant donné qu'elle avait l'habitude d'être exclue.

La légèreté, la bonne humeur s'évaporèrent ; la sensation de chaleur, d'espoir, disparut.

— On n'a pas encore décidé de ce qu'on faisait cet été, lâcha Jack. Allez, rentrons.

Flora et Molly rangèrent leurs dessins. Jack ouvrit la marche avec Izzy, un bras passé autour de son épaule. Ils semblaient en pleine conversation.

Molly glissa sa main dans celle de Flora.

— Tu as l'air triste. Ne t'inquiète pas, ton appartement sera bientôt sec. Quand je renverse mon verre, l'eau sèche rapidement.

Flora lui serra les doigts, mais se sentit aussitôt coupable de se laisser réconforter par une petite fille.

— J'espère que tu as raison.

Plus tard, bien plus tard, Jack et elle se retrouvèrent enfin seuls dans la cuisine.

Flora s'empara du verre de vin que Jack lui tendait.

— Merci. Molly est endormie ?

— Oui. Elle s'est écroulée après le troisième chapitre. Elle était très excitée d'avoir une nouvelle invitée. Je ne sais pas comment te remercier.

— Pour quoi ?

— Tu l'as persuadée de dessiner. Je sais qu'elle a colorié ton renard l'autre soir, mais là, c'était complètement différent. C'était comme retrouver l'ancienne Molly.

— Je n'ai rien dit, pourtant.

— Non, tu as été plus maligne que ça. Tu as tant éveillé sa curiosité qu'elle a voulu participer. C'est la première fois qu'elle dessine depuis la mort de Becca. Je ne l'avais pas vue aussi bavarde et aussi souriante depuis longtemps. C'est grâce à toi.

Il ouvrit la porte du jardin, et ils sortirent sur la terrasse.

— En la voyant avec toi, ce soir, j'ai pensé pour la première fois qu'elle irait bien.

— Je l'adore. Elle est intelligente, réfléchie. Elle me fait rire.

— La mort de sa mère a été très dure pour elle. Elle ne l'a pas aussi bien gérée qu'Izzy, mais c'est normal, elle est plus jeune.

— Izzy a été contrariée au sujet du manteau.

— Oui.

Il se passa la main sur le front.

— C'était maladroit de ma part, mais la pluie semblait imminente, tu n'avais pas de manteau, et celui-ci était dans le placard de l'entrée. C'est impossible de ne jamais faire de faux pas. Izzy est stressée par moments, mais en général elle tient plutôt bien le coup.

Flora n'était guère experte, mais elle ne partageait pas du tout son opinion. D'après elle, Izzy n'allait pas bien du tout.

— Elle est géniale avec sa sœur.

— Oui, depuis la naissance de Molly, elles sont inséparables.

Il posa son verre sur la table et s'assit sur un des fauteuils, l'attirant pour qu'elle s'asseye à côté de lui.

— Je ne sais pas comment je m'en serais sorti cette année sans Izzy.

— Où est-elle ?

— Officiellement ? Dans sa chambre, en train de faire ses devoirs. À mon avis, elle envoie plutôt des textos à ses amis.

Ils étaient seuls, mais pas complètement.

Si elle levait les yeux, verrait-elle Izzy en train de les espionner ?

— Merci d'être venu à ma rescousse aujourd'hui, Jack. Je n'en croyais pas mes yeux quand tu as débarqué chez moi. Ça a dû déranger les filles et être pénible pour elles. Je passerai des coups de fil dès lundi pour trouver un autre appartement.

— Pourquoi ?

— Je ne veux pas m'imposer. C'est trop perturbant pour elles. Tu as déjà tiré sur la corde en venant me chercher.

— C'est Izzy qui l'a proposé.

— Vraiment ?

Elle en était abasourdie.

— Elle a suggéré de venir me chercher à Manhattan ?

— Oui. Elle m'a entendu au téléphone. Elle s'inquiétait pour toi.

— C'est incroyablement gentil. Quelle délicate attention !

Elle était touchée, soulagée et, en toute franchise, un peu sidérée.

La jeune fille lui avait réservé un accueil tellement froid qu'elle s'était convaincue que celle-ci avait une dent contre elle. Mais qu'avait-elle fait de mal, dans le fond ? Elle avait parlé de Becca, et alors ? C'était encourageant qu'elle se sente suffisamment à l'aise pour lui parler de sa mère. Flora se montrait trop susceptible.

Rassurée, elle leva son verre.

— Tu as des filles merveilleuses.

— Je trouve aussi, mais j'admets ne pas être objectif.

Il était assis là, tout près. Chaque partie de son corps était consciente de sa présence. Elle dut se retenir pour ne pas lever la bouche vers la sienne.

— Tu as raison de ne pas l'être. Tu es leur père. Ça fait partie du rôle. Elles ont de la chance de t'avoir.

— Qu'est-il arrivé à ton père ?

— Ma mère a passé un été à peindre en Europe. La Toscane. Corfou. Paris. Elle a rencontré un homme. Ils ont voyagé et peint ensemble pendant quelques semaines. À la fin de l'été, une fois rentrée, elle a découvert qu'elle était enceinte.

Elle n'en avait jamais parlé à personne. Pas même avec Julia. Ni avec sa tante.

— Elle n'a pas essayé de le contacter ?

— Si. Il ne désirait pas de famille. Il lui en voulait d'être tombée enceinte.

Se confier ici était facile. Le jardin arboré et abrité, véritable cocon, offrait un cadre propice aux confidences. La chaude brise nocturne embaumait des senteurs sucrées du chèvrefeuille et du jasmin, et les bruits distants de la ville se mêlaient au pépiement des oiseaux et au bourdonnement des insectes.

— Tu n'as jamais essayé de le retrouver ?

— Non.

À quoi bon avoir dans sa vie une autre personne qui ne s'intéressait pas à elle ? Elle garda cependant cette information pour elle.

Il prit son verre de vin et le posa sur la table près du sien.

— Je suis désolé que tu aies perdu ton appartement.

— Pas moi. Ce n'était pas l'endroit rêvé. Enfin si, au début. J'avais tellement hâte d'avoir mon propre appartement.

Cela non plus, elle ne l'avait encore révélé à personne. Partager ses rêves n'était pas aisé. Les rêves étaient si personnels, si fragiles, si facilement brisés.

— Quand je vivais avec ma tante, j'en *rêvais*. Je me sentais tellement seule que je me réconfortais en m'imaginant dans ma propre maison. Elle n'avait pas besoin d'être immense ou huppée. J'étais simplement excitée à l'idée d'avoir mon propre espace de vie. De pouvoir le remplir de livres. Décider de sa décoration.

— Et… ?

Son regard se perdit dans le vague.

— J'ai vite déchanté. Ça n'a finalement été ni amusant ni libérateur, mais tout aussi solitaire que la vie chez ma tante. Tu me trouves probablement pathétique.

— Non. J'aime ton honnêteté. J'aime que tu ne fasses pas semblant avec moi. Tu es une personne à part, te l'ai-je dit dernièrement ?

Son sourire était si contagieux qu'elle ne put s'empêcher de sourire à son tour.

Elle pouvait résister aux épaules larges, aux yeux séduisants, à son esprit incisif et à la façon dont il écoutait et prêtait attention aux petits détails. Mais son sourire ? Son sourire était létal, et il causa sa chute.

Leurs têtes se rapprochèrent, sans qu'ils sachent si c'était elle qui avait bougé ou lui.

— Tu es à part, toi aussi.

Cette bouche, pensa-t-elle. Souriant ou sérieux, il avait la bouche la plus expressive qui soit.

Il se pencha encore. Un peu plus et ils se toucheraient.

— Te sens-tu seule en ce moment ?

— Non. Pas du tout.

Un peu perturbée. Très excitée. Mais seule ? Absolument pas.

— Quelle torture de devoir y aller doucement.

Son regard tomba sur ses lèvres.

— J'essaie de calculer la probabilité que Molly entre si tu dors dans ma chambre.

— Mauvaise idée. Trop risqué.

Il soupira.

— Hélas, tu as raison.

Il repoussa une boucle de sa joue.

— Tu dois trouver la situation frustrante.

— Je fais avec.

Ce n'était pas facile pour lui non plus. Elle se demandait s'il se culpabilisait d'entamer une relation avec une autre femme. Elle se retint toutefois de poser la question, sachant qu'il valait mieux éviter de parler de Becca.

Il prit son visage dans ses mains et l'embrassa. Tandis qu'elle goûtait ses lèvres et qu'il approfondissait leur baiser, la tenant fermement, elle sentit tout le désir qu'il éprouvait pour elle.

Il finit par s'écarter. Dieu merci, elle était assise. Son cœur qui s'affolait, ses espoirs qui s'emballaient, tout cela mettrait un moment à revenir au calme.

Elle prit une bonne gorgée de vin.

Avec un sourire en coin, il trinqua.

— À nous.

Nous.

C'était la première fois qu'elle formait un « nous » avec quelqu'un. La sensation d'intimité entre eux grandit.

Non, vraiment, en cet instant, elle ne sentait pas seule du tout.

— Alors, tu rendras visite à tes amis, cet été ? demanda-t-elle en sirotant son vin.

— En toute franchise ? Je ne sais pas.

Il termina son verre.

— Les filles ont toujours adoré y aller. Elles aiment l'air pur et passer du temps en extérieur. Il y a une liberté là-bas qu'elles n'ont pas ici. Clare et Todd sont des gens bien. Je suis sûr qu'on passerait de bonnes vacances, mais je ne veux pas être loin de toi pendant trois semaines. J'aimerais que tu nous accompagnes.

— En Angleterre ?

C'était une blague ? Il plaisantait, forcément.

— Je ne pense pas, ajouta-t-elle.

Passer trois semaines avec la meilleure amie de Becca ?

Gênant serait un euphémisme.

D'un autre côté, l'idée de passer trois semaines loin de lui ne lui plaisait pas non plus.

— On s'éclaterait, insista-t-il.

Il se pencha en avant, posant les bras sur ses cuisses.

— Tu y réfléchiras ?

— Je suis en train d'y réfléchir. Même si j'arrivais à convaincre

Celia de me laisser prendre trois semaines de vacances – ce qui m'étonnerait fort –, je doute que ce soit une bonne idée.

— C'est un des plus beaux endroits que j'aie jamais vus. Lake Lodge est situé au bord de l'eau, sur une propriété privée de plusieurs hectares. Attends…

Il sortit son téléphone de sa poche.

— J'ai une photo.

Il fit défiler sa galerie et tourna l'écran vers elle.

Elle vit un lac bordé de montagnes et d'une forêt dense. Un panorama à couper le souffle.

En dehors de l'eau, l'endroit avait effectivement l'air idyllique.

— Ce n'est pas l'endroit qui m'inquiète, Jack.

Le lac lui-même ne l'attirait pas, mais les activités aquatiques étaient probablement optionnelles.

— Ce sont les gens ? Les Dickinson sont toujours accueillants. Ils sont très décontractés.

Certes, mais comment réagiraient-ils s'il se pointait avec une nouvelle compagne un an à peine après la mort de Becca ?

Elle lui rendit son téléphone.

— Tu pars du principe que notre relation ne les dérangera pas.

— Pourquoi est-ce que ce serait le cas ?

— Ces gens étaient les amis de Becca. Ils pourraient t'en vouloir de débarquer chez eux avec une autre femme.

— Clare et Todd sont mes amis, à moi aussi. J'ose espérer qu'ils se réjouiraient pour moi. Si la situation était inversée, moi, je me réjouirais.

Les hommes sont différents, pensa-t-elle. Ce n'était pas le mari de Clare qui l'inquiétait. C'était Clare elle-même. Son amitié avec Becca avait été très forte. Apparemment, elles étaient aussi proches que pouvaient l'être deux amies depuis qu'elles étaient en maternelle.

— Cela risquerait de perturber les filles.

— Molly t'a invitée, tu l'as entendue.

— C'étaient des paroles d'enfant. Je n'y crois pas une seconde.

— Et si elle le pensait ?

— Izzy ne…

— Quoi, Izzy ? l'interrompit-il, balayant chacun de ses arguments. Les choses se passent bien. Tu cours avec elle demain. Ce qui est à la fois surprenant et adorable, au fait.

— Adorable ?

Il sourit.

— Tu le fais pour te rapprocher d'elle. C'est la chose la plus attentionnée et dingue que quelqu'un ait faite pour moi depuis longtemps.

C'était la chose la plus dingue qu'elle avait faite pour quelqu'un depuis longtemps.

— Qu'est-ce que tu en sais ? Je cours peut-être parce que j'estime que c'est important d'être en bonne condition physique.

— C'est vrai ?

— Oui. De nombreuses maladies sont liées au manque d'exercice. Or, personne n'ignore que faire de l'exercice physique seul est ennuyeux. Je suis super excitée à l'idée de courir avec Izzy.

Elle voyait qu'il n'était pas dupe.

— As-tu besoin de quoi que ce soit ?

— Que proposes-tu ? Ambulance ? Secours prêts à intervenir ?

Il éclata de rire.

— Je pensais plus à une bonne paire de baskets.

— Oh.

Elle repoussa ses cheveux de son visage en essayant de retrouver sa dignité.

— J'en ai déjà.

— Elles s'usent avec le temps.

Les siennes n'avaient pas assez servi pour être usées.

— Les miennes sont en bon état. En revanche, si tu as une bouteille d'oxygène en rab, je suis preneuse.

Il se pencha et l'embrassa.

— Tu es trop adorable, murmura-t-il en détachant chaque syllabe.

— Quand je franchirai la ligne d'arrivée du marathon de New York, tu t'excuseras de m'avoir prise de haut.

— Je ne te prends pas de haut. Je te trouve épatante. Mais personne ne passe du canapé au marathon en une session, Flora.

— On commencera doucement.

— Izzy est rapide et en bonne condition physique. Ne la laisse pas te pousser. Cela dit, je t'en suis tellement reconnaissant ! D'abord, tu fais dessiner Molly, ensuite, tu fais courir Izzy. Avant elle courait tout le temps, mais elle a cessé depuis la mort de Becca.

Il fronça les sourcils.

— J'ignore pourquoi. Je me demande si elle se sentait coupable à l'idée de courir sans sa mère. Elle t'a demandé de l'accompagner. C'est très positif.

— J'espère.

Flora soupçonnait que l'invitation d'Izzy avait été motivée par des desseins plus sombres, comme le désir de voir la nouvelle petite amie de son père tomber raide morte.

Le lendemain matin promettait d'être intéressant.

Izzy

New York

Courir était soi-disant bon pour le moral.

Quel ramassis de conneries !

Izzy augmenta néanmoins sa vitesse dans l'espoir que courir plus vite lui permettrait de se vider la tête.

Elle n'avait pas repris depuis la mort de sa mère et non seulement elle n'était plus en bonne condition physique, mais courir lui rappelait des souvenirs. Même lorsqu'elle était au meilleur de sa forme, sa mère avait toujours été plus rapide qu'elle. Izzy s'était souvent sentie nulle de ne jamais pouvoir l'égaler dans aucun domaine que ce soit. Aujourd'hui pourtant, elle aurait donné n'importe quoi pour pouvoir à nouveau courir avec elle. Elle l'imaginait devant, creusant la distance entre elles. Elle lui aurait crié de l'attendre, mais sa mère n'attendait jamais personne. Elle suivait son propre agenda. Ceux qui étaient incapables de suivre restaient derrière.

Aujourd'hui, Izzy était en tête, Flora dans son sillage. Elle voulut faire une pause pour reprendre son souffle, mais les pieds de Flora martelaient la rue en rythme derrière elle, aussi continua-t-elle de courir. Elle ne voulait pas que celle-ci la rattrape et voie les larmes sécher sur ses joues.

Bon sang, pourquoi avait-elle suggéré de faire un jogging ? Elle pensait que Flora refuserait, pardi !

Loin de traîner les pieds, Flora s'était levée avant elle. Lorsqu'elle était descendue, Flora, déjà prête, l'attendait dans l'entrée. Et bien qu'Izzy eût préféré se noyer dans l'East River plutôt que de l'admettre, Flora avait fière allure. Elle portait le legging le plus cool qu'Izzy ait jamais vu, gris argenté avec un motif léopard qui attrapait la lumière et sculptait le bas de son corps. Elle s'était excusée, expliquant que c'était son pantalon de yoga et le seul qu'elle possédait, mais Izzy avait balayé ses explications par un haussement d'épaules dédaigneux, en espérant que leur invitée ne remarque pas l'envie dans son regard. Elle était soulagée que son père ne soit pas debout pour la voir en tenue. Il aurait probablement trébuché sur sa langue et serait tombé dans les escaliers. Molly et elle se seraient alors retrouvées orphelines.

Avec ses cheveux longs noués en queue-de-cheval, Flora lui avait donné l'impression de déborder d'énergie et d'enthousiasme.

Elle s'était sentie grincheuse avant même d'avoir couru deux pas.

Et voilà que, maintenant, elles couraient ensemble, leurs pieds martelant le sol en rythme.

Se sentant irritable, elle allongea sa foulée.

Rira bien qui rira la dernière… Sauf qu'à ce rythme-là, Flora aurait le dernier mot. Enfin, si l'une d'elles avait encore assez de souffle pour rire ou parler.

Elles atteignirent le pont de Brooklyn au lever du soleil. Au-dessous, l'East River scintillait. Au loin se dressaient la statue de la Liberté et le port de New York.

Izzy avait choisi ce circuit parce que c'était le préféré de sa mère. Becca insistait toujours pour courir aux aurores, avant que le parcours soit pris d'assaut par piétons et cyclistes.

Elle ne faisait qu'une seule pause : sur le pont. Elle penchait la tête en arrière, prenait une gorgée d'eau et souriait d'un air satisfait, s'autorisant moins d'une minute de contemplation. « On vit dans la ville la plus formidable au monde, Izzy. La ville des rêves. »

Chassant le souvenir, Izzy jeta un coup d'œil par-dessus son épaule.

Flora s'était arrêtée à l'entrée du pont. Les yeux fermés, le visage rouge, elle haletait.

Elle s'arrêta. Du respect pour Flora naissait en elle. Réticent, mais bien là.

— Tu tiens le coup ?

Elle avait le sentiment que, si elle tuait Flora, son père ne serait pas content. Elle aimait à penser qu'elle ne serait pas contente non plus, mais ces temps-ci, elle ne se reconnaissait plus. Elle évitait d'examiner ses réactions de trop près, craignant de ne pas apprécier ce qu'elle verrait.

Flora inspira une grande bouffée d'air.

— Ma condition physique laisse vraiment à désirer.

Ses halètements ponctués d'éclats de rire faillirent arracher un sourire à Izzy.

Perturbée, elle se tourna et regarda la skyline de Manhattan.

— On vit dans la ville la plus formidable au monde. La ville des rêves.

Elle répéta les paroles de sa mère et se sentit aussitôt ridicule. Elles ne sonnaient pas bien. Non seulement elle n'avait pas beaucoup voyagé, mais ironiquement sa mère avait toujours cru à l'action, jamais aux rêves. Elle était en mouvement perpétuel, avançait constamment vers l'objectif suivant.

— J'ai vécu à New York toute ma vie, et c'est la première fois que j'assiste au lever du soleil d'ici.

— Tu veux courir sur le pont ?

— Non. Je suis bien ici.

Flora s'appuya sur le garde-fou.

— La vue est spectaculaire.

Ah bon ?

Izzy contempla le ciel et réalisa que la vue était, en effet, super cool. Le ciel était strié de rouge et d'orange, et les couleurs se réfléchissaient sur la rivière et les bâtiments alentour.

Flora but une gorgée d'eau.

— Alors, quel est ton rêve, Izzy ?

— Quoi ?

— Ton rêve. Qu'est-ce que c'est ?

Izzy la regarda. Comment était-elle supposée répondre ? *Que tu laisses mon père tranquille. Que ma mère revienne à la vie. Oublier ce que j'ai découvert.*

Elle préférait garder ses pensées pour elle. La réponse n'aurait sûrement pas plu à Flora, de toute façon.

— Rêver est une perte de temps, lâcha-t-elle finalement.

— Oh non, s'exclama Flora, troublée. Rêver n'est jamais une perte de temps. Rêver est créatif. Rêver te permet d'imaginer une vie différente de celle que tu vis.

Izzy prit une gorgée d'eau à son tour.

— C'est mieux d'avoir des objectifs que des rêves, de savoir où on va et de planifier comment y arriver.

Elle regretta instantanément ses paroles. Et si elles incitaient Flora à projeter de mettre le grappin sur son père ?

— Allons-y. Papa doit aller au bureau, ce matin.

Sans lui donner le temps de répondre, elle fit demi-tour et repartit en joggant.

De retour à la maison, elle fila directement sous la douche. Quand elle descendit, elle trouva Flora dans la buanderie.

Ses cheveux étaient mouillés et bouclaient capricieusement. Elle sortait de la douche, elle aussi. Ses joues étaient rebondies et roses et, lorsqu'elle aperçut Izzy, elle lui lança un sourire amical et chaleureux. Tout chez elle respirait le réconfort et la chaleur, tel un bol de soupe chaude par une journée d'hiver.

Son irritation monta d'un cran.

— Qu'est-ce que tu fais ? aboya-t-elle, remarquant que Flora mettait des serviettes dans le lave-linge.

— Elles étaient sales, j'ai voulu rendre service.

— Je n'ai pas besoin d'aide.

Prise de panique, elle se força à se rappeler que, même si Flora se rendait utile, Molly avait besoin d'elle. Personne ne comprenait Molly aussi bien qu'elle.

Flora marqua une pause, les serviettes contre sa poitrine, une question dans les yeux. Izzy avait la sensation désagréable qu'elle pouvait lire dans ses pensées. Elle espérait se tromper.

— Tu es une invitée.

Elle lui arracha les serviettes.

— Tu n'as pas à faire la lessive.

Invitée, pigé ? *Invitée.*

— Je la ferais, si j'étais chez moi. Tu as été assez gentille pour m'héberger, alors c'est normal que je participe. Laisse-moi participer, s'il te plaît.

Il y avait une gentillesse chez Flora qui, pour une raison quelconque, faisait culpabiliser Izzy.

Elle était coincée. Elle paraîtrait impolie si elle refusait. C'était à se demander si Flora avait été placée sur cette terre dans le seul but de lui pourrir la vie.

— Comme tu veux. Dans ce cas, je vais préparer le petit déjeuner de Molly.

Des bruits de pas retentirent dans l'escalier. Quelques instants plus tard, son père apparut, Molly dans les bras.

— Regardez qui j'ai trouvé à l'étage ?

Il embrassa Molly sur la joue et la posa par terre.

— Alors, ce jogging ?

— C'était super, répondit Flora avec sincérité. Honnêtement, ça m'a vraiment réveillée. Je n'avais jamais vu la rivière et la skyline à une heure aussi matinale.

Consciente que son père la regardait, Izzy se fendit d'un faible sourire.

— C'était super, répéta-t-elle, essayant d'avoir l'air convaincant.

Elle était épuisée de dire une chose et d'en penser une autre. Était-elle prévenante ou hypocrite ? Pleine de tact ou manipulatrice ?

— Je serai rentré à temps pour le déjeuner.

Il jeta un coup d'œil à sa montre.

— Quel est le programme de la matinée ?

Izzy tourna son attention vers sa sœur, sachant exactement comment l'occuper.

— Si on faisait des cupcakes ?

C'était l'activité préférée de Molly, surtout quand elles en arrivaient à l'étape du glaçage.

Elle s'attendait à des cris de joie et un câlin, mais Molly secoua la tête.

— Je veux finir ma peinture avec Flora.

Izzy eut l'impression de recevoir un coup de poignard en plein cœur. Jamais sa sœur n'avait raté une occasion de faire de la pâtisserie avec elle. Mais, visiblement, depuis l'arrivée de Flora, faire des gâteaux n'était plus son activité préférée.

— Faisons les deux, proposa Flora.

Izzy sentit une vague d'humiliation à l'idée que Flora puisse avoir deviné combien elle se sentait blessée.

Elle ne voulait pas que Flora lise en elle comme dans un livre ouvert. Elle ne voulait pas de Flora dans sa vie, elle n'avait pas besoin d'elle du tout.

Cette situation était horrible, *horrible*.

Elle n'était sûrement pas la première personne à traverser ça, mais sa situation présentait un sacré lot de complications.

— Pas la peine, lança-t-elle, faisant de gros efforts pour paraître enjouée. J'ai un tas de choses à faire ce matin, de toute façon.

Elle écrirait un article pour son blog, parlerait du fait que son père fréquentait quelqu'un. Un de ses lecteurs aurait peut-être quelque chose d'utile à dire sur le sujet.

Pourquoi est-ce que mon père voudrait se remettre en couple aussi rapidement ? se demanda-t-elle.

Pourquoi n'était-il pas brisé ou sur ses gardes ? Et s'il l'était, pourquoi est-ce que ça ne le retenait pas ?

Elle préférait penser qu'il était d'une nature forte, capable de rebondir rapidement, plutôt que d'admettre qu'il guérissait grâce à Flora. Elle refusait de reconnaître une quelconque qualité à la jeune femme.

Le Seul, l'Unique, existait-il ? C'était une question qu'elle s'était souvent posée ces derniers temps. Vraisemblablement pas, ou les gens ne divorceraient pas. À moins qu'ils divorcent faute d'avoir épousé le « bon ». Ce qui voudrait dire qu'identifier la bonne relation, l'amour véritable, était super difficile.

Comment le Seul, l'Unique, pouvait-il d'ailleurs exister ? C'était illogique. Il devait exister plusieurs personnes avec qui on pouvait être heureux, ce qui faisait de l'amour un pari. Un tel pari lui paraissait bien dangereux.

Laissant Molly avec Flora, elle se retrancha dans le sanctuaire de sa chambre et essaya de se concentrer sur son article. Mais, triste et l'estomac noué, elle passa plus de temps à fermer les yeux pour faire abstraction des joyeux gloussements de Molly dans la cuisine qu'à regarder son écran.

Son père disait souvent qu'elle était son héroïne. Il était fier de la façon dont elle avait pris soin de leur famille. Elle n'avait pas réalisé jusque-là combien sa position était fragile, ni la rapidité avec laquelle une héroïne pouvait être remplacée. Tout allait comme sur des roulettes et puis, un jour, vous ne faisiez plus la lessive, et votre petite sœur ne voulait plus faire de gâteaux avec vous.

À ce rythme-là, bientôt plus personne n'aurait besoin d'elle.

Que deviendrait-elle alors ?

Flora

New York

— Tu as emménagé chez lui ce week-end, et tu ne m'as pas appelée pour me raconter ? s'exclama Julia, les yeux ronds.

— Je savais que tu étais occupée.

Flora se massa les côtes. Respirer était douloureux. *Tout* était douloureux.

— De toute façon, tu n'aurais rien pu faire. Tu n'as pas de place pour héberger un invité.

— Passer d'un dîner à emménager ensemble est une grande étape. Pourquoi est-ce que tu te masses les côtes ?

— Je suis allée courir, hier, et mon soutien-gorge n'était pas adapté. Je portais ma brassière de yoga. J'ai du mal à bouger les bras. Si j'ai besoin de quelque chose sur une étagère haute, il faudra que tu l'attrapes pour moi.

— Toi, tu es allée courir ?

Julia s'interrompit pour encaisser l'achat d'une femme en tailleur qui avait choisi un bouquet de freesias.

— Passez une journée merveilleuse, épanouissante et délicieusement parfumée, lança-t-elle à la cliente avec un grand sourire.

Une fois celle-ci partie, elle se tourna de nouveau vers Flora.

— Toi ? Tu es allée courir ? répéta-t-elle.

— Oui. À 5 heures du matin. J'avais du mal à garder les yeux ouverts, mais la vue était imprenable. J'ai assisté au lever du soleil.

Tout en essayant désespérément de suivre Izzy sans faire de crise cardiaque. Elle savait que l'adolescente ne lui aurait pas fait de bouche-à-bouche.

— Ça doit être romantique si tu arrives à garder les yeux ouverts suffisamment longtemps pour en profiter. T'a-t-il embrassée ? Demandée en mariage ?

— Je n'ai pas couru avec Jack, mais avec Izzy.

— Sa fille ?

Julia s'appuya contre le comptoir.

— Alors, comme ça, vous êtes devenues les meilleures amies du monde ?

— Pas exactement.

Elle n'arrivait pas du tout à cerner Izzy. Elle avait passé toute la journée de la veille à essayer de lui rendre la vie plus facile. Elle pensait qu'Izzy apprécierait d'avoir plus de temps pour elle, mais quand Molly avait préféré la peinture à la pâtisserie, sa sœur l'avait mal pris. Elle-même n'avait pas su comment gérer la situation.

— Je n'arrive pas à croire que tu aies emménagé avec lui ! La semaine dernière, tu pensais que vous alliez rompre.

— Je n'ai pas « emménagé ». Et j'ai ma propre chambre.

Julia sourit.

— Quel dommage.

— Je ne voudrais pas perturber la petite Molly. Elle est tellement craquante, Ju. Je l'adore.

Elle repensa à l'épisode du manteau.

— Elle est si brave. Lorsqu'elle est triste, elle sort le menton, prend un air déterminé et se ressaisit. Elle est douée en dessin. Elle ne s'en rend pas compte, mais la façon dont elle se concentre et étudie la perspective…

— Ouais, ouais, je vois, l'interrompit Julia. Tu adores Molly. Mais qu'en est-il de Jack ? Es-tu amoureuse de lui ?

Flora pensa au moment délicieux qu'ils avaient partagé dans le jardin. Pas à l'alchimie, bien que celle-ci lui donne des papillons dans le ventre, mais à la connexion. Il s'intéressait à elle. Il se souciait d'elle. Il la comprenait. C'était aussi exaltant qu'angoissant.

— On n'est pas ensemble depuis longtemps.

— Assez cependant pour que tu t'attaches à sa fille. Et maintenant, tu vis avec lui.

— Pas au sens où tu l'entends. Je vis avec lui parce que la vie en a décidé ainsi, tu sais, cette chose qui se met en travers des projets ? Mon appartement est inondé à cause de la fuite, et je n'ai nulle part ailleurs où aller. Il a une maison immense avec cinq chambres. J'aurais été folle de refuser. Puis-je vous aider ?

Elle sourit à deux adolescents qui traînaient près des fleurs. Après avoir appris qu'ils cherchaient un cadeau spécial pour l'anniversaire de leur mère, elle leur conseilla un large bouquet de bleuets d'un bleu éclatant.

— Où en étions-nous ? reprit-elle, une fois les adolescents partis.

— Tu me disais qu'en gros le type possède un château. Rappelle-toi que le château s'accompagne d'un dragon.

— Si tu parles d'Izzy, ce n'est pas un dragon. Elle est en deuil, elle souffre.

Et communiquer avec elle était très difficile. Impossible, même.

— La semaine dernière, tu étais convaincue qu'elle ne t'aimait pas.

— Je pense que ça n'a rien de personnel. Elle détesterait toute personne qui essaierait de s'immiscer dans sa famille. C'était sûrement moi qui exagérais. Après tout, elle m'a invitée à courir.

Julia fit entendre un bruit compatissant.

— Désolée de te l'annoncer, mais elle essayait de te tuer. Au moins maintenant je comprends mieux pourquoi tu marches comme un robot. Admets-le, tu peux à peine bouger.

Flora haussa les épaules.

— Je l'admets. Remuer les bras sera impossible pendant quelques jours.

Julia sourit d'un air espiègle.

— Espérons que ce n'est pas aujourd'hui que Jack te proposera une partie de jambes en l'air débridée.

Flora se massa les cuisses.

— Ce n'est pas drôle. Je suis allée courir avec Izzy parce que c'est une activité qu'elle partageait avec sa mère.

Se forçant à oublier son corps douloureux, elle confectionna un bouquet pour une de leurs fidèles clientes.

— Si vous en prenez bien soin, les roses tiendront une semaine, madame Mason.

Elle les lui tendit.

— Coupez les tiges, mettez les fleurs dans un vase avec un litre d'eau et ajoutez-y des nutriments.

— Quel bouquet magnifique, Flora ! Je le mettrai dans l'eau tel qu'il est. Vos bouquets n'ont jamais besoin d'être retouchés.

Julia la poussa du coude.

— Tu as de la visite.

Flora leva les yeux tandis que Jack ouvrait la porte et entrait dans la boutique. Quelques têtes se tournèrent. Les yeux de Mme Mason s'écarquillèrent.

— Eh bien, en voilà un homme canon !

— Madame Mason !

Julia partit d'un rire stupéfait et ravi.

— Quoi ? Mes petits-enfants aiment élargir mon vocabulaire. Et même sans leur aide, je sais reconnaître un homme attirant quand j'en vois un. Il est très séduisant. Est-ce votre compagnon, Flora ?

— Oh ! Je – pas exactement – je veux dire, c'est trop tôt pour…

— C'est son compagnon, confirma Julia en se penchant au-dessus du comptoir pour partager un moment de complicité féminine avec une de leurs clientes préférées. Comment le trouvez-vous ?

Elles avaient toutes les deux les yeux rivés sur lui. Flora se demanda s'il était trop tard pour s'échapper par la fenêtre arrière.

— J'approuve, répondit Mme Mason. Il a des épaules solides, des bras forts. J'aime qu'un homme ait des bras forts. Et vous ?

Julia réfléchit.

— J'aime qu'un homme ait…

— Il vous faut autre chose, madame Mason ? intervint Flora, avant que Julia leur fasse perdre une précieuse cliente.

— Non, ma chère. Ne vous inquiétez pas pour moi, fit Mme Mason en agitant la main de la façon la moins discrète qui soit.

Jack s'approcha et lui sourit.

Flora crut que Mme Mason allait s'évanouir à ses pieds.

— Bonjour. Serena Mason. Je viens ici depuis des années. Je n'autoriserais personne d'autre à confectionner mes bouquets. Flora est si talentueuse ! Je l'adore.

Jack éclata de rire.

— Je l'adore, moi aussi.

Il se tourna vers l'intéressée.

— Tu es libre pour déjeuner ?

— Je le suis si elle ne l'est pas, déclara Julia gaiement.

Ignorant son amie, Flora consulta l'heure.

— Dans dix minutes ?

— Parfait. Je serai dans le coffee shop à côté. Rejoins-moi quand tu es prête.

Il s'éloigna et Mme Mason poussa un soupir d'extase.

— Quel homme de rêve ! Qui s'occupera des fleurs, à votre mariage ? Vous ne pouvez pas confectionner vos propres bouquets.

— Aucun mariage de prévu, alors ce n'est pas un problème dans l'immédiat.

Flora s'empressa de faire sortir Mme Mason en espérant que Jack n'avait pas entendu leur conversation.

— Elle n'a pas tort. Cet homme fait rêver, déclara Julia en nettoyant le plan de travail. Quel dommage qu'il ait des bagages.

— Un enfant n'est jamais un bagage ! s'écria Flora.

Elle s'agrippa au bord du comptoir. Son cœur s'accélérait et son souffle était devenu haletant. Comment un simple mot pouvait-il provoquer une réaction aussi intense ?

— Ses filles sont adorables. Elles comptent énormément pour lui. Elle ne les considérerait jamais comme des bagages.

— Pardon.

Julia posa la main sur son bras.

— J'ai touché un point sensible.

Flora ouvrit la bouche pour changer de sujet, mais ce fut la vérité qui sortit.

— Moi aussi, j'ai été considérée comme un bagage. J'ai entendu ma tante le dire une fois. « Ma sœur m'a laissé son bagage. »

— Oh ! Flora…

Julia posa sur elle un regard empli de chaleur et de compassion.

— Tu n'étais pas un bagage. Tu étais un cadeau. Hélas, ta tante était trop aveugle pour s'en rendre compte.

— Un cadeau dont elle ne voulait pas. Crois-moi, il n'y a pas pire pour un enfant que de savoir qu'on ne veut pas de lui.

La situation était différente, bien sûr. Molly et Izzy avaient Jack. Mais quand bien même, elle ne voulait pas leur causer la moindre inquiétude. C'était plus important pour elle, en un sens, que ses sentiments pour Jack.

D'ailleurs, quels étaient-ils, au juste, ces sentiments ?

Était-ce de l'amour ? Ou appréciait-elle simplement de fréquenter quelqu'un qui, pour une fois, semblait sincèrement se soucier d'elle ?

Elle se rendit au coffee shop en boitant, faisant hurler de douleur chacun de ses muscles. Heureusement, elle n'avait que vingt pas à parcourir.

Si Izzy suggérait un nouveau jogging aux aurores, le lendemain, elle serait dans de beaux draps !

Jack avait choisi une table près de la fenêtre. Un café et sa salade au poulet préférée attendaient Flora.

— Tu aimerais un verre l'alcool ?

— Sans façon, merci.

Elle s'assit et prit une gorgée de café.

— Que me vaut cette visite surprise ?

— Je voulais passer du temps avec toi.

— Je vis chez toi.

— Je ne sais pas si ça rend notre relation plus ou moins frustrante. On n'a pas vraiment eu l'occasion d'être seuls.

Il rapprocha sa chaise de la sienne et se pencha en avant.

— J'ai réfléchi au sujet de cet été. Tu ne peux pas rester toute seule à la maison.

Son cœur dégringola à la vitesse d'un ascenseur express. Il fallait qu'elle trouve rapidement une location.

— Pas de souci. J'ai déjà commencé à chercher un autre appartement.

— Pourquoi ?

— Même si le proprio réussit à faire réparer les dégâts, je n'ai pas le courage de retourner chez moi. Même sans le dégât des eaux, il n'y avait pas beaucoup de raisons de se réjouir de vivre là-bas.

C'était perturbant de réaliser combien elle aimait vivre chez lui, auprès de sa famille. Même les difficutés avec Izzy ne ternissaient pas la sensation de bonheur qui s'emparait d'elle, le matin au réveil.

— Mais c'est entendu pour cet été. Ne t'inquiète pas, je cherche déjà une solution.

— Tu m'as mal compris. Tu peux habiter avec nous aussi longtemps que tu en as envie, mais je ne veux pas te laisser seule, alors qu'on sera partis plusieurs semaines.

— Tu as peur que j'organise une énorme fête et mette ta maison sens dessus dessous ?

Il éclata de rire.

— Non, j'ai peur que tu me manques. Et quoi qu'il se passe, hors de question que tu emménages dans un autre appartement sordide, Flora.

Il lui prit la main.

— Nous pouvons faire mieux.

Le « nous » lui fit tant plaisir que cela aurait probablement dû l'inquiéter.

— Je m'assurerai que le prochain ne soit pas aussi sordide.

— Je voudrais que tu quittes la chambre d'amis et que tu viennes t'installer dans la mienne. Faire chambre à part commence à me rendre dingue.

Son pouce dessina un cercle lent sur sa paume. Le cœur de Flora tambourinait aussi fort que lors de son jogging matinal.

— Moi aussi, mais on doit y aller lentement, et je l'accepte.

— C'est déjà difficile de ne pas dormir dans la même chambre. Ce sera une véritable torture d'être sur des continents différents pendant trois semaines, cet été.

Il serra sa main plus fort.

— Viens avec nous dans le Lake District. Je suis sérieux.

Elle se sentit flattée. Excitée. Euphorique. Il voulait qu'elle parte avec eux en vacances. D'un autre côté… il lui demandait de passer du temps dans un endroit peuplé de lacs. Elle détestait les larges plans d'eau. Rien que d'y penser, elle hyperventilait. Elle aimait la terre ferme. Elle pourrait le lui dire, mais alors il voudrait savoir pourquoi. Or, elle n'était pas prête à en parler. Pas même avec lui. C'était un sujet dont elle ne parlait jamais.

D'un autre côté, rester ici signifiait trois semaines sans lui, sans Molly…

Quel dommage qu'ils ne partent pas en vacances aux Caraïbes ! Encore que la mer lui aurait posé souci. Une escapade citadine aurait été beaucoup plus rassurante. Elle aurait volontiers accepté de les accompagner à Paris ou Londres. N'importe où sauf un endroit appelé Lake District.

Elle frémit.

— Tu penses que les filles accepteraient que je vous accompagne ?

Nerveuse, elle poussa sa salade sur le côté de son assiette.

— C'est la première fois que vous vous y rendez sans Becca.

— Raison de plus pour t'emmener avec nous.

— Raison de plus pour garder les choses aussi normales et familières que possible.

— Ce ne sera pas familier.

Il se frotta le front.

— Notre vie a changé. Que tu viennes ou pas, ces vacances seront différentes. Alors, viens. Sauf si tu ne veux pas que notre relation aille plus loin.

Jusqu'à présent, ils s'étaient laissé porter. C'était la première fois que l'un d'eux tentait de définir leur relation.

— Si… j'en ai envie.

— Bien. Parce que moi aussi. Alors passe l'été avec nous.

Elle pensa à tout ce que cela impliquerait. Il y aurait des lacs, et cela risquait de poser un gros problème, mais il y aurait également Molly. Passer du temps avec Jack et elle serait formidable. Le séjour lui donnerait l'occasion d'apprendre à connaître Izzy un peu mieux, dans une atmosphère plus détendue. Nouer un lien avec l'adolescente serait peut-être plus facile loin de son propre territoire.

Elle s'assurerait simplement de se tenir éloignée de toute activité aquatique.

— D'accord.

Sa décision prise, elle sentit une montée d'adrénaline.

— Je parlerai à Celia.

— Ta patronne ne m'a pas fait l'effet d'une personne très compréhensive. Elle dira oui, d'après toi ?

Flora se remémora tous les week-ends où elle avait travaillé, toutes les vacances, et le nombre de fois où elle avait trimé au marché aux fleurs, quand ses collègues avaient la gueule de bois ou étaient trop fainéants pour s'y rendre.

— Je pense que oui.

Celia se montrerait forcément raisonnable quand elle lui ferait remarquer combien elle avait été flexible, non ? Plus elle y pensait, plus elle était enthousiaste à l'idée de partir en vacances avec Jack et ses filles. Le temps de retourner au travail, elle était déterminée et gonflée à bloc.

— Celia, peut-on s'entretenir une minute ?

— Pas maintenant, répondit sa patronne. J'ai quatre…

— Maintenant, insista Flora avec une détermination qui les surprit toutes les deux.

Elle faillit s'excuser, mais se retint. Elle ne pouvait pas être ferme une minute et hésitante la suivante. Autant jouer le jeu à fond.

— Je me demandais s'il serait possible de…

Minable, minable.

Elle leva le menton.

— Je dois prendre trois semaines de congés à partir de mi-juillet.

Celia fronça les sourcils.

— C'est une plaisanterie ?

Le cœur de Flora s'accéléra. Celia n'était pas contente, et elle préférait que les gens soient contents. Mais Celia n'était pas sa tante. Elle ne lui devait rien en dehors de son dévouement comme employée. Et elle était allée bien au-delà de ça.

Il était temps qu'elle saisisse un peu de bonheur pour elle-même.

— Ce n'est pas une blague.

— Le personnel ne peut pas poser plus d'une semaine de congés à la fois.

— Je sais, mais je n'ai pas pris de vacances l'année dernière, j'ai travaillé la plupart des week-ends et chaque jour férié depuis – elle réfléchit – depuis que j'ai commencé à travailler ici, en fait.

— Tu me demandes sérieusement trois semaines de vacances ?

L'expression de Celia était si menaçante que Flora ressentit presque le besoin irrépressible de s'excuser et de faire marche arrière.

Trois semaines ? Vous avez raison, c'est une demande ridicule. N'en tenez pas compte.

Ensuite, elle imagina Jack et les filles en vacances, faisant de longues marches dans la forêt, profitant de soirées paisibles sous les étoiles. Si elle cédait maintenant, non seulement elle ne partirait pas en vacances avec Jack, mais Celia continuerait de trop lui en demander.

Elle serra les poings si fort que ses ongles s'enfoncèrent dans ses paumes.

— En fait, Celia, je ne demande pas. Je vous préviens. Par courtoisie.

La panique l'envahit à l'idée d'être licenciée, et ses jambes faiblirent.

Cela traversa visiblement l'esprit de Celia, car elle redressa les épaules et prit une posture agressive.

— Et si je te dis que ton travail ne sera plus là à ton retour ?

Flora en eut le vertige. Était-elle sérieuse ? Risquait-elle de perdre son emploi ?

— J'espère que ce ne sera pas le cas, car j'adore travailler ici.

Ce n'était pas exactement vrai, mais il y avait certaines limites qu'elle ne franchirait pas.

— Et je pense que je manquerai à bon nombre de vos clients fidèles.

Celia plissa les yeux et pinça les lèvres.

— Bien, maugréa-t-elle finalement. Trois semaines, mais pas un jour de plus.

Flora en tomba presque à la renverse. Une partie d'elle voulait vérifier qu'elle avait compris correctement. *Vraiment ? En êtes-vous sûre ?* Heureusement, son instinct lui souffla d'en rester là. Elle avait obtenu gain de cause. Elle étouffa l'impulsion d'étreindre sa patronne. Elle aurait eu l'impression de serrer un cactus.

— Merci.

Elle traversa la boutique sur des jambes tremblantes et rejoignit Julia, qui luttait avec un énorme bouquet.

— Qu'est-ce qui te fait sourire comme ça ?

Julia poussa un juron en coinçant son doigt sous le nœud.

— Pourquoi est-ce que, quand je fais un nœud, je perds presque un doigt, tandis qu'avec toi ça a l'air si simple ?

— J'ai tenu tête à Celia.

— Tant mieux. Il était temps.

Julia parvint enfin à nouer le ruban.

— C'est joli ?

Flora fit de légers arrangements.

— Très joli.

— Alors qu'est-ce que tu as refusé ? De travailler un week-end ? De commencer ta journée aux aurores ? Cette femme pousse vraiment le bouchon trop loin.

— Je prends trois semaines de vacances cet été.

Elle lui fit un résumé de son échange avec Celia, mais au lieu de lever le poing d'un air triomphant en la félicitant, son amie parut horrifiée.

— Tu pars trois semaines en vacances ? Je n'arrive pas à croire que tu aies demandé ça à Celia.

— C'est toi qui m'as encouragée à lui tenir tête.

— Je sais, mais je parlais de l'empêcher de te forcer à travailler tous les week-ends. Pas ça. Trois semaines avec la meilleure amie de l'épouse décédée ? À faire les mêmes activités ? As-tu bien réfléchi ?

Un soudain pic d'anxiété fit se contracter le ventre de Flora.

Mais oui, elle était sûre. Oui, elle *l'était*.

— Oui. J'ai hâte. Je veux que ma relation avec Jack fonctionne. Pour ça, je dois me faire accepter de ses filles, me faire une place dans leur vie. M'intégrer aux activités qu'ils font en famille est la meilleure façon d'y arriver.

— Tu as pensé à l'autre femme ? Elle risque de ne pas être contente de voir le mari de sa meilleure amie avec une nouvelle compagne. Elle pourrait te poignarder entre les omoplates à ton arrivée. Avant que tu t'en rendes compte, ton corps se décomposera dans la forêt.

Julia avait le don pour donner voix aux peurs que Flora essayait d'ignorer.

— Je promets de ne pas lui tourner le dos.

— Tu vas dormir dans la même chambre que lui ? Est-ce que vous avez déjà fait l'amour ?

Mortifiée, Flora jeta un coup d'œil de l'autre côté de la boutique.

— Peux-tu parler moins fort ? Même en Floride ils t'ont entendue, je parie !

— Tu n'as pas répondu à ma question.

— Non, on n'a pas encore couché ensemble, mais on a partagé des moments très érotiques.

— Où ça ?

Fallait-il que Julia se montre aussi indiscrète ?

— Partout. Je pense beaucoup au sexe quand je suis avec lui. Il est très séduisant.

— Oui, j'ai remarqué – Julia fit danser ses sourcils d'un air espiègle –, mais, Flora, à un moment donné, tu dois faire plus que *penser* au sexe.

— On ne fait pas qu'y penser. On s'est embrassés.

— Vous vous êtes embrassés, répéta Julia en la fixant. Et… ?

— Il n'y a pas de « et ». On s'est embrassés, point. C'était formidable, à chaque fois. Arrête de me regarder comme ça. Si tu veux tout savoir, ses baisers me font plus d'effet qu'une partie de jambes en l'air.

— Tes expériences sexuelles ont dû être affreusement nulles.

— On ne peut pas dire que j'aie été particulièrement chanceuse dans mes relations passées, mais c'était surtout de ma faute. Je suis tellement concentrée sur le plaisir de l'autre que j'en oublie mon propre plaisir. C'est terminé, maintenant. Je travaille dessus.

— Tu dois travailler dessus plus rapidement ! Écoute, ne le prends pas mal, mais pour l'instant tu es dans une relation abstinente. Ta principale préoccupation semble être de remplir le trou laissé par l'épouse décédée. Et pour ça, tu ne prends même pas ton pied ?

— À en croire les photos, je suis significativement plus lourde qu'elle, alors je me retrouverais probablement coincée dans le trou.

Sa plaisanterie ne suscita même pas un sourire.

— Ces vacances, c'est une façon de me faire plaisir, insista Flora. Je veux passer du temps avec eux.

— A-t-il dit qu'il t'aimait ?

— Non, et ce n'est pas un problème. Je ne suis pas encore prête à l'entendre.

Elle poussa un grognement de douleur en se penchant pour couper de la ficelle.

— Je n'ai pas prononcé ces mots-là non plus.

— Es-tu amoureuse de lui, oui ou non ?

— Je l'ignore. J'essaie de ne pas y penser.

— Tu ne veux pas être amoureuse ?

— Pas s'il ne m'aime pas en retour. L'amour à sens unique, il n'y a rien de pire pour perdre confiance en soi.

Elle pensa à sa tante.

— C'est épuisant et mauvais pour l'ego. Tu te dis sans cesse « Si je me comporte comme si, si je fais ça, on m'aimera ». Du coup, tu multiplies les efforts, puis tu réalises qu'il n'y a aucune différence et tu finis par le prendre personnellement. En prime, tu ne sais même plus comment redevenir la personne que tu étais.

Julia la dévisageait.

— Pourquoi ne pas simplement être toi-même ?

— Ça ne marche jamais pour moi. Ça n'a jamais marché par le passé.

Elle emballa le bouquet, pensant à toutes les choses qu'elle avait dites à Jack et n'avait jamais confiées à personne. Pas même à Julia.

— Avec lui, je suis moi-même la plupart du temps. C'est ce qui rend la relation effrayante. S'il me rejette, il rejette le véritable moi, pas une version fabriquée. Tu me suis ?

— Pas vraiment. Quand j'ai rencontré Geoff, je suis tombée amoureuse de lui, lui de moi, le vrai moi. Fin de l'histoire. C'est très simple, en réalité.

— Il n'y a rien de simple dans les relations amoureuses. Vous êtes chanceux, c'est tout.

— Tu as visiblement de forts sentiments pour Jack. Tu adores Molly. Izzy est le seul obstacle. Tu réalises à quel point toute cette histoire de jogging est ridicule ? Si Izzy t'apprécie seulement parce que tu cours avec elle, alors il faudra que tu coures tous les jours jusqu'à la fin de ton existence. Tu comptes faire semblant toute ta vie ?

— En tout cas, vu mes courbatures, je serai en meilleure condition physique.

Elle se massa la colonne vertébrale en essayant d'ignorer la douleur dans ses jambes.

— Tu as essayé les étirements ?

— Non. Je ne peux pas bouger, m'étirer encore moins. Mon objectif, c'est la survie. Je n'ai pas encore eu de crise cardiaque, c'est positif, non ? Si je passe mes vacances avec Jack, je dois avoir de jolies gambettes en short.

Julia lui lança un regard noir.

— L'allure de tes gambettes en short est le moindre de tes soucis à l'heure qu'il est.

Julia avait-elle raison ? Peut-être.

Une chose était sûre : ces vacances concrétiseraient ou briseraient leur relation. Elle espérait qu'elle ne rentrerait pas de vacances le cœur brisé en mille morceaux.

Clare

Lake District, Angleterre

— J'ai reçu un email de Jack.

Clare beurra sa tartine et ajouta une cuillère de la marmelade d'orange qu'elle avait préparée la veille. La plupart des pots seraient mis de côté et consommés comme petit plaisir du week-end pendant l'été à venir, mais elle avait gardé celui-là. Elle avait passé des heures penchée au-dessus d'une marmite bouillante, alors autant savourer le fruit de son labeur.

— Comment va-t-il ?

Todd lui piqua sa tartine.

Elle lui lança un regard courroucé.

— Pourquoi faut-il toujours que tu manges la mienne ?

— Parce que, bizarrement, elle a toujours meilleur goût, répondit-il en en prenant un morceau. Hmm, j'adore ta marmelade ! Tu devrais ouvrir un commerce.

Ils étaient assis à la large table de la cuisine, qui avait appartenu à sa grand-mère et portait les cicatrices de plusieurs générations familiales. Tant de conversations s'étaient tenues là, autour…

Clare fit courir son doigt sur une des rainures d'un air absent, se demandant qui l'avait creusée.

— Être doué dans un domaine ne veut pas dire qu'il faille en faire un business. Parfois, on agit simplement par plaisir.

— Je t'ai contrariée.

Il se pencha et l'embrassa.

— C'était un compliment, pas une suggestion sérieuse.

— Non, c'est moi qui me montre trop susceptible. Ça ressemblait à…

— Une chose que Becca aurait dite ?

Il lui serra l'épaule.

— J'ai regretté mes paroles aussitôt. Je savais qu'elles te feraient penser à Becca. Excuse-moi. Alors, comment va Jack ?

— Il ne t'a pas envoyé d'email ? Il posait des questions au sujet de cet été.

Clare se leva et glissa une autre tranche de pain dans le grille-pain, s'interrogeant sur les différences entre hommes et femmes. Jack était l'ami de Todd, pourtant c'était auprès d'elle qu'il prenait des nouvelles. À une époque, Becca et elle s'étaient écrit presque tous les jours, échangeant de petits détails sur leurs vies, partageant sentiments et émotions. Quand Becca s'était blessée au genou et avait appris qu'elle ne danserait plus jamais, c'était à elle qu'elle avait envoyé un email à 3 heures du matin. Et lorsque Aiden était né prématurément avec des problèmes respiratoires, c'était à Becca qu'elle avait écrit. Des petits agacements aux grandes souffrances de la vie, elles avaient tout partagé.

Si, à n'importe quel moment, quelqu'un lui avait demandé comment allait Becca, elle aurait su quoi répondre, et voilà pourtant que Todd l'interrogeait au sujet de Jack.

Cela voulait-il dire que sa propre amitié avec Becca avait été spéciale, particulièrement forte, ou que celle entre hommes était différente ? Les amitiés entre hommes étaient davantage ancrées par les activités que par les émotions et les confidences. Todd, qui s'était fait plusieurs amis depuis qu'ils avaient emménagé ici, les contactait pour organiser des virées en bateau et des randonnées. Ils parlaient de directions du vent ou d'itinéraires et sympathisaient en découvrant qu'ils appréciaient la même bière locale.

Jack et Todd se comportaient comme de vieux amis chaque été, bien que leur interaction ne ressemble en rien à la relation qu'elle entretenait avec ses amis. Ils se vannaient, échangeaient des railleries bon enfant et gardaient l'ambiance légère.

Ce type d'amitié était probablement moins compliqué.

Todd finit sa tartine.

— C'est toi qui t'occupes de toute l'organisation. Jack et moi nous contentons de nous joindre à vous et de profiter. Que disait l'email ? Viennent-ils nous voir ?

— Oui.

Elle ne savait qu'en penser. Elle avait lu le message l'estomac noué, parcourue de tant d'émotions différentes qu'elle n'aurait pu les identifier. Elle avait commencé à taper une réponse et s'était arrêtée : ses mains tremblaient tant qu'elle ne cessait de faire des fautes. Des sentiments qu'elle s'était acharnée à étouffer avaient outrepassé les barrières qu'elle avait mises en place. Elle avait du chagrin pour Jack et s'apitoyait sur elle-même d'avoir la malchance de se retrouver dans une telle situation. Elle avait ressenti de la colère pour Becca, mais s'en était ensuite voulu de s'énerver contre une personne décédée.

Ses doigts avaient fini par ne plus trembler, mais elle n'avait pas répondu. Elle adorait Jack. Elle adorait les enfants. Mais les revoir serait douloureux. Cela raviverait tous les sentiments qu'elle avait réussi à enfouir au prix de gros efforts. Chagrin. Colère. Culpabilité. Indécision. Oh oui, l'indécision. Même si elle avait brûlé la lettre, le souvenir de son contenu perdurait malgré tout.

— C'est super ! s'exclama Todd. Plus on est de fous, plus on rit. Jack et moi organiserons des virées en bateau et des randonnées. Les enfants adoreront ça.

Il jeta un coup d'œil à sa montre.

— Je dois y aller. J'ai une visite de site de l'autre côté de la vallée, et tu sais combien la circulation est pénible à cette heure-ci.

Encore une des raisons pour lesquelles elle était contente de pouvoir travailler de la maison. Todd avait converti une pièce du bas en un bureau pour elle. Les fenêtres en saillie offraient un panorama du jardin jusqu'au lac, et elle se surprenait souvent à passer plus de temps à contempler l'eau que son écran d'ordinateur.

Alors qu'il allait sortir, elle débita à toute vitesse :

— Jack ne vient pas seul.

Todd attrapa son manteau accroché à l'arrière de la porte.

— Il amène Izzy et Molly, j'espère.

— Oui, et quelqu'un d'autre aussi. Elle s'appelle Flora.

Il haussa les sourcils.

— Une amie des filles ?

— J'ai plutôt eu l'impression, dit-elle lentement, que c'est une amie à lui.

Cela la perturbait. Ses sentiments étaient déjà compliqués. C'était injuste de la part de Jack d'apporter une complication de plus. Leurs deux familles s'entendaient si bien, et voilà qu'il invitait une étrangère.

Becca avait de nombreux défauts, mais Clare, qui avait été sa meilleure amie presque toute sa vie, l'adorait. Et maintenant, on attendait d'elle qu'elle accueille sa remplaçante. Elle aurait à sourire, rire et entretenir la conversation, alors qu'elle aurait le cœur brisé de ne plus voir Becca et Jack heureux ensemble.

— C'est une bonne nouvelle.

Todd prit ses clés de voiture.

— Je suis heureux pour Jack.

Il accueillait la perspective de leur visite avec son enthousiasme habituel. « Plus on est de fous, plus on rit. » C'était un extraverti. Rien ne le rendait plus heureux qu'être entouré de gens. S'il n'avait pas été si sociable, elle ne l'aurait probablement jamais rencontré. C'était lui qui avait amorcé la conversation et l'avait invitée à sortir. Il était passé outre sa timidité pour trouver la personne qu'elle était à l'intérieur. Elle adorait qu'il lui rende cet aspect de la vie facile. Avec lui, il n'y avait jamais de silence embarrassant ou de moment gênant, de malaise ou de complication. Il était capable de parler de tout avec tout le monde. Jack et lui avaient sympathisé dès le début, et Todd avait visiblement hâte de le revoir.

Elle l'enviait. Becca et elle s'étaient toujours tout dit. Cela ne l'avait jamais dérangée, jusqu'à ce que Becca partage des détails qu'elle aurait préféré ne pas connaître.

Son exaspération était teintée de jalousie.

— Tu ne trouves pas ça un peu trop rapide ? Ça ne manquerait pas un peu de tact ?

— Manquer de tact ? Envers qui ?

Moi ! Après tout, c'était grâce à son amitié avec Becca que leurs familles s'étaient liées.

— Becca.

— Becca n'est plus là. Je suis sûr qu'elle aurait voulu qu'il soit heureux, pas toi ?

Elle n'en était pas aussi sûre. Becca avait souvent fait passer ses besoins et son bonheur avant ceux des autres, Jack et les filles inclus.

Que ce soit au travail ou en privé, elle aimait être le centre de l'attention, raison pour laquelle Clare n'était pas certaine qu'elle aurait approuvé que Jack passe si vite à autre chose. La plupart du temps, Clare avait excusé son amie. Le passé de Becca avait fait d'elle la personne qu'elle était. Mais un adulte avait-il le droit de mettre sur le compte d'une enfance difficile toutes ses mauvaises actions et ses erreurs ? Au fond d'elle-même, Clare se demandait si le comportement de Becca avait été motivé par un instinct de survie ou par de l'égoïsme pur.

« C'est chacun pour soi, Clare. Comment crois-tu que j'en sois arrivée là ? »

Elle termina sa tartine.

— Ça fait à peine un an.

— Et alors ? Combien de temps un homme doit-il souffrir avant que la société arrête de le juger ? Je parie que ça a été l'année la plus longue et la plus déprimante de sa vie. Existe-t-il un laps de temps jugé acceptable après un deuil, dont je ne sois pas au courant ?

Sa voix s'adoucit.

— Je comprends que ce soit dur pour toi, mais il ne s'agit pas uniquement de Becca. Jack est notre ami, aussi, Clare, il l'est depuis plus de vingt ans. Il a été témoin à notre mariage. Il n'a jamais été question que de Becca. On lui doit notre soutien.

— Je sais. Il l'a, évidemment.

Todd avait raison. Aujourd'hui, il était question de Jack.

— Alors quel est le problème ? insista-t-il, avec une pointe d'impatience dans la voix.

Lui, si sociable en toutes circonstances ; lui qui résolvait les problèmes. « Abaissez le sol, ajoutez des fenêtres de toit. » Quel que soit le défi, il avait une solution et il était toujours sûr de lui.

Clare avait été attirée par lui pour de nombreuses raisons, mais surtout pour sa confiance en lui, son assurance.

— Ce sera étrange de le voir avec quelqu'un d'autre.

— C'est toujours le même Jack. C'est comme remodeler une vieille maison. Les caractéristiques extérieures changent, mais les fondations restent les mêmes.

Il ouvrit la porte.

— Tu ne sais même pas si c'est sérieux, ajouta-t-il.

— Si ce n'était pas sérieux, il ne l'emmènerait pas. Jack n'est pas du genre à enchaîner les relations.

— Et c'est un problème ?

Il marqua une pause, même s'il était désormais en retard.

Était-ce le moment de lui dire ? Tant de fois, elle avait failli ; elle s'était toujours retenue. Elle n'avait jamais été une commère, ce qui avait frustré autant qu'amusé Becca.

« Pour une fois dans ta vie, fais un peu ta commère ! Les gens gentils sont chiants à mourir. »

Clare avait ri pour masquer combien elle se sentait vexée. Toute sa vie, elle avait essayé de suivre la tornade Becca. Trop timide pour se faire des amies, elle avait subi les moqueries des enfants à l'école et s'était sentie exclue. Tout avait changé le jour où Becca avait débarqué. Becca, la rebelle de la classe, avait, pour une raison que Clare n'avait jamais totalement comprise, décidé de faire d'elle sa meilleure amie. À partir de ce moment-là, les autres avaient arrêté de la houspiller. Leur relation s'était développée, elles étaient devenues aussi proches que des sœurs. Clare s'était forcée à faire abstraction de certains comportements de Becca, se disant que personne n'était parfait et que personne ne prenait en permanence les bonnes décisions.

Todd la regardait.

— Il se passe autre chose, Clare ?

Une fois encore, elle songea qu'il ne serait pas juste de le mettre dans la même position qu'elle. Surtout qu'au fond d'elle elle savait qu'il n'appréciait pas particulièrement Becca. Que dirait-il, s'il apprenait la vérité ? S'il jugeait Becca, ou, pire, s'il la jugeait, elle ?

— Non, rien. L'année a été éprouvante, c'est tout.

— L'anniversaire de sa mort approche. C'est une période difficile pour toi.

Difficile et perturbante. Une part d'elle avait envie d'en parler, mais cela reviendrait à admettre combien elle était en colère et perdue. Elle aurait l'impression de se montrer déloyale. Elle était probablement la seule personne au monde qui savait tout de Becca. De l'enfance de Becca. Elle savait pourquoi Becca était devenue Becca.

Mais Becca était morte. Ressasser le passé ne servait à rien.

— C'est encore plus dur pour Jack.

— Voilà pourquoi il a besoin de s'éloigner. J'imagine que ce sera bizarre de le voir avec quelqu'un d'autre, mais la vie est suffisamment difficile sans en rajouter.

— C'est un séjour de trois semaines, Todd. Pas un dîner, ou un après-midi sur le lac. Trois semaines entières avec une femme que je n'ai jamais rencontrée et que je ne connais pas.

En toute franchise, elle n'était même pas sûre de vouloir la rencontrer.

— Regarde les choses comme ça : après trois semaines passées avec elle, tu la connaîtras.

Elle aimait Todd de tout son cœur, mais parfois elle avait envie de l'étriper.

— Je ne suis pas comme toi. Je ne me fais pas des amis aussi facilement.

— Tu pars du principe que tu ne l'apprécieras pas.

— Ce n'est pas ça.

Il avait raison, bien évidemment. Pourrait-elle vraiment apprécier la remplaçante de Becca ?

— Jack et moi serons là, ainsi que les enfants et le chien. Autrement dit, ce sera la pagaille. Tu sauras la mettre à l'aise.

— J'espère.

À une époque, elle avait été sociable, elle aussi. Lorsqu'elle travaillait à Londres, elle avait enchaîné meetings et réunions sans sourciller, habituée au buzz et à l'effervescence d'une rédaction de magazine. Mais cela allait de pair avec le rôle, faisait partie du personnage qu'elle avait créé : Clare, la rédactrice en chef.

— J'espère que les filles le vivent bien. Voir leur père avec une autre femme doit les chambouler.

Elle sentit un pincement de culpabilité. Elle aurait dû faire plus d'efforts pour rester en contact. Elle se rappelait Izzy à l'enterrement. L'adolescente serrait si fort la main de sa petite sœur qu'elle s'était demandé laquelle des deux réconfortait l'autre.

— Jack adore les filles. Jamais il ne fréquenterait quelqu'un qu'elles n'apprécieraient pas.

Clare imagina Flora sortant de la voiture en ondulant avec grâce. Elle se fendrait probablement d'un petit sourire en coin en découvrant la maison et le cadre campagnard. Une autre Becca, en somme. Les hommes avaient un genre, non ?

Mais Flora et elle n'avaient aucun passé en commun. De quoi parleraient-elles ? Clare s'était entraînée à la conversation mondaine, mais elles ne pouvaient pas échanger des politesses pendant trois semaines.

— Est-ce que je les installe dans la même chambre ou des chambres séparées ?

Todd haussa les épaules.

— Demande à Jack.

Pour lui, c'était aussi simple que ça. Pour sa part, elle serait incapable de taper un tel email.

— J'en préparerai deux. S'ils veulent faire chambre commune, c'est leur choix.

— Bonne décision. Je sais que tu seras gentille avec Flora. Tu es une hôtesse parfaite. Et Jack a bon goût. Il a choisi Becca, n'est-ce pas ?

Non, pensa Clare. Becca avait choisi Jack.

« J'ai rencontré un homme. »

— À quelle heure seras-tu rentré ?

— Je ne sais pas encore. Je t'appellerai. Je passerai devant l'étal de la ferme en rentrant. Tu veux que je prenne des steaks ?

— Aiden est végétarien.

— Encore ? J'espérais que ce serait terminé.

— Ce n'est pas une passade, Todd, c'est une conviction. Un choix de vie.

— Bien, j'achèterai des steaks pour nous et une grosse carotte pour notre fils.

Elle éclata de rire.

— Je préparerai des lasagnes végétariennes pour tout le monde.

Todd frémit.

— Que vas-tu faire aujourd'hui, à part batailler avec des légumes ?

— Je dois finir un article, ensuite j'irai à la *boathouse*. Les derniers invités sont partis hier. Je vais installer nos affaires et la préparer pour l'été.

Ils avaient décidé de ne jamais la louer pendant les mois de juillet et août. La famille pouvait ainsi en profiter sans la partager avec des inconnus.

Elle appréciait les revenus tirés de la location, mais elle appréciait aussi les deux mois de l'année où elle pouvait prendre son café au bord du lac dans son pantalon de yoga, sans s'inquiéter d'être vue par des inconnus. Elle rêvait du jour où l'entreprise de Todd ferait suffisamment de bénéfices pour leur permettre de la garder pour eux au lieu de la louer à des étrangers.

— Tu as besoin d'aide ?

— Non, je vais en profiter. Je me réjouis d'avoir une journée pour moi.

Elle se sentait comme une enfant attendant Noël.

À sa grande surprise, Todd posa ses clés et son manteau et la rejoignit.

— La vie qu'on a choisie te convient toujours ?

— Pourquoi me poses-tu cette question ?

— Probablement parce qu'on a parlé de Becca. Elle me reprochait de t'avoir fait renoncer à une carrière glamour et quitter Londres pour suivre mon rêve.

— On a déménagé à la mort de mon père. On était d'accord là-dessus tous les deux. De toute façon, ce n'était pas seulement ton rêve, c'était le mien, aussi. On était tous les deux fatigués de travailler dur pour d'autres personnes. Et ma carrière n'était pas si glamour.

— Des chaussures gratuites et des sacs à main ?

Elle rit.

— Des transports bondés et des réunions matinales. Les chaussures hors de prix et les sacs à main ne me sont pas d'une grande utilité, ici. Seules les bottes Wellington sont indispensables. Notre décision de nous installer ici n'a pas été prise sur un coup de tête.

Ils en avaient parlé pendant des années avant de faire le grand saut. Tous les samedis, en sirotant une bouteille de vin, ils avaient élaboré des projets pour se réinstaller ici.

— Je suis née ici, tu te rappelles ? Tu n'avais jamais mis le pied dans le Lake District avant de me rencontrer.

— Une erreur de jugement que je regretterai toujours.

Il ôta une miette de tartine de sa joue du bout du doigt.

— Tant d'années perdues.

Elle savait qu'il aimait la région autant qu'elle.

— Admets-le, tu m'as épousée pour ma maison de famille.

— Exact. Il se peut que l'extraordinaire fondant au chocolat de ta mère ait joué un rôle également. Je ferais des milliers de kilomètres pour une seule bouchée.

Il fit courir son doigt le long de son menton.

— Londres, ton bureau entièrement vitré, une assistante qui t'apportait ton café… tout ça ne te manque pas ?

— Je me faisais mon café. Et non, ça ne me manque pas.

Elle prenait plaisir à préparer le café dans sa cuisine. Quand elle s'appuyait contre la cuisinière pour se réchauffer, lors des froides journées d'hiver, elle se disait que la cuisine était sa pièce préférée de la maison. Mais ensuite, elle se lovait dans le salon, avec son panorama qui s'étendait du jardin jusqu'au lac, et décidait que c'était sa pièce préférée. Elle chérissait tout autant sa chambre, avec son plafond mansardé et sa petite terrasse.

— J'aime la vie qu'on a bâtie ici. On a pris cette décision ensemble, Todd.

Tout ce qu'ils faisaient, ils le faisaient ensemble. Ils formaient un partenariat, et elle adorait ça. Jusqu'à l'année dernière, elle n'avait eu aucun secret pour lui. À cause de Becca, ce n'était plus vrai. Elle se sentait souillée.

Dans sa tête, elle entendit son amie ricaner.

« Tu racontes tout à ton mari ? Même tes secrets ? Oh ! Clare ! Tu devrais vivre une vie scandaleuse et pleine de secrets croustillants. »

Clare ne pouvait rien imaginer de plus épuisant.

— Arrête de froncer les sourcils.

Todd lissa la ride sur son front.

— Si accueillir Jack et les enfants te stresse, je l'appellerai et trouverai une excuse.

— Non ! Ne fais pas ça.

Savoir qu'il l'aurait fait lui réchauffa néanmoins le cœur. Elle se sentait aimée, choyée.

— J'ai vraiment envie de les voir.

— Alors quel est le problème ?

Il repoussa ses cheveux de son visage.

— Je sais que Becca et toi étiez liées depuis toujours, mais j'ai souvent pensé que vous étiez en train de vous éloigner. Je n'avais pas réalisé que la perdre t'affecterait autant.

— Qu'est-ce qui te fait penser qu'on s'éloignait ?

Sa mère avait dit la même chose.

— Vous étiez très différentes. Comment votre amitié a duré si longtemps, je ne sais pas… Vous sembliez avoir si peu en commun, mais bien sûr, vous étiez inséparables depuis la naissance ou presque. C'est peut-être pour ça, finalement, que votre amitié a perduré dans le temps.

Todd l'embrassa et marcha jusqu'à la porte, récupérant son manteau et ses clés en chemin.

— Voir Jack tourner la page te permettra peut-être de passer à autre chose, toi aussi.

Était-ce aussi simple ? Elle l'espérait sincèrement.

Todd parti, elle attrapa sa veste, enfila ses baskets – le temps ayant été inhabituellement sec, les bottes n'étaient pas utiles – et suivit le chemin étroit qui menait à la *boathouse*. Cette section du lac était densément boisée, mais vêtue d'un jean, elle ne sentait ni la piqûre aiguë des orties, ni la morsure des insectes. Alors que seuls quelques bruits brisaient le silence – les vagues qui venaient doucement lécher la rive, le chant des oiseaux et l'insistant tambourinement d'un pivert –, elle se sentit envahie d'un sentiment de paix. Jamais, pas une fois, elle n'avait regretté de revenir dans la région. Ici, elle était dans son élément. Elle avait conscience que d'autres trouveraient sa vie insignifiante, mais à ses yeux c'était une vie riche. Plus important encore, c'était celle qu'elle désirait.

Elle inspira l'air empli des senteurs sucrées de l'été, et son cœur enfla dans sa poitrine lorsque la *boathouse* apparut. Todd lui-même avait travaillé sur sa conversion. Planches cassées et toiles d'araignées avaient été remplacées par de la pierre Lakeland, du cèdre et du verre. Utilisant des matériaux locaux, il l'avait agrandie et, tout en lui conservant son charme originel, en avait fait un logement de luxe. Le projet avait attiré l'attention de la presse locale puis celle d'un journal du dimanche, procurant à Todd le coup de pouce publicitaire dont il avait besoin.

Quand il avait quitté le vaste cabinet d'architectes où il travaillait à Londres pour s'installer à son compte dans le Lake District, elle s'était fait du souci, mais en dehors de son inquiétude constante au sujet de leurs revenus, le déménagement avait été bénéfique. Aiden avait facilement trouvé ses marques dans sa nouvelle école, et Clare avait découvert qu'un rythme de vie plus lent lui convenait davantage.

Cette heure-là, tôt le matin, quand l'air était frais et pur, était son moment préféré de la journée.

D'imposants rochers encadraient cette partie du lac, certains brillants et lisses, d'autres irréguliers et escarpés, leur surface fouettée par le vent et l'eau. Enfant, elle s'était tenue sur ces rochers, tremblante d'excitation et de peur, tandis que son père l'encourageait à sauter dans l'eau limpide. Juste avant de sauter, elle avait aperçu de minuscules poissons et un enchevêtrement d'algues. Puis elle avait plongé et poussé un cri, tandis que l'eau glacée se refermait sur son corps menu.

Seuls de bons souvenirs étaient associés à cet endroit. Ils s'infiltrèrent sous sa peau, diluant les sentiments plus négatifs.

Entrer dans la *boathouse* lui donna une impression de vacances. Meublée à destination d'une clientèle haut de gamme, elle se voulait un lieu où les estivants pouvaient maintenir leur train de vie opulent, ou bien l'expérimenter pendant quelques semaines.

La *boathouse* ne ressemblait en rien à leur maison. La vraie vie n'y entrait pas. Il n'y avait pas de chaussures de randonnée pleines de boue laissées dans l'entrée, prêtes à faire trébucher les insouciants, pas de rayures sur la table, d'imperméables ou de cartables qui traînaient, pas de dossier à traiter pour le travail. Tout, de l'art sur les murs à la sculpture de bois taillée à la main, avait été soigneusement sélectionné.

Elle ouvrit les portes vitrées qui donnaient sur la terrasse, remarquant que les derniers occupants avaient déplacé les meubles. En lune de miel, le couple, captivé par le romantisme de l'endroit, avait à peine quitté les lieux de toute la semaine.

Jack s'attendrait-il à ce genre d'escapade avec sa nouvelle amie ? Que penserait-elle de la paix et du calme qui régnaient ici ? Où Clare l'emmènerait-elle, si elle avait besoin d'une sortie citadine ? Visiter les maisons de Beatrix Potter ou Wordsworth ne serait pas suffisant.

Elle entra dans la cuisine en se disant que divertir sa petite amie était la responsabilité de Jack, pas la sienne. Il ferait le nécessaire, c'était quelqu'un de prévenant. Il aurait les enfants avec lui et il était avant tout un excellent père. Il veillerait à ce que sa petite amie et les filles passent un bon séjour.

Elle se prépara une tasse de café et l'emporta sur la terrasse. Adolescentes, Becca et elle avaient campé dans la *boathouse* dans leurs sacs de couchage. À l'époque, elles s'étaient bien amusées, mais Clare avait atteint l'âge où elle préférait le raffinement.

Ironiquement, elle n'aurait pas été capable de s'offrir ce que Todd et elle facturaient aux touristes pour y séjourner. Ça la choquait toujours de constater ce que les gens étaient prêts à débourser mais, comme le disait Todd, ils avaient la chance inouïe de vivre au quotidien dans un cadre idyllique, qui constituait pour d'autres une destination rêvée.

L'endroit est effectivement magique, songea-t-elle. Deux libellules dansaient à la surface de l'eau, leurs corps iridescents attrapant la lumière. Quant aux lits de roseaux, ils fournissaient un refuge aux oiseaux pendant l'hiver et les protégeaient durant la période de nidification. Le lac et ses abords offraient une faune riche, et il n'était pas rare d'apercevoir cormorans, balbuzards et martins-pêcheurs.

Sur un coup de tête, elle décida qu'ils passeraient la nuit ici. Elle mettrait une bouteille de vin au frigo et persuaderait Todd de regarder le coucher de soleil ici avec elle, et de rester ensuite dans la *boathouse*. Ils dormiraient les fenêtres ouvertes et prendraient le petit déjeuner sur la terrasse avant que le monde ne s'éveille. Elle adorait contempler le lac le matin, lorsque la surface était immobile et transparente.

Ce serait incroyablement romantique.

Becca se serait probablement esclaffée. Pour elle, une virée à Paris ou à Rome, ça, c'était romantique. Une maison en bordure de lac ? Pas vraiment. Elle n'avait jamais compris que Clare puisse trouver son bonheur dans les petites choses de l'existence. Elle avait passé la sienne en quête de grandes choses.

Clare ferma les yeux. Elle devait arrêter de penser à Becca. Son amie était morte. Cette partie de sa vie était révolue, il fallait qu'elle tire un trait dessus. Certes, par moments, son amie lui manquait, mais si elle devait être honnête, c'était leur ancienne amitié qui lui manquait, pas la tournure qu'elle avait prise ces dernières années. Todd avait raison, elles s'étaient éloignées. Elle avait été surprise et bouleversée de découvrir que l'amitié pouvait se détériorer avec le temps. Elle se rappelait encore Becca lui attrapant la main le premier jour d'école et proclamant : « Rien ne se mettra jamais entre nous. »

C'était arrivé, pourtant. Le temps s'était immiscé entre elles. Le temps, et tous ces petits choix de vie qui les avaient progressivement menées dans des directions différentes.

Elle était à l'aube d'un nouveau chapitre. Todd avait raison. Si Jack pouvait tourner la page, elle aussi. Elle accueillerait Flora chez eux et ferait de son mieux pour ne plus penser à Becca.

Izzy

Lake District, Angleterre

Dans la voiture qui remontait lentement l'allée sinueuse bordée d'arbres jusqu'à Lake Lodge, Izzy ne pipait mot. Elle se sentait poignardée de douleur et trahie : Molly, qui avait insisté pour s'asseoir près de Flora, à l'arrière, s'était endormie sur son épaule. Pendant un an, elle avait été à la fois une sœur et une mère pour Molly. Elle l'avait câlinée, réconfortée, avait enfoui sa propre douleur pour mieux la soutenir. Elle l'avait aidée à tenir le coup. Puis, un beau jour, Flora était entrée dans leur vie. Aujourd'hui, ni son père ni Molly n'avaient plus besoin d'elle. Comme lui, Molly avait avancé, était passée à autre chose. Elle-même, non. Elle était toujours aussi perdue et angoissée. Comme si cela ne suffisait pas, maintenant, elle ne savait plus quel était son rôle. Si on n'avait plus besoin d'elle, que se passerait-il ?

Bon sang, pourquoi Flora avait-elle accepté de les accompagner ? Ils l'hébergeaient déjà, fallait-il en plus qu'elle s'incruste pendant leurs vacances d'été ? Elle était soit carrément insensible, soit follement amoureuse, et aucune de ces options ne l'emballait.

Son père lui lança un regard interrogateur.

— Tu es bien silencieuse. Est-ce que ça va ?

— Super.

Elle mentait avec une telle aisance que c'en était un peu troublant. La lente montée d'émotion en elle l'était tout autant.

Elle avait terriblement peur de péter les plombs. Le voyage avait été horrible, affreux.

Qu'est-ce qui n'allait pas chez elle ? Elle devrait être contente que Molly apprécie Flora. Tout le monde savait que les belles-mères pouvaient être un cauchemar. Les contes et les histoires pour enfants en parlaient, même ses amis qui vivaient au sein de familles recomposées le lui avaient confirmé. Flora n'était pas un cauchemar au sens traditionnel. Elle était gentille. Amusante, même. Douce avec Molly. Elle aurait dû en être soulagée. Au lieu de ça, elle était effrayée et en colère. Le cauchemar, pour elle, n'était pas que la nouvelle compagne de son père soit une personne horrible, mais que Flora soit si sympa.

Jetant un coup d'œil derrière elle, elle vit Molly glisser la main dans celle de Flora.

— Je suis contente que tu sois là, murmura-t-elle.

La colère d'Izzy envers Flora se transforma en haine.

Au bout de l'allée, Lake Lodge apparut, baigné de soleil, la porte d'entrée presque entièrement masquée par une profusion de rosiers grimpants. Izzy sentit son cœur s'accélérer. Revenir ici était à la fois familier et étrange : cette fois, sa mère ne les accompagnait pas.

Elle agrippa son siège. *Respire. Respire.*

La porte s'ouvrit. Tante Clare apparut dans une robe à fleurs, un sourire radieux aux lèvres. Ses fins cheveux blonds coupés court encadraient son visage. Derrière elle se tenait Aiden, appuyé contre le chambranle. Ses cheveux foncés lui tombaient sur les yeux.

Son cœur se mit à tambouriner.

« Je t'aime, Izzy. »

Ressentait-il toujours la même chose ? Probablement pas. Elle avait appris que les sentiments étaient mouvants, imprévisibles.

Dès que la voiture s'arrêta, Molly poussa un cri de joie, défit précipitamment sa ceinture et traversa l'allée de gravier en courant.

— Tante Clare !

Tante Clare la prit dans ses bras et la fit tournoyer, avant de lui donner un énorme câlin assorti d'un gros bisou bruyant.

Izzy sentit sa gorge se serrer. Elle se sentait vulnérable. Maladroite. Elle avait l'impression d'avoir vieilli de mille ans depuis leur dernière visite. À l'époque, la vie semblait si simple. Mais depuis qu'elle avait découvert la vérité, elle avait l'impression de traîner un énorme rocher derrière elle.

— Izz ?

Son père la regardait. Elle sentit la panique la gagner, prête à déborder, comme du lait laissé trop longtemps sur le feu.

À moins de vouloir répondre aux questions, il fallait qu'elle se dépêche de descendre.

Alors qu'elle allait ouvrir la portière, il se pencha et posa sa main sur la sienne.

— Est-ce que tu vas bien ? Je sais que revenir ici n'est pas facile.

Il parlait avec douceur.

— Tu penses à maman, c'est normal. On pense tous à elle.

Elle pensait effectivement à sa mère, mais pas de la façon qu'il croyait. Le secret qu'elle portait formait une barrière entre les autres et elle.

Une fois encore, elle se sentait terriblement seule.

— Ça va, papa. Vraiment. Et toi ?

Revenir ici devait être dur pour lui aussi.

— Ça va, et tu y es pour beaucoup.

Il lui serra la main.

— Tu as été une superhéroïne, Izzy. Je ne sais pas comment j'aurais fait sans toi, cette année. Tu es la meilleure fille qu'un père puisse avoir.

Les larmes lui montèrent aux yeux. Elle n'était pas la meilleure des filles, mais elle ne dit rien. Non seulement elle ne savait pas quoi répondre, mais Flora était toujours assise sur le siège arrière.

— Izzy, je te promets que tu vas t'éclater, cet été. Flora et moi nous occuperons de Molly pour que tu puisses t'amuser.

— J'aime être avec elle, papa. C'est ma sœur.

Avait-elle vraiment besoin de le préciser ? Il n'y avait pas une seule personne sur cette planète qui la comprenait.

— Tu devrais passer du temps avec des jeunes de ton âge. Je parie que tu es contente de revoir Aiden.

Elle l'était, mais elle était également nerveuse. Ses sentiments pour elle avaient-ils changé ? Ces temps-ci, elle en voulait à la terre entière. Et si elle le détestait, lui aussi ?

— Allons dire bonjour à tante Clare, répondit-elle précipitamment, craignant de perdre pied.

Avec un sourire rapide, elle ouvrit la portière et descendit de voiture.

Elle se dirigea vers Clare, un peu timorée. La dernière fois qu'elles s'étaient vues, c'était à l'enterrement. Elle s'en souvenait à peine. La journée avait été noire, étouffante, un tourbillon d'horreur.

Clare posa Molly et enveloppa Izzy dans une étreinte chaleureuse. Inspirant la senteur florale de Clare, Izzy ferma les yeux un instant, accueillant une sensation de réconfort.

Tante Clare avait toujours été câline et maternelle. À plusieurs reprises, Izzy avait entendu sa mère critiquer son choix de vie. Celle-ci ne comprenait pas pourquoi quiconque choisirait d'abandonner une carrière glamour dans un magazine pour s'enterrer au milieu de nulle part, nettoyer des bottes pleines de boue, faire des gâteaux, préparer des lits et assurer le ménage pour les vacanciers de passage.

Izzy ignorait tout de l'édition de magazines. Tout ce qu'elle savait, c'était que chaque fois qu'elle était avec tante Clare, elle se sentait chouchoutée et dorlotée. Elle n'était jamais sur son téléphone à se demander quels filtres utiliser pour mettre en valeur une photo qu'elle allait poster sur les réseaux sociaux. Elle ne se souciait jamais de ses cheveux ou de son maquillage quand elle la serrait dans ses bras. Ses journées étaient bien remplies, mais elle n'était jamais pressée. Elle vivait dans le moment présent au lieu de se concentrer sur le prochain objectif à atteindre, et rien de ce qu'elle faisait n'était à destination d'un public.

Pendant le vol, elle avait commencé à écrire un article sur les périls de présenter une fausse version de soi-même au monde. Ensuite, elle avait réalisé que c'était ce qu'elle faisait. Ce n'était pas *exactement* cela bien sûr. Garder ses secrets et ses pensées pour soi n'était pas pareil que présenter une version heureuse, lustrée de soi. Elle avait fait de ce point l'élément central de son article qui, elle l'espérait, stimulerait la conversation. Dans quelle mesure cachons-nous notre véritable nous au monde ?

— Comment va mon Izzy ?

L'affection dans la voix de Clare lui donna envie de dire la vérité.

Je suis complètement perdue. Aide-moi.

Ce n'était pas le moment, évidemment, mais peut-être que plus tard…

— Je vais bien, tante Clare.

Elle adoucit son ton crispé par un grand sourire.

— Comment vas-tu ?

— Bien, merci, répondit Clare.

Elle s'écarta et repoussa les cheveux du visage d'Izzy.

— Regarde-toi. Tu es superbe !

Molly tira sur le bras de Clare.

— Il faut que tu rencontres Flora.

L'expression de Clare changea de manière presque imperceptible. Izzy réalisa alors que la situation était délicate pour elle aussi. Sa mère et elle avaient été amies toute leur vie. En voulait-elle à son père d'être accompagné d'une autre femme ?

Clare s'avança, la main tendue.

— Ravie de vous rencontrer, Flora.

Son ton était si froid et courtois qu'Izzy en resta interdite. Clare était d'habitude chaleureuse et amicale.

— Je vous remercie infiniment de m'avoir invi…

Flora s'interrompit, les joues roses, comme si elle venait de se rappeler que Clare ne l'avait pas invitée, qu'elle la recevait seulement par courtoisie envers Jack.

— J'espère que vous apprécierez votre séjour.

Clare donnait l'impression d'être un propriétaire d'hôtel saluant un invité qui aurait saccagé la chambre lors de sa venue précédente.

Izzy sut alors qu'elle ne pourrait jamais se confier à elle. Pour Clare aussi, ces vacances seraient une épreuve.

Non, elle demeurait seule avec ses soucis. Elle aurait pu tout aussi bien être naufragée sur une île.

— Vous devez tous être épuisés.

Clare les conduisit dans la maison. Soudain Izzy se tint devant Aiden. Son cœur fit une petite cabriole, et son souffle se fit court. Elle faillit faire la plus ennuyeuse des observations d'adulte, « Tu as grandi », puis s'arrêta à temps. Mais il *avait* grandi. Ses épaules avaient-elles toujours été aussi larges ? Non, carrément pas. Elle essaya de comprendre pourquoi elle se sentait gênée et réalisa qu'il faisait plus homme que garçon. Un étranger. Puis il se fendit de ce sourire rigolo qui penchait plus d'un côté que de l'autre et redevint Aiden.

— Salut.

Décidant qu'ils étaient trop vieux pour s'enlacer sans que ce soit bizarre, elle fourra les mains dans les poches de son jean et lui rendit son sourire.

Il semblait beaucoup moins gêné qu'elle, mais il avait toujours été comme ça. Il se souciait peu de ce que les gens pensaient de lui. C'était un trait qu'elle admirait et enviait.

— Salut, Fizzy.

Il lui avait donné ce surnom quand elle était dans une phase sodas et boissons pétillantes, et c'était resté.

— Je suis content de te voir.

Elle voulut répondre qu'elle était contente aussi, mais sa langue était collée à son palais. La situation aurait pu devenir embarrassante. Heureusement, ils furent sauvés par l'arrivée de Chase, qui aboyait bruyamment et fouettait les jambes de tout le monde avec sa queue.

— Chaaase !

Molly se pencha pour l'enlacer. Lui sautant dessus, il lui lécha le visage.

— Ne le laisse pas te lécher le visage, ma chérie. Combien de fois t'ai-je dit de ne pas sauter !

Clare tira sur le collier.

— Assis. Assis, vilain chien !

Molly éclata de rire. Izzy ne l'avait pas entendue rire avec autant d'abandon depuis bien longtemps.

Elle se mit à câliner l'animal, elle aussi, consciente qu'Aiden se tenait à côté.

Au comble de l'extase, Chase se libéra et sauta sur Flora, écrasant ses pattes pleines de boue sur son débardeur orange vif.

— Chase ! s'écria Clare, aussi horrifiée qu'embarrassée. Quel accueil ! Je suis vraiment navrée.

— Oh ! ne vous inquiétez pas. Il est adorable.

Au lieu de reculer, Flora se mit à genoux et passa les bras autour du chien. Elle riait, les yeux fermés, tandis que Chase en profitait à fond.

— Tu es tout content de nous voir. Que tu es beau !

Elle le caressa, le chatouilla, jusqu'à ce que Chase en meure presque de bonheur.

Son débardeur orange était parsemé de traces de pattes, mais elle ne semblait pas s'en soucier.

Clare la regardait d'un air étonné.

— Vous aimez les chiens ?

— J'aime tous les animaux, répondit Flora. J'ai toujours voulu un animal domestique.

Izzy s'immobilisa. Elle également, mais, lorsqu'elle en avait demandé un, sa mère avait pris un air horrifié. « Les chiens c'est fait pour la campagne, pas la ville. Il faut les sortir, ils laissent des poils partout… »

— On a recueilli Chase quand il avait un an.

Clare tira légèrement sur son collier.

— Croyez-le ou non, on a fait beaucoup de dressage, mais il oublie tout dès qu'il aperçoit quelqu'un qu'il apprécie.

— Je peux l'emmener promener, tante Clare ? demanda Molly qui câlinait toujours Chase, assise à genoux près de Flora.

— Il adorerait et franchement moi aussi, mais pourquoi ne te laverais-tu pas les mains pour manger quelque chose avant ? Tu as fait un long voyage. Entre la mauvaise qualité des repas servis à bord et le décalage horaire, ton organisme doit être perturbé.

Elle les fit s'installer.

— Vous avez faim ? reprit-elle. J'ai préparé des sandwichs au jambon, et les scones sortent du four. Il reste de la confiture de fraise maison de l'été dernier. Flora, je suis navrée pour votre débardeur. Vous souhaitez probablement vous changer et vous rafraîchir.

— J'apprécierais, merci.

Flora attrapa son sac et marqua une pause, attendant qu'on lui indique la direction.

Izzy surprit le coup d'œil de Clare à son père et sut instinctivement qu'elle se demandait s'ils dormiraient dans la même chambre. Elle se le demandait aussi. Tous les deux couchaient-ils ensemble ? S'ils étaient sexuellement actifs, alors ils avaient été discrets. Mais ici, les choses seraient différentes. Il n'y avait pas de travail, pas d'horaires à respecter. Le but de ce séjour était de passer du temps en famille.

— J'ai installé Molly et Izzy dans la tourelle, comme d'habitude, annonça Clare d'une voix factuelle, détachée. Flora est dans la chambre du lac, Jack tu es à côté. J'espère que ça marche.

— Je connais cette chambre, fit Molly. Je t'y emmène.

Elle attrapa la main de Flora, et elles quittèrent la cuisine.

Assise à table, Izzy contempla la pile de scones dorés faits maison et les sandwichs épais et croustillants. Le vol, le décalage horaire et l'anxiété liée à leur séjour lui avaient noué l'estomac, et à présent, elle prenait conscience de sa faim et de sa grande fatigue. Pas seulement à cause du voyage mais de la vie en général. L'année qui venait de s'écouler avait été interminable. Elle était physiquement et mentalement épuisée. Elle lutta contre l'impulsion de poser la tête sur la table pour pleurer à chaudes larmes.

Alors qu'elle craignait d'éclater en sanglots pour de bon, elle sentit une main sur son bras.

— On a acheté des paddleboards, annonça Aiden.

Il poussa les sandwichs vers elle.

— Tu veux essayer ? C'est fun.

Son sentiment de panique se dissipa.

— Avec plaisir.

— Tu verras, le lac est parfait pour faire du paddle.

Alors qu'il parlait de tout et de rien, ne s'attendant pas à ce qu'elle réponde, elle se demanda s'il avait remarqué qu'elle avait frôlé la crise d'angoisse.

Molly réapparut avec Flora, qui avait enfilé un T-shirt propre, cette fois dans un joli ton de bleu. Elle portait un short jaune, et ses cheveux indisciplinés étaient retenus par un chouchou rouge.

On dirait un bouquet de fleurs de printemps, songea Izzy.

Elle l'observa, tandis qu'elle hésitait dans l'entrée, son regard passant nerveusement en revue les gens dans la pièce. Pour la première fois, elle réalisa que la situation devait être difficile pour Flora aussi.

Son élan de compassion dura toutefois moins d'une seconde. Sa propre situation était beaucoup plus sérieuse que celle de Flora.

Elle sourit à sa sœur et tapota la chaise près d'elle.

— Viens manger quelque chose, Molly.

Molly prit la main de Flora.

— Je veux m'asseoir à côté de Flora.

Izzy serra les dents.

— Il y a deux chaises. Flora peut s'asseoir avec nous.

Molly entraîna Flora jusqu'à la table et se servit un sandwich.

— Tante Clare fait les meilleurs gâteaux, mais on ne peut pas manger de gâteau tant qu'on n'a pas mangé le reste. Ce n'est pas grave, parce que tout est bon. Goûte les sandwichs ! Ils sont différents de ceux qu'on mange à la maison.

Elle passa l'assiette à Flora, qui en prit un en la gratifiant d'un sourire reconnaissant.

Izzy vit Clare regarder curieusement Flora et Molly.

Aiden sortit une cannette de Coca light du frigo et la lui tendit, ignorant la moue désapprobatrice de sa mère.

Ayant l'impression que quelqu'un, au moins, la connaissait un peu, elle se sentit aussitôt mieux.

Elle mangea plusieurs sandwichs puis un scone. Elle aurait préféré qu'Aiden et elle soient seuls. La conversation entre eux était guindée, maladroite, balbutiante comme une voiture refusant de démarrer.

C'était toujours comme ça quand ils se retrouvaient après une longue période. Ils tâtonnaient tous les deux, un peu perdus, en attendant de retrouver leur complicité.

Pensait-il à l'été précédent, lui aussi ? À cette conversation qu'ils avaient eue, allongés sur l'herbe près du lac ?

— Même si le voyage a été crevant, dit-il en prenant un sandwich, il faut se caler sur l'heure anglaise, alors la meilleure chose à faire, c'est de rester actif. On fait du kayak, cet après-midi ?

S'adressait-il à tout le monde ou seulement à elle ?

Dans un cas comme dans l'autre, la réponse était oui. Une activité qui demandait de la concentration aurait le mérite de l'empêcher de réfléchir. Toute occupation était la bienvenue pour se changer les idées.

— Bonne idée ! J'ai apporté un maillot de bain et une combinaison de plongée.

— Cool. On pourra se changer dans la *boathouse*.

Il prit une gorgée de soda.

— C'est bon pour toi, maman ?

Clare tendit à Flora une tasse de thé.

— Tant que vous portez des gilets de sauvetage. Tu connais les règles.

Izzy s'attendait à ce que Molly réclame l'autorisation de les accompagner, mais elle parlait à Flora des oiseaux qui vivaient dans la forêt et des fleurs et suggérait d'emmener Chase en balade.

— Todd sera bientôt rentré, Jack, dit Clare. Comme il fait beau, je me suis dit qu'on pourrait faire un barbecue près du lac. J'ai acheté des steaks et du saumon. On fera griller des légumes et de l'halloumi.

— Bonne idée. On t'aidera à tout préparer.

Il se leva.

— Je vais chercher le reste des bagages.

Sans toutes les valises de Becca, tout était rentré facilement dans la voiture.

Aiden se leva aussi, faisant signe à Izzy de le rejoindre.

— À plus tard ! lança-t-il.

Izzy hésita.

— Ça ira, Molly ?

Sa sœur hocha la tête.

— Je resterai avec Flora.

Izzy se sentit blessée, ce qui ne faisait aucun sens car, l'année dernière, elle s'était réjouie de chaque moment qu'elle avait pu passer avec Aiden sans sa sœur dans les pattes.

Sans prendre la peine de défaire ses valises, elle attrapa son sac de plage. Ils traversèrent la pelouse et descendirent le chemin qui longeait le lac.

Aiden marchait légèrement devant. Elle étudia la façon délicate dont tombait son T-shirt et dont ses cheveux bouclaient sur sa nuque.

Lorsqu'ils atteignirent le ruisseau, il lui tendit la main.

— Ne glisse pas. Il a beaucoup plu. C'est plus profond que d'habitude.

Elle hésita, puis saisit sa main, sentant ses doigts se resserrer autour des siens. C'était la première fois depuis longtemps qu'elle se sentait en sécurité.

— Tu vas bien ? demanda-t-il d'une voix rauque.

Elle hocha la tête.

— Ouais. Je suis juste fatiguée à cause du décalage horaire. Tu sais ce que c'est.

— On n'est pas obligés de sortir les kayaks. J'ai dit ça pour faire plaisir aux adultes. J'ai la clé de la *boathouse*. On peut se détendre sur la terrasse en buvant un coup, si tu préfères.

— Carrément !

Elle grimpa prudemment sur les pierres glissantes et brillantes du gué, craignant de perdre l'équilibre. D'ici la fin des vacances, ils en riraient probablement ensemble, mais pour l'instant, leur relation tâtonnait encore. Aucun d'eux ne savait si l'autre avait changé et dans quelle mesure.

Dès qu'elle fut de nouveau en sécurité sur le sentier, elle lui lâcha la main.

Ils atteignirent la *boathouse*. Elle retira ses chaussures et entra.

— Cet endroit est incroyable. Tu ne dois jamais t'en lasser.

Elle leva les yeux vers le plafond vertigineux et les parois en verre qui donnaient l'impression que le lac entrait dans la pièce.

— J'adorerais vivre ici.

Aiden se dirigea vers la cuisine.

— Tu deviendrais folle, citadine.

— Ce n'est pas parce que je vis en ville que je suis une citadine pure et dure.

Il sortit deux cannettes du frigo. Il semblait plus âgé, comme si cette année l'avait rendu plus mature.

— De mon point de vue, on a le choix, lâcha-t-il.

Elle prit la boisson.

— Quel choix ?

— Soit on se lance et on reprend là où on en était restés, soit on marche poliment sur des œufs pendant une semaine ou plus jusqu'à ce qu'on retrouve notre complicité, au risque de regretter d'avoir perdu une semaine pour rien.

Il avait toujours eu le don d'éclaircir les situations qui lui semblaient obscures et compliquées.

Troublée, elle but une gorgée de soda.

— Quelle complicité ?

— Celle où on se sent suffisamment à l'aise pour se pousser dans l'eau.

Il sourit et la poussa vers la jetée. Il semblait jeune à nouveau. Un garçon sur le point de pousser une fille dans l'eau.

— Je ne suis pas encore prête à être mouillée.

Son maillot et sa serviette de plage extra-large étaient dans son sac, seulement elle n'était pas d'humeur. Elle s'assit, regardant les rayons du soleil danser sur la surface du lac.

— J'avais oublié combien cet endroit était parfait, dit-elle dans un soupir. Tu as de la chance de vivre ici.

— Je n'ai pas souvent l'occasion d'y traîner. D'habitude, la *boathouse* est squattée par des inconnus.

— Ça doit faire bizarre.

Il haussa les épaules.

— Ça rapporte de l'argent.

Il s'assit à côté d'elle, son bras frôlant le sien, et plongea les pieds dans l'eau, comme quand ils étaient enfants.

— Mais ouais, j'ai l'impression que ce lac m'appartient.

L'imitant, elle poussa un cri tandis que l'eau se refermait autour de ses chevilles.

— C'est glacé !

— Mauviette.

— Dit le mec qui n'a jamais passé un hiver à New York.

Il rit.

— L'été dernier, tu plongeais d'ici.

L'été dernier, elle avait fait beaucoup de choses qu'elle ne faisait plus.

— Alors…, commença-t-il.

Il se pencha pour retrousser les ourlets de son jean.

— Tu veux en parler ?

— De quoi ? De la température de l'eau ?

Il fit glisser son pied à la surface, créant des remous.

— Tu n'es pas obligée. C'est comme tu le sens. Je ne veux pas que tu penses que je m'en fiche, c'est tout. Une fois, tu m'as envoyé un message pour me dire que tes amis ne voulaient plus en parler. Moi, je t'écouterai.

Une boule se forma dans sa gorge.

— Tu sais toujours quoi dire.

— Non, pas toujours.

Il posa sa cannette.

— Mais je te connais.

Elle sentit une lente chaleur se répandre en elle, une chaleur qui n'avait rien à voir avec le temps ensoleillé.

— C'est compliqué.

Il attendit la suite en silence, lui tenant compagnie, sans aucun jugement, sans aucune pression.

— L'année a été merdique. Horrible. Je n'avais qu'une envie, rester sous la couette. Mais tous les matins, allongée dans mon lit, je me disais que, si je ne me levais pas, nos vies s'effondreraient. J'avais l'impression d'être indispensable. Non, *j'étais* indispensable. Je m'occupais de Molly, je faisais la lessive, je cuisinais…

Les mots s'échappèrent lentement au début, se faufilant entre les barrières qu'elle avait maintenues en place si longtemps. Mais il savait si bien écouter, il la comprenait si bien que les barrières s'ouvrirent, et les mots commencèrent à couler.

Il l'écouta en silence, lui offrant un murmure compréhensif de temps à autre, posant une question ou deux, la regardant juste assez souvent pour montrer qu'il était attentif, pas assez souvent cependant pour la mettre mal à l'aise.

— Ça a été difficile et ça ne s'arrange pas. C'est juste différent. Bizarrement, ça a peut-être même été plus dur dernièrement.

Il hocha la tête.

— Tu l'apprécies ? Flora ?

Comment avait-il deviné que son plus gros problème était cette femme ?

Elle lui jeta un coup d'œil. Ses yeux, d'un brun noisette chaleureux, étaient intéressés, sincères.

La façon dont il la regardait lui donnait des picotements. Tout son corps était en éveil.

— Je ne la connais pas bien.

— C'est ce qu'on dit quand on n'apprécie pas quelqu'un, mais qu'on ne veut pas l'admettre.

Izzy se tourna vers le lac.

— Ce n'est pas de sa faute. Sérieux, elle fait *tellement* d'efforts pour qu'on l'apprécie que ça fait pitié. Molly tombe dans le panneau, évidemment. Pendant des mois, je l'ai serrée dans mes bras quand elle pleurait. J'ai cuisiné ses repas. Je lui ai fait la lecture. Je la laissais même dormir avec moi. J'ai lavé ses draps quand elle mouillait le lit – elle le menaça du regard – et si jamais tu le répètes…

— Je ne dirai rien.

Elle soupira.

— Maintenant, c'est toujours *Flora ci, Flora ça*, comme si elle avait été ensorcelée.

Gênée par sa tirade, elle prit une autre gorgée de soda. La vérité, c'était que penser à Flora la faisait culpabiliser. Plus Flora était gentille, plus elle s'énervait. Elle ne savait pas pourquoi.

— Oublie ça. Je ne sais même pas où je veux en venir.

Aiden allait penser qu'elle était une garce. Il n'aurait pas tort. Une gentille personne aurait accueilli Flora à bras ouverts. Ce n'était pas comme si elle leur avait donné une pomme empoisonnée. Elles auraient pu tomber plus mal.

— Molly l'apprécie vraiment ?

— Oh ! ouais. Elles se kiffent grave.

Sa voix respirait l'amertume, mais c'était plus fort qu'elle.

Elle attendit qu'Aiden réponde que c'était cool pour sa sœur. Pendant quelques minutes, pourtant, il ne dit rien. Il réfléchissait, les yeux rivés sur l'eau.

— Ça doit te blesser, lâcha-t-il finalement. Le fait qu'elle soit gentille, ça craint.

— Qu'est-ce que tu veux dire ?

Ça craignait effectivement, mais elle n'allait pas l'admettre, alors qu'elle avait déjà l'impression d'avoir le mot *garce* tatoué sur le front.

— Elle ne te donne aucune bonne raison de la détester. En partant du principe que tu la détestes, ce qui serait probablement mon cas si j'étais à ta place.

Izzy déglutit.

— C'est vrai ?

Personne ne comprenait ce qu'elle ressentait. Ni sa famille, ni ses amis. Mais Aiden, lui, comprenait.

— Ouais. Ton monde est sens dessus dessous, et Miss Parfaite débarque. À t'entendre, elle fait tout comme il faut. Si tu veux mon avis, c'est plutôt égoïste de sa part de ne te donner aucune raison de la détester.

Izzy s'étrangla dans un rire.

— Je n'arrive pas à croire que tu aies dit ça ! Tu es horrible.

— Non. Et toi non plus.

— Je me sens mal. J'ai l'impression d'être atroce.

— Comme tu l'as dit, c'est une situation merdique. Tu n'y peux rien. Tu ne tires pas les ficelles, tu ne contrôles rien. C'est beaucoup plus facile pour elle.

Izzy pensa à Flora, essoufflée, le visage rouge pendant qu'elle essayait de la rattraper lors de leur jogging. Flora, qui tentait de ne pas regarder toutes les photos de Becca dans la maison. Flora, qui avait l'air un peu perdue.

— Non, ce n'est pas facile pour elle.

Elle sentit un pincement de culpabilité.

— Je lui ai rendu la vie vraiment difficile. Plus elle fait d'efforts, plus je me ferme. C'est plus fort que moi. Je ne veux pas qu'elle soit là, et il n'y a pas de véritable raison à ça.

Aiden repoussa une mouche.

— Ta famille a subi un gros traumatisme. Tu n'es pas prête pour un autre bouleversement. Je dirais que c'est une raison suffisante.

— Comment fais-tu pour savoir toujours quoi dire pour réconforter les gens ?

— Pas toujours. Mais dans ce cas, c'est évident.

— Tu ne me trouves pas horrible ?

— Je pense que tu es humaine. Alors, qu'est-ce que tu as fait à Flora ? Tu as mis une grenouille dans son lit ?

Izzy sourit faiblement.

— J'ai cherché à la mettre mal à l'aise par tous les moyens. Je lui ai lancé des défis pour la pousser à faire des trucs qu'elle ne faisait pas d'habitude. Mais rien ne semble l'ébranler. Elle encaisse, comme si elle acceptait la punition. Ou peut-être qu'elle aime vraiment mon père, ou qu'elle court après son argent et est prête à tout pour l'obtenir.

— Qu'est-ce qui te le fait penser ?

Elle haussa les épaules.

Rien, en vérité. Elle ignorait pourquoi elle avait dit ça. Elle savait même que Flora avait insisté pour payer son propre billet d'avion, car elle était dans la cuisine lorsqu'elle l'avait réservé.

— Ne m'écoute pas, je dis n'importe quoi.

— Elle est peut-être tout simplement réaliste. Si elle fréquente un veuf avec des enfants, elle doit prendre le bon comme le mauvais. Elle n'est peut-être pas habituée à faire partie d'une famille. C'est comme... – il réfléchit – apprendre à jouer avec un orchestre quand tu as seulement joué solo.

— Pourquoi est-ce qu'elle se soucie de ce que je pense d'elle ? Pourquoi fait-elle autant d'efforts ? Ce n'est pas comme si c'était avec moi qu'elle sortait.

Sa voix se brisa. Le voyage et le décalage horaire l'avaient rattrapée. Elle se sentait épuisée et émotive.

— Si elle veut que ça marche avec ton père, elle sait que tu dois l'apprécier aussi.

— Je n'y arrive pas. J'ignore pourquoi. Je ne veux pas que mon père soit malheureux, pourtant. Je veux qu'il soit heureux. Alors pourquoi est-ce que je n'arrive pas à être heureuse pour lui ?

— Réponse honnête ?

— Est-ce que je risque de t'en vouloir ?

— Tu ne pourras jamais. Je suis beaucoup trop cool et sexy. En plus, ma famille possède une *boathouse*, alors ça vaut le coup de traîner avec moi.

Il passa son bras autour de ses épaules.

— Voici ce que je pense. Tu as vécu l'enfer. Tu es triste. En deuil. Tu survis, tous les jours. Soudain, ton père ramène quelqu'un à la maison et tout change. Lui change. Que ce soit vrai ou non, il semble passer à autre chose. Et maintenant, Molly sourit pour la première fois et semble avancer, elle aussi. Tu dois gérer ces nouveaux bouleversements, alors tu te sens menacée.

— C'est à peu près ça, répondit-elle, la gorge serrée. Je ne veux pas la détester, mais je n'arrive pas à être gentille, parce qu'elle – comment tu as dit ? Elle bouleverse nos vies et je n'ai pas mon mot à dire.

— Tu n'as pas eu ton mot à dire non plus quand tu as perdu ta mère. C'est normal de galérer, Izz. Tu n'es pas obligée de prétendre que tout va bien. Tu as le droit d'être en colère et triste, de hurler et pleurer. Personne ne te demande d'être parfaite.

— Tu paniquerais, si je pleurais.

— Je te pousserais dans l'eau.

Elle ricana.

— C'est le traitement que tu préconiserais pour soigner tes patients dépressifs ?

— Les noyer ? C'est une solution, bien que je doute que la profession approuve.

Elle renifla.

— D'habitude, je prétends que je vais bien. Ça n'intéresse personne, les gens tristes.

— Je ne suis pas « les gens », et je veux que tu sois toi.

— Ce qui fait le plus mal, confessa-t-elle, c'est que Molly l'aime autant. Ça paraît dingue, je sais. Ce serait atroce que papa sorte avec une femme qu'on déteste toutes les deux. Et c'est ce que j'essaie d'expliquer – ce que je ressens n'a aucun sens. Je devrais être contente, non ?

— Pourquoi ?

Il prit une autre gorgée de sa boisson.

— Tu as perdu un être cher. Aujourd'hui, tu as l'impression de perdre quelqu'un d'autre. Ça fait beaucoup.

— C'est exactement ça !

— Mais tu ne la perds pas, Izz. Tu le sais, n'est-ce pas ? Tu ne perds pas Molly. Elle t'adore.

— Tu crois ? Avant, elle s'accrochait tout le temps à moi. J'étais sa bouée de sauvetage. Du moins, jusqu'à ce que Flora débarque.

Elle avait les yeux rivés sur le lac.

— Le plus dur, le plus effrayant, c'est que j'ai l'impression qu'on n'a plus besoin de moi. Et si on n'a plus besoin de moi, alors…

— Alors qui es-tu ? Tu es une fille formidable que sa famille adore, Izzy, voilà qui tu es. Tu n'as pas à gagner ta place au sein d'une famille. Tu es née dedans. Ton père ne t'aime pas parce que tu t'occupes de Molly, même si je suis sûr qu'il t'en est reconnaissant, il t'aime car tu es toi. À moins que…

Il marqua une pause, soudain prudent.

— Est-ce que c'est au sujet de…

— Non ! s'écria-t-elle.

Mais si, bien sûr, du moins en partie. Sentant les larmes lui monter aux yeux, elle se leva rapidement. Il était temps de mettre un terme à cette conversation.

— Laisse tomber, je ne sais pas ce que je raconte.

— Flora est au courant ?

— Je ne pense pas.

L'idée que son père ait pu parler de choses personnelles avec Flora la rendait terriblement mal à l'aise.

Aiden se leva aussi.

— Alors, qu'est-ce qui ne va pas ?

— Rien.

— Ne fais pas ça.

Il la prit par les épaules.

— Pas de faux-semblants entre nous. On ne camoufle jamais notre tristesse derrière un sourire. On se dit les choses comme elles sont. On s'est toujours tout dit.

Non, pas tout.

Elle parvint à sourire.

— Ça va. Sérieux. Parler m'a fait du bien, mais je n'en ai plus envie. Ma tête est en train d'exploser. Mieux vaut me pousser dans le lac pour une bonne douche glacée.

Il éclata de rire.

— Je ne pourrais pas faire ça à une invitée.

— Non ? Alors je commence.

Elle le poussa si fort qu'il vola. Son plongeon l'éclaboussa. Elle cria et repoussa ses cheveux trempés de son visage en riant. Heureusement, il riait lui aussi.

— Tu…, bafouilla-t-il avant de tousser. Non mais j'hallucine ! Tu m'as poussé, je n'y crois pas.

— Moi non plus.

— Alors tu as le choix, Isabella. Soit tu sautes, soit je monte te chercher, menaça-t-il d'une voix onctueuse.

— Je me déplace plus vite que toi.

Avec ses cheveux plaqués en arrière et des gouttes d'eau sur les cils, il ressemblait au héros d'un film pour adolescents.

— Je ne suis peut-être pas champion à la course à pied, mais je suis capable de courir vite quand quelque chose en vaut la peine.

Pour masquer son trouble, elle se débarrassa de son T-shirt et de son short puis sauta sans se donner le temps de réfléchir.

Percutant l'eau violemment, elle plongea sous la surface, où tous les sons étaient étouffés. Quelque chose de doux frôla sa jambe. Elle voulut crier, seulement elle boirait la tasse. De toute façon, crier, c'était un truc de bébé. Elle ne voulait pas qu'Aiden la perçoive ainsi.

Elle remonta à la surface en aspirant de grandes bouffées d'air. Aiden l'attrapa et la tira vers la jetée.

— Ça rafraîchit, hein ?

— Ce n'est pas le mot que j'allais employer.

Elle s'essuya le visage de la main et se frotta les yeux.

— Je sens quelque chose contre ma jambe.

— Mes mains sont toutes les deux visibles.

— C'est bien ce qui m'inquiète.

— Arrête de t'inquiéter. La faune est gentille, ici.

Il l'attira à lui. Elle sentit sa cuisse contre la sienne. Solide. Forte.

— Je suis content que tu sois là, Izz.

Son regard lui fit battre le cœur un peu plus fort.

— Tu veux dire ici, dans le lac ?

Ce n'était pas cela, mais elle avait besoin de l'entendre. Elle en avait tellement besoin que c'en était embarrassant.

— Je veux dire ici chez moi. Avec moi.

Il leva la main vers son visage, essuyant les gouttes d'eau de son pouce. Elle se mit à trembler, mais pas de froid. Elle agrippa ses bras, sentant la courbe de ses biceps sous ses doigts. La peau d'Aiden était froide, mais elle ne sentait que sa chaleur. Une chaleur torride.

Pour la première fois depuis des mois, elle ne pensait à rien d'autre que lui. Tout le reste avait disparu. L'anxiété et la colère. Le chagrin et les doutes. Ne restaient que l'excitation et une délicieuse sensation au creux de son bas-ventre. Elle se fichait que ce soit de l'amour ou non. De toute façon, elle n'était même pas sûre de savoir ce qu'était l'amour. Tout ce qu'elle savait, c'était qu'être si proche de lui l'électrisait. Était-ce comme cela, la dernière fois ? Non, il ne lui semblait pas. Son père et Molly n'étaient peut-être pas les seuls à changer.

Elle posa un baiser sur les lèvres humides d'Aiden.

— Je suis contente d'être ici, moi aussi.

Flora

Lake District, Angleterre

Flora ne savait pas quoi mettre.

Elle était enfant à nouveau, perdue et seule, désespérée de faire bonne impression.

Clare avait été polie, mais son accueil n'avait rien eu de chaleureux ni d'enthousiaste. Elle s'était seulement contentée de faire preuve de bonnes manières. Il n'y avait rien de pire que de savoir qu'elle n'était pas la bienvenue. Les amis de Jack l'avaient invitée uniquement par courtoisie envers lui.

Tout le pouvoir qu'elle avait ressenti en tenant tête à Celia s'était évaporé. Cette fois, les enjeux étaient beaucoup plus élevés.

Par la fenêtre ouverte, elle entendit le rire de Jack. Elle s'approcha pour l'observer, se dissimulant derrière un rideau. Une bière à la main, il discutait et riait avec un homme qui tournait le dos à la maison. Todd, probablement. Todd, qui sans doute adorait Becca. Là, dans ce cadre, auprès d'amis qu'il fréquentait depuis des années, Jack était dans son élément. Il n'avait visiblement pas envisagé la possibilité qu'elle puisse se sentir mal à l'aise.

Elle tourna légèrement la tête. Au bout d'une longue pelouse, scintillant au soleil, se trouvait le lac.

Elle sentit sa gorge se serrer sous l'effet de la panique.

Devait-elle leur expliquer la raison de son aversion pour l'eau ? Non. Elle n'était pas prête à aborder le sujet.

Il y avait de nombreuses autres activités possibles ici. Elle n'avait pas besoin d'aller sur le lac, ni même de s'en approcher.

Apercevant Molly, elle sourit. La fillette s'éclatait avec Chase dans une symphonie d'aboiements et de gloussements enfantins. Le contraste avec la vie froide et stérile qu'elle avait menée chez sa tante était tel que, l'espace d'un instant, elle eut du mal à respirer. Clare et Todd avaient construit le genre de foyer que la plupart des gens rêvaient d'avoir. Alors que Clare essuyait les mains de Molly avant de lui donner une glace, Flora songea que ce n'était pas tant le cadre qui rendait ce lieu magique, mais le sentiment d'amour qui y régnait. Clare était une mère attentive, investie. Elle lui rappelait sa propre mère.

Pour se changer les idées, elle regarda de l'autre côté du jardin.

Il n'y avait aucun signe d'Izzy ou d'Aiden, mais personne ne semblait s'en inquiéter.

Elle, elle s'inquiétait pour l'adolescente. Elle avait essayé d'aborder le sujet avec Jack, plusieurs fois, mais il n'avait pas été réceptif. Les choses se passaient bien entre eux, elle ne voulait pas tout gâcher en outrepassant les limites. Elle n'était pas son épouse, ni la mère des filles. Leur relation n'avait rien de formel. Elle n'avait pas de rôle défini. Pourtant, elle ressentait une certaine responsabilité.

Tandis qu'elle se tenait là, dans le peignoir que Clare avait gentiment laissé dans la chambre, Jack l'aperçut. Il leva la main en souriant. Todd se retourna, leva les yeux vers la fenêtre et la salua. Mortifiée alors qu'elle se croyait cachée, elle n'eut d'autre choix que de faire coucou à son tour.

Génial ! Maintenant ils savaient qu'elle était en train de les espionner, trop poule mouillée pour descendre les rejoindre.

Qu'aurait porté Becca pour leur première soirée entre amis dans le jardin ? Probablement quelque chose de fluide et blanc, un collier et des créoles en argent, ses cheveux relevés en un chignon flou élégant. Trop chic pour attraper une bouteille de bière, elle aurait plutôt siroté une flûte de champagne. Elle ne se serait jamais, *jamais* demandé si elle était la bienvenue.

Flora disposa deux robes côte à côte sur le lit. Sa préférée, une robe d'été bleue avec de fines bretelles, et une blanche qu'elle avait achetée sur un coup de tête dans une boutique de Greenwich Village.

Dans laquelle se sentirait-elle le plus à l'aise ? Devait-elle s'habiller selon ses goûts ou comme Becca ? Juste pour voir, elle releva ses cheveux et les attacha. Aussitôt, ils n'en firent qu'à leur tête, se libérant et bouclant autour de son visage, jusqu'à ce qu'elle ressemble à une héroïne de Jane Austen après une folle ruée à cheval.

Sur une impulsion, elle envoya un texto à Julia.

Panique à bord ! Je ne sais pas quoi mettre. Blanc ou bleu ?

La réponse arriva peu après.

Du blanc ? Toi ? Tu plaisantes ? Sauf si tu te maries, mets de la couleur ! Sois toi-même !

Sois toi-même.

Alors qu'elle relevait le menton pour se donner du courage, elle entendit des pas tambouriner dans l'escalier. Molly apparut sur le seuil, essoufflée, les joues roses.

— Pourquoi tu fais des grimaces dans le miroir ? Et pourquoi tu n'es pas habillée ? Viens jouer !

Flora la prit dans ses bras et la fit tournoyer, emplie de gratitude. La fillette était presque trop grande pour être soulevée, mais sentant ses bras se resserrer autour de son cou, elle la remonta sur sa hanche pour la tenir plus fermement. Elle plongea le nez dans ses cheveux, inspirant son odeur fraîche et propre de shampooing à la fraise et d'enfant gorgée de soleil. Elle ferma les yeux, s'autorisant à savourer ce moment simple d'affection débordante. Elle n'avait toujours pas osé examiner ses sentiments pour Jack de trop près, mais elle adorait déjà sa plus jeune fille. Elle avait toujours voulu des enfants, et passer du temps avec Molly n'avait fait qu'accroître ce désir.

— Tu t'es amusée ?

— Oui, mais je veux que tu viennes dehors. Tout le monde est là.

— Je dois me changer.

Molly contempla les robes sur le lit, les sourcils froncés.

— Ne mets pas la blanche. Sinon, tu ne pourras pas jouer. Chase mettra de la boue dessus, et tu seras fâchée.

— Je ne me fâcherai jamais contre lui.

Elle posa Molly par terre.

— Je vais mettre la bleue.

Elle s'habilla rapidement et garda ses cheveux relevés.

— Est-ce qu'Izzy est là ?

— Non. Je crois qu'elle est avec Aiden. Elle adore Aiden.

Flora descendit les escaliers, tirée par Molly qui bavardait au sujet de Chase. Arrivée sur la pelouse, elle sentit le soleil lui réchauffer la peau. Se sentant observée, elle rougit.

— Bonsoir, lança-t-elle en souriant maladroitement.

Jack l'attira vers lui.

— J'adore ta robe.

— Moi aussi, bien que je trouve l'imprimé léopard plus adapté aux pattes de chien, fit Todd joyeusement. Bienvenue ! Enchanté de te rencontrer, Flora.

Au lieu de lui tendre la main, il l'enlaça. Elle lui rendit son étreinte, soulagée qu'il soit si aimable.

Son accueil semblait sincère. Soit c'était un excellent comédien, soit il était content de voir Jack avec une autre femme.

Quel dommage que Clare ne ressente pas la même chose !

Cette dernière était en train d'ajouter des plats sur une longue table qui croulait déjà sous la nourriture : rondelles de tomates et basilic frais scintillants d'huile d'olive ; large bol de salades mélangées ; salade de pommes de terre ; maïs doux aux bords noircis par le grill ; pain frais et chaud aux herbes et à l'ail.

Pourvu qu'elle n'ait rien empoisonné !

Clare lui tendit une assiette.

— Mangez. Je sais que votre cerveau ignore l'heure qu'il est, mais j'ai toujours trouvé qu'un bon repas et une bonne nuit de sommeil rendaient la transition plus facile.

— Vous voyagez souvent ? s'enquit Flora, soulagée que Clare lui fasse la conversation.

— Plus tellement, répondit Clare en se servant de la salade. Avant, oui. Avant de passer en freelance, je travaillais pour un magazine de mode à Londres.

Comme Flora regardait son short décontracté et son ample chemisier en lin, elle ajouta :

— On ne dirait pas, hein ?

Flora sentit ses joues s'empourprer.

— Je n'étais pas..., bafouilla-t-elle.

— Je ne vous en veux pas. Les habits de grands couturiers ne sont pas utiles, ici. À quoi bon mettre des talons et du maquillage quand je passe ma journée à jardiner ? Becca disait toujours...

Elle se figea.

— Désolée.

— Pourquoi es-tu désolée ?

Jack les rejoignit. Flora essaya de masquer sa gêne. C'était si évident pour elle que Clare ne voulait pas d'elle ici. Qu'elle ne faisait que se comporter en bonne hôtesse. Jack ne s'en rendait-il pas compte ?

— Rien d'important, répondit Clare en lui fourrant une assiette dans la main. Peux-tu donner ça à Todd ? Tu sais qu'il fait toujours tout cramer, si on ne le surveille pas. Je ne veux pas qu'il brûle la viande.

— Tu parlais de Becca, n'est-ce pas ? C'est autorisé, déclara Jack calmement. Becca n'est pas un sujet tabou.

D'une certaine façon, c'était vrai. Entre les photos, les anecdotes et la façon dont les filles et lui continuaient de vivre la vie qu'ils avaient vécue avec Becca, celle-ci n'aurait pas pu être plus présente, sauf si elle avait passé la porte du jardin. D'un autre côté, cependant, Becca *était* un sujet tabou. Jack ne parlait jamais d'elle à moins que les enfants n'abordent le sujet. Il lui avait clairement fait comprendre qu'il ne voulait *pas* parler d'elle. Elle s'était dit qu'il voulait passer à autre chose, qu'il trouvait ça difficile. Mais s'il y avait une autre raison ?

— Va sauver ces steaks, Jack, pour notre bien à tous, insista Clare.

Son départ fut suivi d'un silence pesant pendant lequel Clare tritura sa salade.

Flora décida alors de prendre le taureau par les cornes. Les choses pouvaient difficilement devenir plus gênantes, non ?

— M'accueillir n'est pas facile pour vous, j'en ai bien conscience. Vous avez dû être choquée quand Jack vous a annoncé qu'il venait accompagné.

— Pas du tout.

La réponse était un peu trop rapide, un peu trop fluide.

— On est toujours heureux de voir Jack et les filles. Molly a tellement grandi. Les enfants détestent entendre ça, bien sûr.

Elle continua de parler de sujets neutres, évitant soigneusement le véritable problème – Flora.

— Molly est adorable. Elle adore dessiner et peindre. Elle a un très bon œil.

— Oui.

Clare planta sa fourchette dans une tomate.

— Izzy est intelligente, chaleureuse et drôle, vous ne trouvez pas ? Comment est-ce que ça se passe entre vous ?

Intelligente, oui. Chaleureuse et drôle ? Avec Jack et sa sœur certes, mais pas avec elle. Et quelque chose l'inquiétait chez la jeune fille. Quelque chose qui n'avait rien à voir avec elle-même.

Si Clare et elle avaient été amies, elle lui aurait fait part de son inquiétude et lui aurait demandé conseil, mais elle ne voulait pas admettre qu'elle trouvait Izzy abominable. Elle avait déjà du mal à se l'avouer. Elle lui cherchait constamment des excuses. *Elle est en deuil ; c'est dur pour elle de voir son père avec une autre femme…*

Finalement, elle éluda la question.

— Je ne la connais pas encore très bien, mais elle a été incroyable. Elle a pris les choses en main.

— Ça a dû être affreux pour elle. Elle était très proche de Becca. Elle l'adulait.

Jack revint avec une assiette remplie de morceaux de viande, épargnant à Flora la nécessité de répondre de manière appropriée. Il la posa sur la table à côté des salades.

— J'ai sauvé les steaks avant qu'on doive appeler les pompiers.

Il glissa son bras autour de Flora et la serra contre lui, dans un geste à la fois protecteur et affectueux. Avait-il entendu le commentaire de Clare sur Becca ? Malheureusement, il choisit de l'embrasser au moment précis où Izzy apparaissait au fond du jardin.

Le timing n'aurait pu être pire. Izzy s'arrêta si soudainement qu'Aiden lui rentra dedans tel un boulet de canon.

— Oups !

Il la rattrapa par les épaules.

Instinctivement, Flora essaya de s'éloigner de Jack, mais il la retint.

— Izzy ! Viens manger, lança-t-il.

— Jack, souffla Flora à voix basse, j'ai peur qu'on la contrarie.

— Et moi, j'ai peur que tu sois contrariée par toute cette discussion sur Becca. Tout va bien, lui assura-t-il, son bras toujours autour d'elle.

Elle n'en était pas si sûre.

Finalement, Izzy s'approcha, Aiden dans son sillage.

Flora n'avait jamais été aussi tendue.

— Vous êtes trempés ! s'exclama Clare.

Elle posa son assiette et claqua la langue d'un air désapprobateur.

— Que s'est-il passé ?

— Inutile d'avoir un lac si on ne s'en sert pas. On a piqué une tête.

Aiden déambula jusqu'à la table et passa en revue la nourriture.

— Dans vos vêtements ?

Izzy fusillait Flora du regard. Décidant que le contact visuel risquait d'empirer la situation, elle détourna les yeux. Devait-elle dire quelque chose ? Ou valait-il mieux que Jack intervienne ?

Son bras était toujours autour de ses épaules. Protecteur. Possessif.

— On a fait ça sur un coup de tête.

Aiden arracha un morceau de pain et le mangea sans prendre d'assiette.

— Il fait doux. Les vêtements, ça sèche. N'en fais pas toute une histoire.

Clare se tourna vers Izzy.

— Veux-tu prendre une douche chaude avant de manger ? Te changer ?

— Pas la peine. Ne t'inquiète pas, tante Clare.

Maintenant que l'attention d'Izzy n'était plus focalisée sur Flora, elle s'était radoucie.

Flora se demanda ce qu'elle avait fait d'autre que nager, avec Aiden. Sortaient-ils ensemble, ou n'étaient-ils qu'amis ?

Prétextant se servir à manger, elle se libéra du bras de Jack. Au même moment, Molly sprinta vers elle.

— Flora ! Viens voir Chase courir après le bâton. Il est trop marrant.

— Tu ne veux pas manger ?

Flora posa une cuisse de poulet dans son assiette et ajouta de la salade.

— Après.

— Je viens ! lança Izzy.

Mais Molly prit la main libre de Flora et voulut l'entraîner vers le chien.

— Je veux qu'elle vienne voir. Elle n'a jamais vu la façon dont il tourne sur lui-même.

Constatant qu'Izzy la fusillait encore du regard, ce fut avec un soulagement considérable que Flora laissa l'enfant l'emmener. Inutile d'être un génie pour comprendre la réaction de l'adolescente. Jack n'aurait pas dû se montrer affectueux en public. D'un autre côté, ce ne serait pas une vraie relation s'ils ne pouvaient pas se toucher. Molly semblait avoir accepté qu'ils se fréquentent. Combien de temps cela prendrait-il à Izzy pour faire de même ? Cela n'arriverait-il jamais ?

Elle regarda Chase courir après le bâton, trébuchant chaque fois qu'il s'arrêtait brusquement. Quand Molly ramassa le bâton pour le relancer, il trembla d'anticipation, sautant sur place. La fillette gloussa. C'était un son délicieux, une scène de bonheur simple, sans aucune tension.

Elle avait toujours voulu un chien. Elle avait supplié sa tante, mais celle-ci estimait que les chiens et les enfants se valaient en termes de nuisance. Elle avait souligné qu'un chien aboierait, ferait des dégâts et devrait être sorti. « Mais il m'aimera, et je l'aimerai moi aussi », avait voulu rétorquer Flora.

Entendant le rire contagieux de Molly, elle se demanda quelle enfance elle aurait eue, si sa tante avait été moins rigide, si elle avait été autorisée à avoir un animal de compagnie.

— Papa, on peut avoir un chien ? demanda la fillette, essoufflée, lorsqu'elles rejoignirent le groupe.

— J'ai déjà du mal à m'occuper de créatures à deux pattes, alors à quatre !

Jack remplit une assiette de nourriture et la lui tendit.

Izzy l'intercepta avant que Molly puisse la prendre.

— Elle doit se laver les mains d'abord.

— Exact.

Clare désigna la maison.

— Va, ma chérie. Savonne bien.

Chase suivit Molly vers la maison en gémissant. Flora leur emboîta le pas. À leur retour, la conversation tournait encore autour des animaux domestiques.

— Je devrais peut-être prendre un chien, disait Jack.

Todd lui tendit une bière, levant les yeux au ciel.

— Seulement si tu es prêt pour vivre le chaos et bazarder tes sofas blancs. Quelle drôle d'idée.

— Ce n'est pas la mienne.

Flora était d'accord avec Todd. Des canapés blancs, quelle folie pour un couple avec enfants. « Ne va pas dans cette pièce, ne touche à rien… » Sa tante n'avait eu de cesse de lui dire : « Ne fais pas ça. »

Jack avait-il protesté, lorsque Becca avait choisi des canapés blancs ?

— Quelles sont les dernières nouvelles ? s'enquit Clare en tendant une assiette à Todd pour qu'il y dépose les steaks. As-tu commencé à envoyer des dossiers aux universités, Izzy ? Quelle université est en tête de ta liste ?

— Je n'irai pas à la fac, annonça Izzy d'une voix haut perchée.

Tout le monde se figea. Clare coula un regard vers Jack, qui se tenait avec son assiette vide en l'air.

Même Aiden fronça les sourcils.

Flora se tint sans bouger. Elle avait senti dès le début qu'Izzy était à cran. Elle avait vu les émotions bouillonner en elle et se demandait quand et où elles seraient éventuellement relâchées.

Le moment était-il venu ?

Molly fut la première à réagir. Ravie, elle passa les bras autour de sa sœur.

— Génial ! Tu ne pars pas.

Avant qu'Izzy ferme les yeux et lui rende son étreinte, Flora aperçut une lueur de désespoir et de vulnérabilité dans le regard de l'adolescente.

— Tu ne te débarrasseras pas de moi comme ça, lapin. Je vais rester à la maison encore quelque temps pour prendre soin de papa et toi.

Était-ce de cela qu'il s'agissait ? Izzy ressentait-elle le besoin de rester à la maison pour prendre soin de sa famille ?

— Attends une minute, commença Jack d'une voix mesurée, essayant manifestement de se contrôler. Comment ça, tu n'iras pas à la fac ? Bien sûr que si. C'est prévu depuis des lustres.

— Les projets changent, non ? La vie change. Tout change.

Il y avait tant de sous-entendus dans son petit discours que Flora voulut lui lancer un gilet de sauvetage. Izzy n'allait pas bien. Elle avait raison sur ce point.

— Certaines choses ont changé, c'est vrai, mais pas tout.

Jack agrippait son assiette.

— Ta maison, ta sœur, tes amis, être ici avec tante Clare et le gang, moi. Ça n'a pas changé. Ton futur n'est pas obligé de changer non plus.

— Si.

Elle releva le menton d'un air de défi.

— Je resterai à la maison, puis je voyagerai pendant quelques années. L'Extrême-Orient. Le Vietnam. Le Cambodge. La Thaïlande.

— Le Vietnam ? bredouilla Jack. Le Cambodge ? Qu'est-ce que tu ferais là-bas ?

— Je ne sais pas.

Elle haussa une épaule.

— Je trouverai un job dans un bar ou un restaurant, je traînerai sur la plage.

Flora se demanda si elle voulait vraiment voyager, ou si elle essayait simplement de faire réagir son père.

— Tu ne voyageras pas toute seule en Extrême-Orient ! Et il est hors de question que tu traînes sur une plage.

D'ordinaire, il était très patient avec les filles. Mais les paroles d'Izzy l'avaient fait réagir au quart de tour. Flora n'avait jamais vu cet aspect-là de lui.

— Pourquoi pas ?

Père et fille se fusillaient du regard, oubliant momentanément les autres autour d'eux.

— Par où veux-tu que je commence ? *Primo*, c'est dangereux. Tu ne peux pas voyager toute seule.

— Parce que tu t'inquiéterais ?

— Parce que c'est une idée délirante. *Secundo*, parce que tu iras à la fac.

Elle souhaite qu'il s'inquiète, pensa Flora. *Elle souhaite qu'il lui montre qu'il tient à elle.*

— Non. J'ai pris ma décision.

Izzy, qui frisait l'insolence, affichait un air provoquant.

— Ça ne fait plus partie de mes projets.

— Je veux ce qu'il y a de meilleur pour toi, c'est tout.

Prenant une profonde inspiration, il lança un regard d'excuse à leurs amis.

— Changeons de sujet.

Flora se rapprocha de lui.

— Non, vous devez en parler maintenant. Allez faire un tour, lui glissa-t-elle.

Il secoua la tête.

— C'est notre première soirée avec nos amis. Clare a cuisiné toute la journée. On va profiter de la soirée. On en reparlera à un autre moment.

Il lança à Izzy un regard lourd de sous-entendus, qu'elle lui rendit. Difficile de déterminer lequel des deux était le plus remonté.

— Je n'ai pas besoin d'en parler. Ma décision est prise.

Izzy se baissa pour enlacer Molly de nouveau, mais la fillette se tortilla pour se libérer.

— Aïe. Tu m'écrases ! couina-t-elle.

Jack posa son assiette sur la table dans un fracas de couverts.

— Tu parles de la fac depuis des année, Izzy !

Malgré sa suggestion de changer de sujet, il en semblait incapable.

— Tu disais toujours que tu deviendrais journaliste et que tu changerais le monde.

— La meilleure façon d'écrire sur le monde, c'est d'expérimenter tout ce qu'il a à offrir. Ce sera impossible si je suis coincée dans une chambre étudiante. J'écrirai sur mes voyages, sur les nouvelles personnes que je rencontrerai.

— Izzy, ma chérie… Je ne sais pas quoi dire.

L'honnêteté candide de Jack avait quelque chose de bouleversant.

— Ta mère aurait voulu que tu ailles à l'université.

Oh non, songea Flora, *il vient de mettre les pieds dans le plat.*

— Ma mère n'est pas là, rétorqua Izzy d'une voix tremblante.

Je suis seule aujourd'hui. On a tous dû opérer des changements. On a tous dû faire de nouveaux choix. Je suis forcée d'accepter les tiens – son regard coula brièvement vers Flora –, alors tu dois accepter les miens. C'est ma vie. Ma décision. Je n'irai pas à la fac.

Flora se balança nerveusement sur ses pieds. Était-ce de sa faute, si Izzy avait changé d'avis ?

Pourquoi l'adolescente se sentait-elle seule, alors qu'elle était entourée de son père, sa sœur et leurs amis proches ?

Malgré la pique qui lui était destinée, elle l'admirait d'avoir la force de se battre pour ses convictions, de tracer son propre chemin, même s'il allait à l'encontre des souhaits de son père.

— La nuit porte conseil, intervint Clare pour essayer de calmer le jeu.

Mais Izzy et son père n'en avaient pas fini de se disputer. Izzy avait une expression entêtée, désespérée sur le visage. Flora exhorta silencieusement Jack à lui faire un gros câlin et à la prendre à part pour discuter à cœur ouvert.

Quand elle tourna la tête vers lui, elle vit une profonde ride de frustration sur son front. Il cherchait comment faire changer d'avis sa fille.

Izzy se sentait-elle seule parce qu'elle pensait que personne ne la soutenait ?

— Je n'ai pas besoin d'une nuit pour y réfléchir, aboya-t-elle. Je sais ce que je veux. Pourquoi est-ce que personne n'essaie de comprendre ? Pourquoi est-ce que personne ne m'écoute ? Parfois, j'ai l'impression d'être seule au monde.

Sa douleur était si évidente que le cœur de Flora se serra. Elle avait l'impression d'avoir remonté le temps et d'être enfant à nouveau. Personne ne l'avait écoutée. Ses désirs n'avaient pas compté. Elle avait été forcée de s'adapter à la vie de sa tante, de se fondre dans le moule qu'on lui imposait.

Elle s'avança, ayant un peu l'impression de se jeter devant une voiture qui fonçait à toute allure.

— Je te comprends, Izzy. Je t'écoute.

Personne ne l'avait encouragée, ou s'était même soucié de ce qu'elle voulait réellement. Ça n'arriverait pas à Izzy. Pas pendant qu'elle serait là. Elle la soutiendrait.

— Tu as raison de te battre pour tes rêves. C'est ta vie. Ta décision. Si tu veux en parler, je suis là.

Jack posa la main sur son bras.

— Flora…

— Izzy a raison, continua-t-elle. Parfois, quand la vie change, nos décisions changent, aussi. Le choix d'une personne n'est pas forcément celui d'une autre. Les rêves sont personnels, et chacun est maître de ses décisions.

Izzy, abasourdie, la regardait sans parler. Elle desserra légèrement les poings. Sa respiration ralentit.

Flora sentit une connexion entre elles. Vacillante. Qui disparut presque aussitôt.

— Tu penses que tu comprends ? beugla Izzy un instant plus tard, le visage déformé par la colère. Tu n'as *aucune idée* de ce que je ressens. Aucune !

Elle retournait contre elle sa fureur et sa frustration, montrant les crocs comme un chien abandonné qui n'avait pas encore appris à faire confiance.

— Tu prétends que tu te soucies de moi, mais c'est faux. Tu essaies juste de faire amie-amie parce que tu es folle de mon père et que tu as besoin de mon approbation pour pouvoir rester avec lui. Tu ferais n'importe quoi pour ça. Même des trucs que tu détestes, comme le jogging, qui t'a à moitié tuée. Sérieux, jusqu'où tu es prête à aller pour te faire une place ? Tu fais tellement semblant que je ne sais même pas ce que tu aimes vraiment ! Mais quoi que tu fasses, tu ne seras jamais ma mère, et coucher avec mon père ne fait pas de toi un membre de cette famille…

— Isabella ! l'interrompit brusquement Jack en attirant Flora à lui pour la mettre à l'abri de ces mots armés. Ça suffit. Excuse-toi, tout de suite.

— Hors de question !

— Alors va dans ta chambre.

— Aller dans ma *chambre* ? J'ai dix-sept ans, pas six ! Maman ne m'aurait *jamais* dit ça ! s'emporta l'adolescente d'une voix haut perchée.

Elle était tellement remontée qu'elle en tremblait physiquement. Flora tremblait, elle aussi. Elle était morte de honte. Izzy l'avait dépeinte comme une personne manipulatrice et froide, insinuant qu'elle ne se souciait pas d'elle du tout. C'était faux. Elle s'intéressait sincèrement à elle. Elle avait essayé d'apprendre à connaître les enfants de Jack. Izzy savait-elle combien elle l'admirait ? Non seulement elle admirait la façon dont elle avait géré la mort de sa mère, mais elle était impressionnée par le courage dont elle faisait preuve en se battant pour ses rêves. Elle aurait aimé lui ressembler, au même âge.

Elle essaya de rationaliser son propre comportement, mais les paroles d'Izzy avaient pénétré sa chair telle une épine. « Jusqu'où tu es prête à aller pour te faire une place ? »

C'était une question pertinente, bien que gênante.

« Je ne sais même pas ce que tu aimes vraiment. »

Comment Izzy le saurait-elle, en effet ? Elle n'avait pas dit grand-chose sur elle-même. Une fois encore, elle avait si désespérément voulu être aimée et acceptée qu'elle avait enfoui ses propres besoins, donnant la priorité à ceux des autres. Elle ne leur avait même pas révélé combien elle avait peur de l'eau. C'était ridicule. Que se passerait-il si on l'invitait à faire du bateau ? Était-elle prête à risquer une crise d'angoisse simplement pour se faire une place dans leur famille ?

— Je ne comprends pas, dit Molly d'une petite voix. Flora dort dans son propre lit, pas avec papa. Et si elle ne se souciait pas de nous, elle ne passerait pas autant de temps à jouer avec nous, si ?

Izzy lâcha son assiette sur la table, traversa la pelouse d'un pas furieux et s'enfonça dans la forêt.

Aiden se frotta la nuque.

— Je devrais peut-être…

— Laisse-lui de l'espace. Elle a besoin d'être seule, intervint Clare.

L'air épuisé, Jack hocha la tête.

— C'est ma faute. Je n'ai pas bien géré la situation. Mais quand elle a commencé à dire qu'elle n'irait pas à l'université…

— Non, c'est de la mienne, s'excusa Clare. J'en ai parlé et j'en suis navrée. Je pensais que c'était un sujet neutre. Visiblement pas. Tu as réagi comme la plupart des parents l'auraient fait.

Elle posa la main sur son bras.

— Ne t'en veux pas. C'est une situation difficile. Elle ira bien, Jack.

— Pas si elle renonce à l'université.

— Je suis sûre qu'elle ne le pensait pas. Izzy est intelligente, elle prendra la bonne décision.

Tout le monde ignorait soigneusement la réaction presque hystérique d'Izzy envers Flora.

« Tu ne seras jamais ma mère. »

Molly prit Chase sur ses genoux.

— C'est où le Cambodge ? En Arizona ?

Flora se sentait offensée, mais surtout elle s'inquiétait pour Izzy. Elle était partie si furieuse, si bouleversée. Où était-elle allée ? Que se passerait-il si elle se perdait dans la forêt ? Si elle entrait dans le lac ? Quelqu'un devait aller la chercher, lui parler.

— Jack, l'interpella-t-elle en lui touchant le bras.

— Je sais. Tu es contrariée, c'est bien normal. Elle a été grossière.

— Ce n'est pas…

— Elle a passé une année difficile.

Il l'attira à lui et lança à ses amis un regard d'excuses chagriné.

— On dirait que revenir ici est plus dur pour elle que je ne m'y attendais. J'aurais dû l'anticiper.

Clare l'interrompit d'un geste.

— Ne t'inquiète pas pour nous. On se connaît depuis toujours. Il y a invariablement une crise ou une autre chaque été. Rappelle-toi l'année où Aiden a attrapé la varicelle et l'a refilée à tes filles. Quel cauchemar !

— Ensuite, il y a eu l'année cigarettes et alcool, renchérit Todd en fourrant une autre bière dans la main de Jack. Puis celle des examens. Tiens bon. Tu t'en sors bien. Ça ne doit pas être facile pour un homme d'élever des filles.

Il reporta son attention sur le barbecue, vérifiant la cuisson, retournant quelques steaks.

— Ce n'est pas elle d'exploser comme ça. Je veux ce qu'il y a de meilleur pour elle. Je veux qu'elle soit heureuse. J'espère qu'elle le sait.

Il but une gorgée de bière.

— D'habitude, elle est si calme.

C'était justement ce qui inquiétait Flora. Elle ne prétendait pas être experte en comportement et développement des adolescents, mais était-ce normal d'être aussi calme ? Comment se comportait Izzy avant qu'elle ne débarque dans leur vie ? Avait-elle fait son deuil ? À qui se confiait-elle ? Visiblement, elle ne parlait pas à Jack et ne semblait pas beaucoup voir ses amies en dehors du lycée.

— La faute au décalage horaire, lança Todd. Il transforme les meilleurs d'entre nous en sauvages. Flora, si je puis me permettre, vous avez été la patience et la compréhension incarnées, alors ne vous en voulez pas.

— Oui, acquiesça Clare. Vous avez été gentille avec elle.

L'espace d'un instant, elle eut l'impression de faire partie du groupe, d'être acceptée. Elle aurait pu en rester là, profiter du moment, mais l'explosion d'Izzy avait débloqué quelque chose en elle.

Anxieuse et légèrement tremblante, elle se dégagea du bras protecteur de Jack.

— Va la voir, Jack. Elle a besoin de toi. Écoute-la. Laisse-la parler.

— Non. Je suis d'accord avec Clare. Ce dont elle a le plus besoin pour le moment, c'est d'espace. J'ai appris qu'il était important de ne pas réagir avec excès. Les émotions vont et viennent. Parfois, c'est mieux d'attendre que la crise passe.

Remarquant son expression, il fronça les sourcils.

— Si elle n'est pas revenue dans une heure, j'irai la chercher.

Une heure pouvait sembler une éternité quand on se sentait seul et malheureux.

Elle irait elle-même, bien qu'elle soit probablement la dernière personne au monde à qui parlerait Izzy.

Mais alors qu'elle posait son assiette, elle remarqua qu'Aiden en remplissait une de nourriture. Soit il avait un appétit d'ogre, soit il comptait la partager avec quelqu'un. Elle était la seule à l'avoir remarqué. Tous les autres étaient encore en train d'analyser le comportement d'Izzy.

Adolescente.

Énormément de stress.

Tout à fait compréhensible.

Année horrible.

Tant de souvenirs dans cet endroit.

Remarquant qu'elle l'observait, Aiden se figea. Ils se dévisagèrent un moment, puis Flora se tourna vers le groupe et attira l'attention et la conversation sur elle.

Par-dessus l'épaule de Clare, elle le vit filer en douce, suivant le chemin qu'Izzy avait pris.

Elle se détendit un peu. Le jour ne tarderait pas à tomber. Elle espérait qu'il serait capable de l'aider. Ce serait peut-être plus facile pour Izzy de parler à quelqu'un de son âge.

Ils en étaient arrivés au dessert lorsque Clare remarqua l'absence de son fils.

— Où est Aiden ?

Todd regarda alentour.

— Il était là tout à l'heure.

— Ces fraises sont délicieuses, lança précipitamment Flora. Les plus sucrées que j'aie goûtées.

Clare expliqua alors qu'elle recouvrait ses fraisiers de filets pour tenir insectes et oiseaux à distance, racontant qu'ils en avaient récolté en abondance l'année précédente, et qu'elle se retrouvait avec des pots et des pots de confiture.

Mais Flora n'écoutait que d'une oreille. Elle pensait à Izzy, mais également à elle-même, se remémorant toutes les fois où elle avait enfoui ses propres besoins et s'était comportée de façon contraire à sa nature, dans le seul but d'être acceptée. Ce n'était pas vraiment de l'acceptation, si ? Ce n'était pas de l'acceptation si on ne se montrait pas tel qu'on était, si on taisait ses besoins. Ce n'était pas de l'acceptation si on craignait d'être soi-même et de vivre la vie à laquelle on aspirait.

Tandis que le soleil baissait progressivement à l'horizon, envoyant des étincelles de lumière dorée sur la surface du lac, Clare emmena Molly se coucher. Puis ils restèrent sur les transats, profitant du calme de la soirée.

Les flammes du brasero s'élevaient, réchauffant l'air autour d'eux. Des lampes solaires miniatures illuminaient le chemin jusqu'au lac et la *boathouse*. Sur la rive lointaine, Flora discernait deux silhouettes assises sur la jetée.

Elle espérait qu'Izzy se confiait à Aiden.

Todd apparut avec un plateau de cafés.

Jack s'assit sur le transat à côté d'elle, toujours tracassé au sujet d'Izzy.

— Elle a dit : « Je vais rester à la maison pour veiller sur papa et toi. » Vous l'avez entendue ?

Il prit la tasse que Todd lui tendait, le remerciant d'un signe de tête.

— C'est ça, le fond du problème ? Elle s'imagine que c'est son rôle de veiller sur nous ?

Clare s'allongea à côté de Todd et lui prit la main.

— C'est ce qu'elle a fait ?

— D'une certaine façon, oui.

Jack regarda les flammes danser dans le brasero.

— Elle participe beaucoup, à la maison. Je ne suis pas le meilleur cuisinier du monde. En plus, j'oublie certaines choses. Comme par exemple de mettre une boisson dans le cartable de Molly. Je lui prépare des sandwichs au jambon qu'elle ne mange pas car elle déteste ça. Je suis incapable de me rappeler tous les petits détails aussi bien qu'Izzy. Quoi qu'il en soit, elle a pris le relais, et je lui en étais reconnaissant.

— Ça lui a probablement fait du bien, Jack, répondit Clare. Rester occupé permet de se focaliser sur autre chose que son chagrin, et sentir qu'elle contribue est important pour son estime de soi.

— Mais elle a l'air de penser que je suis inapte et incapable.

Il sourit d'un air contrit.

— Elle a raison. J'ai visiblement besoin de prendre les choses en main, de participer davantage aux corvées domestiques.

Si c'était le problème, pourquoi Izzy n'avait-elle pas réclamé qu'il fasse plus ? Flora ne posa pas la question à voix haute. Elle en avait déjà assez dit. Elle était soulagée que son intervention et sa franchise n'aient pas endommagé sa relation avec Jack.

Elle s'appuya contre lui, sa tasse de café sur les genoux.

— Tu es silencieuse, fit-il remarquer en lui caressant le bras. Tu penses encore à Izzy ?

Oui, mais pas comme il le pensait.

Elle avait compris qu'elle avait commis une erreur en faisant autant d'efforts pour se faire accepter d'Izzy. Julia avait eu raison à ce sujet. Elle devait changer d'approche.

La jeune fille et elle ne deviendraient peut-être jamais amies mais elle espérait que, en étant elle-même, elle gagnerait son respect.

Clare

Lake District, Angleterre

— Elle est très différente de ce à quoi je m'attendais, déclara Clare le lendemain matin en ouvrant les fenêtres de la chambre.

Une brise d'air frais s'engouffra. Il avait plu dans la nuit, mais le ciel était bleu, et la journée promettait d'être chaude et ensoleillée. C'était le temps qu'elle préférait.

— Et toi, tu es surpris ?

Elle jeta un coup d'œil vers la salle de bains où Todd se rasait.

— Je suis un homme. Je n'ai pas d'attente particulière.

Il était torse nu, une serviette autour des hanches. Croisant son regard dans le miroir, il posa son rasoir et soupira.

— Très bien, lâcha-t-il, je vais me prêter au jeu. À quoi t'attendais-tu ?

— À quelqu'un comme Becca, probablement.

Elle avait été sidérée quand Flora était sortie de la voiture avec ses cheveux préraphaélites, sa jupe fluide et ses bracelets de couleurs vives. Elle ne correspondait pas à l'image que Clare s'était construite.

— Dieu merci, fit Todd. Pour commencer, elle est beaucoup plus décontractée.

Il finit de se raser et attrapa la serviette.

— Pardon, c'était indélicat de ma part. Mais c'est vrai. Je sais que Becca était ta plus vieille amie, mais elle n'était pas la personne la plus facile à vivre. Tout devait toujours tourner autour d'elle. C'était pénible de devoir constamment tenir Chase par son collier de peur qu'il se frotte à ses vêtements immaculés.

— J'avais conscience de ses défauts.

Elle ignora le sourcil levé de Todd, qui suggérait le contraire.

— Qu'est-ce que ça signifie que Flora soit si différente de Becca, d'après toi ?

Todd la dévisagea sans comprendre.

— Parce que ça signifie quelque chose ?

— La plupart des gens ont un type, non ? Si je mourais, choisirais-tu une femme qui me ressemble ?

Il s'essuya le visage avec la serviette.

— Il y a plus gai comme conversation.

— Si tu choisissais quelqu'un de complètement différent, est-ce que ça voudrait dire que tu n'aimais pas être avec moi ? Si tu devais refaire ta vie, est-ce que ce serait avec quelqu'un qui n'aurait pas mes défauts ?

— Défauts ?

Il fit mine d'être choqué.

— Toi, tu as des défauts ?

— Je suis timide. Je suis une solitaire qui aime sa propre compagnie. Les lieux pleins de monde m'effraient, surtout lorsque je n'y connais personne. Je déteste parler en public. Les jeux d'équipe me donnent de l'urticaire parce que j'étais toujours choisie en dernier, à l'école.

Elle marqua une pause, se demandant pourquoi elle racontait tout ça.

— Peut-être que, la prochaine fois, tu choisiras un vrai boute-en-train ?

Il s'immobilisa, la serviette dans les mains.

— Premièrement, il n'y aura pas de prochaine fois. Deuxièmement, je ne choisirais jamais de boute-en-train parce qu'alors, *je* ne serais pas le boute-en-train. Il n'y a de place que pour un seul fêtard dans une relation, et je l'ai déjà prise.

Il lui fit un clin d'œil. Elle leva les yeux au ciel pour cacher le fait qu'il la charmait, tout comme il l'avait charmée un millier de fois auparavant.

— Le fêtard a-t-il la gueule de bois, après la nuit dernière ?

— Pas du tout. Jack a bu plus que moi. Tu as vu comme il s'est comporté avec elle ?

— Avec Izzy ?

— Non, avec Flora.

— Il a été protecteur avec elle. Il faut dire qu'Izzy s'est montrée grossière.

Il lâcha la serviette mouillée sur le bord de la baignoire, mais pour une fois Clare ne rouspéta pas. Elle était trop occupée à penser à Jack.

— Il ne pouvait pas se retenir de la toucher, ajouta-t-elle. Becca et lui ne se touchaient jamais en public.

— Ils étaient mariés depuis longtemps.

— Nous aussi, on est mariés depuis longtemps. Pourtant, on se touche encore.

— Parce que je suis un dieu du sexe et que tu as des jambes de déesse.

Elle gloussa. Quel que soit le sujet de conversation, il la faisait toujours rire.

— Tu penses qu'ils ont couché ensemble ou pas encore ?

— Je n'en ai aucune idée. Je m'intéresse activement à ma propre vie sexuelle, moins à celle des autres. D'ailleurs…

Il s'avança vers elle tel un félin face à une proie. Elle recula vers le lit en poussant un cri et gloussa.

— Todd ! Les fenêtres sont ouvertes.

— Tâchons de rester discrets alors.

Il lui lança un sourire espiègle et l'embrassa comme s'il n'avait pas passé les vingt dernières années à le faire. Il était aussi affamé d'elle qu'elle l'était de lui. Ces vingt années passées ensemble n'avaient pas atténué le désir. Elle n'avait jamais cessé de le désirer, et lui non plus. Chaque caresse était teintée d'une familiarité délicieuse, une intimité née de la connaissance profonde qu'ils avaient l'un de l'autre.

Il posa la bouche sur son sein, lui arrachant un cri.

— Todd ! Qu'est-ce que tu fais ?

— Je cherche tes défauts. Pour l'instant, je n'en ai trouvé aucun, mais je vais continuer à chercher.

Il déposa une traînée de baisers jusqu'à son autre sein et marqua une pause, la respiration saccadée.

— Dieu que tu es belle !

Flattée, charmée, elle glissa les mains sur ses épaules, caressant ses muscles.

— Tu n'es pas mal non plus. J'adore ton corps.

— Moi ? Je suis un frêle architecte. Je ne peux pas soulever plus qu'un stylo.

Il démentit toutefois rapidement en la retournant avec facilité. Il se retrouva sur le dos, elle au-dessus de lui.

— Sauf quand il s'agit de ma femme. Pour elle, je déplacerais des montagnes.

Elle fit descendre ses mains jusqu'à la serviette qui lui ceignait les hanches.

— Tu as verrouillé la porte ?

— Non, mais il est tôt. Personne n'est réveillé. Aiden est un ado, alors aucune chance de le voir émerger avant midi. Quant aux Américains – il est 3 heures du matin pour eux. Ils dormiront encore à poings fermés un moment.

— Molly sera bientôt réveillée.

— Si elle entre, je lui dirai que tu m'aidais à défaire le nœud de la serviette. Personne ne va entrer, Clare.

Il glissa la main derrière sa tête et attira son visage vers le sien. Elle s'abandonna à son baiser vorace et exigeant, se demandant comment il était possible de l'aimer un peu plus chaque jour. Tout n'était pas toujours rose, bien sûr. Ils n'échappaient pas aux irritations mineures qui allaient de pair avec la vie de couple. Mais les bases de leur relation étaient fortes et solides. Elle ne tenterait pas le diable en disant que rien ne pourrait les ébranler, mais elle avait la certitude que son couple pouvait résister à tout.

— Je t'aime, chérie, murmura-t-il contre ses lèvres. J'aime que tu sois timide et que tu écoutes plus que tu ne parles. Ce n'est pas un défaut. Quand tu dis quelque chose ça en vaut toujours la peine. Je ne suis pas surpris que tu aimes ta propre compagnie, j'aime ta compagnie, moi aussi. Il n'y a personne d'autre avec qui je préférerais passer du temps. Je n'en ai rien à faire que tu détestes parler en public, et je te promets que, chaque fois que je le pourrai, je serai à tes côtés quand tu devras entrer dans des endroits pleins d'inconnus. Je n'ai rien oublié ?

— Les sports d'équipe ?

Sa tirade lui rappela toutes les raisons pour lesquelles elle l'aimait. Il posa les mains sur ses hanches et la tint fermement.

— Quand il est question de boules, je préfère le un contre un.

Elle poussa un cri de surprise.

— Todd Dickinson ! Que penserait ta mère ?

— Ce n'est pas avec ma mère que j'ai cette conversation, mais avec ma femme. Quant aux défauts, j'en ai plus que toi et ils sont plus gros.

Elle haussa un sourcil.

— Je rêve ou tu fais des *défauts* une compétition ?

— Inutile. Je gagne. Je suis têtu, aveugle aux obstacles…

— C'est la raison pour laquelle on est ensemble. Tu as ignoré tous les obstacles que j'ai dressés sur ton chemin, tu es passé outre ma timidité.

— C'est aussi la raison pour laquelle je gère en ce moment un projet cauchemardesque avec un ingénieur qui essaie désespérément de développer mon design.

— Ça marchera. Ça marche toujours.

— Je parle trop. Je domine la pièce.

— Faux. Tu divertis les gens.

Elle déposa un baiser sur son menton, lisse contre ses lèvres.

— Tu es l'hôte idéal. On est peut-être faits l'un pour l'autre, après tout.

— Peut-être ?

Il fit descendre sa main dans son dos et l'attira plus près. Le sentant prêt et dressé à travers la fine serviette, elle l'écarta.

Il la fit basculer sur le dos pour reprendre le contrôle. De ses mains, de sa bouche, de tout son corps, il se servit de la connaissance qu'il avait d'elle pour la rendre folle, et elle fit de même. Ici, dans ce lit, avec Todd, elle ne s'était jamais trouvée timide. Se sentant puissante, belle et sûre de son pouvoir de séduction, elle enroula les jambes autour de lui et se dressa pour lui faire l'amour avec passion.

Leurs ébats terminés, ils restèrent allongés l'un contre l'autre, peau moite et membres entremêlés, bercés par la brise matinale et le pépiement des oiseaux.

— J'ai tant de chance de t'avoir, murmura-t-elle, repue et gonflée d'amour, blottie dans le creux de son bras.

— C'est vrai, répondit-il, les yeux fermés.

Elle lui enfonça un doigt dans les côtes. Todd poussa un grognement.

— Hé ! Tu as de la chance de m'avoir, toi aussi !

— Je n'ai jamais dit le contraire.

Elle appuya les lèvres sur son torse.

— Perdre Becca m'a fait encore plus apprécier ce qu'on a. Je ne l'ai jamais tenu pour acquis, mais…

— Tu n'as pas à t'expliquer. Je comprends ce que tu veux dire.

Pour une fois, la voix de Todd était dénuée de taquinerie.

— Je sais que perdre ton amie a été dur pour toi, Clare.

— Oui, mais pas aussi dur que ça l'a été pour Jack et les enfants. Ça ne doit pas être facile pour Izzy de voir son père avec quelqu'un d'autre.

Elle se leva et se dirigea d'un pas leste vers la salle de bains, Todd dans son sillage. Il l'avait lui-même dessinée, l'agrandissant et ajoutant des fenêtres de toit. Il avait ensuite fait installer une douche à l'italienne qui offrait bien assez d'espace pour eux deux.

Elle commença par se laver les cheveux, puis le laissa prendre le relais. Elle ferma les yeux, bercée par ses mains douces et apaisantes. Le sexe était agréable, mais ces moments-là aussi.

— Tu as remarqué le visage d'Izzy, quand elle est revenue hier soir ? demanda-t-elle. Je pense qu'elle avait pleuré. Je me sens mal pour elle.

— Moi, je me sens mal pour Flora.

Todd coupa l'eau et lui tendit une serviette.

— Tu ne lui as pas dit grand-chose, Clare.

Elle sentit un pincement de culpabilité.

— Tu sais bien que je suis timide.

— Tu es sûre que c'est de ça qu'il s'agissait ?

Sa question la força à admettre une pénible possibilité. Se cachait-elle derrière sa timidité ?

Avec n'importe qui d'autre, elle aurait trouvé une excuse, mais pas avec lui.

— Non, se força-t-elle à admettre. Il n'y avait pas que ça. La soirée a été difficile, Todd. Ma langue était nouée. Je n'arrêtais pas de penser à Becca. Tu sais que je ne suis pas douée avec les inconnus de manière générale, et Flora…

— Tu étais mal à l'aise, je comprends, mais, chérie, elle devait être sacrément mal à l'aise, elle aussi.

— Oui.

Maintenant elle se sentait mal de s'être focalisée sur ses propres émotions, sans prendre celles de Flora en compte.

— Je ferai plus d'efforts.

Elle se frotta les cheveux avec la serviette et se coiffa vite fait avec les doigts.

— Je comprends que ce soit difficile pour toi de voir Jack avec quelqu'un d'autre. Je dis simplement que la situation est difficile pour elle aussi.

— J'essaierai d'être plus bavarde, promis.

Elle se passa de la crème solaire sur les bras.

— J'ai été étonnée qu'elle prenne la défense d'Izzy, hier soir, reprit-elle. Elle semblait même sincèrement inquiète, tu ne trouves pas ?

— Pas étonnant. Izzy traverse une période difficile.

Todd s'habilla rapidement et sortit ses clés et son téléphone de la veste qu'il avait portée la veille.

— Je ne l'avais jamais vue autant en colère, dit Clare. Que ferais-tu si Aiden annonçait subitement qu'il ne voulait plus aller en fac de médecine ?

— Je penserais à tout l'argent qu'on économiserait en frais de scolarité. Je ferais le tour du monde sur un paquebot de croisière.

Son sens de l'humour la rendait parfois dingue.

— Tu parles !

— OK, peut-être pas. Les croisières, ce n'est pas mon truc. Je le ferais asseoir pour une discussion père-fils. Il y aurait beaucoup de froncements de sourcils et d'expressions sérieuses. Je taperais peut-être même du poing sur la table.

— Tu n'as jamais tapé du poing de ta vie.

— Il y a toujours une première fois. J'essaierais de savoir pourquoi il a changé d'avis.

Sa seconde douche l'avait laissé avec les cheveux mouillés et ébouriffés. Clare songea qu'il n'avait presque pas changé depuis leur rencontre, vingt ans plus tôt.

— Exactement, fit-elle.

— Où veux-tu en venir ? Sois plus explicite.

— J'essaie de comprendre pourquoi Izzy a changé d'avis.

Todd glissa son téléphone dans la poche de son bermuda.

— Je ne suis pas psychologue, mais si tu veux mon avis Flora a raison. Elle a passé une année traumatisante. Elle a perdu sa mère. Ça l'a remuée.

Et s'il y avait autre chose ?

Cette idée avait traversé l'esprit de Flora. Clare l'avait lu sur son visage.

Elle regarda par la fenêtre. Devrait-elle essayer de parler à Izzy ?

— Y a-t-il quelqu'un en bas ? Je me demande comment sera l'ambiance au petit déjeuner.

— Il y aura à manger. La nourriture améliore toujours l'ambiance. Compte sur les enfants et le chien pour mettre la pagaille.

Il déposa un baiser rapide sur ses lèvres.

— Arrête de t'inquiéter. Ce ne sont pas de simples connaissances. Ils font partie de la famille.

Justement. Izzy s'était sentie assez en confiance pour exploser, car leurs deux familles étaient intimement liées. Y aurait-il d'autres débordements ?

— J'espère que tu as raison.

— Mets le café en route. Je descends dans une minute.

Mais ce ne fut pas Todd qui la rejoignit en premier dans la cuisine, ce fut Flora. À en juger par les gros cernes sous ses yeux elle n'avait pas plus dormi que Clare.

Remarquant qu'elle seule était descendue, Flora s'arrêta sur le seuil, se demandant sans doute s'il valait mieux rester ou repartir.

Clare se sentit coupable. Elle s'était focalisée sur elle-même et Becca, pensant à toutes les vacances qu'elles avaient passées ensemble ici. Elle avait eu le sentiment de la trahir en accueillant Flora chez elle, ce qui ne faisait pas sens du tout, maintenant qu'elle y pensait. Ce n'était pas comme si elle avait compté interdire à Jack et aux filles de revenir.

Elle qui était si timide, enfant, qui s'était sentie si souvent exclue, avait donné à Flora l'impression de ne pas être la bienvenue.

Elle eut honte d'elle-même. Sa mère aurait accueilli un invité à bras ouverts, sans tenir compte des antécédents ou de ses sentiments personnels.

— Bonjour ! Bien dormi ? Que diriez-vous d'une tasse de café ? lança-t-elle gaiement.

Compensant à fond, elle remplit une tasse à ras bord et la lui tendit. C'était bien beau de décider d'être chaleureuse et amicale, mais elle ne la connaissait pas du tout. De quoi était-elle censée parler ? Elle n'avait jamais été douée pour les bavardages. Où était Todd ? Il n'était jamais loin de la cafetière, le matin, pourtant.

Il ne lui restait plus qu'à espérer que Jack les rejoindrait bientôt. A priori, Flora et lui n'avaient pas dormi dans la même chambre.

Flora prit la tasse de café avec gratitude.

— Merci, je suis une grande buveuse de café. Quand je commence ma journée au marché aux fleurs, seules deux choses me permettent de tenir debout : le café et attraper les roses par leurs épines.

Les fleurs ! Mais bien sûr ! Voilà une passion qu'elles avaient en commun.

— Jack m'a dit que vous étiez fleuriste. Quel bonheur de travailler avec des fleurs toute la journée !

Sa voix, d'une gaieté exagérée, la fit grimacer.

Pour retrouver un semblant de normalité, elle s'affaira dans la cuisine, un lieu qui l'apaisait toujours. Peu importait l'humeur ambiante aujourd'hui, après l'alcool et la tension de la veille, un bon petit déjeuner serait le bienvenu.

— Vous avez votre propre commerce ?

Elle lança des tomates cerises sur une plaque de cuisson, les arrosa d'huile d'olive et les mit à rôtir au four pendant qu'elle battait des œufs pour préparer des omelettes.

— Non, rien de si extravagant. J'ai une patronne, ce qui veut dire que c'est à elle de se soucier des bénéfices et du marché.

Flora glissa les mains autour de la tasse, se réchauffant bien que la pièce ne soit pas froide.

— Vous devez trouver cela triste et sans ambition.

— Pas du tout. Je comprends tout à fait.

Clare coupa des champignons jusqu'à ce qu'ils forment une petite pile sur la planche à découper.

— Vous avez devant vous quelqu'un qui a laissé ce que certaines personnes estimaient être l'un des jobs les plus glamours qui soit pour vivre dans une forêt et se concentrer sur sa vie de famille. Becca ne l'a jamais compris.

Elle regretta instantanément ses paroles.

— Pardon, je suis navrée.

Becca, Becca, Becca. Qu'est-ce qui *clochait* chez elle ? Elle parlait plus de son amie et pensait plus à elle aujourd'hui que de son vivant.

— Ne vous excusez pas. Becca était votre meilleure amie. C'est normal de ressentir le besoin de parler d'elle.

Flora était beaucoup plus patiente qu'elle ne l'aurait été, si les rôles avaient été inversés.

— Le fait d'avoir Jack et les filles ici… Son prénom et quelques anecdotes m'échappent parfois.

— Je comprends. Parler d'un être cher que l'on a perdu est une façon de le garder en vie, de s'en souvenir.

Était-ce de cela qu'il s'agissait ? Parlait-elle de Becca pour la garder en vie ?

— Chaque été on… Je veux dire… on n'a jamais eu…

— … d'été sans elle. Je sais.

Flora but une gorgée de café et posa la tasse délicatement.

Clare chercha quelque chose à dire. C'était à elle de mettre Flora à l'aise, mais pour l'instant l'inverse se produisait.

— Ce doit être dur pour vous aussi.

— Pas autant que pour vous tous. Je suis désolée que ma venue ait suscité des tensions. J'ai essayé de dire à Jack que ce serait difficile, mais il a refusé d'écouter. En toute franchise, je ne supportais pas l'idée de ne pas les voir, les filles et lui, pendant trois semaines.

Elle tient à eux, pensa Clara. *Jack tient à elle, lui aussi.* La veille, il avait souri.

À l'enterrement, son teint grisâtre l'avait inquiétée. Depuis, il avait retrouvé bonne mine.

Sa tension se relâcha.

— Je suis contente que vous soyez là.

Tandis qu'elle prononçait ces mots, elle prit conscience qu'elle le pensait vraiment.

— Je suis heureuse de voir Jack sourire de nouveau.

— Il allait vraiment mal quand on s'est rencontrés.

Flora prit une inspiration.

— Je n'essaie pas de remplacer Becca. J'espère que ce n'est pas ce que vous pensez. J'en serais incapable d'ailleurs. Elle était aussi proche de la perfection qu'une personne peut l'être. Ce n'est pas mon cas.

Clare la regarda, bouche bée. Pensait-elle vraiment que Becca était parfaite ? Si elle n'avait pas été si stupéfaite, elle aurait ri aux éclats.

— Personne n'est parfait.

— Becca s'en rapprochait, visiblement.

Flora encercla de nouveau la tasse de ses mains.

— Elle courait des marathons pour des œuvres caritatives, elle a construit une entreprise florissante, tout en gérant une maison, en étant une épouse, une mère et une amie. D'après Jack, Becca et vous étiez amies depuis la maternelle. C'est un lien très fort. Quand on a connu quelqu'un presque toute sa vie, on connaît la véritable personne. On sait tout d'elle, de ce qu'elle a traversé ; on la comprend. Il n'y a que très peu de secrets. On la voit telle qu'elle est vraiment.

— En effet.

Mais parfois, songea Clare, ce n'était pas une bonne chose.

— Vraiment connaître une personne – Flora souffla sur son café –, c'est un cadeau, vous ne trouvez pas ? Peu de personnes ont la chance d'avoir un ami à qui elles peuvent se montrer telles qu'elles sont, sans crainte d'être jugées. Généralement, on a l'impression de devoir cacher ce qu'il y a de mauvais en nous. C'est comme porter du maquillage. On a l'impression de devoir montrer en permanence la meilleure version de nous-même pour être accepté. Un véritable ami ne s'attend pas à ce qu'on soit parfait. Il nous pardonne nos défauts et nous aime quand même.

À son ton envieux, Clare comprit qu'elle n'avait jamais eu de meilleure amie.

Elle en ressentit une pointe de culpabilité. Elle n'avait pas pardonné ses fautes à Becca. Pas cette fois.

Un véritable ami ne s'attend pas à ce qu'on soit parfait.

Attendait-elle de Becca qu'elle soit parfaite au lieu d'accepter tout simplement sa différence ?

« Je sais que tu ne le ferais pas, mais tu n'es pas moi », avait dit Becca à de nombreuses reprises. Dans ces moments-là, Clare avait été forcée d'admettre qu'elle fondait son jugement sur ses propres expériences de vie. Pourtant, Becca avait eu une vie très différente de la sienne. Clare avait été une fille unique très aimée, à qui on avait tout donné dans la limite du raisonnable. Becca n'avait jamais rien reçu. Elle avait travaillé, gagné, s'était battue pour tout ce qu'elle avait accompli et tout ce qu'elle possédait.

— Vous avez une vision très idéalisée de l'amitié, dit-elle d'un ton léger. Comment réagiriez-vous si un ami faisait quelque chose que vous estimiez horrible ?

— Tout dépend si ça s'oppose à mes valeurs ou pas, si c'est vraiment horrible ou non. J'espère qu'on arriverait à le surmonter. Je suppose aussi que ça dépend de l'amitié elle-même. Je n'ai jamais vécu d'amitié aussi forte que celle que vous partagiez avec Becca. Perdre quelqu'un avec qui vous avez grandi, c'est terrible. Un lien irremplaçable.

C'était exactement ça.

Flora, qui ne la connaissait pas, avait instinctivement identifié son plus grand problème : ne jamais retrouver une amie comme Becca. Certaines personnes se faisaient des amis très facilement. Pas elle. Elle avait quelques amis au village, mais aucune de ces amitiés ne pouvait rivaliser avec celle qu'elle avait partagée avec Becca.

Becca avait compris et accepté toutes ses faiblesses. Nombre d'entre elles l'avaient exaspérée, mais elle lui avait néanmoins rendu la vie plus facile, en prenant par exemple la parole dans les situations de groupe pour lui éviter de le faire.

Becca avait été une amie loyale dès le premier jour, depuis qu'un groupe de filles avait volé le déjeuner de Clare. Becca s'était jetée sur elles, puis elle avait partagé le sien avec elle.

Ce souvenir la fit sourire. Comment avait-elle pu l'oublier ?

C'était la première fois depuis longtemps qu'elle souriait en pensant à elle.

Elle eut soudain tant envie de la revoir qu'elle en ressentit une douleur physique.

Pour se changer les idées, elle mit les champignons à rissoler dans la poêle.

— Becca a toujours fait partie de ma vie. Même quand elle me tapait sur les nerfs. Je crois que je ne me suis pas encore faite à sa disparition. Mais n'allez surtout pas vous imaginer qu'elle était parfaite. Elle ne l'était pas, loin de là. Elle avait des défauts, comme nous tous. Mais elle est morte, et on doit apprendre à vivre avec. L'important, c'est que Jack soit heureux. Comment vous êtes-vous rencontrés ?

Elle écouta Flora lui raconter l'histoire, au début par politesse, puis avec intérêt, n'ayant aucun mal à imaginer Jack l'air perdu en essayant de choisir le cadeau idéal pour sa fille.

— Des fleurs. Quelle jolie attention ! Ça ne m'étonne pas, Jack a toujours été attentionné. Je suis sûre qu'Izzy les a adorées.

Elle remua les champignons, regardant les bords s'assombrir et se recourber.

— Avez-vous de la famille à Manhattan ?

— J'ai été élevée par ma tante. Ma mère est morte quand j'avais huit ans. J'étais à peine plus âgée que Molly.

— Je suis navrée, répondit Clare, le cœur serré.

Elle ne pouvait pas imaginer un monde sans sa mère. Encore aujourd'hui, après vingt ans de mariage et un enfant à elle, sa mère continuait de veiller sur elle et de la dorloter. Clare avait beau protester qu'elle était assez vieille pour prendre ses propres décisions et faire ses propres erreurs, elle se réjouissait secrètement que quelqu'un se soucie autant de son bien-être.

— Vous étiez si jeune. Votre mère et votre tante étaient-elles proches ?

Flora resta silencieuse un moment.

— Non, répondit-elle finalement. Elles n'avaient rien en commun. Ma tante était une carriériste. Elle ne voulait ni mariage ni enfants. Et puis j'ai débarqué. Elle considérait que c'était son devoir de m'accueillir.

— Oh ! Flora…

Clare imagina Aiden ou Molly, orphelins, forcés d'habiter chez quelqu'un qui ne voulait pas d'eux. Son sang se glaça.

— Ça a dû être terrible.

— Oui. Je savais qu'elle ne voulait pas de moi chez elle. Depuis, je doute de ma place en général. Je n'ai jamais eu beaucoup d'assurance. À l'école, je n'ai jamais fait partie des élèves populaires. Je faisais de gros efforts pour être acceptée à la fois chez ma tante et auprès de mes camarades. J'avais peur d'être moi-même. Izzy avait raison à ce sujet. Parfois, j'en fais trop.

Flora marqua une pause.

— Mon Dieu, je n'en reviens pas de vous avoir confié tout ça ! s'exclama-t-elle.

— Puisqu'on se montre toutes les deux honnêtes… Sachez que je ne faisais pas partie des élèves populaires non plus. J'étais incroyablement timide et coincée.

Croisant le regard surpris de Flora, elle sentit une complicité inattendue naître entre elles.

— Vous ?

— Oh oui !

Clare éclata de rire.

— L'école a été un cauchemar pour moi. Mes parents n'étaient pas aisés. Je n'avais pas les bons vêtements. Je ne parlais pas de la bonne façon. Je n'avais pas de poney. Mais Becca est arrivée. En deux jours, elle était devenue la fille la plus cool de l'école.

— Elle avait des parents aisés et un poney ?

Clare lui lança un regard étonné. N'était-elle pas au courant ? Jack n'avait-il pas du tout parlé de Becca ?

— Elle a grandi en famille d'accueil. Elle ne savait rien des bons vêtements ou de la bonne façon de parler, mais elle s'en fichait. Elle était si dévergondée qu'elle en était cool. La fille la plus cool de l'école. Elle se fichait de l'opinion des autres.

Elle fit glisser les champignons dans un plat qu'elle enfourna pour les garder au chaud.

— Mais elle avait un talent exceptionnel. Elle savait danser. Les autres filles faisaient du ballet car leurs parents les avaient inscrites, mais Becca adorait danser. Pour elle, c'était la forme d'expression la plus pure. Et quand elle ne dansait pas, elle était perturbatrice, audacieuse.

— Ça devait être fun de traîner avec elle, glissa Flora.

— Oui, mais parfois c'était éprouvant.

Clare rajouta du café dans leurs deux tasses. L'ambiance s'était considérablement détendue.

— Elle me poussait hors de ma zone de confort. En retour, je lui apportais la stabilité qu'elle n'avait pas connue. Elle a découvert ce qu'était une famille.

Elle n'avait jamais parlé de Becca de la sorte, ni avec sa mère, ni avec Todd. Elle en avait plus dit à Flora durant les cinq dernières minutes qu'à sa propre famille durant l'année écoulée. À Flora ! Qui ne supportait probablement pas d'entendre le nom de Becca.

— Mon Dieu ! Je viens de parler non-stop du seul sujet que vous voudriez sans doute éviter. Je n'en reviens pas !

— En fait, ça m'a été utile. J'ai besoin d'en savoir plus sur elle. Ça m'aidera à comprendre les filles un peu mieux. Jack, Becca et elles formaient visiblement la famille parfaite.

— Je laisse brûler les tomates ! s'écria Clare pour stopper la conversation avant qu'elle n'arrive en terrain glissant.

Se levant brusquement, elle sortit les tomates du four et fit frire du bacon jusqu'à ce que les bords deviennent croustillants.

— Merci de m'avoir un peu parlé d'elle.

— Jack ne l'a pas fait ?

— Non. Je crois qu'il trouve ça difficile. S'il voulait parler d'elle, il le ferait.

Pas forcément, pensa Clare. Parfois, les hommes estiment que la meilleure façon de gérer un sujet difficile est de l'ignorer. Mais qui était-elle pour critiquer ? Elle avait tendance à ruminer et ressasser pendant des lustres.

— Votre tante est toujours en vie ?

— Non. Elle souffrait de démence sénile depuis plusieurs années. Elle a pu rester chez elle jusqu'à la fin.

— Qui s'occupait d'elle ?

— Moi. C'était le moins que je puisse faire. Elle m'avait tout donné.

Excepté de l'amour. Clare comprit alors que Flora rêvait de faire partie d'une famille.

— Vous vivez toujours dans la même maison ?

— Non. Sa maison a été vendue pour financer ses soins. J'ai emménagé dans un appartement. Mais le mois dernier, j'ai subi un gros dégât des eaux et j'ai dû déménager. Jack a proposé de m'héberger.

— Vous vivez avec lui ?

Intéressant. Pourquoi Jack n'en avait-il rien dit ?

— Pas exactement. C'est temporaire, jusqu'à ce que je trouve un autre appartement. J'occupe la chambre d'amis.

Songeant à sa matinée coquine avec Todd, Clare lui lança un sourire complice.

— Comme ça doit être frustrant.

Flora rougit.

— Je ne veux pas perturber les filles, ni les déstabiliser. Leurs besoins doivent passer en priorité.

Vraiment ?

Clare se demanda si elle aurait fait preuve d'autant de retenue dans les mêmes circonstances.

— Qu'en est-il de vous et de vos besoins ?

Sans le vouloir, Flora avait fait disparaître en elle toute la colère qu'elle ressentait envers Becca. Elle serait ravie de lui rendre la pareille.

— En tant que femmes, on a souvent l'impression de devoir faire passer nos besoins en dernier, reprit-elle. Mais nous ne sommes pas moins importantes que les autres. J'adore mon fils, et cet amour n'est pas diminué quand Todd et moi priorisons notre relation.

Elle repensa à l'enchevêtrement de draps à l'étage, dans sa chambre. Avait-elle laissé traîner ses sous-vêtements par terre ?

— Vous êtes chanceux.

— Peut-être. Mais on sait aussi qu'il est important pour nous de passer des moments ensemble. On prend le temps nécessaire. Votre relation avec Jack ne tourne pas uniquement autour des enfants. Vous comptez, vous aussi.

Elle aurait pu en dire plus, mais elle savait quand s'arrêter. Saisissant la cafetière, elle ajouta :

— J'espère que votre séjour ici sera agréable. S'il y a quoi que ce soit que je puisse faire pour le rendre meilleur, dites-le-moi.

Todd lui avait demandé d'être amicale, et cela avait été plus facile qu'elle ne l'aurait cru. La sincérité dont elle avait fait preuve l'avait même étonnée. Elle eut la conviction que Flora et elle deviendraient amies.

Flora ouvrit la bouche pour répondre, mais à ce moment-là le reste de la famille entra dans la cuisine.

Aiden avait l'air à moitié endormi, Todd parlait à Jack de la conversion de la grange sur laquelle il travaillait, et Molly jouait avec Chase, qui avait réussi à trouver de la boue dans le jardin malgré la sécheresse.

Pagaille, pensa Clare en l'attrapant par le collier et en les conduisant,

Molly et lui, vers la porte arrière, pour lui laver les pattes. La vie de famille était un exercice d'équilibre permanent. Elle espérait que Flora était prête pour ça.

Jack bâilla et s'affaira à la préparation du petit déjeuner de Molly.

— Il y a du granola. Tu aimes le granola, non ?

Il marqua une pause, le bol dans une main et le paquet dans l'autre. La fillette hocha la tête. Il parut soulagé.

— Mais pas trop de lait.

— Granola, pas trop de lait. Compris.

Il s'exécuta avec le soin d'un chirurgien opérant un patient, ce que Clare trouva à la fois amusant et adorable.

Izzy fut la dernière à entrer. Ses cheveux étaient relevés en un chignon flou, et elle portait un short et un débardeur. Elle lorgna la chaise vide la plus éloignée de Flora, puis, avec un soupir résigné, s'assit à côté d'elle.

Clare se demanda si elle était la seule à retenir son souffle.

— Des fraises, Izzy ?

Flora poussa le bol vers elle.

— Elles sont délicieuses.

L'admiration de Clare pour elle grandit.

— Il y a du granola maison, du jus fraîchement pressé, du bacon, des champignons et des œufs, lança-t-elle. La journée va être bien remplie, alors il faut qu'on fasse un bon petit déjeuner.

Izzy jeta un coup d'œil au bol de Molly, approuva d'un hochement de tête et versa du granola dans le sien. Puis elle y ajouta du yaourt et des fraises. Elle prit sa cuillère, mais la reposa quelques instants plus tard.

Elle inspira profondément et se tourna vers Flora.

— Je suis désolée d'avoir été impolie. Je n'aurais pas dû te parler comme ça, déclara-t-elle d'une voix claire et assurée.

Clare en ressentit autant de fierté que de compassion. De la fierté qu'Izzy soit capable de s'excuser alors même qu'elle souffrait ; de la compassion car aucun enfant ne devrait traverser ce qu'Izzy et Molly avaient traversé.

Todd posa des tranches de pain grillé sur la table.

— Joliment dit, Izzy, lança-t-il.

— Je suis désolée, moi aussi.

Généreuse et sincère, Flora tendit instinctivement la main pour toucher celle d'Izzy, puis la retira, craignant d'être rejetée de nouveau.

— Aujourd'hui, Aiden et moi allons faire du kayak et du paddle-board.

Izzy prit une cuillerée de granola.

— Tu peux venir si tu veux, Flora. On a des gilets de sauvetage. Je peux t'apprendre à en faire.

Clare sentit une vague d'affection pour sa filleule. C'était le geste idéal. Elle n'aurait pas dû s'inquiéter. L'été serait formidable.

Au lieu d'avoir l'air soulagée et d'accepter avec le degré approprié d'enthousiasme, Flora resta silencieuse.

Clare l'exhorta intérieurement à parler. *Allez. Dites oui.*

— C'est une gentille proposition, mais je ne peux pas.

Izzy serra sa cuillère plus fort. Ses jours s'empourprèrent.

— Tu es toujours fâchée contre moi.

— Non.

— Quoi alors ?

Flora n'avait pas touché à son assiette.

— Je n'aime pas l'eau.

— Ah oui, c'est vrai. Tu ne sais pas nager.

Izzy haussa les épaules.

— Je peux t'apprendre, si tu veux.

C'était pénible et gênant à regarder, mais au moins elle faisait des efforts.

— Ce n'est pas profond où on fait du kayak. Tant que tu restes près du bord, tu peux voir le fond.

— Je ne peux pas.

Izzy reposa bruyamment sa cuillère.

— Pour toi, il n'y a rien de pire que passer une journée avec moi, c'est ça ?

Sa voix s'éleva avec son niveau de stress.

— OK. J'ai pigé. Je le mérite. C'est ma faute, je n'aurais pas dû te dire tout ça.

— Au contraire, je t'en suis reconnaissante. Grâce à toi, j'ai regardé la vérité en face.

Flora ne touchait toujours pas à son petit déjeuner.

— Tu m'as demandé hier soir jusqu'où j'étais prête à aller pour me faire une place, et c'était une question pertinente. La réponse, c'est que je ne suis pas prête à aller aussi loin. Je n'irai pas dans l'eau. Je ne peux pas. Je déteste. J'en ai peur.

— Parce que tu ne sais pas nager ?

— Parce que c'est ainsi que ma mère est morte. Elle s'est noyée. J'étais avec elle, ce jour-là. Je n'ai pas remis les pieds dans l'eau depuis.

Merde, pensa Clare, décidant que l'occasion l'autorisait à jurer *in petto*. L'été risquait fort de ne pas être formidable, après tout.

Izzy

Lake District, Angleterre

— Comment aurais-je pu le savoir ? Je ne suis pas voyante ! aboya Izzy, masquant sa culpabilité sous la colère, même si elle savait qu'Aiden n'était pas dupe.

— Exact, tu n'es pas voyante. Arrête de t'en vouloir. Tout va bien.

— Non, tout ne va pas bien. J'ai été grossière hier soir – ouais, je l'admets –, j'ai pété les plombs et je n'en suis pas fière.

Flora avait été la *seule* personne à prendre sa défense. Izzy avait été choquée. Flora elle-même avait semblé choquée. Elle n'était pas du genre à exprimer des opinions fortes, ni à contredire les gens, et elle n'avait jamais vu Flora et son père être en désaccord sur quoi que ce soit jusqu'à la veille. Pourtant, Flora l'avait défendue.

— Elle pense probablement que je lui ai demandé de faire du kayak exprès pour la mettre mal à l'aise.

— Mais non. Elle semblait même reconnaissante envers toi. Comme si elle avait eu une révélation.

Aiden immobilisa le kayak. Izzy s'y glissa, le sentant osciller et flotter.

— C'est ça, ouais. Sa révélation, c'est que je suis une vraie garce. Tu trouves que je suis une garce ?

— Non, Izzy. On en a déjà parlé hier soir. Tu as le droit d'exploser de temps en temps. Garder toute cette émotion à l'intérieur tout le temps n'est pas sain. Pourquoi est-ce que tu te tortures comme ça ?

Parce qu'elle se sentait mal, tout le temps. Mal d'avoir perdu sa mère. Mal de contrarier son père. Et maintenant, voilà qu'elle se sentait mal au sujet de Flora, aussi.

Alors qu'elle était encore petite fille, sa mère l'avait privée de son doudou du jour au lendemain. Elle l'avait jeté, décrétant qu'elle était trop grande. Pendant des mois, Izzy n'avait pu fermer l'œil. La gentillesse de Flora, la veille, lui avait rappelé son doudou chaud et réconfortant. Tout comme lui à l'époque, Flora l'avait protégée du monde froid et dur.

Elle avait failli se jeter dans ses bras. C'était un secret. Rien que de penser à la façon dont elle avait failli tout gâcher en lui témoignant de l'affection lui donnait des sueurs froides. Vouloir l'enlacer aussi fort l'avait tellement fait paniquer qu'elle avait fini par hurler, s'assurant ainsi que Flora ne voudrait plus jamais l'enlacer ou la défendre.

Étrangement, cette pensée l'attristait plus qu'elle n'aurait dû. Après tout, elle s'en fichait de cette femme, non ? Elle voulait qu'elle dégage.

Elle regarda le lac, se demandant ce que ça faisait de se noyer. Flora avait dit qu'elle était avec sa mère, ce jour-là. Elle n'arrivait même pas à concevoir un scénario aussi horrible. Elle pensait constamment à ce qu'elle aurait pu faire pour sauver sa propre mère, bien qu'elle sache que la sauver aurait été impossible. Le médecin leur avait expliqué qu'elle avait une bombe à retardement dans le cerveau. Flora se sentait-elle coupable de ne pas avoir été capable de sauver sa mère de la noyade ?

— La noyade n'est pas une bonne façon de mourir, marmonna-t-elle, réfléchissant à voix haute.

Aiden fronça les sourcils.

— Izz…

— Je ne parle pas de moi. Je réfléchis, c'est tout. Tu penses qu'on a le temps de réaliser ce qui se passe ? Est-ce qu'on se débat ? À quel moment finit-on par abandonner ? Qu'est-ce que tu en penses ?

Flora s'était-elle posé ces questions ? Les détails l'avaient-elle rendue malade ?

Elle n'arrêtait pas de songer que Flora avait affronté cette tragédie seule, sans personne pour la protéger ou la soutenir.

Aiden lui caressa doucement le dos.

— Ce que j'en pense, c'est que tu devrais arrêter de te tourmenter.

— Je parie que, à cause de moi, Flora est incapable de penser à quoi que ce soit d'autre.

— Elle semblait aller bien.

— C'est parce qu'elle est trop polie pour dire ce qu'elle pense réellement. Elle aurait dû me hurler dessus. Qu'est-ce que je dois faire pour qu'elle crie et perde son sang-froid ?

— Je n'ai pas l'impression qu'elle soit du genre à hurler.

La culpabilité d'Izzy monta encore d'un cran.

— Tu crois que mon père est au courant ? Tu inviterais, toi, une personne qui a une peur panique de l'eau à passer trois semaines au bord d'un lac ?

— Ça dépend si la personne souhaite affronter sa peur ou pas.

— Euh, tu as vu son visage quand je lui ai proposé de faire du kayak ? Elle avait la même tête que moi quand tu m'as fait regarder ce film d'horreur à neuf ans.

— Je me souviens. Tu as vomi. Ton visage était verdâtre.

Aiden monta dans son kayak, le faisant tanguer.

— Tu es sûre de vouloir faire du kayak ? On peut rentrer, si tu veux. Tu passeras la journée avec Flora à t'autoflageller à coups de bâton.

— Non. Elle mérite une pause.

Elle avait besoin d'un break, elle aussi. Chaque fois qu'elle voyait Flora, elle se culpabilisait.

— Si je fais demi-tour, mon père trouvera une façon pleine de tact de parler de la fac, et j'ai trop mal au crâne pour affronter cette conversation.

Elle se sentait déjà plus calme d'être dans l'embarcation. Être entourée d'eau de toutes parts l'apaisait. Deux canards colverts passèrent tranquillement devant elle, comme si elle faisait partie du décor.

Aiden heurta son kayak du sien.

— Tu es prête ?

Elle empoigna la rame.

— On va jusqu'à l'île ? Ça fait un an que je n'y ai pas mis les pieds.

— Restons proche du rivage, aujourd'hui, c'est plus abrité. On annonce du vent et ramer jusqu'à l'île n'est pas facile.

— Tu me traites de mauviette ?

— Non. Cette fois, c'est moi. Je ne pense pas que mes muscles pourront le supporter.

Il partit devant, ramant avec aisance, son kayak glissant sur l'eau.

Elle savait que ce n'était pas vrai. Il était tout à fait capable de ramer jusqu'à l'île. Il pensait plutôt qu'elle-même n'y arriverait pas, et il ne voulait pas qu'elle soit en colère contre elle-même plus qu'elle ne l'était déjà. Elle aurait dû être contrariée, mais elle était touchée. Rien dans sa vie n'était stable ou facile. Il y avait des moments où elle commençait à douter de sa capacité à faire face, alors effectivement ne pas réussir à atteindre l'île n'améliorerait ni son humeur ni sa confiance en elle.

Elle le suivit, regardant ses épaules se contracter tandis qu'il ramait. Comme elle aurait aimé pouvoir ramer indéfiniment, avec pour seule compagnie les oiseaux et le lac, et laisser sa vie affreuse, sens dessus dessous, derrière elle sur le rivage ! Tout semblait tellement plus simple quand elle était dans l'eau.

Ils ramèrent jusqu'à ce que le soleil commence à leur brûler la peau, puis Aiden fit un geste, les guidant dans une petite crique. Là, caché par de hauts roseaux et des joncs, se trouvait un petit ponton.

— Papa l'a construit l'été dernier.

Il se hissa hors de son kayak et l'attacha. Puis il se pencha pour l'aider.

— Laissons les kayaks ici et marchons. Je connais un endroit génial. J'ai apporté du chocolat et les biscuits sablés de maman.

Il tapota la poche de sa veste. Elle éclata de rire.

— Tu ne vas jamais nulle part sans nourriture toi, hein ? le taquina-t-elle.

— C'est plus fort que moi.

Il lui tendit la main. Elle n'avait pas besoin de son aide mais elle aimait sentir sa peau contre la sienne, ainsi que la façon dont il la tenait si serrée. Elle avait l'impression de s'être mis beaucoup de monde à dos, ces derniers temps. C'était agréable d'avoir quelqu'un qui veille sur elle, quelqu'un qui voulait la sentir tout près. Jamais elle n'oublierait combien il avait été gentil avec elle, la veille. Elle avait quitté précipitamment le groupe pour s'isoler, et il l'avait suivie. Ils étaient restés assis sur la jetée jusqu'à ce que le ciel vire au noir, jusqu'à ce que les étoiles remplacent le soleil.

Grâce à lui, elle s'était sentie moins seule. Aujourd'hui, sa présence lui apportait le même apaisement.

— Attention à tes jambes, il y a des orties.

Lui tenant toujours la main, il la guida sur un chemin. Après cinq minutes de marche, ils quittèrent les arbres et débouchèrent sur une prairie. Des fleurs des champs se balançaient dans la brise, dans une mer de couleurs.

— Woah, c'est superbe ! s'exclama-t-elle.

Elle était sur le point de s'asseoir sur l'herbe, quand Aiden l'arrêta.

— Attends !

Il lança sa veste par terre.

— Je ne veux pas que tu te fasses piquer par des insectes.

— Personne ne m'aime assez pour m'accorder autant d'attention.

Elle avait lancé ça sur le ton de la plaisanterie, mais elle vit qu'il la regardait avec sérieux.

— Quoi ?

— Je ne comprends pas pourquoi tu es si dure avec toi-même.

— Sérieux ? Non seulement j'ai été super impolie avec la petite amie de mon père, mais quand j'ai essayé de m'excuser, je l'ai carrément traumatisée. Je pense que j'ai des raisons de m'en vouloir, non ?

— Non. Je pense que c'est une situation difficile et que tu n'es pas assez bienveillante envers toi-même.

Ça la rassurait qu'il estime lui aussi la situation difficile, surtout qu'elle ne lui avait pas raconté le pire.

Assise sur sa veste, elle sentit les hautes herbes lui chatouiller la peau.

— Tu crois en l'amour ?

Elle cueillit deux pâquerettes et les entrelaça comme elle le faisait enfant.

— Oui.

Aiden s'allongea sur le dos et ferma les yeux.

— Pas toi ?

— Je ne sais pas. Je ne comprends pas l'amour. Les gens se disent amoureux, se marient et finissent par divorcer. Un conjoint meurt et l'autre passe à autre chose.

Il se redressa sur les coudes.

— Tu parles de ton père ?

— Je dis ça comme ça, c'est tout.

— Mais tu le dis à cause de ton père.

Il lui prit les fleurs avant qu'elle puisse les réduire en bouillie.

— Es-tu en train de me demander si je pense que ton père aimait ta mère ? La réponse est oui.

— Alors comment peut-il retomber amoureux si facilement ?

Il haussa les épaules.

— J'ai dit que je croyais en l'amour, pas qu'on ne pouvait aimer qu'une seule personne.

— Tu auras six épouses, comme Henry VIII ?

Aiden caressa sa joue avec une pâquerette.

— Tu penses que ce serait autorisé ? Si j'en avais une pour chaque jour de la semaine, ça m'en ferait sept.

Elle lança une pâquerette sur lui. Elle atterrit sur son torse, sur le soupçon de peau exposée au-dessus du col en V de son T-shirt.

Elle regarda fixement cet endroit en se rappelant la fois où ils avaient sauté dans le lac dans leurs sous-vêtements sans y penser à deux fois.

Si ce jour-là elle n'avait ressenti qu'une simple attirance, en cet instant, elle ressentait quelque chose de plus fort. Aimait-elle Aiden ? Était-ce de l'amour ou était-elle seulement flattée qu'il veuille passer du temps avec elle, quand les autres lui tournaient le dos ?

Il lui donnait l'impression d'être désirée. Importante. De compter. Il y avait une connexion entre eux qu'elle ne partageait avec personne d'autre. Personne ne la connaissait aussi bien que lui.

— Tu penses qu'un de tes parents a déjà eu une liaison ?

Allongé sur le dos, Aiden regardait le ciel.

— Bien sûr que non.

— Pourquoi « bien sûr que non » ? Certaines personnes ont des vies secrètes, tu sais.

Elle s'allongea sur le flanc de manière à pouvoir le regarder.

— Je sais, mais pas mes parents.

— Comment peux-tu en être aussi sûr ?

Il tourna la tête vers elle.

— Pour commencer, ils sont toujours en train de s'enlacer et de se bécoter. Franchement, j'aimerais qu'ils arrêtent. Personne n'a envie d'associer les mots *parents* et *sexe*, tu vois ?

— Mais tu ne peux pas en être certain, si ? On ignore ce qui se passe dans un couple.

— Je vis avec eux, répondit-il, logique comme toujours. Si l'un d'eux n'était jamais à la maison, rentrait tard ou couvert de rouge à lèvres, je le remarquerais.

— Les hommes ne remarquent jamais ce genre de choses.

— Moi, si. Je suis observateur.

— Qu'est-ce que je portais, hier ?

— Débardeur bleu. Jean moulant. Joli cul, au fait.

Elle lui donna une tape amicale, mais en son for intérieur, elle était carrément impressionnée.

— Si jamais tu es témoin d'un crime, tu seras capable de dessiner un portrait-robot.

— Non. Je dessine super mal. La police jetterait un œil au dessin et dirait : « Vous avez été agressé par un alien en costume d'Halloween. »

Il manœuvra pour qu'ils soient face à face.

— Tes sous-vêtements était blancs et en dentelle. Sauf quand tu as sauté dans l'eau. Ils sont devenus transparents.

Elle poussa un cri.

— Pas du tout !

— Oh que si, crois-moi.

Il lui sourit. Elle sentit son visage s'empourprer.

— Pourquoi tu n'as rien dit ?

— C'était super sexy, pourquoi aurais-je dit quelque chose ?

Flattée par son regard, elle se sentit envahie de chaleur. Se penchant vers lui, elle remarqua qu'il avait de minuscules paillettes vertes dans les yeux, et que ses cils étaient épais et foncés.

Elle voulait l'embrasser, mais craignait de faire un faux pas. Ces temps-ci, Aiden était son unique ami, la seule personne qui la comprenait. Elle ne voulait pas tout gâcher.

La voyant planer, indécise, il haussa un sourcil.

— Tu comptes m'embrasser, oui ou non ?

La honte l'envahit. Il lisait en elle comme dans un livre ouvert.

— J'ai peur que ça gâche tout.

— Définis « tout ».

Elle haussa les épaules d'un air qu'elle espérait nonchalant, puis se rallongea sur le dos à côté de lui, sentant instantanément le soleil lui réchauffer le visage.

— Nous. Notre amitié. Notre relation.

Quelle que soit la nature de celle-ci, elle voulait que leur complicité dure au moins jusqu'à la fin des vacances.

— Et si ça ne gâchait pas tout ?

Il se positionna de manière à se retrouver à moitié au-dessus d'elle.

— Si ça rendait tout plus facile, au contraire ?

— Tu ne sais pas…

— J'ai une idée, trancha-t-il. Au lieu de nous disputer, essayons.

Alors que sa tête se rapprochait, lui cachant le soleil, elle ressentit une exquise montée d'adrénaline. La bouche d'Aiden se posa sur la sienne. Il l'embrassa, et elle lui rendit son baiser. C'était de loin la meilleure chose qui lui était arrivée de l'année, voire de toute sa vie.

Aiden, Aiden.

Elle fit glisser ses mains sur ses épaules, sentant la chaleur de sa peau, se laissant emporter par la fougue de son baiser. Elle aurait pu l'embrasser toute la journée, l'embrasser pendant le restant de ses jours. C'était si agréable. Pourquoi les gens ne passaient-ils pas tout leur temps à s'embrasser ?

Quand sa bouche passa sur son menton pour descendre sur son cou et jusqu'à son sein, elle ne le repoussa pas. La plupart de ses amies avaient déjà fait l'amour. Elle avait failli, mais ensuite sa mère était morte, et elle avait trouvé impossible de se rapprocher de qui que ce soit. Elle s'était sentie seule. Mais plus maintenant. Pas avec Aiden qui l'embrassait, lui murmurait combien elle était belle, combien elle comptait pour lui.

Je t'aime, Izzy. Je t'aime.

Ayant terriblement envie d'y croire, elle ferma les yeux. Elle voulait que ce moment dure pour l'éternité.

Elle le caressa, l'explora, se sentant comme une déesse du sexe, tandis qu'il gémissait contre ses lèvres.

Mais alors qu'elle commençait à se dire qu'ils allaient le faire, ici et maintenant, dans un champ de pâquerettes, il s'écarta pour reprendre son souffle.

— On devrait…

Il s'interrompit, jura dans sa barbe et se passa la main dans les cheveux.

Elle sourit en les voyant se replacer exactement au même endroit.

— J'adore quand tes cheveux font ça.

Son commentaire brisa la tension. Il lui rendit son sourire.

— Font quoi ?

— Te tombent dans les yeux.

Baissant le regard vers sa bouche, il poussa un gémissement et bondit sur ses pieds.

— Je vais nager.

Il piqua un sprint. Elle s'assit dans un rire étranglé.

— Aiden ! Attends.

— On se voit dans l'eau.

— Mais elle est glacée.

— J'espère bien !

Ses paroles lui parvinrent portées par le vent. Elle sourit et lui emboîta le pas plus lentement, esquivant papillons et abeilles.

Il était déjà dans l'eau quand elle le rejoignit. Ils batifolèrent, s'éclaboussèrent, puis s'allongèrent sur la jetée pour se laisser sécher au soleil.

Tandis qu'ils discutaient et riaient, une pensée traversa l'esprit d'Izzy. *Mon père ressent-il le même bonheur quand il est avec Flora ?* Elle chassa aussitôt cette pensée, refusant d'envisager l'idée que Flora puisse faire partie de leur vie de façon permanente. Aujourd'hui, il n'y avait qu'Aiden et elle qui comptaient.

Flora

Lake District, Angleterre

— Pourquoi ne m'as-tu rien dit ?

Jack lui tenait la main tandis qu'ils suivaient le sentier qui traversait la forêt. Il avait refusé de prendre celui qui longeait le lac.

— Je savais que ta mère était morte, mais j'ignorais comment.

La lumière du soleil filtrait à travers les feuilles. En dehors du craquement occasionnel des brindilles sous leurs pieds, leurs pas étaient silencieux, étouffés par la mousse et la végétation.

Flora, habituée au klaxon des voitures et aux sirènes, trouvait le calme reposant.

— Je n'en parle jamais.

Elle l'avait pourtant fait au petit déjeuner. Elle en avait été presque aussi choquée qu'eux. Même Julia ignorait les détails de la mort de sa mère. Qu'est-ce qui avait changé ? Comment en était-elle arrivée là, alors que, quelques semaines plus tôt, elle aurait probablement accepté l'invitation d'Izzy et serait montée dans ce kayak, dans le seul but de se faire accepter et se faire une place dans la famille de Jack ?

Izzy était indirectement responsable de ce changement. Ses paroles coupantes avaient pénétré sa chair à la manière d'un couteau, d'autant plus létales qu'il y avait un fond de vérité. Elle avait *effectivement* du mal à s'affirmer.

Elle avait ressassé ses paroles toute la soirée et n'avait pu trouver le sommeil. Mais ce n'étaient pas seulement les mots qui l'avaient empêchée de fermer l'œil. Dans les quelques secondes tendues avant que l'adolescente se mette à hurler, Flora avait senti chez elle de la vulnérabilité et une certaine gratitude. En intervenant et en prenant sa défense, elle lui avait donné l'impression d'être un peu moins seule. Tout avait explosé ensuite, mais elle avait quand même eu le sentiment de s'être un peu rapprochée d'Izzy. Elle avait compris que leur relation n'avait pas besoin qu'elle fasse plus d'efforts, mais qu'elle se montre plus honnête. Aucune relation ne pouvait être profonde sans honnêteté.

Le timing et la façon de révéler son secret auraient certes pu être meilleurs, mais elle avait voulu faire comprendre à Izzy qu'elle ne refusait pas son invitation par rancœur ou colère. Quoi qu'il en soit, maintenant, tout le monde savait qu'elle avait une peur panique de l'eau. On ne l'inviterait plus à faire du kayak ou à se baigner. C'était un soulagement.

Elle avait été touchée que Clare la prenne à part pour s'assurer qu'elle allait bien, pas de ce ton guindé et poli qu'elle avait utilisé jusque-là mais avec inquiétude et compassion. Pour la première fois, elle avait eu l'impression que Clare la voyait comme une personne à part entière, plus seulement comme la remplaçante de Becca.

Pour l'heure, elle voulait oublier tout cela et profiter du silence, de l'air pur et de la sensation des doigts de Jack entremêlés aux siens.

Jack, cependant, ne voulait visiblement pas changer de sujet.

— Pourquoi refuses-tu d'en parler ? Flora, c'est important. Tu peux tout me dire. Ça m'inquiète que tu ne m'en aies pas parlé avant.

Elle arrêta de marcher. Profondeur. Honnêteté. C'était ce qu'elle voulait.

Fouillant dans son sac, elle sortit la photo qu'elle emportait partout.

— C'est ma mère.

Il prit le cliché pour l'étudier de près.

— Tu lui ressembles. Tu as le même sourire.

— On se ressemblait sur de nombreux points.

— C'est la première fois que tu me la montres.

— Je ne l'ai jamais montrée à personne. Tu es le premier.

— Je…, commença-t-il d'une voix rauque. J'en suis content.

Il lui rendit la photo.

— Est-ce que tu veux me raconter ce qui s'est passé ?

Elle ne l'avait raconté à personne, mais elle voulait se confier à lui. Elle voulait qu'il la connaisse intimement. Pour cela, elle devait se montrer honnête.

— On était à la plage. Ma mère adorait nager.

Elle s'interrompit brièvement, ne sachant pas exactement comment raconter l'histoire, puisque c'était la première fois.

— Elle aimait la sensation de légèreté et de liberté. Elle m'a laissée sur le sable avec un livre. Il y avait une famille à côté, les parents lui ont assuré qu'ils me surveilleraient. « Je reviens dans cinq minutes, a-t-elle dit, cinq petites minutes. »

Les mots se firent plus difficiles.

— Elle est entrée dans l'eau et a commencé à nager. Elle s'est retournée une fois pour me faire coucou, puis elle a continué à nager. C'est la dernière fois que je l'ai vue vivante. Ils ont trouvé son corps le lendemain, échoué sur une autre plage à proximité. Ils ont pensé qu'elle avait dû être emportée par le courant. Le temps des recherches, je suis restée chez son amie, puis l'amie a appelé ma tante qui est venue me chercher. Voilà.

Jack se passa la main sur le front et ouvrit la bouche pour parler. Puis il se ravisa, secoua la tête, et la prit dans ses bras.

— Flora…, murmura-t-il en la tenant serrée contre lui. Je suis navré. Tellement navré.

Sa joue était contre sa chemise. Elle adorait être dans ses bras. Il lui apportait toute la sécurité qu'elle avait perdue ce jour-là.

— C'était il y a longtemps. Je n'en parle jamais.

— Je suis content que tu l'aies fait avec moi. Je veux tout savoir de toi, absolument tout.

Elle aurait pu rester blottie dans ses bras pour toujours, mais elle avait conscience de devoir aborder un certain sujet.

— Tu ne parles jamais de Becca.

— Si, tout le temps.

— Seulement si c'est en rapport avec les filles.

Elle leva la tête et plongea le regard dans le sien, essayant de deviner ce qu'il taisait.

— Tu ne me dis pas comment tu te sens.

— Je n'en ai pas besoin, répondit-il d'un air tendu. Je gère.

Seul.

— Jack…

— Je ne veux pas parler d'elle. Je veux parler de toi. J'aurais aimé que tu me dises plus tôt que tu avais peur de l'eau.

Il prit son visage dans ses mains. Ses mains chaudes et fermes.

— Si j'avais su, je ne t'aurais pas emmenée ici.

Pouvait-elle vraiment lui en vouloir s'il préférait porter son fardeau seul au lieu de s'appuyer sur elle ? N'avait-elle pas fait pareil ? Partager son chagrin, sa douleur, demandait de l'entraînement, du temps. Elle lui laisserait du temps.

— Je suis contente d'être ici. J'adore cet endroit.

Le soleil l'aveugla, et elle plissa les yeux. Il l'entraîna à l'ombre, sous un arbre.

— Je t'ai emmenée sur un lac, Flora. *Un lac*. Tu as une peur panique de l'eau, mais tu n'as rien dit jusqu'à aujourd'hui. Je ne comprends pas ce que ça signifie. Je ne comprends pas pourquoi tu as accepté de venir.

— Je suis venue parce que…

Je suis amoureuse. C'était une émotion plus forte, plus grande, que la peur. Elle était amoureuse de Jack, adorait Molly, appréciait Izzy. Pas la Izzy agressive qui attaquait, mais celle qu'elle percevait sous la colère.

— Je suis venue parce que j'aime être avec vous tous. Si on avait séjourné sur une péniche, j'aurais peut-être refusé.

Sa blague n'eut pas l'effet escompté. Jack ne sourit pas.

— Si tu veux rentrer, on rentre.

Il se pencha vers elle, attentif, surveillant chacune de ses humeurs. Personne n'avait jamais prêté attention à elle comme lui. C'était enivrant, étourdissant de savoir que quelqu'un tenait à elle.

— Tu veux dire à Lake Lodge ?

— Non, à Manhattan.

— Vraiment ?

Sa proposition la toucha profondément. Pourtant, en son for intérieur, elle savait qu'elle ne voulait pas quitter cet endroit idyllique, ses oiseaux, ses plantes, sa forêt. Non seulement elle tombait amoureuse de Jack, mais elle tombait amoureuse du Lake District. Elle aimait les montagnes, ou *fells* comme on les appelait ici. Et bien qu'elle n'ait pas l'intention de mettre un pied dans l'eau, elle aimait voir le lac scintiller sous le soleil matinal et rougeoyer au coucher du soleil. Elle aimait regarder les oiseaux voler à sa surface, était fascinée par sa palette de couleurs et ses humeurs changeantes.

— On peut rentrer boucler nos valises immédiatement. On sera dans l'avion ce soir, et de retour à New York demain si c'est ce que tu veux.

— Ce n'est pas ce que je veux, répondit-elle avec certitude. Mais je te remercie de me l'avoir proposé.

Il offrait de faire passer ses besoins avant ceux de tout le monde. Personne n'avait fait ça depuis la mort de sa mère. Même *elle* ne le faisait pas, bien qu'elle soit déterminée à changer.

— C'était une proposition sérieuse. Tu comptes pour moi, Flora. Je…

Il s'interrompit.

— Je ne suis pas doué pour ça. Il y a tant de choses que j'ai envie de dire.

— Alors dis-les, Jack. Dis-les.

— Ce ne sont pas seulement les mots, c'est le timing.

— Le timing ?

Il hésita, nerveux. Elle découvrit alors que l'hésitation pouvait être plus sexy qu'une confiance en soi à toute épreuve, ou un homme qui roulait des mécaniques. Sa nervosité trahissait son attachement.

— Ces vacances doivent être si pénibles pour toi. Le lac, Izzy qui fait des siennes et Clare qui était la meilleure amie de Becca… Si j'avais su pour ta mère, je ne t'aurais pas poussée à venir.

Elle eut le sentiment que ce n'étaient pas les mots qu'il avait failli prononcer.

— Ça aurait été dommage, car l'endroit me plaît. J'ai choisi de venir, Jack.

Elle était excitée par les possibilités qui s'ouvraient à elle, tentée par une vie différente de celle qu'elle avait vécue jusque-là.

— Tu n'aurais pas osé refuser.

— Tu me traites de poule mouillée ?

— Toi ?

Il sourit faiblement.

— On aurait dit une lionne, hier soir. Quand tu t'es tenue à côté d'Izzy, j'ai cru que tu allais m'attaquer.

Son estomac se noua. Elle avait temporairement oublié la nuit précédente.

— Est-ce que tu m'en veux ?

Elle s'était posé la question. Après sa tirade enflammée et impulsive, elle était restée légèrement étourdie, étonnée par les mots sortis de sa bouche, et se demandant si elle devait les retirer. Izzy était la fille de Jack, pas la sienne ; son problème, pas le sien.

— Comment pourrais-je t'en vouloir ?

Il lui caressa la joue.

— Tu as laissé parler ton cœur. C'est le genre de relation que je recherche. Je ne veux pas que tu aies l'impression de devoir marcher sur des œufs. L'intimité signifie se faire confiance, partager.

— Je sais que tu t'inquiètes pour Izzy.

— Hier soir, j'ai mal géré la situation. J'aurais dû me montrer plus détendu.

— Tu ne veux plus qu'elle aille à l'université ?

Il grimaça.

— Je ne suis pas détendu *à ce point*. Disons simplement que je suis prêt à la laisser tranquille en espérant qu'elle arrive à cette conclusion elle-même. Pour l'instant, elle ne s'en rend pas compte, mais je veux ce qu'il y a de meilleur pour elle. Assez parlé d'Izzy, maintenant. Parlons de nous, de toi. Venir ici a dû être si éprouvant pour toi ! Pourquoi as-tu accepté ?

— Eh bien…

Les mots se coincèrent dans sa bouche. Honnêteté. Intimité.

— … j'ai des sentiments pour toi. Des sentiments forts. Je sais que les filles passent en premier et que tu…

— Forts comment ? l'interrompit-il.

Il s'approcha, l'emprisonnant de ses bras, son corps appuyant le sien contre l'écorce rugueuse de l'arbre.

— Forts comment ? répéta-t-il. Je veux savoir.

Cette confession avait déjà été suffisamment effrayante, voilà qu'il en voulait plus ? Il lui demandait de révéler la profondeur de ses sentiments, de mettre son cœur à nu, de se rendre vulnérable.

— Ils sont forts. Mais je sais que tu ne…

— Je suis amoureux de toi, Flora. Je suis amoureux de toi depuis des mois.

Ses genoux se mirent à trembler. Étourdie, elle entendit vaguement le battement d'ailes d'un oiseau qui s'envolait à travers les arbres. En dehors de cela, la forêt était si silencieuse et l'air si immobile que Jack entendait probablement son cœur tambouriner dans sa poitrine.

— Tu… tu m'aimes ? bégaya-t-elle.

Voilà les mots qui l'avaient rendu nerveux ? Ce n'était pas ce à quoi elle s'attendait. Jamais elle n'aurait osé l'imaginer. Il lui sourit. Elle vit alors dans son regard combien il était sincère. La nervosité était toujours là, mais maintenant elle percevait une chaleur, une affection qui lui réchauffèrent le cœur et firent s'envoler la peur.

— Tu me demandes confirmation ? Ne me dis pas que tu ne l'avais pas remarqué.

De nombreuses raisons se bousculèrent dans sa tête.

Trop tôt. Trop compliqué. Becca. Izzy.

— Tu n'as jamais…

Pensait-il vraiment ce qu'il disait ? N'ayant pas l'habitude qu'un de ses rêves se réalise, elle n'osait y croire. Elle voulait pousser un cri de joie, hurler son bonheur, danser dans les arbres.

— Pourquoi n'as-tu rien dit avant ? À cause des filles ?

— J'avais peur que tu ne sois pas prête à l'entendre. Tu m'as dit que, dans chacune de tes relations passées, tu avais tellement été focalisée sur le plaisir et les intérêts de ton compagnon que tu avais fini par ne plus être toi-même. Je ne voulais pas que cela se reproduise. Je voulais que tu sois toi-même. Que tu sois *toi*. Je te connais, Flora. Je sais qui tu es. Alors, sois sûre que, quand je te dis je t'aime, je suis sincère. Je ne suis pas amoureux d'une version fabriquée de toi, d'une image que tu aurais choisi de me présenter, pensant qu'elle marcherait bien pour notre histoire. Pardon, je m'éparpille.

Il était délicieusement troublé.

— Je suis nerveux. Ce que je dis a-t-il le moindre sens ?

— Oui.

Elle aimait que ses paroles ne soient ni fluides ni rodées. Ses propos n'en étaient que plus authentiques. Elle avait terriblement envie de le croire.

— J'attendais que tu te sentes suffisamment à l'aise pour te montrer telle que tu es, que tu saches que tu serais aimée dans tous les cas.

— Tu penses me connaître.

— Je te connais, affirma-t-il.

Il n'y avait plus aucun signe de nervosité, seulement de l'assurance.

— J'aime que tu sois créative, avec un crayon, un pinceau ou les vêtements que tu portes.

— Tu aimes mes vêtements ?

— Tu t'habilles comme si chaque jour était une fête. J'adore ça !

Flora pensa à la robe blanche dans sa valise.

Elle était très différente de Becca, et cela convenait à Jack. Il ne recherchait pas une femme qui ressemblait à son épouse décédée. Il l'aimait pour elle-même. Elle retournerait la robe blanche au magasin.

Il la connaissait. Il l'aimait.

Une vague de bonheur monta en elle, si intense qu'elle en fut étourdie.

— J'aime que tu te soucies autant du bonheur des autres, continua-t-il. Oui, cela vient en partie du fait que tu souhaites faire plaisir aux gens, et ce n'est pas toujours une bonne chose, mais tu es attentionnée et prévenante. Je n'ai jamais rencontré quelqu'un comme toi auparavant. Tu es belle à l'intérieur comme à l'extérieur.

— Belle ? Qu'est-ce qui te plaît chez moi ?

— Tout. Ton sourire, tes jambes – t'ai-je dit combien je les trouvais superbes ? – et plus que tout, ton cœur. Je n'ai jamais rencontré quelqu'un qui ait autant le cœur sur la main.

Il baissa la tête pour l'embrasser. Son baiser était délicat, mais elle sentit la passion qui bouillonnait sous la surface. Elle le lui rendit les yeux fermés, des rêves plein la tête.

Il releva finalement la tête.

— La situation n'a rien de simple. C'est ce que je voulais dire en mentionnant le timing. Izzy ne te rend pas la vie facile. Mais on trouvera une solution. Avec le temps, elle verra que notre relation est une bonne chose. J'en suis convaincu.

Flora pensa à la connexion qu'elle avait ressentie avec l'adolescente, la nuit précédente.

— Je n'ai pas bien géré les choses non plus. Elle avait raison : j'en fais des tonnes dans l'unique but de me faire accepter. Il faut que je sois davantage moi-même.

Plus de jeux, pensa-t-elle. *À partir de maintenant, rien d'autre que de l'honnêteté.*

— Au moins, tu ne risqueras plus de te déchirer le tendon d'Achille à courir dans Brooklyn !

Il lui caressa la joue.

— Tu es la personne la plus brave que je connaisse. Tu as eu le courage de venir passer tes vacances sur un lac auprès de mes amis que tu ne connais pas, alors que tu te vois comme une étrangère et que te sentir de trop est ton pire cauchemar. Hier soir, j'aurais dû rester près de toi. J'étais si occupé à discuter avec Todd que je n'ai pas réfléchi. Tu devais être si mal à l'aise !

— Je n'ai pas besoin d'une nounou, Jack.

— Et de quelqu'un qui t'aime ? En as-tu besoin ?

Oui. Elle en avait besoin plus que tout. Son cœur débordait de joie. Il s'emballait, et son esprit avec lui. Personne ne lui avait jamais dit ces choses-là. Les paroles de Jack étaient aussi séduisantes que les caresses de sa bouche et de ses mains.

Cette fois, aucun d'eux ne s'écarta. Ils avaient attendu si longtemps. Trop longtemps.

Elle enroula les bras autour de son cou et attira son visage vers le sien. Elle marqua une pause, sa bouche à quelques centimètres de la sienne, voulant faire durer ce moment délicieux aussi longtemps que possible. Elle avait toujours été réfléchie, patiente, prudente. Elle savourait la nourriture. Elle savourait les fleurs. Elle estimait qu'il fallait prendre son temps pour les bonnes choses, et Jack ne faisait pas exception.

Mais lui voyait les choses différemment. Il plaqua sa bouche sur la sienne avec fougue. Elle gémit, lui rendant son baiser, ses lèvres aussi avides que les siennes. Ils avaient été patients, s'étaient retenus, taisant leurs besoins, mais le désir, cette bête sauvage qui les tenaillait, avait été lâché, faisant fi de leur réserve et de leur contrôle.

Les mains impatientes de Jack glissèrent sous ses vêtements. Elle sentit la rugosité de ses paumes contre sa peau nue et poussa un gémissement, tandis qu'il caressait et explorait. Elle explora, elle aussi, ses doigts s'attardant sur ses muscles, son corps. D'habitude, elle était mesurée et prudente, mais en cet instant, elle se sentait téméraire.

Il l'aimait, il l'aimait.

Elle tira sur sa chemise, baissa la main, ses doigts tâtonnant sur les boutons – *bon sang, qui avait inventé les boutons ?* – et ressentit une montée d'effervescence délicieuse lorsqu'elle le sentit dur et lourd contre ses doigts. Il écarta et remonta sa robe, la souleva. Ils s'embrassèrent, se détachant à peine le temps de respirer, tandis qu'ils se laissaient aller au désir qui les consumait. Les seuls sons qui parvenaient à Flora étaient ceux qu'ils produisaient, leur respiration haletante, le bruissement de leurs vêtements. Sentant son membre dressé contre elle, elle fut parcourue d'un puissant frisson d'excitation. Elle avait tellement envie de le sentir en elle que l'attente lui faisait l'effet d'une délicieuse torture. Elle voulait donner, et aussi recevoir.

Lorsqu'il plongea enfin en elle, elle sentit son corps trempé s'ajuster et s'ouvrir pour l'accueillir dans toute sa virilité. Avec chaque coup de rein impétueux, le plaisir grandit, s'intensifia, jusqu'à ce que leurs corps fusionnent dans une chevauchée effrénée, et que l'orgasme l'emporte. Étourdie, elle s'agrippa à lui, se laissant aller dans un tourbillon de plaisir. Plus rien n'existait à part l'intensité de leur passion. Les convulsions de son corps finirent par se calmer, sa tête s'éclaircit un peu, le monde extérieur reprit progressivement ses droits. Elle entendit le son lointain d'un pivert, le bruissement des feuilles, la respiration laborieuse et saccadée de Jack.

Il la posa à terre.

— Flora, je…

Elle posa les doigts sur ses lèvres. Elle ne voulait pas que ce moment parfait s'achève. La vie reprendrait son cours comme toujours, elle ne pouvait l'en empêcher, mais elle voulait profiter de ce moment aussi longtemps que possible.

Elle appuya la tête contre son épaule, sentant sa peau chaude et moite contre la sienne. Jack posa tendrement la main à l'arrière de sa tête, d'un air possessif et protecteur.

— J'aurais aimé que notre première fois se déroule dans un hôtel cinq étoiles, murmura-t-il d'une voix basse et rauque dans ses cheveux. J'aurais voulu t'offrir du champagne et des draps en soie.

Elle sourit contre sa peau.

— Inutile. J'avais seulement besoin de toi, de nous.

— Je t'aime, Flora. Je t'aime si fort.

Ils s'enlacèrent plus fiévreusement. Elle ne pouvait se résoudre à le lâcher. Elle avait l'impression que son cœur, meurtri pendant si longtemps, était à présent guéri, rempli. Fort, pour la première fois. Le vide, le creux en elle avait disparu. L'intimité, pensa-t-elle. La cure pour sa solitude n'avait pas été plus d'amis ou plus d'activités, une journée plus remplie, une vie plus remplie, mais l'intimité. La confiance.

Leur respiration ralentit.

— J'aurais dû y aller plus lentement, faire en sorte que ça dure plus longtemps.

Elle gloussa. Pensait-il vraiment qu'il avait tenu les rênes ?

— Je ne t'ai pas laissé le choix.

— C'est vrai.

Il s'écarta pour pouvoir la regarder.

— Je pensais que je te connaissais, mais je ne savais pas que tu pouvais être si exigeante.

— Je suis une déesse du sexe impitoyable, tu l'ignorais ?

— Je le sais maintenant. Je viens de voir un nouveau côté de toi. Tu t'es jetée sur moi dans la forêt.

— Si tu attends des excuses, tu peux toujours courir, rétorqua-t-elle, fort amusée par la conversation.

— Ah ouais ? Tu vas voir ce que tu vas voir !

— Qu'est-ce que…

Elle n'eut pas le temps de terminer sa phrase, car il la souleva et la porta à travers les arbres.

— Jack ! Tu ne peux pas…

— Oh que si. Tiens-toi.

— Ne me fais pas tomber dans du sumac vénéneux ! haleta-t-elle entre deux éclats de rire. Quelqu'un va nous voir. Quelqu'un va…

— Tiens, tiens, on est nerveuse, maintenant ? Qu'est-il arrivé à la femme sûre d'elle qui vient de prendre son pied contre un arbre ?

— C'était spontané.

Bien qu'en fait non, pas vraiment. La tension sexuelle qui montait entre eux depuis des semaines, des mois, avait fini par atteindre un niveau incendiaire.

— Ça aussi, c'est spontané. Mais cette fois, on se débarrasse de nos vêtements et on évite les acrobaties.

Elle était sur le point de lui demander où ils allaient, quand elle aperçut les lignes épurées de la *boathouse*.

— Comment avons-nous atterri ici ?

— J'ai pris le chemin le plus court. Il faudra que je trouve une excuse pour expliquer la déchirure à mon pantalon, s'esclaffa-t-il.

Avant qu'elle puisse répondre, ils étaient à l'intérieur. Il ferma du coude la porte derrière eux, jura tandis qu'il luttait pour tourner la clé sans la poser par terre et la transporta jusqu'à la chambre.

— J'ignorais que tu savais faire plusieurs choses en même temps.

— Tu vas voir à quel point je suis doué.

Il la posa sans la lâcher.

Elle se demanda vaguement ce qui se passerait si quelqu'un décidait d'utiliser la *boathouse*, mais ensuite, il la toucha, l'embrassa, et elle ne pensa plus à rien.

Cette fois ils prirent leur temps, faisant durer le plaisir jusqu'à ce qu'elle s'élève au-dessus de lui pour le prendre profondément, le faisant sien en tout point.

Finalement, après une longue douche pendant laquelle Jack explora chaque partie de son corps, ils se laissèrent tomber sur le lit.

Il avait ouvert les portes vitrées qui donnaient sur la terrasse. Elle entendait le chant des oiseaux et le doux clapotis de l'eau contre la jetée. Elle aurait aimé figer ce moment, rester enveloppée dans ses bras, réchauffée par le soleil qui se déversait à travers le verre.

C'était la première fois qu'elle partageait une telle intimité, une telle complicité, avec quelqu'un.

Elle ne s'était jamais ouverte à personne de la façon dont elle s'était ouverte à Jack. Elle n'avait jamais vécu de relation aussi profonde.

Elle se sentait euphorique, repue, chanceuse, *aimée*.

Jack s'est ouvert, lui aussi, songea-t-elle, essayant d'ignorer la petite voix dans sa tête qui lui rappelait qu'il refusait toujours obstinément de parler de Becca.

Izzy

Lake District, Angleterre

Perchée sur son cheval, qui avançait lentement le long du chemin, Izzy essayait de trouver une position confortable. Le soleil tapait et lui brûlait le cou. Elle transpirait de partout. Elle regrettait de ne pas avoir inventé une excuse quand Flora avait joyeusement suggéré une randonnée à cheval. Mais elle s'en voulait tellement d'avoir explosé au petit déjeuner, la veille, et entraîné Flora à cette révélation douloureuse, qu'elle avait été prête à accepter tout et n'importe quoi pour se racheter. Elle en avait marre de se culpabiliser et de se sentir mal en permanence. De plus, elle ne voulait pas être exclue d'une activité à laquelle participait Molly. Elle s'accrochait avec un désespoir presque enfantin à sa famille brisée, ce qui était presque aussi embarrassant que sa façon de monter.

Voilà pourquoi la citadine qu'elle était se trouvait à dos de cheval, bien qu'elle n'ait jamais été attirée par les chevaux et qu'elle soit complètement terrifiée.

Elle s'était moquée de Flora, prête à tout pour se faire une place : c'était qui le paillasson, maintenant ?

Si elle n'avait pas eu si peur de tomber – le sol lui paraissait bien loin –, elle aurait pu en rire.

Ils avançaient en file indienne, Molly sautillant joyeusement sur sa selle devant elle. Devant Molly se trouvait Aiden. Il avait si *fière* allure sur sa monture, détendu et sûr de lui comme un cow-boy, qu'elle râlait intérieurement. Tout en admirant ses épaules et ses prouesses sportives, elle fusilla son dos du regard.

Il dut sentir qu'elle l'observait car il jeta un coup d'œil par-dessus son épaule et lui sourit. Elle répondit par une grimace. Non seulement elle était terriblement gênée qu'il la voie rouge et transpirante, mais elle ne savait pas du tout monter à cheval. Quel cauchemar ! Elle aurait vraiment préféré qu'il n'assiste pas à un tel spectacle. Elle se tapait tellement la honte qu'à la fin de la randonnée son ego aurait sûrement atteint la taille d'une cacahuète.

— C'est formidable ! claironna Flora derrière elle.

Izzy leva les yeux au ciel. Formidable ? Tu parles. Elle aurait tellement de courbatures qu'elle serait incapable de marcher, le lendemain. Si elle ne la connaissait pas, elle aurait pensé que Flora se vengeait pour toutes les fois où Izzy l'avait fait courir aux aurores. Mais Flora n'était pas du genre à se venger. Non, pour elle, faire de la randonnée à cheval, c'était amusant. Elle trouvait ça fun d'essayer une activité qu'aucun d'eux, en dehors d'Aiden, n'avait pratiquée avant.

— Regarde, Molly ! s'écria joyeusement Flora. Tu vois les lapins dans le champ ? Ils sont adorables.

Clare se hissa sur ses étriers et éclata de rire.

— Oui ! Bien vu, Flora.

Izzy avait remarqué le changement dans la relation entre les deux femmes. Malgré un début glacial, elles s'appréciaient sincèrement. C'était un peu bizarre de l'admettre, mais elle soupçonnait que Clare avait plus en commun avec Flora qu'avec sa mère.

Par-dessus la haie, elle vit des lapins traverser l'herbe en sautillant. Flora pointait toujours quelque chose. « Regarde les couleurs de ce papillon. Goûte cette framboise sauvage. » À force, Izzy commençait à remarquer les petites choses, elle aussi. Elle avait découvert que, si on se concentrait sur le présent, le futur semblait un peu moins effrayant.

Elle fixait encore les lapins quand son cheval baissa brusquement la tête pour arracher une touffe d'herbe. Elle faillit lui passer par-dessus la tête.

— Le mien n'arrête pas de manger ! s'écria-t-elle.

Elle tira sur les rênes, sans résultat.

— Pourquoi est-ce qu'il n'arrête pas de manger ? Ils ne le nourrissent pas à l'écurie ou quoi ?

— Il profite de ton inexpérience. Utilise tes jambes, cria leur guide. Montre-lui qui est le patron.

Izzy savait qui c'était : certainement pas elle !

Elle tira de nouveau sur les rênes et enfonça les jambes dans les flancs dodus du cheval. Il arracha une autre touffe d'herbe et reprit tranquillement sa balade en mastiquant bruyamment.

— Brouter est mauvais pour toi, arrête !

Tentant la conciliation plutôt que la coercition, elle lui caressa le cou et passa la main sur sa fourrure.

— Tu t'en fiches, hein ? Ouais, c'est bien ce qui me semblait.

Ça devait donner chaud, pensa-t-elle, d'avoir de la fourrure, une crinière et une queue. Et toutes ces mouches qui bourdonnaient autour pour vous dévorer, quelle plaie pour ce pauvre cheval !

Le karma la punissait probablement. Après tout, elle avait accusé Flora de toujours faire passer les envies des autres avant les siennes. Au petit déjeuner, lorsque Molly avait expliqué combien elle voulait monter à cheval, Flora avait lancé « Allons-y » avec tant d'enthousiasme que, avant qu'Izzy puisse trouver une excuse convenable, Clare était au téléphone pour réserver une randonnée pour tout le monde, excepté son père et Todd qui, comme par hasard, avaient soudain eu l'envie pressante d'aller faire du bateau.

Elle aurait été ravie d'échanger sa situation actuelle pour une journée en bateau. Elle aurait fait n'importe quoi pour sentir le vent dans ses cheveux et des gouttelettes d'eau sur son visage.

Le cheval secoua la tête, irrité par les mouches. Craignant de tomber, Izzy s'agrippa à la selle.

Il y avait probablement là un certain symbolisme. Essayer une nouvelle activité. Sortir de sa zone de confort. Prendre des risques. Peut-être écrirait-elle un article sur son blog à ce sujet. Jusqu'où fallait-il aller pour faire plaisir à une autre personne ? Où se situait la limite entre être accommodant et se comporter en paillasson ? Perchée sur sa monture, elle se faisait plutôt l'effet d'un paillasson, même si elle devait admettre que la vue était agréable. Elle arrivait au niveau des branches basses des arbres et, lorsqu'elle regardait par-dessus les murs et les haies, elle apercevait les montagnes rocheuses recouvertes de bruyère. Lorsqu'elle baissait la tête, elle apercevait des rivières au courant rapide et tumultueux.

Elle réalisa que pour la première fois depuis des mois elle ne se sentait pas exténuée. Elle dormait mieux, se réveillait avec le chant des oiseaux et l'air frais du lac. Ses nuits n'étaient plus hachées par des cauchemars, ou écourtées par les pleurs de Molly.

La randonnée terminée, ils rentrèrent à Lake Lodge, fatigués et proches de l'insolation.

Flora et Clare montèrent prendre une douche et se changer.

Izzy passa les doigts dans ses cheveux plaqués par la sueur tout en observant le lac. La bombe lui avait donné mal à la tête.

— On fait un plongeon pour se rafraîchir ? lança-t-elle en tendant la main à Molly. La dernière dans l'eau est un gros babouin.

— Non !

Molly se ratatina. Izzy se sentit poignardée en plein cœur. Elle avait fait cette satanée randonnée à cheval, bon sang ! Elle était si courbaturée qu'elle commençait à penser qu'elle ne marcherait plus jamais normalement. Sa sœur pouvait quand même se montrer un minimum reconnaissante en allant faire trempette avec elle !

— Mais tu adores nager, insista-t-elle.

— Je ne veux pas.

Molly éclata en sanglots bruyants. Izzy en fut abasourdie.

Qu'est-ce qui lui prenait ?

Perplexe, elle s'agenouilla et la prit dans ses bras.

— Là, tout va bien, fit-elle. Tu n'es pas obligée de nager si tu n'en as pas envie.

Pourquoi ne voulait-elle pas ? Faisait-elle une crise de nerfs ? Était-elle fatiguée après la randonnée ? C'était possible. Après tout, elle-même s'était tellement accrochée au cheval de peur de tomber sur la tête et d'y rester, qu'elle était épuisée. Sa petite sœur l'était probablement elle aussi.

Les sanglots de Molly s'intensifièrent. Elle pleurait si fort qu'elle peinait à respirer.

Izzy commença à paniquer. Elle ne comprenait pas du tout ce qui se passait.

— Qu'est-ce qu'il y a ? Tu t'es blessée ? Le cheval t'a mordue ?

Molly secoua la tête, son visage déformé par le chagrin.

— Maman me manque.

— Je sais, je sais.

Izzy la serra dans ses bras, totalement prise au dépourvu. Il y avait eu les cauchemars, bien sûr, et le pipi au lit ; ça avait été facile à gérer. Mais ces pleurs ? Elle ignorait ce qui les avait provoqués. Ça ne pouvait pas être les chevaux. Elles n'avaient pas de souvenirs liés aux chevaux. Pour rien au monde leur mère s'en serait approchée.

Tout en la berçant, elle jeta un coup d'œil inquiet vers le *lodge*. Son père n'était pas encore rentré. Tante Clare était sous la douche à l'arrière de la maison. Aiden aussi.

— Tout va bien, ma chérie.

Elle lui caressa les cheveux.

— Tout va bien.

S'il te plaît, calme-toi. S'il te plaît, arrête de pleurer.

— Veux… pas… – hoquet, spasme – aller… dans l'eau.

— J'ai compris. Rien ne t'y oblige. Tu peux t'asseoir au bord et me regarder, et… aaargh !

Elle poussa un cri. Molly lui cassait presque les côtes.

— Veux pas que tu nages – spasme, hoquet – non plus.

Les bras de sa sœur la broyaient.

— D'accord, d'accord.

Izzy avait beau essayer de l'apaiser, elle se sentait dépassée. L'état de Molly la déconcertait autant qu'il l'effrayait. D'habitude, elle savait comment gérer ses crises, mais là elle se sentait perdue.

Alors qu'elle regardait une fois encore, paniquée, vers la maison, Flora apparut à la fenêtre.

Izzy, qui avait un mal fou à réfléchir alors que les bras de sa sœur l'empêchaient de respirer convenablement, hésita. Elle ne voulait pas appeler à l'aide. Elle voulait affronter cela seule, montrer qu'elle était indispensable. Mais les sanglots de Molly lui brisaient le cœur. Elle ne supportait pas de voir sa sœur si malheureuse.

— Dis-moi ce qui s'est passé, Molly.

Pour toute réponse, Molly continua de s'accrocher à elle en pleurant. Izzy en avait les larmes aux yeux.

— Flora ! se força-t-elle à appeler, au prix d'un immense effort.

C'était bien la dernière personne vers qui elle se tournerait pour demander de l'aide, dans l'idéal, mais sa vie n'avait rien d'idéal. La plupart du temps, sa vie lui paraissait même plutôt merdique.

Flora tourna la tête et leur adressa un petit coucou. Puis elle s'immobilisa, la main suspendue en l'air, tandis qu'elle prenait conscience de la situation.

— J'arrive ! cria-t-elle.

Elle disparut et, quelques instants plus tard, traversait la pelouse en courant pour les rejoindre.

Dieu merci, pensa Izzy. Sa peur de ne plus être indispensable aux yeux de sa famille resurgirait sûrement plus tard, mais pour l'heure, elle était soulagée de ne pas avoir à s'occuper de Molly toute seule.

— Que s'est-il passé ?

Flora s'agenouilla à côté d'elle.

— Molly, qu'est-ce qui ne va pas, ma chérie ?

Elle s'adressa à Izzy.

— S'est-elle fait piquer ? Est-ce qu'elle a mal quelque part ?

Molly s'agrippait à Izzy, enfonçant ses ongles dans sa chair.

Elle ne savait pas pour sa sœur, mais elle-même avait mal, c'était certain.

Elle serra les dents pour se retenir de crier « Aïe ! » Sa sœur semblait déterminée à endommager les quelques parties de son corps encore en bon état après la randonnée.

Flora frottait vigoureusement les bras de Molly.

— Est-elle tombée ? S'est-elle blessée ?

— Non. Elle ne veut tout simplement pas aller nager. J'ignore pourquoi elle est dans un tel état. C'était juste une suggestion. Molly, *par pitié,* arrête de pleurer.

Si, avant, elle avait mal au crâne à cause de la chaleur et de la bombe, maintenant, sa tête menaçait carrément d'exploser. Elle avait toujours pensé qu'un beau jour elle se marierait et aurait des enfants, mais elle commençait à remettre ça en question.

— Elle est probablement fatiguée.

Flora s'assit sur l'herbe à côté de Molly.

— Tu n'es pas obligée de nager si tu ne veux pas, Molly. Tu pourras nager demain.

— Veux-pas-nager-demain.

Chaque mot était ponctué d'un spasme violent.

— *Je ne veux plus jamais nager !* brailla-t-elle.

Izzy grimaça. Depuis quand sa sœur avait-elle une voix si forte et si perçante ? Si elles avaient été à New York, leurs voisins auraient probablement entendu chaque mot.

— Pourquoi ne veux-tu pas nager, Molly ? Et pourquoi ne veux-tu pas que je nage ?

— Tu pourrais te noyer, et je ne veux pas que tu meures comme la maman de Flora.

Elle se jeta sur la pelouse dans un sanglot déchirant. Izzy croisa le regard de Flora au-dessus du corps tremblant de sa sœur. Elle y lut de l'horreur et de la culpabilité. Pour sa part, Izzy était surtout soulagée de ne pas être responsable de la crise.

— Oh ! Molly…

Flora lui caressa les épaules.

— Je suis désolée de t'avoir fait peur.

Elle la prit sur ses genoux, la berçant doucement.

— Ce qui est arrivé à ma maman ne t'arrivera pas à toi.

Molly renifla et s'accrocha à Flora.

— Pourquoi ?

Le teint de Flora avait viré au gris. Elle semblait presque aussi bouleversée que Molly. Elle regarda vers Izzy et lui lança un sourire rapide qui se voulait rassurant, mais qui était crispé.

Elle ne veut pas en parler, pensa Izzy. Pourtant, contre toute attente, Flora s'installa plus confortablement sur l'herbe et répondit.

— Ma mère est allée nager dans la mer, là où elle n'avait pas pied. Elle était seule et n'avait pas de gilet de sauvetage. Toi, quand tu nages, tu es toujours avec Izzy ou ton papa. Tu as pied et tu portes tes brassards.

Molly se frotta les yeux et la regarda.

— Toi, tu ne nages pas.

— Ce n'est pas parce que c'est dangereux. C'est parce que… eh bien, j'ai peur de l'eau.

Flora la serra plus fort.

— J'aurais probablement dû régler le problème il y a longtemps, mais je ne l'ai jamais fait. Je n'ai jamais eu à me forcer, car l'occasion de me baigner ne s'est jamais présentée.

Molly renifla.

— Papa dit que ce n'est pas grave d'avoir peur, et que si tu as peur de quelque chose, tu dois essayer quand même.

— Il a raison. J'aurais dû. Je le regrette. Si j'avais vaincu ma peur de l'eau, toi et moi pourrions nager dans ce lac ensemble.

— Non, parce que maintenant j'ai peur aussi.

Elle se remit à pleurer, des sanglots déchirants qui donnèrent mal au ventre à Izzy.

Elle pataugeait tellement qu'elle aurait pu tout aussi bien être au beau milieu du lac, mais Flora, elle, ne semblait pas perdre pied.

— Quand tu es dans l'eau, on dirait un vrai poisson, poursuivit-elle. En regardant par la fenêtre, hier, j'ai pensé : Ça alors, il y a un dauphin dans le lac ! Comment un dauphin est-il arrivé là ? Puis j'ai regardé d'un peu plus près et vu que c'était toi.

Le sanglot de Molly se transforma en un petit gloussement.

— Il n'y a pas de dauphin dans le lac !

— Tu le sais, parce que tu es intelligente. Et puisque tu es intelligente, tu sais aussi comment te baigner en toute sécurité. Je t'ai vue. Tu as toujours quelqu'un avec toi, tu ne t'éloignes jamais trop du bord, tu fais tout ce qu'il faut. De plus, tu es une bonne nageuse.

Molly prit une inspiration tremblotante.

— Tante Clare m'a appris à nager.

— Voilà. Tout ça montre que tu n'as pas vraiment peur de l'eau. Y a-t-il autre chose qui te fait peur ?

Bien que la question ne lui soit pas adressée, Izzy y réfléchit. Ces temps-ci, elle avait l'impression d'avoir peur en permanence. Peur de vivre sa vie sans sa mère à ses côtés ; peur de la conversation qu'elle avait entendue ; peur des secrets qu'elle avait découverts ; peur de la présence de Flora dans leurs vies ; peur qu'on n'ait plus besoin d'elle, de perdre sa place. À présent, elle pouvait ajouter « peur des chevaux » à la liste.

Heureusement, Flora ne lui avait pas posé la question. Sans quoi, elle aurait mis au moins deux semaines pour y répondre.

Molly, elle, ne répondit qu'une seule chose.

— J'ai peur que papa et Izzy meurent, eux aussi.

Izzy s'attendait à ce que Flora réponde « Mais non, ils ne mourront pas » ; elle n'en fit rien.

— Quand ma mère est morte, j'ai eu peur, moi aussi. Je pense que, lorsque tu perds quelqu'un que tu aimes, tu perds le sentiment de sécurité. Une bonne mère – et ta maman était visiblement une très bonne mère – te donne l'impression d'être en sécurité, et perdre ce sentiment est très effrayant. Tu as peur de perdre les autres personnes que tu aimes. Mais c'est très rare que les gens meurent de la façon dont ta maman et la mienne sont mortes. On ne doit pas l'oublier.

Molly sembla y réfléchir.

— Elle me manque.

— Oh ma chérie, bien sûr qu'elle te manque !

— Certains jours, je n'arrive pas à me rappeler à quoi elle ressemblait. Et si un jour je me réveille et que je ne me rappelle plus du tout ?

— Ça m'inquiétait aussi, répondit Flora. Alors j'ai pris ma photo d'elle préférée, j'en ai fait faire des copies, et j'en transporte toujours partout avec moi. Comme ça, elle est avec moi en permanence. Il y en a une dans mon sac, une dans un cadre que je garde près de mon lit, une sur le mur de mon appartement. Si tu as une photo préférée, on pourrait faire la même chose pour toi.

— Je ne sais pas laquelle je préfère.

— Izzy et toi pouvez les passer en revue ensemble et choisir celle que tu aimes le plus. Celle qui te rappelle le plus ta maman. Pourquoi pas une où elle danse ou rit ? Est-ce que ça te paraît une bonne idée ? Qu'en penses-tu, Izzy ?

Izzy avait la gorge serrée. Elle avait peur elle aussi d'oublier un jour à quoi ressemblait leur mère. Elle gardait son flacon de parfum dans sa chambre et, les mauvais jours, quand les images dans sa tête étaient floues, elle l'inspirait et se souvenait.

Elle s'éclaircit la gorge.

— Ouais, pourquoi pas.

— Maintenant, au sujet de cette baignade…

Flora fit basculer Molly sur l'herbe et se releva.

— … pourquoi est-ce qu'Izzy et toi n'iriez pas nager pendant que je nous prépare des boissons ?

— Tu me regarderas ?

Flora hésita.

— Bien sûr que je vais regarder, répondit-elle finalement. Rien ne pourrait m'en empêcher.

— Tu vas t'asseoir juste au bord ?

Le teint de Flora devint verdâtre. *Comme les algues,* pensa Izzy.

— Absolument.

— Pas juste au bord, intervint Izzy.

Elle retira son T-shirt et se retrouva en maillot.

— Pour ne pas l'éclabousser.

Quand Flora lui sourit discrètement de gratitude, elle ne put se retenir de sourire en retour. Elle voulait Molly pour elle toute seule, mais elle reconnaissait qu'il y avait des moments où le renfort avait du bon.

Molly se tortillait pour se débarrasser de ses vêtements, sa peur soudaine de l'eau visiblement oubliée.

Elle attrapa une des bouées que Clare gardait dans un coffre près de l'eau et descendit la pelouse en courant.

— Woah ! Attends ! Tu n'es pas autorisée à entrer dans l'eau sans moi, cria Izzy.

Se sentant redevable, elle tourna la tête vers Flora.

— Merci. Désolée que tu aies dû intervenir.

— Je suis responsable de la crise, alors ce n'est pas à toi de t'excuser. Tu as été géniale. Tu es *tellement* géniale avec elle. Personne ne s'occupe aussi bien de Molly que toi.

Izzy but le compliment comme une plante assoiffée qu'on vient d'arroser. Elle l'aspira par les racines, et il se répandit en elle, regonflant son ego fané.

Elle *était* douée avec Molly, elle le savait.

Demander de l'aide en cette occasion ne signifiait pas qu'elle ne savait pas s'occuper de sa sœur, ni qu'on n'avait plus besoin d'elle.

Elle sourit timidement.

— Merci.

Pourquoi avait-elle érigé Flora au rang de monstre ? Flora était simplement une personne qui faisait de son mieux pour vivre avec ce que la vie lui avait infligé. Et la vie n'avait pas été tendre avec elle. Elle avait perdu sa mère, elle aussi, sauf qu'elle n'avait pas eu de père ni de grande sœur pour l'aider à surmonter cette épreuve.

— Tu as assuré.

— De rien. Elle pleurait par ma faute, c'était le moins que je pouvais faire.

Flora marqua une pause.

— Tu es courbaturée ?

Izzy fit la grimace.

— Comme si j'avais été rouée de coups de pied par de lourdes bottes. Ou piétinée par un cheval.

Flora sourit et, l'espace d'un instant, alors qu'elles étaient toutes les deux fatiguées de la randonnée, une certaine complicité s'installa.

— Je ferais mieux d'y aller. Je dois surveiller Molly.

Flora la salua de la main et se dirigea vers l'eau.

— Attends ! Pas besoin de t'approcher plus que ça.

Izzy tira une des chaises de jardin et la plaça à distance respectable du bord.

— Ne t'inquiète pas. J'ai un brevet de surveillant de baignade. Contente-toi de profiter du spectacle.

— Tant mieux ! Si quelqu'un avait un problème dans l'eau, je serais incapable d'aller à sa rescousse. Merci, Izzy.

Se sentant sûre d'elle et rassurée sur sa place au sein de sa famille, Izzy entra dans l'eau et rejoignit sa sœur.

Flora

Lake District, Angleterre

La première semaine passa dans un tourbillon d'air pur, d'exercice physique et d'amusement. Ils gravirent les *fells* jusqu'au sommet, le long de sentiers sinueux et d'affleurements rocheux, haletant tandis qu'ils atteignaient enfin le sommet et se laissaient tomber sur le sol, à bout de souffle et la peau picotant de sueur. Ils se délectèrent des pique-niques délicieux de Clare, de pain frais et de fromages locaux, tout en savourant les vues incroyables, les vallées et reliefs montagneux qui s'offraient à eux.

« Voici Windermere », disait Clare en désignant le long ruban d'eau argentée qui s'étendait au loin, ou pointant vers une paroi rocheuse : « Voici Crinkle Crags et à côté, Bowfell ».

Elle était capable de reconnaître chaque montagne d'après sa forme. Flora était impressionnée par sa connaissance locale.

— Tu les as toutes gravies ?

— Oui. Mon père et moi faisions de la randonnée tous les week-ends.

À sa grande surprise, Clare et elle étaient progressivement devenues amies. Toute trace de malaise avait disparu depuis longtemps. Il avait suffi de quelques conversations pour que Flora comprenne que la réserve de Clare cachait de la timidité. Elle n'était pas à l'aise avec les inconnus mais, plus toutes deux passaient de temps ensemble, plus Clare s'ouvrait, surtout quand il s'agissait de partager ce coin de paradis qu'elle aimait tant.

L'étendue et la variété des paysages étaient à couper le souffle, des immenses parois rocheuses et arêtes escarpées aux lacs encastrés qui serpentaient le long de la vallée. Ils traversèrent des bois anciens peuplés d'arbres noueux et tordus, franchirent des ravins, se rafraîchirent près de cascades mousseuses, apercevant busards, balbuzards et milans royaux.

Laissant Molly à la mère de Clare l'espace d'une journée, ils gravirent Helvellyn, une épreuve d'endurance physique que Flora n'aurait peut-être pas réussie si elle n'avait pas fait de jogging avec Izzy. Alors qu'elle s'attaquait à l'arête montagneuse de Striding Edge, réputée pour être vertigineuse, elle fit deux constats. Le premier, qu'elle n'avait pas le vertige ; le deuxième, qu'elle était amoureuse de cette région, bien que cette affection n'aille pas au point qu'elle mette les pieds dans l'eau. C'était la première fois depuis des années qu'elle se sentait aussi forte et radieuse. Sa peau normalement pâle avait légèrement bronzé, et quelques taches de rousseur étaient apparues sur son nez.

Quelle que soit l'activité à laquelle elle s'adonnait, Jack l'accompagnait. Ils essayaient d'être discrets, mais elle n'était pas sûre qu'ils y arrivent. Elle découvrit qu'il était possible de communiquer bien des choses sans se toucher. Un regard. Un sourire. Il n'en fallait pas plus. Et lorsqu'ils réussissaient à échanger davantage, elle ne savait pas qui d'elle ou de lui était le plus excité. Leur désir était si aveuglant que leurs étreintes, empreintes de fougue, tenaient du besoin viscéral. Parfois, elle le regardait et pensait : *Qu'il est séduisant.* À d'autres moments, elle songeait : *Il m'appartient.* Dans un cas comme dans l'autre, elle ne pouvait se retenir de le contempler, et plus elle le contemplait, mieux elle apprenait à le connaître. Son regard, quand il écoutait Molly. La façon dont il souriait, quand il lançait la fillette sur ses épaules et qu'elle éclatait de rire. Elle avait également appris à déchiffrer les expressions plus intimes, quand sa jambe nue glissait sur la sienne et qu'elle se cambrait contre lui pour l'accueillir.

Heureusement, leur connexion grandissante ne semblait pas avoir d'impact négatif sur le reste du groupe.

Depuis l'incident avec Molly, Izzy était sensiblement plus détendue avec elle. Flora n'était plus nerveuse et crispée quand elles étaient ensemble. Parfois, il leur arrivait même de rire. Elles n'étaient pas exactement amies, mais la tension avait diminué.

Quand il plut – « inévitable », selon Clare –, Flora monta dans le salon un campement de pirates pour Molly, à l'aide de vieux draps, construisant un vaisseau complet avec mât. Elle trempa du papier dans du thé froid et fabriqua une carte au trésor, allant même jusqu'à brûler les bords pour la rendre plus authentique.

Clare se joignit à elles, et elles jouèrent à cache-cache, mettant à profit portes secrètes et placards du *lodge* et se dissimulant dans les recoins cachés du jardin broussailleux. Flora se souvenait de s'être adonnée au même jeu avec sa mère. Cachée sous un lit, retenant son souffle, elle avait attendu dans un état de terreur délicieuse que celle-ci la trouve. Elle raconta cette anecdote à Molly, qui lui posa alors une douzaine de questions sur les activités qu'elle aimait faire avec sa mère, quand elle était petite fille.

Aiden et Izzy étaient souvent absents. Ils faisaient parfois du kayak. Le plus souvent, ils discutaient, têtes rapprochées, en se promenant sur le sentier qui bordait le lac.

Pour la première fois depuis des mois, Izzy semblait heureuse. Le sujet sensible de l'université n'avait plus été abordé. Jack estimait qu'il valait mieux remettre cette conversation à plus tard, et Flora était d'accord avec lui. Le temps adoucissait les blessures, elle le savait. Il permettait également de mettre de l'ordre dans ses idées. Elle avait le sentiment que c'était exactement ce dont Izzy avait besoin.

Bien qu'elle soit tombée sous le charme des montagnes, elle était tout aussi heureuse de s'activer dans les jardins attenant la maison. Elle passait des heures à couper les fleurs fanées, tailler, s'occuper des plantes. Lorsque Clare se joignait à elle, ce qui arrivait fréquemment, elles planifiaient l'agencement du jardin ensemble.

— Est-il trop tard pour tailler les lupins ? lui demanda Clare un matin, en sirotant une tasse de thé débordante.

— Pas du tout. Ça favorisera la repousse.

Flora posa sa propre tasse et se mit aussitôt au travail, malgré les protestations de Clare : en tant qu'invitée, ce n'était pas son rôle d'entretenir le jardin.

Mais Flora ne se considérait plus comme une invitée. À un moment donné, elle avait arrêté de se sentir étrangère et avait commencé à avoir l'impression de faire partie du groupe. Elle était bienvenue, acceptée.

Après en avoir terminé avec les lupins, elle retira les pousses latérales de la glycine et divisa les touffes d'iris pour qu'elles forment racines et bourgeons l'année suivante.

De temps à autre, Clare parlait de Becca. Petit à petit, Flora se fit une image plus nette de cette dernière. Une femme à l'ambition et au talent féroces, mais qui semblaient reposer sur un grand manque d'assurance dont elle n'avait jamais été capable de se débarrasser.

Découvrir que même la parfaite Becca avait des imperfections la rendit plus déterminée à être elle-même. Les imperfections faisaient partie de la vie. Essayer de plaire à sa tante avait été sa façon de survivre à une période horrible de sa vie, et certes cela avait pris des proportions ridicules, mais elle avait davantage conscience de ses besoins et envies aujourd'hui.

Elle aurait dû savoir qu'un tel calme ne durerait pas.

Les vacances se gâtèrent lors de la deuxième semaine, lorsque les filles se disputèrent au sujet du chien.

C'était la première fois qu'elle les entendait se disputer.

Assise par terre dans la cuisine, Izzy grattait le ventre d'un Chase euphorique.

— Aiden ne sera pas là, aujourd'hui. Ses amis et lui vont faire du bateau pour une fête d'anniversaire. J'ai préparé un pique-nique. J'aimerais emmener Chase faire une longue balade. C'est bon pour toi, tante Clare ?

Le visage de Molly se décomposa.

— Non ! s'écria-t-elle. Il est à nous ! Il vient faire du bateau. Papa a promis.

— Il n'est pas *à toi*. Et tu l'as eu toute la semaine. C'est mon tour, répondit Izzy d'une voix calme. Tu joueras avec lui quand tu seras rentrée.

— Je veux jouer avec lui sur le bateau ! insista Molly. Il adore nager.

Izzy arrêta de gratter le ventre de Chase, qui gémit de protestation.

— Je l'emmènerai nager.

— Tu ne peux pas nager toute seule, c'est interdit, glapit la fillette.

Flora sentit une boule se former dans son ventre. Cette tension soudaine la stressait.

La vie de famille, songea-t-elle. Ce sont des dynamiques normales de vie de famille, rien de plus. Elle n'y était pas habituée, voilà tout. Elle faillit proposer d'accompagner Izzy, puis se ravisa. Elle ne serait d'aucune utilité en tant que sauveteur. De toute façon, mieux valait ne pas choisir de camp.

La journée s'organiserait d'une façon ou d'une autre. Jack et Todd emmenaient Molly faire du bateau, Clare et elle-même avaient prévu de passer une autre matinée au calme dans le jardin. La veille, elles étaient allées à la jardinerie, et Flora se réjouissait de passer du temps à l'air frais, à planter des fleurs. Jack et elle s'étaient retrouvés en douce plusieurs nuits d'affilée, et elle se sentait certes euphorique, mais étourdie et épuisée.

Une journée dans le jardin était exactement ce dont elle avait besoin. Au vu de l'amitié qui se développait entre Clare et elle, elle avait projeté quelques heures délicieuses de jardinage et de papotage, peut-être même une courte sieste au soleil. À voir la lueur dans le regard d'Izzy, cependant, et la moue boudeuse de Molly, elle comprit que calme et conversation ne seraient finalement pas au programme.

Izzy tourna la tête vers son père.

— Tu veux que je vienne faire du bateau avec vous ?

— Tu ne passes pas la journée avec Aiden ? demanda Jack, qui fouillait dans les imperméables.

— Il a déjà des projets, il n'a pas pu annuler. Je pourrais venir avec vous et vous aider.

— C'est gentil de ta part, mais ça ira.

Il fourra la combinaison de Molly dans un sac.

— Pour une fois, passe la journée à faire ce qui te plaît. On se débrouillera.

Izzy blêmit.

— Je peux t'aider avec les voiles et m'assurer que Molly va bien. Elle a un peu peur de l'eau, en ce moment.

— Tout ira bien.

Il ajouta des gants et des chaussons de plongée, zippa le sac et le posa près de la porte.

— On va se faire une de nos journées spéciales papa et Molly, hein, ma chérie ?

Il enlaça rapidement sa fille, qui lui rendit son câlin.

— Youpi ! s'écria-t-elle gaiement. Une journée papa et Molly. Rien que nous deux et Chase.

Elle dansa sur place. Flora était prête à parier que, à chaque martèlement de ses pieds sur le sol, Izzy avait l'impression qu'ils lui piétinaient la poitrine.

Jack pensait se montrer généreux envers son aînée, alors qu'il faisait clairement fausse route.

— Génial, répondit Izzy avec un sourire empreint d'une gaieté feinte. Je vais vous préparer un pique-nique.

— Inutile.

Jack ramassa le sachet posé sur le comptoir et le brandit fièrement.

— Je m'en suis déjà occupé.

— Tu as préparé des sandwichs au jambon ?

— Non, Molly déteste le jambon. Je m'en suis souvenu. Je lui ai fait des sandwichs au fromage.

Izzy déglutit.

— Et sa boisson ? Tu oublies toujours d'emporter une boisson.

— Pas aujourd'hui. J'ai appris de mes erreurs. J'ai pris du jus *et* de l'eau.

Il sortit les bouteilles du sac à dos avec un grand geste du bras, un sourire triomphant aux lèvres.

— J'ai officiellement réussi l'examen du super papa. Ton vieux père t'impressionne, hein ? On n'a plus besoin que tu fasses tourner la maison, Izzy.

— Donc euh… Vous n'avez pas besoin de moi ?

En entendant son intonation, Flora exhorta silencieusement Jack à se taire. Mais il ne se rendait pas compte qu'il aggravait la situation, et il continua sur sa lancée.

— C'est exact. Tu peux aller à l'université sans t'inquiéter qu'on meure de faim, ou qu'on se retrouve ensevelis sous une montagne de linge sale.

Était-ce de cela qu'il était question ? Essayait-il de prouver qu'il pouvait se débrouiller sans elle ?

Flora se demanda si entendre parler d'université agacerait Izzy, mais l'adolescente ne réagit pas. Elle regardait son père qui fourrait le pique-nique dans le sac.

Flora eut alors un mauvais pressentiment. Il n'y avait pas eu de crise de colère ni de paroles virulentes. Au contraire, Izzy se montrait anormalement calme et taciturne, ce qui l'inquiétait. Elle la sentait chagrinée, en proie au désarroi.

Se sentait-elle exclue ?

Elle jeta un coup d'œil à Jack ; il se disputait avec Molly au sujet des fruits à emporter pour le dessert et ne semblait pas inquiet.

Rien de plus que des dynamiques familiales normales, tenta-t-elle de se rassurer. Après tout, c'était un sujet auquel elle ne connaissait pas grand-chose.

Izzy se leva.

— Amusez-vous bien, lança-t-elle d'une voix plate.

Elle marqua une pause, mais Jack, qui essayait de persuader Molly de le laisser lui mettre de la crème solaire sur le cou, ne releva pas.

Elle attrapa donc son sac à dos et sortit de la cuisine, fermant la porte doucement derrière elle.

Chase agita la queue, déconcerté, et gémit légèrement.

Flora était aussi perplexe que lui.

— Ne t'inquiète pas !

Tartinée de crème solaire, Molly courut vers lui, enroula les bras autour de son cou et lui embrassa la tête.

— Tu viens avec nous. Tu seras un chien-pirate. Dis « À vos ordres, capitaine ! »

Chase aboya. Molly s'écroula de rire.

Flora regarda Jack, se demandant s'il irait rejoindre Izzy.

— Jack ?

— Hmm ?

Concentré sur les préparatifs, il attrapa chapeaux et lunettes de soleil. Flora avait l'impression qu'il cochait des éléments d'une liste.

— Quand est-ce qu'on y va, papa ?

Molly, qui ne tenait plus en place, tirait sur son bras.

— Jack ! insista Flora.

Il tourna la tête vers elle.

— Quoi ?

— Papa ! couina Molly.

— Dans une minute.

Il fit taire Molly et reporta son attention sur Flora.

— Qu'est-ce qui ne va pas ?

— Izzy, répondit-elle avec un geste vers la porte. Tu comptes aller lui parler ?

Il jeta un coup d'œil par la fenêtre.

— À quel sujet ? Pourquoi ?

N'avait-il rien vu ? Était-elle la seule à avoir remarqué l'état de profond désarroi de l'adolescente ?

— Je l'ai trouvée bien silencieuse.

— Elle a probablement été choquée que je me sois rappelé de mettre du fromage dans les sandwichs de Molly au lieu du jambon.

Son sourire était charmeur. Flora ne put s'empêcher de sourire en retour, mais cela n'atténua pas son sentiment d'anxiété. Elle voulut en dire plus, mais Molly se dirigeait déjà vers la porte en dansant, Chase sautillant à côté d'elle.

— Papaaa !

— J'arrive.

Son regard fit la navette entre Izzy à l'extérieur et Flora.

— Elle va bien. Je n'aurais pas dû parler de l'université. À partir de maintenant, je garderai la bouche fermée. J'essaie de faire ce qu'il faut, mais parfois j'ai vraiment l'impression de mal m'y prendre.

Il partit avec Molly, Chase dans leur sillage.

Jetant à son tour un coup d'œil par la fenêtre, Flora vit qu'Izzy était assise sur un des transats, les épaules voûtées, les yeux rivés sur le lac.

Elle se tourna pour en parler à Clare, mais avant qu'elle puisse ouvrir la bouche, le téléphone de Clare sonna.

— Quoi ? Tu plaisantes, maman !

Elle pâlit.

— Tu vas bien ? Bien sûr, ça va sans dire. Je serai là dans moins de cinq minutes.

Clare raccrocha et laissa tomber le téléphone sur la table de la cuisine.

— Un problème ?

— Ma mère s'est coupé le doigt en préparant des champignons.

Elle attrapa son sac.

— Elle prétend que ce n'est pas grave, mais je la connais. Si elle appelle, c'est qu'il est sur le point de tomber. Elle a même probablement perdu la main. Ou le bras. Je vais l'emmener aux urgences. Et dire que Todd n'est pas là, alors qu'il gère tellement mieux le sang et les blessures que moi. Où sont mes clés ? Je ne trouve pas mes clés. Je les avais il y a un instant.

Flora se mit à les chercher aussi et les trouva à côté d'une pile de vieux magazines.

— Tu veux que je t'accompagne ?

— Non, non, ça va – Clare fit tomber ses clés –, ça va très bien.

— Tu es en état de conduire ?

Flora ramassa les clés et les lui tendit.

— Pourquoi ne serais-je pas en état de conduire ? fit Clare en balayant la cuisine du regard.

— Tu sembles un peu… perturbée. Qu'est-ce que tu cherches ?

— Quelque chose au cas où elle saigne dans la voiture. Je n'arrive pas à réfléchir. Tu as raison, je suis perturbée.

Elle appuya ses doigts sur son front et prit une profonde inspiration.

— Je suis en train de m'affoler, non ?

— C'est bien normal, vu les circonstances. Tu es sûre de ne pas vouloir que je vienne avec toi ?

— Merci, non. Le fait qu'elle m'appelle me laisse à penser que c'est sérieux, mais elle déteste qu'on s'inquiète pour elle. Je ne veux pas en faire toute une histoire.

Clare reprit sa recherche. Flora attrapa un torchon propre sur le comptoir.

— Ça, ça ira ?

— Parfait. Tu me sauves la vie.

Clare s'en saisit et se dirigea vers la porte, le regard légèrement paniqué.

— Tu seras toute seule. Je suis désolée.

— Ne t'inquiète pas pour moi. Je finirai le jardinage qu'on a commencé hier.

Clare avait parcouru la moitié du chemin jusqu'à sa voiture quand Flora remarqua son téléphone portable sur la table.

Elle sprinta derrière elle.

— Tiens, tu l'avais oublié.

Elle le glissa dans la poche de Clare.

— Appelle si je peux faire quoi que ce soit. Et conduis prudemment.

La portière claqua. Le moteur vrombit, les pneus crissèrent dans une projection de gravillons, tandis que Clare accélérait le long de l'allée jusqu'à la *gatehouse* où vivait sa mère.

Flora la suivit des yeux, puis retourna dans la maison, où le silence l'enveloppa.

La journée, ou du moins les quelques prochaines heures, s'étiraient devant elle, et pour la première fois depuis bien longtemps elle était solitaire sans se sentir seule. Comme si la maison retenait la chaleur même après que les gens l'avaient quittée. Ou peut-être était-ce l'effet que Jack avait sur elle. Même quand elle n'était pas avec lui, elle pensait à lui.

Elle nettoya la cuisine, remplit le lave-vaisselle, récura les surfaces et le sol jusqu'à ce qu'ils brillent. Elle s'autorisa à rêvasser un bref instant, imaginant que cet endroit lui appartenait. Décidant qu'elle avait mérité un autre café, elle se prépara un cappuccino avec la machine incroyablement sophistiquée de Todd et l'emporta dans le jardin.

La pelouse portait encore les traces de la veille. Des pistolets à eau abandonnés à côté de la balle préférée de Chase. Un kayak à moitié gonflé.

Izzy était toujours sur le transat.

Flora s'approcha prudemment.

— Izzy ?

Ses épaules se raidirent, mais elle ne se tourna pas.

— Quoi ? Qu'est-ce que tu veux ? aboya-t-elle.

Flora ne releva pas l'insolence. Sous la colère et le ressentiment, elle avait remarqué le tremblement de sa voix.

Izzy pleurait et essayait de le cacher.

Cela était arrivé à Flora tant de fois ! Elle avait pleuré dans son oreiller, pleuré sous la douche, s'était enfermée dans la salle de bains pour laisser éclater son chagrin.

Elle tendit la main pour toucher l'épaule de l'adolescente, puis se ravisa.

— Izzy…

— Casse-toi !

Izzy se leva et se retourna si brusquement que ses cheveux lui fouettèrent le visage. Elle avait tant pleuré que ses yeux étaient rouges et ses joues, trempées de larmes.

— Ça ne rentre pas dans ta petite tête que je ne veux pas de toi ici ? *Casse-toi* et laisse-moi tranquille !

Elle poussa Flora, attrapa son sac à dos et traversa la pelouse en courant. Elle trébucha deux fois, se relevant précipitamment en agitant les bras.

Elle ne voit pas où elle va, pensa Flora en tirant sur son T-shirt trempé de cappuccino pour l'écarter de son corps. Elle posa la tasse vide – le reste de son café s'était renversé sur la pelouse – et se laissa lourdement tomber sur le transat.

La vie de famille, la vie de famille.

Elle n'arrivait plus à s'en convaincre, pourtant. Elle se faisait un sang d'encre. Izzy allait mal, c'était évident.

Son instinct lui commandait de la suivre, mais ce serait stupide. L'adolescente lui avait clairement fait comprendre qu'elle ne voulait pas lui parler, et le fait que Flora ait vu les larmes qu'elle essayait de cacher n'arrangeait pas son cas.

Alors qu'elle restait assise à se demander quoi faire, un papillon virevolta dans son champ de vision tel un kaléidoscope de couleurs contre le bleu profond du lac.

Où était partie Izzy ?

Flora se leva. Une main en visière, elle plissa les yeux sur le sentier.

Ne remarquant rien, elle se rapprocha de l'eau pour avoir une meilleure vue de la *boathouse*.

Rien.

Elle éprouva une vague de ressentiment envers Jack. Elle avait *senti* que quelque chose clochait. Il aurait dû s'assurer qu'Izzy allait bien avant de partir. Elle était sûre qu'il ratait quelque chose d'important.

Lentement, elle passa en revue le chemin qui longeait le lac. La jeune fille était-elle entrée dans la forêt ?

Et si elle nageait seule et rencontrait un problème ?

Flora ne se le pardonnerait jamais. Elle était prête à supporter encore l'agressivité de la jeune fille si cela lui permettait de s'assurer qu'elle allait bien.

Il fallait qu'elle s'en assure. Il le *fallait*.

Elle ne s'annoncerait même pas. Dès qu'elle l'aurait trouvée et se serait assurée qu'elle allait bien, elle rentrerait jardiner.

Elle retourna dans la cuisine et fourra quelques provisions dans un sac. Elle aurait bien changé de T-shirt mais, décidant qu'elle n'en avait pas le temps, elle verrouilla la porte arrière et traversa la forêt jusqu'à la *boathouse*. En s'approchant, elle vit qu'elle était fermée à clé et silencieuse. Aucun signe d'Izzy.

Elle s'était pourtant éloignée dans cette direction. Elle était forcément dans le coin.

Flora longea la *boathouse* et avança sur la jetée, essayant de ne pas baisser la tête vers l'eau qui scintillait sous les planches.

Le temps qu'elle descende de la maison, le ciel s'était assombri. Seuls l'appel d'un oiseau et le lent battement d'ailes d'un héron qui quittait la berge troublaient le silence.

Elle scruta la rive au loin, puis se tourna pour observer l'île. Une île nichée au cœur du lac, une oasis de vert et d'arbres élevés, dans une immense étendue d'eau.

N'y vivaient que quelques espèces rares de papillons.

Impossible qu'Izzy soit là.

Elle était sur le point de reprendre son examen de la rive quand elle aperçut un éclair de bleu entre les arbres. Le débardeur d'Izzy. Elle était sur l'île ? Non, sûrement pas. Comment aurait-elle fait ?

Alors qu'elle regardait de plus près, elle remarqua un petit kayak jaune sur les galets, à bonne distance de la rive.

Son cœur s'arrêta presque. Izzy avait ramé jusqu'à l'île ? Était-elle malheureuse à ce point ? *Pauvre, pauvre Izzy.* Elle était allée se terrer dans un endroit où personne ne la chercherait. Un endroit loin de tous.

Que faire ?

Flora regarda par-dessus son épaule, regrettant de ne pas avoir de renfort. Jack serait parti toute la journée, et Clare ne rentrerait probablement pas avant plusieurs heures. Mais si Izzy n'avait pas plusieurs heures devant elle ? Flora ne l'avait jamais vue aussi bouleversée.

Elle consulta son téléphone ; comme d'habitude, il n'y avait pas de réseau. En temps normal, elle appréciait ce calme divin, mais là, tout de suite, elle eut envie de lancer son portable dans le lac. Sans réseau, impossible d'appeler de l'aide.

Il n'y avait qu'elle.

Bon sang, pourquoi n'avait-elle pas réappris à nager ? Ou au moins à ramer ?

Elle regarda de nouveau vers l'île ; l'éclair de bleu avait disparu. Elle imaginait Izzy, malheureuse et seule, le regard rivé sur le lac.

Elle tourna la tête vers l'autre kayak.

Non. Impossible.

Mais si Izzy faisait quelque chose d'horrible, elle ne se le pardonnerait jamais. Même si elle ne commettait aucun des actes désespérés que son imagination était en train de conjurer, l'adolescente souffrait, c'était indéniable.

Flora savait combien la solitude pouvait faire mal. Il était extrêmement important pour elle qu'Izzy sache qu'elle n'était pas seule.

Ayant pris sa décision, elle respira profondément. Ramer ne devait pas être si difficile. Il suffisait de s'asseoir et d'exercer des mouvements avec les bras. Elle ne toucherait même pas l'eau. Si elle gardait les yeux en l'air, elle ne la *verrait* même pas.

Avant de changer d'avis, elle laissa tomber son sac à dos dans l'embarcation.

Ses doigts tremblants glissèrent sur le nœud qu'elle essayait de défaire, comme si son corps essayait de l'empêcher de commettre un acte aussi imprudent.

Allait-elie sérieusement grimper là-dedans pour ramer jusqu'à l'île ?

Oui. Elle ne laisserait pas Izzy seule dans cet état. Celle-ci hurlerait, proférerait à son encontre toutes sortes d'accusations, et elle ne pourrait pas prendre la fuite, car il y aurait un plan d'eau entre la liberté et elle. Elle en avait conscience, mais ne reculerait pas.

Elle monta prudemment dans le kayak. Le sentant tanguer, elle se laissa tomber lourdement sur le siège.

— Oooh !

Elle s'agrippa aux bords. *Respire, respire.* Ces engins étaient faits pour flotter. S'il avait dû couler, il aurait déjà coulé à l'amarre.

Avec précaution, se cantonnant à de petits mouvements, elle récupéra la pagaie posée à ses pieds, avant de s'y accrocher fermement. *Yeux droit devant. Ne regarde pas en bas. Ne te demande pas quelle est la profondeur.*

L'île n'était pas loin. Il lui suffirait de ramer sans discontinuer et ne pas faire de gestes brusques.

Du bras, elle s'écarta de la jetée et perdit plusieurs minutes à errer sans direction, essayant de comprendre comment pagayer et se diriger. Elle parvint enfin à s'éloigner, progressant lentement. C'était perturbant d'être aussi proche de l'eau. Si elle avait eu le choix, elle aurait choisi un yacht ou même carrément un paquebot de croisière.

Plus elle s'éloignait de la jetée, plus elle se sentait vulnérable. Elle baissa les yeux. La panique la prit instantanément à la gorge. L'eau était profonde, sombre. Elle essaya de ne pas penser à sa mère, qui était en pleine mer lorsqu'elle s'était noyée.

Quelques gouttes de pluie tombèrent sur ses épaules. Clare l'avait prévenue que le temps était capricieux. Elle l'avait d'ailleurs constaté par elle-même depuis le début de son séjour, mais elle aurait vraiment préféré que la tempête se déclare à un autre moment.

La surface du lac devint plus agitée. L'eau percutait violemment les flancs du kayak, mettant ses nerfs à rude épreuve.

Si elle survivait à cette aventure, elle tuerait Jack !

— Tout va bien, tout va bien, se répéta-t-elle les yeux rivés sur l'île, pour essayer de se calmer.

Elle n'avait pas l'impression de s'en rapprocher mais espérait que c'était un effet de son imagination.

Elle continua de ramer, se demandant si elle s'y prenait comme il fallait. Reculait-elle ? Non, la *boathouse* était loin derrière elle. Un sentiment d'espoir mêlé de panique l'envahit. Il n'y avait plus de retour en arrière possible. Maintenant qu'elle ne pouvait plus changer d'avis, elle en avait terriblement envie. Qu'est-ce qui lui avait pris ? Elle ne pouvait pas nager, n'avait jamais fait de kayak. En plus, Izzy la détestait.

Une vague haute frappa le kayak, l'aspergeant.

Elle poussa un cri, se figea et, dans sa panique, faillit lâcher la pagaie. Réalisant que la perdre serait dramatique, elle l'agrippa fermement. Si elle survivait, elle apprendrait à nager.

Elle ignorait combien de temps s'était écoulé, mais elle ramait depuis si longtemps que ses bras étaient lourds comme du plomb. Jamais elle ne se serait doutée que l'île était si loin.

Le vent se leva. La surface du lac fut de nouveau agitée par les vagues.

Bon sang, pourquoi avait-elle pensé que ramer jusque là-bas serait une bonne idée ?

Izzy serait certainement contente de la voir disparaître, mais, même si elle aimait faire plaisir, se noyer, ce serait aller franchement trop loin.

Voyant l'île se rapprocher, elle eut un regain de courage et continua de ramer. Elle scruta les arbres à la recherche de l'adolescente, mais il n'y avait aucun signe de vie.

Si elle avait fait une erreur ? Si elle ne trouvait pas Izzy sur l'île ? En aucun cas elle n'aurait l'énergie de faire demi-tour. Elle serait coincée sur l'île.

Elle apercevait à présent les galets sur le rivage. Encore quelques coups de rame, et elle serait arrivée. Alors que son moral remontait, des vagues vinrent s'écraser contre le kayak, le faisant violemment tanguer et l'éclaboussant. Elle poussa un cri et agrippa les bords, lâchant la pagaie. Alors qu'elle se penchait pour la rattraper, elle déséquilibra l'embarcation, qui se renversa. Flora plongea la tête la première dans le lac.

En premier vint le choc, puis le froid. L'eau lui emplit les oreilles, étouffant les sons. *Je vais me noyer,* pensa-t-elle.

Elle se débattit, gesticulant dans tous les sens, but la tasse. Puis elle sentit des mains l'attraper et la tirer à la surface. Elle aspira à pleins poumons, se débattit encore un peu.

— Pose les pieds par terre !

La voix d'Izzy pénétra ses oreilles gorgées d'eau. Malgré sa panique, Flora se sentit soulagée : Izzy était vivante ! Elle allait bien. Elle se fichait qu'Izzy lui hurle dessus.

— Bon sang, Flora ! Mets-toi debout !

Izzy la tira sur la plage de galets, loin de l'eau froide et tumultueuse et s'allongea, haletante, à côté d'elle.

Pendant un moment, aucune d'elles ne parla.

Flora fixait le ciel, se demandant si elle était toujours en vie. Lorsque le visage d'Izzy apparut au-dessus du sien, déformé par la colère, elle sut qu'elle était bel et bien vivante, toujours dans son monde habituel. Celui où Izzy ne supportait pas de la voir.

— À quoi est-ce que tu pensais ? Tu as peur de l'eau !

C'était une question pertinente, à laquelle elle était incapable de répondre. Elle avait de l'eau dans les oreilles, et son cœur paniqué battait si fort qu'elle se demandait si elle faisait une crise cardiaque.

Izzy cria quelque chose à propos des gilets de sauvetage en lui agrippant les bras, mais Flora, sonnée, la comprit à peine. Remarquant qu'elle ne réagissait pas, l'adolescente prit une profonde inspiration.

— Est-ce que ça va ? Tu as le teint verdâtre. Tu respires super vite. Essaie de ralentir. Désolée d'avoir crié, mais tu m'as foutu une trouille bleue.

Elle la fit asseoir.

— Une de mes amies fait des crises d'angoisse. Appuie sur l'aile de ton nez. Tu inspireras moins d'air. Non, attends…

Elle se leva précipitamment et partit en courant, revenant quelques instants plus tard avec un sac en papier.

— Heureusement que j'avais préparé un pique-nique. Respire là-dedans.

Elle positionna le sac au-dessus de son nez et de sa bouche, et l'encouragea à respirer lentement.

Après quelques minutes, le cœur de Flora arrêta de tambouriner, et la sensation d'étourdissement se calma. Elle remarqua que le vent était retombé et le soleil, sorti. Apercevant le lac qui scintillait sous ses rayons, elle frémit.

Jamais plus elle ne s'approcherait d'un plan d'eau !

— Tu n'as pas répondu à ma question.

Izzy lui passa une serviette autour des épaules et s'accroupit à côté d'elle.

— Qu'est-ce que tu fabriquais sur le lac ?

Flora toussa à plusieurs reprises. Elle avait avalé toute l'eau, ou quoi ?

— Je te cherchais.

— Moi ? Pourquoi ?

— Tu étais bouleversée. Je m'inquiétais pour toi.

— Je vais bien. Je n'arrive pas à croire que tu m'aies suivie, alors que je t'ai insultée.

— Tu pleurais. Je voulais m'assurer que tu allais bien. Je ne comptais même pas te dire que j'étais là. Ensuite, j'ai remarqué du bleu sur l'île et reconnu ton débardeur. J'ai paniqué, pensant que peut-être…

Elle s'arrêta, ne voulant pas énoncer à voix haute ce qui lui avait traversé l'esprit.

— Quoi ?

— Je ne sais pas. Je me suis probablement fait du mauvais sang pour rien, seulement cet endroit est si isolé, entouré de toute cette eau effrayante, brrrr… J'ai pensé que tu…

— Que j'allais me faire du mal ?

Les yeux écarquillés, Izzy se balança sur ses talons.

— Tu étais si triste, ce matin, au petit déjeuner. Tu semblais si seule.

— Comment ça se fait que tu l'aies remarqué et pas mon père ?

— Ça m'est souvent arrivé de me sentir seule.

Flora se frotta la poitrine de sa paume, essayant de calmer la sensation de brûlure.

— Je comprends pourquoi tu as eu l'impression qu'il manquait d'égards, mais je pense qu'à sa façon très maladroite il essayait de te montrer qu'il était capable de se débrouiller. Il se sent coupable de t'avoir mis trop de pression, cette année. Il se concentrait sur les préparatifs – faire un sandwich au fromage, emporter une boisson pour Molly… Les hommes ne sont pas toujours doués lorsqu'il s'agit de faire plusieurs choses en même temps. J'exagère, évidemment. Sincèrement, je crois qu'il était si déterminé à bien faire les choses et à ne rien oublier qu'il n'a pas prêté attention au reste.

— Mais toi, si.

Izzy s'assit, les yeux rivés sur le lac.

— Je voulais t'aider, Izzy. C'est tout.

— Euh, corrige-moi si je me trompe, mais c'est moi qui t'ai aidée. Je t'ai sauvée.

Flora toussa et hocha la tête.

— Ouais, on ne peut pas dire que niveau sauvetage, je sois douée.

— J'étais de l'autre côté de l'île en train de manger mon pique-nique, quand je t'ai entendue hurler.

Flora ne savait pas si elle devait se sentir humiliée ou soulagée.

— Une vague m'a fait chavirer.

— Je n'en ai pas cru mes yeux en te voyant sur le lac ! Tu n'en as donc pas fini de faire plaisir aux gens ? Tu essayais encore de faire amie-amie avec moi et de m'impressionner ?

Le soleil avait beau être de nouveau sorti, Flora ne cessait de frissonner.

— Si je voulais impressionner quelqu'un, je cuisinerais un gâteau ou confectionnerais un bouquet. Rien en rapport avec l'eau. Et j'espère qu'on est déjà amies, au moins un petit peu. Qu'on le soit ou pas, j'aurais quand même voulu m'assurer que tu allais bien. Je sais ce que c'est que se sentir seule. Je voulais t'épargner cette souffrance. Je suis probablement la dernière personne au monde à qui tu as envie de parler, mais si tu changes d'avis, sache que je suis là.

— Mon père n'a pas essayé de t'empêcher de venir ? Vu qu'il pensait que rien ne clochait.

— Il n'est pas au courant. Il avait déjà quitté la maison.

— Et tante Clare ?

— Sa mère s'est coupé le doigt en préparant des champignons. Elle l'a emmenée à l'hôpital.

— Oh non, la pauvre ! Alors personne ne savait où tu étais ?

Il y eut un silence tendu.

— Est-ce que tu es montée sur un bateau ou entrée dans l'eau depuis… tu sais ?

— Non.

Flora s'essuya le visage avec le coin de la serviette.

— C'est la première fois que je monte dans un kayak.

— Ce n'est pas un kayak, Flora. C'est un canoë.

— Oh ! Il y a une différence ?

— Ouais.

Izzy s'essora les cheveux.

— Ouais, il y a une différence.

— Pas étonnant que je m'y sois mal prise. Tu vas me tuer, si j'avoue que j'ai lâché la pagaie ?

Une expression étrange passa sur le visage d'Izzy.

— Tu vas me tuer, ajouta Flora précipitamment. Je t'en achèterai une nouvelle, promis.

— Je me fiche de cette foutue pagaie.

— Alors quoi ?

— Tu es montée dans un canoë et tu as ramé jusqu'ici parce que tu t'inquiétais pour moi ?

— Oui.

— C'est tout ? Pas d'autre raison ? Tu ne voulais pas tester l'eau, ramer ou autre chose ?

— Rien, à part une très grande inquiétude, ne m'aurait fait entrer dans l'eau.

— Une très grande inquiétude pour moi ?

— Oui.

Izzy bondit sur ses pieds.

— Je n'ai jamais rien entendu d'aussi égoïste ! explosa-t-elle.

Les mains fourrées dans les cheveux, elle arpenta la rive, tandis que Flora restait figée et perplexe.

— Égoïste ?

Stupide, elle pouvait le concevoir, mais *égoïste* ?

— Parce que j'ai lâché ta pagaie ?

— Non, parce que j'ai tout fait pour essayer de te détester, figure-toi, et que tu m'as rendu la tâche impossible ! Comment pourrais-je détester quelqu'un qui est prêt à affronter sa plus grande peur dans le seul but de me venir en aide ?

Flora analysa sa tirade morceau par morceau.

— Tu essayais de me détester ?

— Oui.

Izzy la fusilla du regard.

— Mais c'est tout simplement impossible !

Flora ignorait comment elle était supposée le prendre.

— Ne laisse pas mon sauvetage te perturber. Tu as toujours le droit de me détester.

Elle tentait de garder un ton léger.

— Le sauvetage ne t'oblige à rien.

Izzy lui lança un regard noir.

— Quel sauvetage ? Flora, *il n'y a pas eu de sauvetage*. C'est moi qui t'ai sauvée. Je croyais qu'on était d'accord là-dessus.

— Exactement. Alors tu n'as aucune raison de te sentir coupable de me détester. Vas-y, ne te gêne pas.

Izzy se laissa tomber à côté d'elle. Elles étaient assises côte à côte, épaule contre épaule.

— Je ne te déteste pas. Enfin, peut-être que si, pendant quelque temps, mais ça n'avait rien à voir avec toi. Ma vie est un vrai bordel et ce n'est pas de ta faute. Du moins, pas trop. Ça me soûle que Molly t'aime autant, que tu te débrouilles aussi bien avec elle et que tu sois aussi efficace dans la maison. Mais la vérité, c'est qu'on n'a plus besoin de moi – sa voix se brisa –, et ce n'est pas de ta faute.

— Plus besoin de toi ? s'exclama Flora, horrifiée. De quoi est-ce que tu parles ?

— Tu l'as dit toi-même. Pour la première fois, mon père s'est rappelé de mettre du fromage dans les sandwichs de Molly et il a même emporté une boisson. Il ne s'en souvient jamais, habituellement.

Elle se frotta le visage de ses doigts, y laissant une traînée boueuse.

— Il n'a jamais été doué pour les tâches domestiques. Il essaie, mais par exemple il met la machine à laver en route et oublie ensuite de placer le linge dans le sèche-linge, alors les affaires puent le chien mouillé. Il ignore que Molly mouille encore son lit…

Elle rougit et coula un regard vers Flora.

— Je lui ai promis de n'en parler à personne.

— Je ne dirai rien, promis.

Elle avait le cœur brisé rien que d'y penser.

— Je mouillais mon lit, moi aussi, confessa-t-elle.

— C'est vrai ?

— Oui, après la mort de ma mère. Comme je savais que ma tante serait furieuse, j'ai essayé de laver les draps moi-même. Mais ça a été un désastre, alors pendant quelques mois j'ai dormi sur le sol de la salle de bains, plus facile à nettoyer.

— Sérieux ? C'est horrible.

— C'était une période difficile, mais parfois, dans la vie, on n'a pas d'autre choix que de s'adapter.

— Ouais, pas d'autre choix.

— Je n'en veux pas à ma tante. M'élever a été vraiment dur pour elle. Elle était célibataire, passionnée par son travail et, du jour au lendemain, elle s'est retrouvée avec un enfant sur les bras, alors qu'elle avait choisi de ne jamais en avoir.

— Ta maman s'était noyée, tu n'y étais pour rien.

— Non. Nombre de drames qui arrivent dans la vie ne sont la faute de personne. Tout ce qu'on peut faire, c'est les affronter du mieux qu'on peut. Tu en sais quelque chose. Molly a de la chance de t'avoir. Tu changes ses draps, tu lui fais des câlins. Elle est heureuse et équilibrée, et c'est grâce à toi.

— Elle m'a crié dessus ce matin.

— Elle se sent suffisamment en sécurité pour le faire car elle sait que tu l'aimes. Et c'est parce qu'elle sait que tu l'aimes qu'elle est heureuse de passer du temps avec moi. Si elle ne se sentait pas en sécurité, elle s'accrocherait à toi.

— Tu crois ?

— J'en suis convaincue.

Izzy enroula les bras autour de ses jambes.

— Elle s'accrochait, au début. J'aimais ça. Tu me trouves pathétique ?

Flora ressentit un pincement au cœur devant tant de candeur.

— Non. C'est humain de vouloir être aimé, mais tu *es* aimée.

Izzy se leva précipitamment et arpenta le bord de l'eau.

Flora se demanda s'il se passait autre chose.

— Izzy ?

Elle se frotta les bras.

— Il me pousse à aller à l'université. Il veut que je parte.

— Il souhaite le meilleur pour toi. Et pour lui, cela signifie aller à l'université. Il ne veut pas t'empêcher d'avancer. Mais je comprends pourquoi les choses qu'il a dites pourraient être mal interprétées.

Izzy tourna la tête vers elle.

— C'est vrai ?

— Oui.

Si Jack avait été là, Flora l'aurait poussé dans le lac.

— Crois-le ou non, il pense à toi. Il sait pertinemment tout ce que tu as sacrifié cette année pour faire tourner la maison. Tu vois rarement tes amis. Tu as cuisiné, fait le ménage, tu t'es occupée de ta sœur. Il veut que tu mènes ta propre vie.

— J'ai cru que…

Izzy reporta son attention sur le lac et regarda au loin.

— … qu'il en avait marre de moi. Il a dit en gros que la famille s'en sortirait très bien sans moi.

Flora se leva aussi.

— Comment peux-tu penser une chose pareille ? Tu es sa fille. Il t'adore. Rien ne changera jamais ça.

Elle tendit le bras vers elle, mais Izzy s'écarta avec un haussement d'épaules.

— Tu as faim ? J'ai de la nourriture dans mon sac à dos. Je vais le chercher.

Elle partit en courant si vite que Flora se demanda si elle avait commis un impair.

Elle avait l'impression de mettre constamment les pieds dans le plat. La vie de famille aurait dû être accompagnée d'un manuel. En attendant, elle essayait tant bien que mal d'en comprendre les règles.

Jack ne s'y prenait pas très bien pour communiquer avec Izzy, et on pouvait effectivement l'accuser de maladresse, mais elle n'avait jamais rien vu dans son attitude qui aurait pu donner l'impression à Izzy qu'il ne l'aimait pas.

Comment cette pensée lui était-elle venue ? Elle était sûre que Jack serait aussi perplexe qu'elle.

Izzy revint un instant plus tard avec un sac à dos plein à craquer.

— J'ai dévalisé le frigo de tante Clare au petit déjeuner. J'ai du fromage, du pain, des tomates et des pommes.

Flora avait tellement bu la tasse qu'elle n'avait plus de place pour de la nourriture, mais partager un repas créait des liens, alors elle était déterminée à se forcer à avaler quelque chose.

— Je pensais que tu étais venue là sur un coup de tête.

— Non. J'adore cette île. Elle est paisible. D'habitude, mon père et Aiden m'empêchent d'y venir, parce que le lac est dangereux quand le temps tourne.

Flora, qui essayait de ne plus y penser, fit la grimace.

— J'avais remarqué.

— Quand je suis ici, je prétends que c'est mon île. Personne ne peut y débarquer sans ma permission.

— Sauf les gens qui ne savent pas du tout comment ramer.

— Techniquement, tu es maintenant une naufragée.

Izzy étala le pique-nique sur sa veste. L'estomac de Flora gargouilla. Elle avait faim, finalement.

— J'adore les pique-niques. Je trouve que la nourriture est encore meilleure lorsqu'on la déguste en extérieur.

— Ah ouais ?

Izzy mordit dans un morceau de pain.

— Maman détestait les pique-niques.

— Ah bon ?

C'était la première fois qu'elle parlait de Becca sans termes élogieux exagérés.

— Qu'est-ce qu'elle détestait, au juste ?

— Les guêpes, les mouches, la nourriture, et j'en passe.

Izzy se coupa une tranche de fromage.

— Elle préférait manger dans des restaurants chic. Champagne. Verres étincelants…

Elle s'interrompit.

— Désolée. Je sais que tu ne veux pas entendre parler de ma mère.

— Ça ne me gêne pas.

— Tu vois, tu recommences ! gronda Izzy en lui lançant un regard noir. Arrête de faire des trucs que tu ne veux pas faire, juste pour me faire plaisir.

— Faux. J'ai abandonné l'idée d'essayer de te plaire. Mais je pense que tu devrais parler de ta mère chaque fois que tu en as envie.

— Tu parlais de la tienne ?

Flora picora un morceau de pain.

— Non. Ça contrariait ma tante, et je détestais la contrarier. J'avais toujours une photo de ma mère sur moi. Je la regardais souvent.

Izzy se resservit du fromage.

— Je suis désolée de t'avoir insultée et poussée. Normalement, je ne…

— Tout va bien, la coupa Flora. Je comprends. Tu étais contrariée. On fait et on dit tous des choses qu'on ne pense pas quand on est contrarié.

Izzy la regarda.

— Tu l'as avec toi ?

— Quoi ?

— La photo.

— Je… oui.

— Je peux la voir ?

Elle dut faire une drôle de tête, car Izzy cessa de mâcher.

— Oublie. Tu n'es pas obligée de me la montrer si tu n'en as pas envie.

— Si, si, j'en ai envie.

Flora attrapa son sac à dos.

— Je n'ai pas l'habitude de la montrer, c'est tout.

— Pourquoi ?

— Parce qu'ensuite on me pose certaines questions auxquelles je n'ai pas envie de répondre.

— Je comprends, répondit Izzy en sélectionnant une tomate. Parfois, les gens sont vraiment maladroits. Mes amies me rendent dingue avec leurs histoires débiles.

— Oui. Quand on souffre, on ne conçoit pas que le monde puisse continuer de tourner. On a l'impression que le temps s'est arrêté.

Sentant qu'elles se rapprochaient, Flora fouilla dans son sac jusqu'à ce qu'elle trouve la photo de sa mère.

— Elle a été prise un mois avant sa mort, chez le fleuriste chez qui elle travaillait, et où je travaille aussi, expliqua-t-elle, émue, comme chaque fois qu'elle la contemplait.

Izzy la prit et l'étudia.

— Elle est jolie. Elle a un regard doux. Tu lui ressembles.

— On me le dit souvent.

— Mon père l'a vue ?

— Oui, il n'y a pas longtemps. Je ne parle pas beaucoup d'elle.

Ces souvenirs étaient la chose la plus intime qu'elle possédait et elle y tenait. Elle les avait néanmoins partagés avec Jack, et maintenant, elle les partageait avec sa fille.

Izzy hocha la tête.

— Tu peux m'en parler, si tu veux. Je ne répéterai rien.

Quel énorme progrès ! L'émotion submergea Flora. Elle eut l'impression d'avoir gagné le gros lot.

— Merci, Izzy, répondit-elle d'une voix tremblante et la gorge serrée. La même chose vaut pour toi.

— Ton père, où est-il ?

— Je ne l'ai pas connu. Les responsabilités, ce n'était pas son truc. Tu as de la chance avec le tien.

Izzy lui rendit la photo.

— Parfois, ça fait mal de se souvenir. C'est vraiment étrange, le processus de deuil. Une minute tu pleures, celle d'après, tu te sens détaché. Et il y a la culpabilité – une culpabilité horrible. Et la colère.

La colère ?

— Le chagrin, c'est comme être attaché sur des montagnes russes, fit Flora en gardant un ton léger. Tu te sens très en colère ?

Izzy prit une pomme.

— Ouais.

— En colère qu'elle soit morte ?

— Ouais, mais il n'y a pas que ça. Elle faisait des choses qui m'énervaient. Parfois, j'aimerais pouvoir la secouer et lui hurler : « Mais bon sang, à quoi est-ce que tu pensais ? » Je l'adorais, mais elle faisait des trucs vraiment stupides. Tu vois ce que je veux dire ?

Non, Flora ne voyait pas. Ayant perdu sa mère à l'âge de huit ans, elle n'avait vécu aucune des tensions mère-fille dont parlait l'adolescente. Elle aurait bien aimé pourtant, cela lui aurait permis de mieux la comprendre. Ignorant où Izzy voulait en venir, elle avait l'impression de tâtonner dans l'obscurité.

— Tu en as parlé à ton père ?

— Non.

Izzy croqua un morceau de pomme.

— C'est bien la dernière personne à qui je pourrais en parler.

— Si quelque chose te rend malheureuse, je suis sûre qu'il voudrait le savoir.

— Non, ça, vraiment pas…

Izzy mâcha lentement et reprit :

— Ça t'est déjà arrivé d'être fâchée contre ta mère ? Genre vraiment fâchée, parce qu'elle avait fait un truc carrément débile ?

Flora ne voulait pas mentir.

— Je ne me rappelle pas avoir ressenti une telle colère, non, mais j'étais beaucoup plus jeune que toi quand je l'ai perdue. Tu te sens en colère à propos de quelque chose en particulier ?

La façon dont Izzy regardait le lac lui faisait penser qu'il y avait bien une raison en particulier, mais Izzy secoua la tête.

— Non. Oublie.

— C'est bien que tu aies des souvenirs de ta mère. Je n'en ai pas beaucoup, et le peu qu'il me reste s'estompe avec le temps.

Flora se servit du fromage.

— Tu auras plus de souvenirs que Molly. Elle te demandera sûrement de les partager avec elle quand elle sera plus grande.

Izzy finit sa pomme et coupa un morceau de pain.

— Tu crois ?

— Oui. Ma tante n'aimait pas parler de ma mère, mais quand elle en parlait, j'avais l'impression de recevoir un cadeau précieux. Je me précipitais dans ma chambre pour tout noter, histoire de ne rien oublier.

Izzy plongea la main dans son sac et tendit à Flora une bouteille d'eau.

— J'aime écrire. J'ai un blog.

— C'est bien. Je parie que tu es douée.

— J'ai vraiment envie de devenir journaliste. J'écrirai peut-être quelque chose sur maman au cas où Molly souhaite le lire plus tard.

— Je pense que ce serait super, à condition que ça ne te rende pas malheureuse. Et pas seulement ce qu'elle a accompli, comme diriger une entreprise ou courir un marathon, mais des histoires qui racontent qui elle était. Son aversion des pique-niques à cause des guêpes, par exemple. C'est une bonne anecdote.

Izzy dévissa le bouchon de la bouteille et but une gorgée.

— Un jour, elle a débarqué en robe du soir à un pique-nique organisé par mon école. C'était carrément gênant. Toutes les autres mamans étaient en jean, et la mienne débarque comme si elle allait à l'opéra ! Je n'avais qu'une envie, me cacher.

— Ta maman avait l'air incroyablement glamour.

À sa grande surprise, Flora ne se sentit ni mal dans sa peau ni envieuse. À un moment donné, la Becca mythique et incroyablement parfaite s'était transformée en une vraie personne, dotée de défauts.

— Elle était glamour, ouais. Mais je crois qu'elle se sentait forcée de l'être, qu'elle pensait qu'elle devait montrer et entretenir une certaine image. Elle voulait qu'on la remarque. Être la meilleure.

Manque de confiance en elle, pensa Flora. Cela correspondait à ce que Clare lui avait confié pendant une de leurs sessions de jardinage.

— Tu vois, c'est pour cette raison que tu feras une bonne journaliste.

Elle glissa une tranche de fromage dans son pain.

— Tu cherches l'histoire sous les faits. Tu poses la question *pourquoi. Pourquoi* est-ce que ta mère pensait qu'elle devait porter une robe du soir à un pique-nique ? As-tu des photos ? Tu pourrais ajouter des photos à ton récit. Comme ça, si elle en a envie, Molly pourra le lire quand elle sera plus grande.

Izzy s'essuya les doigts sur son short.

— Raconte-moi une histoire sur ta mère.

Flora réfléchit.

— Un jour, quand je suis rentrée de l'école, elle m'a bandé les yeux et m'a fait identifier des fleurs rien qu'à leur odeur.

— Tu plaisantes !

— Pas du tout. J'ai eu l'impression de sentir une centaine de fleurs.

Izzy sourit.

— Tu as éternué et tu as atterri aux urgences ?

— Presque. Et elle était si créative. Elle décorait notre appartement avec des objets qu'elle trouvait sur la plage. Des coquillages. Du bois flotté. La table de notre cuisine était faite de planches qu'elle avait poncées, peintes et assemblées à la manière d'une œuvre d'art.

Son déjeuner terminé, Flora se lécha les doigts.

— C'était délicieux.

— Ouais. J'aurais dû voler du gâteau pour le dessert.

— Sur ce coup-là, je peux t'aider.

Flora fouilla dans son sac à dos trempé, pendant qu'Izzy la regardait.

— Tu as apporté du gâteau ?

— Tu n'en voudras probablement pas. T'apporter mes cupcakes au citron entre clairement dans la case « faire plaisir ».

— Si tu as apporté des cupcakes, je te pardonne.

Izzy bavait presque tandis que Flora sortait le paquet.

— Ils risquent d'être humides.

— Peu importe. Je les mange quand même. Tes cupcakes au citron sont les meilleurs gâteaux que j'aie jamais goûtés.

Tout en prenant son dessert, Flora absorba le compliment. Pour une fois, sa manie de vouloir plaire à tout prix ne lui avait pas valu de critique ni de hurlement.

— Tu devrais parler à ton père. Lui dire comment tu te sens.

— À quel sujet ?

Izzy prit un deuxième cupcake, puis un troisième.

— L'université, ton départ de la maison. Le sentiment que tu as de n'être ni aimée ni indispensable. Il voudrait probablement savoir ce qui se passe dans ta tête.

— Oh que non !

— Pourquoi pas ? Pourquoi ne peux-tu pas parler à ton père ?

— Il y a beaucoup de raisons, mais surtout je ne veux pas l'inquiéter ni être un fardeau.

Flora sentit un poids lui tomber sur la poitrine.

— Izzy, tu es sa fille !

L'atmosphère changea en un instant.

— Tu vois, le truc c'est que – elle ramassa les restes du pique-nique et les fourra dans son sac – je ne suis pas vraiment sa fille. Pas sa fille biologique. Tu le savais, n'est-ce pas ?

Flora, dont le cerveau s'était brusquement engourdi, dut se forcer pour répondre.

— Non. Pas du tout.

— Il ne te l'a pas dit ? fit Izzy.

— Non.

Elle vit que l'adolescente se demandait pourquoi. Elle se le demandait, elle aussi. Elle croyait que leur relation avait franchi une nouvelle étape. Elle lui avait confié des secrets qu'elle n'avait confiés à personne. Elle se sentait proche de lui, intime d'une façon qui n'était pas seulement physique. Elle pensait que c'était pareil pour lui. Apparemment pas. Et il n'était pas seulement question de ses sentiments. Comment était-elle censée comprendre et soutenir sa famille, s'il gardait pour lui des informations aussi cruciales ?

— Il a probablement voulu respecter ton intimité.

Cette révélation avait de grosses implications pour elle, mais pour l'instant sa priorité devait être Izzy. Elle se sentait à l'évidence très mal, et les raisons de son mal-être devenaient maintenant claires.

Izzy haussa les épaules.

— Ce n'est pas un grand secret. Je l'ai toujours su. Maman était enceinte de moi quand elle l'a rencontré. Il l'a épousée quand même. Il m'a élevée. On formait une famille, puis ma mère…

Elle s'interrompit et regarda vers le lac.

— Ma mère n'est plus là, alors il se demande probablement quand je partirai et débarrasserai le plancher. Tu l'as entendu, il insiste pour que j'aille à l'université. Je ne lui en veux pas. Je ne suis pas vraiment sa responsabilité. Je suppose que, d'une certaine façon, je ne l'ai jamais été. Il veut que je construise ma vie propre. Alors, c'est ce que je vais faire.

Flora avait l'estomac noué. Non seulement elle se sentait mal pour Izzy, mais elle s'inquiétait pour sa relation avec Jack.

Elle commençait à avoir l'impression de faire partie de sa famille, à se sentir incluse. Mais il ne lui avait pas révélé qu'Izzy n'était pas sa fille biologique.

Pourquoi ?

— Tu dois lui parler de la colère que tu ressens, Izzy, lui parler de tout.

— Hors de question ! s'écria Izzy, paniquée, en bondissant sur ses pieds. Je ne peux pas – tu ne sais pas *du tout* de quoi tu parles – il y a des choses, d'autres choses…

— OK, OK – Flora leva une main en signe de conciliation –, mais parler à quelqu'un pourrait te faire du bien.

Elle savait pertinemment qu'elle n'était pas la bonne personne.

— Pourquoi pas Clare ?

Izzy la regarda. Elle avait réagi au quart de tour, et Flora voyait sa poitrine monter et descendre à vive allure.

— Tante Clare ?

— Oui. Elle te connaît depuis toujours et elle t'adore. Tu pourrais lui confier ce qui te préoccupe. *Tout* ce qui te préoccupe. Te libérer d'un poids. Quel que soit le problème, elle t'écouterait, j'en suis certaine.

Izzy garda le silence pendant une minute.

— Peut-être, répondit-elle finalement.

— Penses-y.

Flora zippa son sac à dos.

— Dans tous les cas, en parler te fera du bien. Tu te sentiras libérée d'un poids et moins seule.

Cela valait pour elle aussi : une explication avec Jack s'imposait.

Clare

Lake District, Angleterre

Clare était dans le grenier, bravant la poussière et les araignées, quand elle entendit sa mère l'appeler.

— Que fais-tu là-haut ?

— Je cherche de vieux albums photo. Je sais qu'ils sont là quelque part.

Pourquoi était-elle si désorganisée ? Todd et elle fourraient tout ce qui devait être conservé là-haut et n'avaient mis en place aucun système de rangement. Elle avait trouvé des vêtements de bébé, des jouets et des rideaux tellement démodés que personne ne les suspendrait jamais nulle part. Il fallait vraiment qu'elle fasse du tri, mais elle était incapable de jeter quoi que ce soit. Chaque objet évoquait un souvenir. Elle venait de passer cinq minutes à soupirer sur un *scrapbook* qu'Aiden avait fabriqué à l'âge de quatre ans.

Todd parlait de convertir le grenier en une autre pièce habitable, seulement, rien que de penser à la quantité de travail que cela représenterait, Clare avait des maux de tête.

Le visage de sa mère apparut en haut de l'échelle.

— Bon sang, Clare, as-tu pensé au risque d'incendie ? Je n'ai jamais compris pourquoi tu n'arrivais à te séparer de rien. Si tu veux, je te prêterai mon livre sur le désencombrement.

— Le bazar d'une personne est le trésor caché d'une autre. Je n'aime pas jeter les choses au cas où j'en aurais besoin.

— Tu n'as pas *besoin* de tout ça, Clare. La preuve, tu ne trouves pas ce que tu cherches.

Sa mère essuya la poussière sur sa manche.

— Quelles photos cherches-tu ?

— Celles de Becca et moi quand on était jeunes. Tu ne devrais pas être ici, maman ! On vient de passer quatre heures aux urgences.

La lacération, profonde, avait nécessité des points de suture.

— Tu n'es pas censée salir ton pansement.

— Cesse donc de t'inquiéter ! Pour les photos, tu aurais dû me demander. La plupart des albums sont chez moi.

— Oh. Ça explique pourquoi je ne les trouve pas ici.

Clare contempla le désordre qu'elle avait généré. Sa mère avait raison. Un grand ménage s'imposait. Tout près d'elle se trouvait un carton de vêtements pour bébé, soigneusement pliés. Pourquoi ressentait-elle le besoin de tout garder ?

— Je ne savais pas que tu avais des photos. Comment ça se fait ?

— Je ne voulais pas qu'elles disparaissent dans cette pagaille. Les photos sont faites pour être regardées, pour nous faire rire et pleurer. Elles ne sont pas supposées alourdir le plafond. Je savais que tu mettrais tous les albums dans des cartons pour les fourrer ici, alors j'ai décidé de les emporter quand j'ai déménagé.

Clare s'assit par terre dans un nuage de poussière et la regarda.

— Quelles photos as-tu chez toi ?

— Celles de notre famille et de ton père bien sûr, mais il y en a beaucoup de Becca et toi, aussi, au fil des années.

— Tu as regardé les photos de papa toute seule, sans me le dire ? Maman !

— Quoi ? La vie continue, ma chérie. On doit tous trouver une façon d'avancer. Regarder ces photos me fait du bien. Elles me rappellent tous les bons moments qu'on a partagés, ton père et moi.

— Je ne supporte pas l'idée que tu puisses les regarder toute seule. Cela doit t'attrister.

— Qui a dit que je me sentais triste ? Certes, cela arrive de temps en temps, mais bien plus souvent je ris. Quand je revois ton père portant ses chaussons dans le jardin par exemple, l'imbécile. Tu savais qu'il les appelait ses « chaussons d'extérieur » ? Ridicule mais attendrissant. J'en ai une superbe de lui sur le bateau. Ses cheveux partent dans tous les sens, et son nez est rouge vif. Il oubliait toujours de mettre de la crème solaire, tu te souviens ? Je l'ai mise sous cadre. Il aurait été furieux que je choisisse celle-là. On se serait probablement disputés, mais j'aurais obtenu gain de cause. C'est ma préférée.

Clare passa mentalement en revue le salon de sa mère.

— Où est-elle ? Je ne l'ai jamais vue.

— À côté de mon lit. Son joli visage brûlé par le soleil est la dernière chose que je contemple le soir avant de m'endormir et la première que je regarde le matin, comme quand il était en vie.

— Oh ! maman.

— Pas de « oh, maman ». Je suis heureuse. Est-ce qu'il me manque ? Évidemment. Chaque minute de chaque jour. Mais c'est un peu plus facile aujourd'hui qu'au début. Pas la douleur – elle n'a pas changé –, mais j'ai appris à faire avec. Elle ne m'empêche pas de vivre ma vie, elle m'accompagne simplement comme un compagnon très ennuyeux dont je me passerais bien. Avoir sa photo près de mon lit me donne l'impression qu'il est près de moi. Si je confesse que je lui parle, tu vas me faire enfermer ?

— Bien sûr que non ! Pourquoi ne m'as-tu pas dit tout ça plus tôt ? Todd et moi sommes venus dans la région pour être plus près de toi, pour qu'Aiden puisse t'avoir dans sa vie.

— Et je t'en serai toujours reconnaissante. Mais ça ne veut pas dire que tu doives faire le pied de grue devant ma porte. Ce serait pénible pour nous deux.

— Il te manque terriblement.

— C'est vrai. Son sourire me manque, ainsi que la façon dont il penchait la tête d'un côté quand il écoutait. J'aimais sa façon de toujours voir le verre à moitié plein. Le sexe me manque aussi évidemment.

— Maman !

— Quoi ? Je n'ai que soixante-dix ans. J'ai toujours l'impression d'en avoir dix-sept, je te signale.

Le visage de Clare se mit à brûler, et cela n'avait rien à voir avec le manque d'air du grenier.

— Oh ! Clare, lâcha sa mère, à la fois exaspérée et amusée. Tu t'imagines que la vie sexuelle se termine à quarante ans ? Cinquante ans ? Ton père et moi avons eu une vie sexuelle très active jusqu'à la semaine précédant sa mort.

Clare se sentit étourdie. Elle n'arrivait pas à croire la tournure qu'avait prise cette conversation. Sa mère ne manquait jamais de la surprendre.

— Est-ce que tu as envisagé de fréquenter quelqu'un ?

Aussitôt, elle se demanda si elle avait mis les pieds dans le plat. Visiblement non, car sa mère arborait un air pensif.

— J'y ai pensé. Je suis même allée jeter un coup d'œil en ligne.

— Comment ?

— Aiden m'a aidée. Je lui ai fait promettre de ne pas te le dire. À en juger par ton expression, on dirait qu'il a respecté sa promesse.

— En effet, répondit Clare, abasourdie. Il ne m'a rien dit.

Elle pensa à son garçon, son bébé, assis à côté de sa grand-mère pour l'aider à se connecter sur un site de rencontres. Tandis qu'une partie d'elle accusait le coup, l'autre songeait : *Tant mieux pour elle !*

— Ce garçon est en train de devenir un charmant jeune homme. Un jour, il est passé voir si j'avais besoin qu'il vide les poubelles car il savait que son grand-père s'en occupait, mais je n'ai aucun souci avec mon recyclage. Ce sont d'autres choses qui me posent problème. Quoi qu'il en soit, j'ai abandonné l'idée de m'inscrire. Une sexualité épanouie n'est pas qu'une question de parties génitales. Pour moi, il s'agit d'intimité, du lien qui unit deux personnes, de la connaissance profonde qu'elles ont l'une de l'autre. Rien de tout cela ne s'achète en ligne. En revanche, on peut acheter des sex toys. J'ai acheté un vibromasseur.

Clare déglutit.

— Aiden t'a aidée à l'acquérir ?

— Je suis capable de faire un achat sur Internet, Clare. Je n'ai pas besoin de l'aide d'un adolescent pour quelque chose d'aussi simple.

— C'est vrai.

Était-elle sur le point d'avoir une conversation sur les vibromasseurs avec sa mère ? Elle en mourrait. Todd trouverait ça hilarant, évidemment.

— Le vibromasseur, c'est mieux que rien, mais ce n'est pas aussi agréable que faire l'amour avec ton père. Je parie qu'il est en train de sourire d'un air fanfaron, de là où il est.

Clare, qui imaginait quelque chose de totalement différent, décida que la discussion devait s'arrêter là. Elle avait encouragé sa mère à parler de ses sentiments, mais il y avait des limites, et elle les avait atteintes.

— J'adorerais voir les photos de papa et de Becca.

— Je vais aller les chercher. Je les regardais justement hier soir, alors je sais où elles sont.

Maintenant que le sujet ne tournait plus autour de la vie sexuelle de sa mère, la culpabilité de Clare revint.

— J'aurais aimé que tu me dises que tu regardais ces photos.

— Pourquoi ? Tu m'aurais maternée, et aucune de nous n'a besoin de ça. Tu as ta vie, j'ai la mienne. J'aime qu'on puisse se voir régulièrement, mais je n'ai pas besoin que tu veilles sur moi. Si j'ai un problème, je fais appel à toi. Je te l'ai prouvé ce matin en t'appelant pour que tu me conduises à l'hôpital.

— Tu as bien fait.

— Je ne savais pas comment maintenir la pression sur le doigt et conduire en même temps. J'aurais mis du sang sur le cuir, ce qui aurait été difficile à expliquer si on m'avait arrêtée pour excès de vitesse.

Clare éclata de rire.

— Tu es la meilleure, maman. Je ne te le dis pas assez.

— Bien, parce que ça m'embarrasse autant que mes histoires sexuelles t'embarrassent.

Sa mère éternua.

— Maintenant pourrait-on descendre et continuer cette conversation dans un endroit où l'aspirateur a été passé il y a moins de dix ans ?

— Pardon.

Clare se leva et retira d'épaisses couches de poussière de son jean.

— Tu as raison. Je devrais vraiment faire du tri. Je ne sais pas pourquoi j'ai autant de mal à me défaire des objets.

— Tu as toujours été comme ça. Que ce soit des jouets ou des amis, tu n'as jamais été capable de t'en séparer.

Clare fronça les sourcils.

— Amis ? Comment ça ?

Mais sa mère avait déjà commencé à descendre l'échelle.

Clare la suivit et ferma le grenier.

— Que voulais-tu dire à propos des amis ?

— Lave-toi les mains, ma chérie, ou tu laisseras des traces de poussière partout.

Il y avait des moments où sa mère lui donnait encore l'impression d'avoir six ans.

— OK, ensuite je mettrai la bouilloire en route.

— Pendant ce temps, j'irai chercher les photos. Je reviendrai en voiture. Il y a pas mal de cartons.

— Si tu me donnes cinq minutes, je t'emmène.

— Je longe les cols de Wrynose, Hardknott et Kirkstone régulièrement. Je pense que je peux réussir à négocier ma propre allée. Mais merci.

— Tu es censée laisser ta main au repos ! protesta Clare.

— Le médecin n'a donné aucune contre-indication pour les mouvements du quotidien. Arrête de faire la maman-poule.

Sa mère disparut, la laissant anxieuse. Mais fière également.

Ses parents avaient toujours tout fait ensemble. Après la mort de son mari, sa mère avait continué à faire les choses seule. Au début, ça avait été une façon d'honorer sa mémoire ; aujourd'hui, c'était un mode de vie. Elle s'était forcée à être indépendante et construit au passage une nouvelle vie.

Clare avait beaucoup de respect pour elle.

Elle doutait de s'en sortir aussi bien, si elle perdait Todd. Elle n'était pas fière de la façon dont elle gérait la mort de Becca.

Elle se frotta les mains, pour enlever la poussière et la saleté, et descendit à la cuisine.

Todd, Jack et Molly n'étaient toujours pas rentrés ; Aiden non plus. Elle ignorait où se trouvaient Izzy et Flora, mais il était peu probable qu'elles soient ensemble.

C'était donc le moment idéal pour discuter avec sa mère autour d'une tasse de thé. Elle espérait que celle-ci ne reparlerait pas de sexe. Certains sujets la mettaient vraiment trop mal à l'aise.

Le thé infusait et la table était mise quand sa mère entra en titubant sous le poids de larges cartons.

Clare se leva précipitamment.

— Nom de dieu, maman !

Elle attrapa les cartons. Les mains libérées, sa mère fléchit les poignets.

— Les souvenirs, ça pèse lourd, dis donc. Il y en a trois de plus dans la voiture. Ils sont étiquetés par année, à laquelle j'ai ajouté une brève liste du contenu.

Clare transporta le reste du chargement de la voiture à la maison.

— Tu les as triés ?

— Il fallait bien que quelqu'un s'y colle. Les photos de ton père à poil sont dans le carton du dessous.

Clare se figea. Puis elle remarqua l'étincelle dans le regard de sa mère.

— Tu es terrible.

— Et toi, tu es crédule. J'adore te taquiner.

Clare posa les cartons par terre avec les autres.

— Je savais que tu plaisantais. Tu n'as aucune photo de papa nu.

— J'en ai plusieurs. Elles sont dans le tiroir de ma table de chevet. Maintenant, assieds-toi, et buvons le thé avant qu'il ne refroidisse. Je meurs de soif. Sers-moi un cookie aux pépites de chocolat, veux-tu ?

Clare versa le thé et servit sa mère, notant dans un coin de sa tête de ne jamais fouiller dans ses tiroirs.

— Quand as-tu trouvé le temps de trier toutes ces photos ?

— L'hiver dernier, quand on était bloqués par la neige. C'était très cosy. Il n'y avait que moi, un bon whisky, et tous ces souvenirs.

Sa mère souleva le carton du dessus et le posa sur la table à côté de Clare.

— Celui-ci contient les photos de Becca et toi enfants. Il y en a de l'année où vous avez campé dans le jardin. Tu t'en souviens ?

— Oui. Becca détestait les insectes. Elle est rentrée en douce au milieu de la nuit pour dormir dans le salon.

— C'était une fille qui savait ce qu'elle voulait et n'avait pas peur de faire le nécessaire pour l'obtenir.

— C'est vrai. Elle disait toujours que personne ne lui donnerait rien, qu'elle avait donc tout intérêt à se servir.

Clare se força à ouvrir le carton. Elle avait l'estomac noué. Se sentirait-elle mieux en regardant les photos, ou cela serait-il une épreuve ?

— Elle a eu un début difficile dans la vie. Aucun enfant ne devrait grandir en ayant l'impression de ne pas avoir été désiré.

Clare était bien d'accord là-dessus. Elle ouvrit le premier album et sourit. Becca, sept ans, le regard déterminé, exhortait un âne à aller plus vite.

— Regarde son visage ! Elle recherchait la compétition même quand on s'amusait. Je ne me sentais jamais à la hauteur. Parfois, je me demandais même si elle ne traînait pas avec moi uniquement parce qu'elle savait qu'elle pouvait me battre dans presque tous les domaines.

Sa mère posa sa tasse.

— Clare…

— C'est vrai.

— Je sais. Et puisqu'on parle franchement, sache que je trouvais ça très frustrant. Elle te faisait te sentir mal, et tu la laissais faire.

— Je…

— Tu la laissais faire, Clare ! Tu ne te défendais pas. Tout ce qui t'importait, c'était qu'elle soit heureuse. Tu étais si timide, quand tu étais petite, qu'au début de ton amitié avec Becca je me suis réjouie. J'avais l'impression qu'elle te faisait sortir de ta coquille. Ensuite, j'ai réalisé qu'elle t'empêchait de t'affirmer, au contraire. Tu voulais tellement être son amie, tu avais si peur qu'elle te rejette, que tu l'autorisais à se comporter comme bon lui semblait, sans règles ni limites. Tu la laissais te dominer. En toute franchise, je crois que tu la craignais. C'était une amitié très déséquilibrée. Ton père et moi en parlions souvent.

— Ah… ah bon ? bredouilla Clare.

— Oui. Si Becca avait été un garçon, on t'aurait parlé de relation toxique, mais pour une raison que j'ignore, je ne l'ai pas fait, alors je suis en partie responsable.

— Responsable ?

— Becca et toi vous étiez éloignées depuis longtemps. Votre amitié reposait sur votre passé commun, son manque de confiance en elle et ton incapacité à accepter qu'il faut parfois laisser les gens s'en aller.

— Tu trouves vraiment qu'on s'était éloignées ?

— Pas toi ? Ce n'est pas un crime, Clare. Les gens changent. Les amitiés changent. Vous vous êtes rencontrées quand tu avais quatre ans. Personne n'est la même personne à quarante ans et à quatre. Quelle idée ridicule.

Sa mère se resservit du thé.

— Je n'ai jamais compris qu'on soit prêt à mettre fin à une relation amoureuse qui ne fonctionne plus, mais qu'on soit réticent à faire de même avec les amitiés. Certaines ne sont pas censées durer toute la vie. Les gens évoluent, les amitiés évoluent avec eux.

Il ne serait jamais venu à l'esprit de Clare, même dans les pires moments, de mettre un terme à leur amitié.

Pour quelle raison ? Était-ce parce qu'elle aimait sincèrement son amie ? Parce qu'elle n'imaginait pas sa vie sans elle ? Ou était-ce, comme sa mère l'avait suggéré, parce qu'elle avait peur ?

Elle plongea le regard dans sa tasse de thé, essayant de se rappeler le dernier bon moment qu'elle avait passé avec Becca. Pas le dernier mois de sa vie, c'était certain. Son amie l'avait mise dans une position impossible.

Mais tout n'était pas de la faute de Becca. Elle l'avait autorisée à se comporter ainsi, alors c'était de sa faute également. Sa mère avait raison à ce sujet. Elle aurait pu refuser. Camper sur ses positions et dire que, cette fois, elle refusait de la soutenir. Elle aurait pu mettre un terme à leur amitié.

Rien que d'y penser, son cœur s'accéléra.

— As-tu déjà mis fin à une amitié ? demanda-t-elle.

— Plusieurs fois, répondit calmement sa mère. Je ne prétends pas que ça a été facile, mais je ne l'ai jamais regretté. La vie est trop courte pour fréquenter des gens qui ne se soucient pas sincèrement de toi, ou qui ne t'apportent rien. Les râleurs, les gens qui t'épuisent ou se servent de toi, les amis peu fiables qui ne tiennent pas leurs engagements – sauf s'ils te rendent heureuse, bien sûr, auquel cas garde-les. Mais les mauvais amis sont comme les vieux vêtements. La chemise tachée, le pull troué, la robe qui ne te va plus… Ils n'ont plus leur place dans ton placard et devraient être jetés.

Clare sourit faiblement.

— J'ignorais que tu étais aussi impitoyable.

— Je ne le suis pas. Je trie mes amis sur le volet, nuance. S'entourer de personnes qui nous font du bien et nous tirent vers le haut est une façon de prendre soin de soi. J'en suis arrivée à cette conclusion avec l'âge. Le temps est précieux, mais quand on est jeune on le gaspille affreusement.

— Alors tu n'as pas seulement fait le ménage chez toi, tu as fait le ménage dans ta vie sociale ?

— Exactement. En toute franchise, je passe de très bons moments avec mes amis actuels.

Elle se pencha en avant.

— Passais-tu du bon temps avec Becca ? Est-ce que tu t'amusais avec elle ? Est-ce que tu riais ? Avais-tu l'impression qu'elle était là pour toi et qu'elle le serait en toutes circonstances ? J'en doute. L'amitié a beaucoup en commun avec l'amour romantique – tenir à quelqu'un, aimer quelqu'un, rend généreux. On veut le meilleur pour cette personne. On ne s'en sert pas pour parvenir à ses propres fins.

Clare souffla sur son thé brûlant. Sa mère avait-elle deviné le fardeau qu'elle portait ?

— Becca était compliquée, répondit-elle.

— Ce n'est pas moi qui dirai le contraire. Je ne sais pas ce qu'elle a fait pour te contrarier. Mieux vaut que tu ne me le dises pas, je doute que ce soit bon pour ma pression artérielle. Mais il est temps de faire ce que tu n'as jamais réussi à faire de son vivant : laisse-la partir, sans aucune culpabilité. Tu as ma permission. Ne l'autorise plus à contrôler ta vie. Et rappelle-toi qu'il n'est jamais trop tard pour se faire de nouveaux amis.

Sa mère se servit un autre cookie.

— D'ailleurs, comment est-ce que ça se passe avec Flora ?

Clare se sentit rougir. Sa mère n'aurait pas été fière de la façon dont elle avait accueilli l'amie de Jack.

— Je n'ai jamais été douée avec les inconnus, tu le sais. Au début, ça a été un peu étrange de l'avoir à la maison. J'avais le sentiment ridicule de trahir Becca.

— Et maintenant ?

Clare se redressa sur sa chaise.

— Flora est une personne délicate. Elle est très relaxante. Elle n'a pas l'instinct de compétition de Becca. Je n'avais jamais réalisé combien ce côté d'elle m'épuisait.

— Pauvre Becca ! Elle avait en permanence l'impression de devoir faire ses preuves. Ça devait l'épuiser, elle aussi.

Clare reporta son attention sur les photos. Sous ses yeux, Becca, en maillot, avait le bras passé autour de ses épaules.

— Je me rappelle cette journée. Elle m'avait défiée à la course. J'ai gagné et elle a boudé pendant deux jours. Par la suite, je me suis assurée de ne jamais plus la battre. Le prix était trop élevé.

En ce sens, elle s'était comportée comme Flora. Tout comme elle, elle avait choisi la voie de la facilité pour éviter les conflits.

C'était ironique d'admettre qu'elle avait probablement plus en commun avec Flora qu'avec Becca.

Elle posa la main sur la photo, caressant le visage de Becca.

— Elle me manque. Je lui en veux, mais elle me manque pourtant. Tu as raison, j'aurais peut-être dû mettre un terme à notre amitié, mais ça aurait signifié perdre contact avec Jack, Izzy et Molly.

— Heureusement, tu n'as plus à prendre cette décision. Tu as été une bonne amie pour elle, Clare.

Sa mère se leva et mit sa tasse dans le lave-vaisselle.

— Maintenant laisse-la partir.

Cette dernière avait raison. Soudain, le brouillard dans lequel elle baignait depuis la mort de son amie s'éclaircit. Elle regrettait de ne pas avoir parlé à sa mère plus tôt. Prise d'un élan d'affection, elle traversa la cuisine et l'enlaça.

— Merci.

— De quoi ? T'avoir sauvée des araignées du grenier ? T'avoir expliqué que la vie sexuelle continuait même après soixante-dix ans ?

Clare éclata de rire.

— D'être un puits de sagesse. D'avoir gardé et étiqueté ces albums. J'aspire à ton niveau d'organisation.

— C'est facile. Tu dois simplement apprendre à jeter.

Elle s'y attellerait, pas de doute.

Sa mère était sur le point d'ajouter quelque chose quand un bruit l'interrompit.

Elles se retournèrent de concert.

Izzy se tenait sur le seuil, Flora derrière elle. La main de Flora était posée sur l'épaule d'Izzy, comme en signe de réconfort.

Clare s'attendit à ce qu'Izzy repousse sa main, mais elle n'en fit rien. L'heure de la trêve avait-elle sonné ?

— Salut, vous deux ! On a été bien longues, désolée… C'est qu'il y avait beaucoup de monde avant nous à l'hôpital.

Elle remarqua alors que les vêtements de Flora étaient froissés.

— Je me demandais…, commença Izzy.

Elle s'interrompit et tourna légèrement la tête vers Flora, qui lui pressa l'épaule.

— Je voudrais te parler, tante Clare.

Ses cheveux, regroupés sur une épaule, étaient trempés, et son visage était pâle.

— Je ne savais pas que tu étais occupée.

— Elle ne l'est pas, ma chérie ! lança précipitamment sa mère. C'est moi qui le suis. J'ai une tonne de choses à faire. Je ne devrais pas rester assise là à papoter.

Elle traversa la cuisine, étreignant Izzy sur le chemin. Puis sourit à Flora.

— Auriez-vous la gentillesse de me raccompagner chez moi ? Ça nous donnera l'occasion de discuter. Je me sens un peu vaseuse, après mon accident.

Clare savait que c'était complètement faux, mais elle lui était reconnaissante de son tact. Elle espérait qu'elle ne scandaliserait pas Flora en parlant de vibromasseurs et de photos de son père nu.

Tandis que la porte de la cuisine se refermait, Izzy se balança sur ses pieds, mal à l'aise.

— J'espère qu'elle n'est pas partie à cause de moi.

— Pas du tout. Je suis ravie de t'avoir enfin pour moi toute seule. Depuis ton arrivée, on n'a pas eu une minute à nous pour discuter.

En réalité, elles avaient eu de nombreuses occasions, mais Izzy les avait toutes ignorées.

Pas cette fois.

Elle s'assit à la table de la cuisine.

— C'est… Honnêtement, c'est gênant.

Elle se rongea le bord d'un ongle.

— Je ne sais pas par où commencer.

— Lance-toi.

Clare lui servit une tasse de thé.

— Il n'y a rien de gênant entre nous, Izzy. Je te connais depuis ta naissance.

— Je sais. Et tu connaissais ma mère. Tu étais son amie la plus proche.

Il s'agissait donc de Becca.

— Oui.

— C'est pour ça que c'est gênant. Il ne s'agit pas de moi, mais d'elle.

Izzy se mit à se ronger un autre ongle.

— J'ai besoin de parler de ce qui s'est passé la veille de sa mort.

Flora

Lake District, Angleterre

Flora raccompagna la mère de Clare à la *gatehouse*. Elle se sentait abattue, inquiète pour la pauvre Izzy, mais également tourmentée que Jack lui ait caché qu'elle n'était pas sa fille biologique. C'était une information si *cruciale* ! Être au courant lui aurait permis de comprendre un peu mieux l'adolescente. Pourquoi n'avait-il rien dit ? Que lui dissimulait-il d'autre ? Elle avait cru leur relation honnête et ouverte, or elle avait visiblement été la seule à avoir joué franc jeu.

Que faire ? Dans ses relations précédentes, elle aurait ignoré le problème, continué à prétendre que tout allait bien, jusqu'à ce que la relation s'étiole. Cette fois, la situation était différente. Comment Jack et elle pourraient-ils former une famille, s'il lui cachait des éléments aussi importants, si elle ne les *connaissait* pas vraiment ?

Elle dut se concentrer pour ne pas perdre le fil, pendant que Carolyn papotait.

— La pauvre Izzy a dû passer une année bien difficile.

Elle marqua une pause à l'entrée de sa maison pour arracher quelques mauvaises herbes.

— Oui, répondit Flora.

Elle n'avait pu faire mieux comme réponse.

Se forçant à cesser de penser à sa relation avec Jack, elle se focalisa sur celle qu'il entretenait avec Izzy. L'adolescente semblait penser que, puisqu'elle n'était pas sa fille biologique et que sa mère était décédée, Jack ne voudrait plus d'elle.

Pour Flora, qui n'avait aucune autre information et ne connaissait pas la situation en détail, cela paraissait quelque peu tiré par les cheveux mais néanmoins plausible.

Comment Jack avait-il pu ne pas remarquer qu'Izzy se sentait aussi mal ? Elle avait plus de questions que de réponses et se sentait impuissante, frustrée, de ne pas pouvoir aider l'adolescente.

Carolyn lui tapota le bras.

— Ne vous inquiétez pas. Elle s'en sortira, comme nous tous. La vie est comme un jardin, vous ne trouvez pas ? Parfois splendide, parfois désastreux, mais toujours authentique. Il arrive que tout ce qu'on puisse faire, c'est aller de l'avant, et si ça implique d'écraser quelques pâquerettes en chemin, qu'il en soit ainsi.

Authenticité. C'était ce à quoi elle aspirait. Elle avait cru que sa relation avec Jack était authentique et honnête, mais elle s'était trompée. Une fois de plus, elle avait été exclue.

Lorsqu'il était parti, ce matin, elle se sentait d'humeur joyeuse. Mais après avoir passé plusieurs heures avec Izzy, elle se sentait comme une toxico en pleine descente.

Elle prit congé, rentra au *lodge*, où elle contourna la cuisine pour rejoindre directement sa chambre, et prit une douche, se frottant pour éliminer les dernières traces d'eau de lac de sa peau et ses cheveux. Puis elle passa en revue d'un œil critique les vêtements qu'elle avait emportés pour le séjour.

Essayer d'en apprendre plus sur Becca, oui. Essayer de la comprendre, oui. Mais s'habiller comme elle ? Agir comme elle ? Hors de question ! Voilà encore une chose qu'elle ne pouvait plus ignorer. Jack parlait rarement de Becca. Il changeait de sujet, avait l'air mal à l'aise. Elle croyait que c'était sa façon de faire son deuil, qu'il en parlerait quand il serait prêt, mais… si elle s'était trompée ? S'il y avait autre chose ? Maintenant qu'elle avait découvert qu'Izzy n'était pas sa fille biologique, elle se demandait s'il gardait d'autres secrets.

Cette fois, elle n'eut pas besoin de conseil pour savoir quoi porter. Elle attrapa une robe à fleurs pleine de couleurs et l'enfila.

Entendant des voix dans le jardin, elle jeta un coup d'œil par la fenêtre et aperçut Jack. Molly et lui venaient de rentrer de leur virée en bateau, et il était en pleine conversation avec Todd pendant que Molly courait après Chase dans le jardin.

Elle s'interrogea sur la meilleure façon d'aborder le sujet avec lui. Elle détestait la confrontation. Toute sa vie, elle en avait eu peur, croyant que cela conduirait à terme à un rejet, mais elle comprenait aujourd'hui qu'avoir peur d'être rejetée l'avait empêchée de construire des relations authentiques. Ironiquement, cette approche l'avait conduite à se sentir encore plus seule et empêchée d'établir un véritable lien avec les hommes. Craignant de se rendre vulnérable, elle avait avancé à tâtons dans la vie au lieu d'avancer avec assurance. Carolyn avait raison : parfois, il fallait écraser quelques pâquerettes pour avancer.

Elle devait décider si leur relation avait un avenir, et la seule façon de prendre cette décision était d'avoir une discussion franche avec Jack.

Elle lui dirait calmement et honnêtement ce qu'elle ressentait par rapport à tout ça, mais d'abord elle lui parlerait d'Izzy. L'adolescente passait en priorité.

Elle traversa la pelouse, sa robe lui caressant doucement les jambes. Elle lui arrivait à mi-mollet mais n'était pas aussi sage qu'on pouvait le croire au premier coup d'œil. Elle vit les yeux de Jack s'assombrir de désir en apercevant ses jambes. En d'autres circonstances, son regard aurait pu la flatter. En l'occurrence, elle n'avait qu'une idée en tête et ce n'était pas de déshabiller Jack Parker. Le mettre à nu émotionnellement, ça, elle en avait l'intention.

Il l'attrapa par la taille et l'attira à lui, s'autorisant un baiser rapide bien que Molly soit dans les parages.

— Tu as passé une bonne journée ?

Elle pensa au trop-plein d'émotions qu'elle avait ressenti. Izzy qui lui avait crié dessus ; Izzy qui avait pleuré et lui avait confié qu'elle n'était pas sa fille ; sa folle virée en canoë qui avait failli se terminer en noyade.

— Elle a été… intéressante. On peut discuter, Jack ? En privé ?

Il dut détecter quelque chose dans sa voix, car il lui lança un regard surpris.

— Aucun problème.

Le bras toujours autour de sa taille, il lança un bref sourire à Molly.

— Reste près de Todd. N'entre pas dans l'eau. Flora et moi reviendrons dans pas longtemps.

Todd leur fit un clin d'œil. Jack et lui n'échangeraient pas de tels sourires égrillards, s'ils savaient pourquoi elle l'éloignait du groupe.

Elle prit le sentier qui menait à la *boathouse*, sachant qu'il n'y aurait personne là-bas. Des nuages sombres s'amoncelaient dans le ciel, planant au-dessus d'eux telle une menace. Un orage allait éclater. L'air était lourd et crépitait de tension. Son niveau de stress était si élevé qu'elle en était peut-être elle-même à l'origine.

Quand ils furent assez loin du *lodge*, Jack s'arrêta pour l'attirer contre lui, mais elle recula.

— Il faut qu'on parle.

Elle ne se laisserait pas détourner de son objectif. Elle ne laisserait pas la peur la faire changer d'avis. Elle écraserait autant de pâquerettes que nécessaire.

— On s'était mis d'accord, on devait se montrer honnêtes l'un vis-à-vis de l'autre, ne rien se cacher.

Sentant qu'elle haussait le ton, elle prit une profonde inspiration. Cette conversation devait avoir lieu dans le calme.

— C'est ce que je veux.

— Alors pourquoi ne m'as-tu rien dit au sujet d'Izzy ?

Elle s'attendait à ce qu'il prenne un air choqué, coupable même. Mais il avait seulement l'air déconcerté.

— Quoi, Izzy ?

Fallait-il vraiment qu'elle développe ?

— Je sais que tu n'es pas son véritable père.

Le choc vint alors. Il envahit ses traits, tandis qu'il se tenait là, sans bouger.

— Qui te l'a dit ?

Il y avait dans sa voix une dureté qu'elle n'avait jamais entendue.

— C'est elle.

— Elle n'aurait pas dû.

— Si, elle a bien fait, Jack ! C'est une information importante ! J'essaie de construire une relation avec tes filles, mais c'est impossible s'il y a des informations majeures que j'ignore. Ça fait des mois que j'essaie de nouer un lien avec elle, que j'essaie de la cerner et, aujourd'hui, je découvre qu'elle n'est pas ta fille ! Pourquoi ne m'as-tu pas informée ?

— Honnêtement, je n'y ai pas pensé.

— *Sérieusement ?*

— Oui, sérieusement, parce qu'elle est *ma* fille, Flora.

Ses yeux brillaient d'un tel feu qu'elle se demanda si elle n'avait pas mal compris l'adolescente.

— Jack…

— De toutes les façons qui comptent, Izzy est ma fille.

Quelques gouttes se mirent à tomber, puis la pluie s'intensifia, glissant sur les feuilles et tombant sur leurs épaules.

— De toutes les façons qui comptent ? répéta-t-elle sans comprendre.

Il l'entraîna sous un arbre pour la mettre à l'abri.

— Becca était enceinte quand je l'ai épousée. Biologiquement, Izzy n'est pas mon enfant. Ça n'a jamais été un secret, et on a été honnêtes avec elle à partir du moment où elle a été assez grande pour comprendre. Ça ne lui posait pas problème, et à moi non plus. Je l'aime comme ma propre fille depuis l'instant où j'ai posé les yeux sur elle. Tu me demandes pourquoi je ne t'ai rien dit – la réponse est vraiment que je n'y pense pas. Ça ne me serait pas venu à l'esprit de le préciser. Je fais de mon mieux pour gérer la situation – j'essaie de me rappeler de ne pas mettre de jambon dans les sandwichs, de m'assurer que mes deux filles arrivent à destination chaque matin, dans les vêtements qu'elles sont censées porter. Je passe mes nuits à me demander si je fais tout foirer et quel impact la mort de Becca aura sur elles. J'ai l'impression que ma tête va exploser. Je comprends que tu sois contrariée. J'imagine de quoi ça a l'air de l'extérieur et, si j'y avais pensé, je te l'aurais probablement dit, mais je n'y ai pas pensé car dans ma tête et mon cœur, Izzy est ma fille.

« J'imagine de quoi ça a l'air *de l'extérieur.* »

Une fois encore, elle était exclue. Mais elle ne pouvait pas s'apitoyer. Elle n'en avait pas le temps. Elle devait penser à Izzy.

Ses joues étaient mouillées. Pluie et larmes mêlées. Elle aurait voulu qu'Izzy entende ce discours. Elle avait *besoin* de l'entendre.

— Tu ne fais pas tout foirer, Jack. Je suis novice en matière de dynamique familiale, pourtant, je ne crois pas qu'il s'agisse d'être parfait. L'important n'est pas de toujours faire ce qu'il faut, mais du mieux que l'on peut, et de donner de l'amour à ses enfants – sa voix se brisa. C'est exactement ce que tu fais. Les filles savent que tu les aimes, c'est le plus important.

— Je ne sais pas pourquoi Izzy t'en a parlé, mais ce n'est pas un problème.

— C'est un énorme problème pour elle au contraire !

La pluie tombait désormais à seaux, s'écoulant à travers l'épaisse voûte de feuilles.

— Elle se sent terriblement vulnérable et inquiète.

— Elle a perdu sa mère.

— Justement. Elle a peur de perdre aussi sa place dans votre famille.

Il subissait déjà une grande pression et elle ne voulait pas l'accabler davantage, mais elle n'avait pas le choix.

— Je te crois quand tu dis que tu n'y penses pas. Ça n'a peut-être effectivement aucune importance pour toi, mais ça compte pour

Izzy. Et ça compte pour moi ! Si je l'avais su plus tôt, ça aurait pu m'aider à la comprendre.

— Il n'y a rien à comprendre. Izzy est ma fille, fin de l'histoire. Elle n'avait aucune raison de t'en parler.

Ces derniers mots lui firent l'effet d'une claque.

— Dois-je comprendre que tu ne m'aurais *jamais* informée ? Si Izzy n'en avait pas parlé, je ne l'aurais donc jamais su ? Oh ! Jack…

Sa poitrine lui faisait mal. Elle retenait tant d'émotions que sa gorge en était douloureuse. Jamais ils ne deviendraient une famille. Elle s'était complètement voilé la face. Elle aurait voulu se rouler en boule et pleurer, mais c'était impossible. Le bien-être d'Izzy passait en priorité, et Jack refusait d'entendre ce qu'elle lui disait.

— Oublie ça. Pour l'instant, tu dois te concentrer sur elle. Elle a besoin de te parler, Jack.

— Elle sait qu'elle peut ! s'emporta-t-il.

Il était blessé, indigné qu'on puisse penser de lui qu'il n'était pas un père parfait. Aucun d'eux n'avait bougé physiquement, mais elle sentit qu'il se refermait. Son instinct lui criait de lui tendre la main, de prononcer des paroles qui leur permettraient de retrouver leur complicité. Elle détestait tant la confrontation que ses mains étaient moites et que son cœur tambourinait dans sa poitrine. Elle avait à nouveau huit ans et se tenait devant sa tante. Elle voulait à tout prix dissiper la tension. Mais ça n'arriverait pas cette fois. Pensant à Izzy, elle redressa le dos.

— Elle ne le sait pas, Jack. C'est impossible de parler à quelqu'un qui refuse d'écouter, et tu refuses d'écouter. Tu t'imagines qu'elle n'a aucun problème, mais je t'assure qu'elle en a un *gros*. Elle est rongée par l'inquiétude. Elle ne me pardonnera peut-être jamais d'avoir abordé le sujet avec toi. Je prends néanmoins le risque, car il est question de son bien-être.

— Becca était enceinte de cinq mois quand on s'est rencontrés. J'étais là quand Izzy est née, quand elle a fait ses premiers pas, quand elle est entrée à l'école. J'ai été là toute sa vie. Elle *sait* que je la considère comme ma fille.

— Elle sait aussi qu'elle *n'est pas* ta fille. Et elle se sent perdue et terrifiée.

Bon sang, était-il aveugle ?

— C'est faux. Elle va bien. Je surveille les filles de très près depuis la mort de Becca. Je me suis assuré qu'elles consultent toutes les deux un thérapeute, bien qu'elles aient choisi d'arrêter au bout de quelques séances. Izzy a dit qu'elle n'en avait pas besoin. Elle tient mieux le choc qu'aucun de nous.

Sa voix était légèrement tremblante. Il semblait si bouleversé qu'elle faillit ne pas lui révéler le reste.

Il avait beaucoup souffert, lui aussi. Elle en avait conscience. Lui asséner le coup fatal lui brisait le cœur, lui donnait l'impression de frapper quelqu'un à terre. Mais elle savait qu'elle n'avait pas le choix.

— Oui, elle a tenu le choc… Pas parce qu'elle allait bien, Jack. Parce qu'elle voulait absolument se rendre indispensable à tes yeux.

— Quoi ? s'exclama-t-il en se passant la main dans les cheveux d'un geste frustré. Bien sûr qu'elle est indispensable !

— Maintenant que sa mère est partie, elle a peur, elle redoute que tu n'aies plus de raison de lui donner un toit.

Il en resta bouche bée. Seuls le crépitement incessant de la pluie et le bruissement des feuilles venaient rompre le silence.

Il laissa retomber sa main. Il semblait stupéfait.

— Ce n'est pas… Je n'ai jamais…

— Tu as déclaré que tu pouvais te débrouiller sans elle et qu'elle devait partir et commencer à vivre sa vie.

Alors qu'il rembobinait mentalement les événements, elle décela dans ses yeux le moment exact où il se rappela ses paroles.

— Je ne disais pas ça dans ce sens-là. Tu le sais.

— Peut-être, mais ces mots ont nourri la peur qu'Izzy ressentait déjà. Je pense que le timing, surtout, a été problématique. Quand on s'est rencontrés, tu m'as indiqué qu'Izzy prenait beaucoup d'initiatives. Qu'elle était ta petite star. Qu'elle tenait mieux le coup que Molly et toi.

— C'est vrai.

Flora sentit des gouttes d'eau glisser de ses cheveux et lui couler dans le cou. Elle était presque aussi trempée que lorsqu'elle était tombée dans le lac, mais elle ne mettrait fin à cette conversation que lorsqu'elle aurait obtenu gain de cause. Le puzzle s'assemblait beaucoup mieux dans sa tête.

— Elle ne tenait pas le coup. Elle essayait de se rendre indispensable, répéta-t-elle.

— Mais…

— Lui est-il arrivé de se plaindre ? D'être de mauvaise humeur ? De piquer des crises ?

Il secoua la tête.

— Quasiment jamais.

Il se passa la main sur le visage pour essuyer la pluie.

— Ce n'est pas normal, si ? Je n'ai rien vu. Merde, je n'ai rien vu.

Son attitude passa en un éclair de la défensive à l'humilité. Si elle n'avait pas été aussi contrariée, elle aurait été impressionnée qu'il puisse admettre ses erreurs si volontiers et si ouvertement.

— Je ne suis pas experte, mais je dirais que non, ce n'est pas normal. Elle a tout fait pour se rendre utile parce qu'elle craignait d'être un fardeau. C'était extrêmement important pour elle de se sentir aimée et indispensable. J'ai menacé son sentiment de sécurité en me liant avec Molly. Elle a pensé que Molly n'avait plus besoin d'elle, non plus.

Pauvre Izzy ! Comme elle avait dû souffrir de voir Molly s'accrocher à elle et la réclamer ! La situation apparaissait clairement à Flora, aujourd'hui. Plus elle s'était rapprochée de Molly, plus sa relation avec Izzy s'était envenimée.

— Je comprends beaucoup mieux son attitude maintenant.

Bien qu'elle soit soulagée que sa relation avec la jeune fille ait fait un pas de géant, elle avait conscience de s'être trompée sur la nature de sa relation avec Jack. Sa tante avait raison : elle attendait trop des autres.

Jack accusait encore le coup.

— Je ne comprends toujours pas. Je suis son père depuis dix-sept ans. Qu'est-ce qui a bien pu lui laisser croire qu'elle n'avait plus sa place parmi nous ?

— Je ne comprends pas non plus. Elle pensait que, après la mort de Becca, tu ne voudrais plus d'elle.

— Alors toute cette histoire à propos de l'université…

— Tout est lié.

— J'ignorais qu'elle s'inquiétait autant. J'aurais dû davantage lui parler de sa mère.

Il poussa un grognement.

— Ce n'est pas facile pour moi de parler de Becca. Alors, au lieu de m'inquiéter qu'elle ne veuille pas en parler, j'en ai été soulagé. J'ai tout fait pour apporter aux filles le soutien dont elles avaient besoin, mais il semble que j'ai totalement foiré. Ce n'est pas une excuse, seulement c'est dur de les élever seul.

Elle voulut souligner qu'il n'avait pas à affronter la situation seul, qu'elle était là et que, s'il l'avait impliquée, elle aurait pu l'aider. Se voilait-elle la face ? Ce n'était peut-être pas ce qu'il voulait. Peut-être ne ferait-elle jamais vraiment partie de leur famille.

Une étrangère.

Elle se sentait engourdie. Vide. Elle accueillerait cependant la douleur plus tard. Pour l'heure, elle devait faire en sorte qu'Izzy reste le point de mire de la conversation.

— Tu n'as pas tout fait foirer, tu t'es très bien occupé d'elles, Jack, mais il faut que tu parles à Izzy.

Il réfléchissait, les yeux rivés sur le lac.

— Quand t'a-t-elle dit tout ça ? Pourquoi s'est-elle confiée à toi tout d'un coup ?

— Aucune importance.

Ce n'était pas le moment de lui raconter qu'elle avait ramé jusqu'à l'île.

— Je ne comprends pas non plus, pour être honnête. À moins que…

Elle hésita, partagée entre son inquiétude pour l'adolescente et son envie de préserver ce qu'elle lui avait confié.

— Est-ce qu'Izzy et Becca se disputaient beaucoup ?

— Se disputaient ?

— Izzy était-elle souvent en colère contre sa mère ?

Il secoua rapidement la tête.

— Pas plus que n'importe quelle autre adolescente. Pourquoi ?

— Est-ce qu'elle…

Elle s'interrompit un instant, craignant de se montrer indiscrète.

— Un jour, juste après avoir emménagé chez ma tante, je l'ai entendue parler au téléphone. Elle expliquait à son interlocuteur que la situation était loin d'être idéale, mais qu'elle essayait de s'en accommoder. Elle a dit qu'elle se retrouvait avec le bagage de sa sœur.

Il avança pour la prendre dans ses bras. Elle recula. Il ne pouvait pas l'enlacer, pas maintenant. Si elle ne pouvait pas être un membre à part entière de leur famille, elle ignorait s'ils avaient un avenir ensemble.

Il eut l'air brisé.

— Flora, murmura-t-il.

— Becca et toi, est-ce que vous vous êtes disputés ? Izzy aurait-elle pu entendre quelque chose qui l'aurait inquiétée ?

— Non.

Il semblait bouleversé d'avoir été rejeté.

— Aucune dispute.

— Alors j'ignore pourquoi Izzy a si peur. Peut-être n'y a-t-il aucune raison particulière.

— Si, peut-être, concéda-t-il d'une voix rauque, le teint soudain blême. On ne se disputait pas, mais on avait des problèmes.

Elle voulut hurler : *Quels problèmes ?* Elle s'était demandé, bien entendu, si autre chose que le chagrin l'empêchait de parler de Becca, mais n'avait pas voulu y penser. Et maintenant, elle en avait confirmation. Voilà encore une chose qu'il avait gardée pour lui.

Son cœur dégringola, brisé.

— Va lui parler, Jack, insista-t-elle, les lèvres rigides et les jambes tremblantes.

— Flora…

— Vas-y !

Il semblait partagé.

— Il faut qu'on discute, toi et moi. J'ai des choses à te dire, mais tu as raison, il faut que j'aille voir Izzy.

Il scruta son visage, puis jeta un coup d'œil vers la maison, pesant ses options.

— Dis-moi que ce n'est pas terminé entre nous. Je refuse de te perdre.

Ne comprenait-il pas que leur histoire n'avait aucun avenir s'il ne l'incluait pas dans leur vie de famille ? Elle pensait s'être fait une place, mais il était évident qu'elle s'était trompée.

Elle ne savait plus où elle en était.

Incapable de lui répondre, elle remonta le sentier jusqu'au jardin. Sa robe lui collait à la peau et ses cheveux frisaient. Elle savait qu'elle n'avait pas fière allure. Lorsqu'elle émergea des arbres, elle remarqua que la pluie avait cessé et que le soleil perçait à travers les nuages.

Quelqu'un sortit de la maison, mais ce n'était pas Izzy, c'était Clare.

Elle avait le visage blême. Soit elle avait reçu un choc, soit elle était sur le point de leur annoncer une terrible nouvelle.

— Jack ! Où étais-tu ? Mon Dieu, vous êtes trempés tous les deux ! Je vous proposerais bien d'aller vous sécher, mais il faut qu'on parle.

— Plus tard, répondit Jack en passant à toute vitesse devant elle. Je dois trouver Izzy.

Clare lui attrapa le bras si fort que ses doigts en blanchirent.

— C'est important, Jack.

— Si c'est au sujet d'Izzy, j'ai déjà…

— C'est au sujet de Becca, le coupa-t-elle.

L'air quitta subitement les poumons de Flora.

Que se passait-il, encore ?

Clare

Lake District, Angleterre

C'était la conversation qu'elle appréhendait. Celle qu'elle avait décidé de ne pas avoir, lorsqu'elle avait brûlé la lettre. Mais il semblait qu'elle n'avait plus le choix. Elle sentait depuis quelque temps que ce moment finirait par arriver. La dernière heure avec Izzy l'avait convaincue de ne plus garder le silence.

Ils descendirent à la *boathouse*, qui avait abrité de si nombreuses discussions intimes et privées.

Elle attrapa une serviette dans la salle de bains et la lança à Jack, se demandant de quoi Flora et lui avaient parlé. Ça devait être sacrément important, pour qu'ils ne prennent pas la peine de se mettre à l'abri.

Il se sécha les cheveux et passa la serviette autour de ses épaules pour absorber l'eau de sa chemise. Puis, à la grande surprise de Clare, il sortit deux verres du placard et une bouteille de whisky pur malt qu'il posa dehors, sur la table de la terrasse.

Avait-il mal compris ? Pensait-il qu'ils allaient boire un verre comme de vieux amis ?

— J'ignorais qu'on avait du whisky ici. D'où vient la bouteille ?

Elle s'assit, les mains sur les genoux pour cacher sa nervosité. Elle regrettait de ne pas avoir pris le temps de se changer et se maquiller. Pour une conversation aussi importante, elle devait se sentir sûre d'elle. Or, ce n'était pas le cas.

— Ce sont les locataires précédents qui l'ont laissée. Todd et moi l'avons trouvée il y a quelques jours.

— James et Alysson McGuivan.

Partis d'Écosse, ils avaient fait escale dans les Lakes quelques jours avant de rejoindre Londres. Ils avaient payé le tarif en vigueur sans la moindre protestation et laissé l'endroit aussi immaculé qu'ils l'avaient trouvé. Elle aurait aimé que tous les locataires soient aussi prévenants.

— Les McGuivan étaient visiblement de fins connaisseurs en whisky, et ils ont été assez généreux pour en laisser. Parfait pour les urgences.

— Qu'est-ce qui te fait penser qu'il s'agit d'une urgence ?

— Ton expression.

Il remplit les deux verres d'une main tremblante, en en renversant à côté.

— Bois, Clare.

Sans même prendre la peine de s'asseoir, il descendit son propre verre d'un trait.

Elle ne toucha pas au sien. Le courage dont elle avait besoin devait venir de l'intérieur, et il lui était nécessaire de garder les idées claires pour ce qui serait sans aucun doute la discussion la plus difficile de sa vie. Elle posa la main sur son ventre. Elle était si anxieuse qu'il lui faisait mal. Quelle tournure choisir ? Est-ce que l'ordre des mots pouvait amoindrir l'impact ? Comment adoucir une annonce aussi douloureuse ?

Jack posa son verre sur la table et s'assit.

— Ce n'est pas à toi d'aborder le sujet, Clare…

Il prit une profonde inspiration.

— … alors je me lance. Je sais que tu essaies de trouver le moyen de me dire que Becca avait une liaison.

Elle leva les yeux vers lui.

— Jack…

— Et qu'elle avait décidé de me quitter.

Un héron descendit en piqué près d'eux, effleurant l'eau, mais aucun d'eux ne le remarqua. En cet instant, Clare avait les yeux rivés sur Jack.

— Tu le savais ?

Il haussa les épaules, trahissant sa douleur et sa peine.

— Oui.

Il se leva. Elle recula sa chaise et se leva, elle aussi.

— Oh ! Jack…

Il ne lui était pas venu à l'esprit, pas une minute, qu'il était déjà au courant. Mais pourquoi pas ? Elle était certaine qu'elle le sentirait, si son couple battait de l'aile.

Incapable de trouver les mots, elle s'approcha et passa les bras autour de lui. Elle n'avait jamais frappé quiconque, mais si Becca avait fait irruption sur la terrasse, elle l'aurait assommée.

Elle sentit son bras se refermer autour de ses épaules en signe de réconfort.

— Je suis désolé, Clare.

Il la tint serrée.

— Si désolé.

Elle s'écarta.

— Toi, tu es désolé ? Tu n'as aucune raison de l'être !

— Tu t'es retrouvée au milieu de toute cette histoire. Tu es une personne gentille et droite. Si j'avais soupçonné que tu savais, je t'en aurais parlé il y a longtemps.

— Elle me l'a annoncé durant les dernières vacances qu'on a passées ensemble, lors de la dernière soirée. On se parlait à peine, quand vous êtes repartis. Puis elle m'a écrit une lettre.

Elle s'accrochait à lui, cet homme qui avait épousé son amie et qui était ensuite devenu son ami. Une fois encore, elle s'interrogeait sur toutes les décisions qu'elle avait prises.

— J'ignorais quoi faire. Elle était morte, Jack. Je ne voyais pas l'intérêt de vous faire de la peine, aux filles et à toi. Jamais je ne me serais doutée que tu étais au courant.

Elle aurait dû le deviner, cependant. Après tout, il avait toujours su qui était Becca. Depuis le début.

— Je l'étais depuis un moment.

— Un moment ? s'exclama-t-elle. La liaison durait depuis combien de temps ?

— Je ne suis pas sûr. Au moins six mois.

— Moi, je ne l'ai su qu'à la fin. Vous êtes quand même restés ensemble…

— Je ne suis pas du genre à abandonner, tu le sais. C'est un défaut.

— Aller au bout de ce qu'on entreprend, se montrer loyal, n'est pas un défaut, Jack. C'est une qualité. Une de tes nombreuses qualités.

— S'il n'y avait eu que moi – il haussa les épaules – qui sait ? Mais j'avais les filles.

Ses deux adorables filles. Clare pensa à Aiden, à Todd et à leur vie de famille heureuse et paisible.

— Je lui en veux tellement ! lâcha-t-elle.

Elle s'écarta de lui et referma les mains autour du garde-fou. Une famille de canards prit la fuite, sentant le danger.

— Elle a pris de folles décisions dans sa vie, mais ça…

— Tu la connaissais. Elle avait besoin de gagner, que ce soit en affaires ou en amour. Elle avait besoin de plus, plus grand, mieux.

— Il n'y a pas mieux que toi, Jack.

— Elle m'avait déjà. C'est probablement pour ça que notre histoire n'a pas tenu. J'aurais pu la faire douter, s'inquiéter, mais je ne suis pas comme ça. J'admirais sa force et sa détermination, son impétuosité et sa fougue. Je les comprenais. Mais toutes les qualités ont un côté obscur, n'est-ce pas ? Cette impétuosité et cette fougue l'ont poussée à partir.

— As-tu…

Elle s'interrompit, hésitante. Elle ne voulait pas lui faire plus de mal.

— As-tu essayé de la retenir ? Avez-vous consulté quelqu'un ? Suivi une thérapie ?

— Non.

Il retira la serviette de ses épaules et la posa sur le garde-fou.

— Je voulais qu'elle s'en aille, Clare. Les filles n'étaient pas au courant de son infidélité, mais elles auraient fini par le découvrir. Je ne voulais pas qu'elles grandissent dans un tel environnement. Je voulais qu'elles aient de la stabilité. Elles le méritaient. Je m'étais fixé une règle, après la première fois. J'avais déterminé des limites : il n'y aurait pas de seconde fois.

— La première fois ?

— Elle m'avait déjà quitté par le passé.

Il se tourna vers elle.

— Izzy avait trois mois.

— C'est impossible ! Elle me l'aurait dit.

— Elle ne l'a dit à personne. Elle a fini par rentrer. J'ignore pourquoi. Il y avait Izzy, bien sûr, mais j'aime penser qu'elle est revenue parce qu'elle m'aimait.

« J'ai rencontré un homme. »

— Elle t'aimait. Oh mon Dieu, Jack, bien sûr qu'elle t'aimait !

— Je le pense, moi aussi. À sa façon. Mais ce n'était pas assez. L'autre partie d'elle, cette partie meurtrie qui manquait de confiance, était plus forte. Elle la titillait en permanence, l'éloignait de la stabilité et de la sécurité. Je crois qu'elle ne savait pas qui elle était lorsqu'elle ne devait pas se battre et se donner à fond pour atteindre un objectif. Elle était à peu près stable quand elle dansait, car elle s'y jetait corps et âme, mais après sa blessure, elle a perdu pied. On a eu une courte période de stabilité, c'est à ce moment-là qu'on a eu Molly.

— Je me suis toujours demandé pourquoi vous n'aviez pas eu un autre enfant dans la foulée.

— J'en avais envie, mais pas elle. La responsabilité lui faisait peur. Elle avait l'impression de ne pas être une bonne mère. Elle se comparait à toi constamment. « Clare saurait comment faire, j'aimerais ressembler à Clare, tu aurais dû épouser quelqu'un comme Clare. »

Des larmes lui piquèrent les yeux. Becca ne lui avait jamais rien confié de tout ça.

— Il existe de nombreuses façons d'être une bonne mère.

— C'est ce que je lui ai dit. Mais après son retour, elle s'est mise à se culpabiliser d'avoir abandonné son enfant. Même si personne ne l'avait su, elle n'arrivait pas à se pardonner. Elle ne se faisait pas confiance. De mon côté, je me demandais s'il était possible pour elle de se contenter d'un seul homme et d'une vie de famille. Elle m'avait assuré qu'elle le pouvait. Pendant un temps ça a marché. Puis elle a commencé à fréquenter un homme rencontré par le travail.

Il tourna la tête, de sorte qu'elle ne voyait plus que ses cheveux foncés et ses larges épaules.

— Elle allait encore vous quitter…

— Je lui ai demandé de partir. Je ne voulais pas que la situation s'éternise, ni que les filles en souffrent. Je n'allais plus lui courir après. Ça ne fonctionnait plus, je n'allais plus essayer de recoller les morceaux. On avait prévu d'annoncer notre séparation aux filles, mais ensuite elle… Le destin en a décidé autrement et, au bout du compte, j'ai annoncé aux filles que leur mère était morte. Elles n'avaient pas besoin de savoir le reste. C'était mieux qu'elles conservent les bons souvenirs qu'elles avaient d'elle.

Clare sentit le soleil sur son visage et une légère brise lui soulever les cheveux. Il pensait que la conversation était terminée, mais le plus difficile restait à venir.

Elle aurait préféré ne pas avoir à le lui apprendre, mais elle n'avait pas le choix.

— Izzy est au courant, Jack.

Il tourna brusquement la tête vers elle.

— Quoi ? s'écria-t-il. Que veux-tu dire ?

— Elle sait que Becca te quittait. Elle était au courant pour sa liaison. Elle ignorait que tu le savais. Je pense que c'est la raison pour laquelle elle se sent si mal dans sa peau. Sa mère te quittait, abandonnant ainsi la seule maison qu'elle avait jamais connue. Elle ignorait ce que cela signifiait pour elle. Ce qui l'attendait. Est-ce que Becca partait seule ou les emmenait, Molly et elle ? Ne l'emmenait qu'elle ? Ça la rendait folle. Puis Becca est morte, emportant la réponse avec elle.

— Elle aurait pu me poser la question. Je suis son père !

— Elle ne voulait pas t'annoncer ce qu'elle avait surpris. Je la comprends. J'ai pris la même décision. Crois-moi, ça n'a pas été facile. Dans mon cas, néanmoins, seuls mes valeurs et mes principes en ont souffert. Pour Izzy, ça a été beaucoup plus personnel. Elle était embarrassée, mortifiée, choquée, en colère, et j'en passe. Mais surtout, elle avait peur. Elle croyait qu'elle n'avait plus aucun droit de vivre sous ton toit.

Pour la première fois, elle entendit Jack jurer.

— Comment as-tu appris tout ça ? Je ne savais pas qu'elle se confiait à toi. Remarque, c'est un soulagement d'apprendre qu'elle parle à quelqu'un.

— Je viens de le découvrir. J'ai essayé de lui parler à plusieurs reprises ; chaque fois elle a coupé court, en disant qu'elle allait bien.

— Bien, maugréa-t-il avec frustration. Plus j'entends ça, plus j'ai l'impression que ça signifie en réalité : « Je ne vais pas bien du tout, mais je ne veux pas en parler. » Alors pourquoi aujourd'hui ? Comment l'as-tu soudain persuadée ?

— Je n'ai rien fait. Elle est venue me voir en disant qu'elle voulait parler de Becca. À mon avis, c'est Flora qu'il faut remercier.

— Flora ?

— Marrant, hein, que ce soit la personne qu'Izzy tenait à distance qui ait finalement réussi à communiquer avec elle. Je ne sais pas ce qu'elle a dit à Izzy, je ne sais pas de quoi elles ont parlé. Mais leur conversation a persuadé Izzy de se confier.

Jack arpenta la terrasse.

— Flora n'a eu de cesse de me répéter que je devais lui parler. Je croyais pour ma part que je savais ce que je faisais. Je pensais que le mieux était de lui donner de l'espace, que ça faisait partie du processus de deuil.

— Ne sois pas si dur envers toi-même. C'était une situation

impossible. Comment aurais-tu pu deviner qu'elle était déjà au courant ? Tu ne voulais pas la peiner en lui annonçant quelque chose de douloureux, et vice versa. Ce qui est fait est fait, Jack. Il faut aller de l'avant, maintenant. Je pense que si tu lui dis la vérité, *toute* la vérité, ce sera plus facile pour elle. Si elle apprend que Becca vous avait déjà quittés par le passé, et que tu l'avais gardée, que tu avais continué à t'occuper d'elle, elle se sentira de nouveau en sécurité et en confiance.

— Elle aura toujours un toit sur la tête. Elle peut vivre avec moi jusqu'à ce qu'elle soit ridée et que ses dents tombent.

Clare savait qu'il était sincère. Elle sourit et posa la main sur son bras.

— J'espère qu'elle vivra sa vie à fond et qu'elle te racontera tout de ses folles aventures chaque fois qu'elle rentrera à la maison. J'espère qu'elle continuera de nous rendre visite ici l'été. Parfois, tout ce dont on a besoin pour se sentir en sécurité, c'est de savoir qu'on a un foyer quelque part, des proches qui nous aiment et sont là pour nous.

Elle voyait les rouages de son cerveau tourner tandis qu'il réfléchissait et que le puzzle s'assemblait dans sa tête.

— Je comprends maintenant pourquoi amener Flora à la maison a été la goutte d'eau. Pour Izzy, c'était une autre preuve qu'elle perdait sa place dans ma vie.

— C'est fou ce que le cerveau peut imaginer, comme nos pensées et notre jugement peuvent être déformés par nos peurs ! Elle se sent coupable pour Becca. Elle endosse la responsabilité des actions de sa mère.

— Il faut que je lui parle.

Il marqua une pause, réfléchit quelques instants, puis reprit :

— Je suis navré, mais le dîner va devoir attendre un peu.

— Les heures des repas sont flexibles dans cette maison, comme tu l'as probablement remarqué.

Sachant qu'il était pressé de rentrer parler à sa fille, elle traversa la terrasse et descendit les marches.

— J'apprécie Flora, au fait ! lança-t-elle. Je suis contente que tu l'aies amenée ici.

Jack sourit pour la première fois depuis le début de leur conversation.

— C'est la meilleure chose qui me soit arrivée depuis longtemps.

— Elle est la meilleure chose qui soit arrivée à mon jardin depuis longtemps, aussi.

Elle prit le sentier de meilleure humeur et le cœur plus léger. Non seulement elle se sentait libérée du fardeau qu'elle portait depuis un an, mais elle avait l'impression de s'être fait une véritable amie en Flora.

Le sentier débouchait sur le jardin. Alors qu'ils traversaient la pelouse, ils entendirent des éclats de voix.

Jack coula un regard vers elle.

— Tu sais ce qui se passe ?

— Non. Mais c'est Aiden.

Son fils n'élevait jamais la voix. L'intuition maternelle lui fit presser le pas. Atteignant la terrasse, elle vit qu'Aiden s'adressait à Todd en faisant de grands gestes. Il avait les clés de la voiture à la main.

— Qu'est-ce qui ne va pas ?

Il y a toujours quelque chose, pensa-t-elle. La vie était faite de hauts et de bas, jalonnée d'obstacles qui s'enchaînaient à une vitesse qui ne laissait que peu de répit.

Aiden avait l'air tendu.

— J'étais en chemin pour rentrer, lorsque j'ai croisé Izzy qui partait dans l'autre direction.

— Je ne comprends pas.

— Dans un taxi ! cria-t-il. Elle était dans un taxi. Elle a tourné la tête quand elle m'a vu, mais je suis sûr qu'elle pleurait. Qu'est-ce qui s'est passé ?

Jack la regarda. La même pensée venait de leur traverser l'esprit. Izzy partait car elle croyait qu'elle n'avait plus sa place.

Elle aurait voulu sangloter de compassion pour l'adolescente, mais fort heureusement son pragmatisme prit le dessus.

Elle sortit son téléphone.

— Il n'y a qu'une seule compagnie de taxis dans le village. Je trouverai où ils l'ont emmenée.

— Ils ne te donneront pas cette information, fit Jack.

— Bien sûr que si ! Todd a octroyé un rabais au propriétaire, quand il a agrandi sa maison, et je fais du yoga avec sa femme. Allô ?

Elle énonça rapidement sa requête. La réponse vint tout aussi rapidement.

— Ils l'ont emmenée à la gare.

— Je vais la chercher ! décréta Aiden.

Il commença à remonter le jardin, mais Jack l'arrêta.

— Attends, Aiden. Je sais que tu t'inquiètes pour elle, mais la situation est délicate. C'est moi qui dois y aller.

— Je sais qu'elle me parlera, insista Aiden.

La réaction de son fils informa Clare qu'Izzy s'était confiée à lui aussi.

Elle décida qu'un compromis s'imposait.

— Laisse Aiden t'emmener, Jack. Ce sera plus rapide. Il connaît la route. Il pourra attendre dans la voiture pendant que tu parleras à Izzy.

Elle espérait qu'ils arriveraient avant que la jeune fille ne monte dans le train.

Izzy

Lake District, Angleterre

Assise au bord d'un siège sur le quai, Izzy, malheureuse, se demandait où était le train. C'était la première fois qu'elle voyageait seule en Angleterre. Elle se sentait à la fois adulte et effrayée.

Elle n'avait jamais vu une gare comme celle-ci. Elle était habituée au grondement et au crissement du métro de New York, au chaos et à la grandeur de Grand Central Station, à l'air vicié des rames, aux gens qui poussaient, poussaient, poussaient pour monter ou descendre. Ici, l'air était pur et frais. Personne ne poussait. Apercevant un oiseau au poitrail rose se poser sur le muret d'à côté, elle ouvrit la bouche pour montrer l'animal, mais la referma lorsqu'elle réalisa qu'elle n'avait personne avec qui partager cet instant.

Trois personnes se tenaient sur le quai, et fort heureusement elles n'avaient pas regardé dans sa direction. Elle avait pleuré pendant tout le trajet en taxi et savait qu'elle avait une mine affreuse. En chemin, elle avait croisé Aiden qui rentrait au *lodge*. Elle avait failli mourir de honte. Elle était certaine qu'il l'avait vue, raison pour laquelle elle était pressée que le train arrive.

Hélas, la chance n'était pas de son côté. Alors qu'elle levait la tête après avoir consulté l'heure sur son téléphone portable, elle découvrit Jack debout devant elle.

Elle s'entraînait à ne plus penser « papa », quand elle l'évoquait mentalement.

Sa première impulsion fut de se jeter sur lui pour l'enlacer, comme elle le faisait enfant lorsqu'elle entendait sa clé dans la porte d'entrée à la fin de la journée. Elle aurait donné cher pour se sentir à nouveau en sécurité dans ses bras.

Mais elle n'était plus cette petite fille.

Elle arbora son expression la plus désinvolte.

— Quoi ?

— Tu as pris un taxi jusqu'à la gare sans laisser de mot et tu me demandes sérieusement *quoi* ?

— Il faut que je parte. Tu ne comprendrais pas.

Il s'assit à côté d'elle.

— Essaie toujours.

— Je ne veux pas en parler.

— Je vois ça, mais c'est bizarre parce que la Izzy que je connais, ma fille, ne fuit jamais un problème. Elle le regarde dans les yeux et le résout. Ou elle me demande de le résoudre, car c'est ce que font les papas. Elle ne monte pas dans un taxi sans le dire à personne, pour prendre un train à destination d'une ville qu'elle ne connaît pas.

— Il est temps pour moi de devenir plus indépendante.

— On verra plus tard. Pour l'instant, on se concentre sur les raisons qui t'ont poussée à prendre la fuite.

— Je te l'ai dit, je ne veux pas en parler.

— Eh bien moi, si, et je suis ton père, donc tu dois m'écouter.

— On sait tous les deux que tu ne l'es pas.

Elle coula un regard vers lui. Son cœur se serra lorsqu'elle lut la douleur dans ses yeux.

— Quand t'ai-je donné l'impression que je ne te considérais pas comme ma fille ? Si j'ai foiré en tant que père, je mérite de le savoir pour ne plus faire la même erreur à l'avenir.

— Tu n'as pas foiré.

— T'ai-je aimée moins que j'aurais dû ? Dis-le-moi, parce que quelque chose t'a fait penser que tu n'avais pas ta place dans cette famille, et j'ai besoin de savoir ce que c'est.

Merde, fallait-il vraiment qu'ils aient cette conversation ?

— Je ne suis pas ta fille.

— Oh ! ma chérie…

Sa voix était rauque.

— Tu l'es depuis ta naissance. Tu es née en poussant des hurlements, au fait. Si j'avais voulu t'abandonner ou faire machine arrière, c'était le bon moment, mais je ne l'ai pas fait car je t'aimais déjà. Jusqu'à ce que tu arrives, je ne croyais pas au coup de foudre. J'aurais peut-être dû te dire ce que je ressentais plus souvent, mais je suis un homme et on n'est pas doués pour montrer nos sentiments. Toi qui comptes devenir journaliste – je pense d'ailleurs que tu en feras une excellente –, tu dois apprendre à examiner les faits. Il y a beaucoup de preuves, si tu les cherches.

— Je ne…

— Je n'ai peut-être pas hurlé « Je t'aime » chaque fois que je rentrais du travail, mais je te l'ai montré, Izzy. Je te le montrais tout le temps. Examinons les faits. Tu te rappelles quand tu avais neuf ans et que tu étais passionnée de dinosaures ?

— Tu m'as emmenée au musée d'Histoire naturelle.

— Et j'ai passé les deux jours suivants à te fabriquer un décor jurassique avec un volcan en papier mâché.

Le souvenir la fit sourire.

— C'était génial. Jusqu'à ce que tu mettes de la peinture rouge dans un fauteuil. Maman était furieuse.

— C'est vrai, mais je m'en fichais. Tu sais pourquoi je m'en fichais ? Parce que tu t'éclatais. Ton sourire s'étendait de Brooklyn au Connecticut. Tu as joué avec tes dinosaures pendant deux mois.

— Jusqu'à ce que Molly grimpe dessus et qu'il s'effondre.

— Exact. Les périls d'avoir une sœur bébé.

Il passa son bras autour de ses épaules.

— Je n'ai pas passé des heures à le construire parce que je pensais que ce serait un projet amusant, bien que je me sois effectivement amusé. Je l'ai construit par amour pour toi. Et pour ton onzième anniversaire ? Tu as voulu monter en haut de l'Empire State Building. Je t'ai emmenée. Tu t'en souviens ?

— Oui. Tu m'as presque broyé la main.

— J'avais les jetons. J'ai le vertige.

Elle gloussa.

— C'est ça, ouais.

— J'étais terrifié. J'avais les jambes flageolantes. Mais je voulais te faire plaisir, alors j'ai pris sur moi. L'amour m'a fait monter là-haut et redescendre. Ça y est, tu es convaincue que je t'aime ou faut-il que je continue ?

— Je suppose que je te crois.

— Tu supposes ?

— Je... je te crois. Mais...

— Pas de « mais ». Je t'aime. Tu es ma fille et je t'aimerai toujours. Rien ne changera jamais ça. Rien de ce que tu fais. Rien de ce qu'a fait ta mère. Maintenant, il est temps d'aborder ce sujet.

Il regarda le long du quai où les trois voyageurs attendaient toujours.

— J'allais suggérer de discuter ailleurs, mais cet endroit est suffisamment isolé. Il fera l'affaire. Clare m'a informé que tu étais au courant pour la liaison de ta mère. Tu savais qu'elle partait.

La panique menaçait de l'étrangler.

Elle scruta la voie, exhortant le train à entrer en gare, mais il n'y avait rien que des arbres et de l'air pur. Elle était coincée.

— Je sais que c'est difficile. Tu n'es pas obligée de dire quoi que ce soit, ma chérie. Il te suffit de m'écouter.

Où était ce fichu train ?

— Je n'imagine pas l'enfer que tu as vécu, cette année. Je suis profondément navré qu'on n'ait pas plus parlé de ta mère. Je ne voulais pas te faire de peine – voilà une autre preuve de mon amour pour toi –, alors je me suis tu, et je sais que tu n'en as pas parlé non plus pour la même raison. Becca et moi avions prévu de vous annoncer notre séparation, à Molly et toi, mais entre-temps elle est décédée, et je ne voyais plus l'intérêt de vous le dire. J'ignorais que tu étais au courant. Soit on est tous les deux très attentionnés, soit on forme une belle paire d'idiots !

Elle l'avait protégé pendant tout ce temps, alors qu'il savait ?

— Je l'ai entendue au téléphone, dit Izzy. On a eu une terrible dispute avant qu'elle sorte, ce soir-là. Je pensais qu'on aurait le temps d'en reparler mais…

Sentant les larmes lui monter aux yeux, elle lutta pour les retenir, mais cette fois son corps refusa de coopérer. Elles tombèrent, se déversèrent, et avec les larmes vinrent les sanglots. Elle ne pouvait pas s'arrêter de pleurer, c'était plus fort qu'elle. Quelque chose en elle avait cédé.

Elle sentit qu'il la prenait contre lui, eut la vague sensation d'être tenue, de sa voix qui la réconfortait et la calmait, lui disant que tout irait bien, qu'elle ne devait pas se sentir coupable, et elle continua de pleurer, trempant sa chemise. Elle pleura jusqu'à ce qu'elle n'ait plus de larmes. Ses sanglots finirent par s'arrêter, mais elle resta blottie contre lui, complètement vidée et épuisée.

Il lui caressa les cheveux.

— C'est ma faute, ma chérie, pas la tienne. Après sa mort, c'était le chaos. On luttait tous pour ne pas perdre pied, moi y compris, sinon j'aurais remarqué que quelque chose te tracassait. Chaque fois que je te voyais te comporter différemment, je pensais que c'était dû au chagrin. Mauvais jugement de ma part.

— Non, ce n'est pas de ta faute ! s'écria-t-elle.

Pourquoi n'avaient-ils jamais parlé à cœur ouvert, avant ? Elle ne voulait plus que le train arrive, pas encore. Elle voulait avoir cette conversation.

— Je suis désolée qu'elle t'ait trompé.

— Oh ! ma chérie, tu n'as pas à l'être. Ses décisions n'étaient pas les tiennes. Mon amour pour toi n'était pas, et n'est pas, lié à mes sentiments pour elle.

Elle renifla.

— Tu es si indulgent.

— Non.

Il marqua une pause.

— Je suis en colère contre elle, si tu veux savoir, ce qui a été difficile à gérer. Pleurer quelqu'un et lui en vouloir en même temps… C'est un sentiment étrange.

— Je sais.

Elle leva la tête vers lui.

— Je ressens la même chose.

— Ah oui ? On aurait dû en parler. On aurait pu aller à la salle de sport ensemble pour se défouler sur un ring de boxe.

Elle le gratifia d'un petit sourire.

— On peut encore.

Il était si généreux et compréhensif que l'émotion la submergea de nouveau, telle la marée montante.

— Elle a agi sans se soucier de moi, sans réfléchir aux conséquences. Comme si je ne comptais pas, lâcha-t-elle.

Il la serra plus fort.

— Bien sûr que si, tu comptais, mais ta maman était instable. Elle n'avait pas eu une vie facile.

— Elle était mariée avec toi. C'était comme gagner à la loterie et, elle, genre…

Izzy s'agrippa au devant de sa chemise trempée.

— Elle a tout foutu en l'air.

— Certaines personnes trouvent difficile de tourner la page sur leur passé. Je sais que tu tiens un blog. Est-ce que tu as écrit tout ça ?

— Un peu, pas tout. Certaines parties de l'histoire sont trop personnelles.

— Écrire est bénéfique. Un jour, cette expérience te servira. Elle t'aidera peut-être à comprendre quelqu'un un peu mieux, ou sera source d'inspiration quand tu écriras ton best-seller.

— Ah bon, tu penses que j'écrirai un best-seller ?

— Si quelqu'un en est capable, c'est toi. Tu sais que c'est moi qui t'ai acheté ton premier stylo ?

— Non.

— Tu as dessiné sur le mur.

Elle éclata de rire.

— Je parie que maman a adoré ça !

— Elle était en tournée avec la compagnie de ballet. J'ai peint par-dessus avant qu'elle rentre, en arguant qu'il était temps qu'on repeigne la cuisine.

— Je suppose que c'était de l'amour, ça aussi.

— Oui.

Il l'attira plus près.

— Et de l'instinct de survie.

— Elle allait partir et nous laisser, Molly et moi, murmura-t-elle.

Elle n'arrêtait pas de ressasser, c'était plus fort qu'elle.

— Je ne vais pas te mentir. Sinon, tu ne me feras plus confiance. Oui, elle allait nous quitter.

— Donc, elle ne m'aimait pas. En voilà la preuve.

— Si, elle t'aimait. Parfois, les preuves créent une fausse piste. Seuls les meilleurs journalistes prennent le temps de creuser plus profondément. C'est le « pourquoi » qui raconte vraiment l'histoire, Izzy. Souviens-t'en.

Il soupira.

— Elle pensait que je serais pour toi un meilleur parent qu'elle ne le serait jamais. C'est la raison pour laquelle elle m'a épousé.

Izzy en fut horrifiée.

— Ne dis pas ça ! Elle t'aimait, s'écria-t-elle.

— Oui, autant qu'elle a pu.

Elle aurait dû se sentir horriblement mal que sa mère ait été sur le point de partir et de l'abandonner, mais elle ne ressentait que du soulagement de savoir qu'elle aurait continué de vivre avec Jack.

— Je peux t'avouer quelque chose ?

— Tout. Tu peux tout me dire.

— J'adorais maman, mais honnêtement je pense qu'elle était complètement cinglée.

Il se fendit d'un rire fatigué.

— Parfois les gens qu'on aime font des choses qu'on ne comprend pas ou avec lesquelles on n'est pas nécessairement d'accord.

— En parlant des gens qu'on aime, Flora a ramé jusqu'à l'île. Elle te l'a dit ?

— Non. Elle est montée dans un canoë ? Je n'en reviens pas. Pourquoi est-ce qu'elle…

Il s'interrompit, sous le choc.

— Elle s'inquiétait pour moi.

— Oh ! je vois. Ceci explique cela.

— Elle est tombée dans l'eau et a complètement paniqué.

— Sans blague ? Elle ne voudra probablement plus jamais s'approcher d'un plan d'eau.

— Je n'arrive pas à croire qu'elle ait fait ça pour moi.

— Moi, si. Elle est comme ça. Chaleureuse, généreuse, discrète. Elle se soucie sincèrement de toi. Elle a eu une enfance difficile, elle aussi.

— Je sais. Elle m'a un peu raconté. Elle m'a montré une photo de sa mère.

Elle tripota nerveusement l'ourlet de son chemisier.

— Je l'ai plus ou moins sauvée.

Était-ce de la vantardise ? Ce n'était pas son intention. C'était sa façon de lui dire qu'elle ne voulait pas que Flora se noie.

Elle sentit qu'il se détendait.

— Je suis content de l'entendre. Je l'apprécie vraiment.

— Tu fais plus que l'*apprécier*, papa.

— C'est vrai. Tu as raison.

Il s'éclaircit la gorge.

— Je l'aime. Est-ce que ça te contrarie ?

Izzy découvrit que non, probablement parce qu'elle-même développait des sentiments pour Aiden. Bien qu'elle trouve impossible d'écrire dessus, l'Amour était un sentiment incroyable ! Il ne suivait aucune logique, quand on y pensait. Mais s'il y avait une chose qu'elle avait apprise, c'était qu'on ne décidait pas de la personne dont on tombait amoureux.

Soudain, elle se sentit un peu mieux au sujet de sa mère. Qu'avait dit tante Clare ? Becca n'était pas une mauvaise personne. Elle avait simplement fait de mauvais choix.

Pour une raison quelconque, cela faisait sens pour elle. Mais le plus positif, dans tout ça, c'était la facilité avec laquelle elle avait parlé à tante Clare, qui avait d'ailleurs insisté pour qu'elle l'appelle Clare. « Je ne suis pas ta tante, mais j'aimerais beaucoup être ton amie. »

Elle n'avait plus l'impression d'être seule au monde.

— Non. Je l'ai probablement rendue dingue, mais en fait je l'aime bien.

— Je l'ai rendue dingue, moi aussi. Il se peut qu'elle ne veuille plus de moi. J'ai tout gâché.

— Comment ?

— J'aurais dû lui parler des problèmes que j'avais avec Becca. J'ai essayé de gérer seul, sans l'impliquer. Et je lui ai donné l'impression d'être exclue.

Izzy songea à ce qu'elle avait appris sur Flora.

— Se sentir exclue, c'est une de ses grandes angoisses.

— Exact. J'aurais dû me confier à elle, j'aurais davantage dû l'impliquer dans notre vie de famille.

Izzy sentit un pincement de culpabilité.

— Je l'ai repoussée, alors c'est en partie de ma faute.

— Non, ma chérie, c'est la mienne. Peu importe ce que tu as dit ou fait. J'aurais dû lui confier mes soucis au lieu d'essayer de la protéger et de tout gérer seul. Je dois trouver un moyen de la convaincre qu'elle fait partie de cette famille et que je l'aime.

Elle avait du mal à croire que son père lui racontait tout ça. Elle avait la sensation enivrante d'être une adulte. Elle ne voulait pas tout gâcher en proférant une bêtise. Elle voulait dire quelque chose de sage et d'utile, pas un truc totalement ringard.

— Il faut que tu lui parles, mais surtout que tu l'écoutes.

— Tu as raison, je vais l'écouter. Enfin, si elle consent à me parler.

Izzy essaya d'imaginer Flora refusant de parler à quelqu'un. Elle eut beau chercher, cela lui paraissait improbable.

— Flora est gentille et très patiente. Elle n'est pas du genre à sortir de la pièce d'un pas furieux en refusant d'écouter. Dis-lui la vérité. Elle est gaga des fleurs, elle apprécierait sûrement un bouquet.

Il hocha la tête.

— Bonne idée !

— Tu sais, j'ai réfléchi. J'irai peut-être à l'université, finalement. Ça fait un moment que tu n'as pas donné de jambon à Molly. Je peux partir l'esprit tranquille. Elle ne risque rien.

Il la serra contre lui en riant.

— J'espère ne pas être un mauvais père au point de tuer accidentellement ta sœur, mais inutile de prendre ta décision à la hâte. Si tu as besoin d'une oreille bienveillante, je suis là. Je promets d'essayer de ne pas t'influencer.

— Mon œil ! Tu veux que j'y aille, je le sais. Comment est-ce que tu t'y prendras pour te retenir de m'influencer ?

Il étira les jambes.

— Je feindrai d'être très calme et neutre et ferai de gros efforts pour cacher mon inquiétude de papa. Être parent implique beaucoup d'inquiétude.

— Donc, en gros, tu seras mort d'inquiétude, et je ne le saurai pas ?

— Exact.

— Ne le prends pas mal, mais tu n'es pas un acteur assez doué. Je le saurai si tu paniques.

— Je m'entraînerai. Sache que je me soucie de ton avenir parce que je t'aime, Izzy. Je veux ce qu'il y a de meilleur pour toi et je pense qu'étudier à l'université te plairait. Mais quoi que tu décides, et quoi qu'il se passe avec Flora, je serai là pour te soutenir. Je veux que tu prennes ton envol, ma chérie, mais sache que tu pourras toujours rentrer à la maison. Tu auras toujours un toit où que je sois, j'espère que tu le sais.

Elle prit conscience qu'elle le savait déjà. Alors qu'elle pensait son corps aussi sec que le désert, les larmes lui montèrent aux yeux.

Elle cligna plusieurs fois. Les adultes ne pleuraient pas comme des bébés.

— Merci d'être venu me trouver.

— Aucun problème. J'espère juste que, la prochaine fois, tu m'appelleras avant de prendre un taxi.

— Tu n'as pas oublié de conduire du côté gauche de la route ?

— Aiden m'a emmené.

— Aiden ?

Elle leva la tête.

— Il est ici ?

— Dans la voiture. Il attend de me ramener, ou de *nous* ramener. J'espère que tu rentres avec moi.

Sa voix n'était pas assurée.

— Est-ce que je peux te donner un gros bisou bien embarrassant, ou est-ce que ça te fera sauter dans le train ?

Elle sourit.

— Je me suis déjà tapé la honte sans ton aide, alors ça m'est égal.

Elle se blottit contre lui, la tête sur son épaule comme elle le faisait enfant. Elle sentit qu'il déposait un baiser sur ses cheveux, mais plus que tout, elle sentit son amour. Un amour si puissant qu'elle se demanda comment elle avait pu en douter.

— Il y a des serpents au Vietnam ? demanda-t-elle.

— Des milliers. Partout ! Tu ne pourras probablement pas poser les pieds par terre sans marcher sur au moins six d'entre eux. Non pas que j'essaie de te dissuader. La décision t'appartient. Mais sache qu'il y a des araignées aussi. D'énormes araignées poilues, qui ne se rasent jamais les pattes.

Elle ne savait pas si elle devait glousser ou frissonner.

— À choisir, je préfère encore l'université.

— Où que tu ailles, quoi que tu décides, je serai là pour toi. Jusqu'à ce que tu rencontres un homme sexy qui te fera oublier ton vieux père, bien sûr.

Elle avait déjà rencontré cet homme sexy, mais elle n'était pas encore prête à lui en parler. Bientôt, peut-être.

Aiden apparut soudain sur le quai, essoufflé et nerveux, ce qui ne lui ressemblait pas.

— J'ai vu le train arriver. J'ai eu peur que tu montes dedans sans me donner une chance de te parler. Je t'aime, Izzy.

Elle ne savait plus où se mettre.

Pitié non, pas devant son père !

La pensée lui était venue naturellement. Elle réalisa alors qu'elle avait toujours considéré Jack comme son père. Il était donc tout naturel qu'il la considère comme sa fille.

Jack se leva.

— Je n'ai peut-être pas mérité le titre de père de l'année, mais je sais quand il est temps pour moi de partir.

— Non, reste !

Elle lui attrapa la main.

Le train entra en gare dans un bruit de ferraille et s'arrêta en grinçant. Les trois passagers montèrent à bord. Les portes claquèrent.

Le regard de Jack fit la navette entre le train et elle.

— On peut rester ici et discuter sur ce quai, qui est somme toute charmant pour un quai de gare, ou on pourrait rentrer à la maison et avoir cette conversation dans un lieu plus confortable. Je pourrais ainsi parler à Flora.

Tout en tenant fermement la main de son père, elle soutint le regard d'Aiden.

— Rentrons à la maison, dit-elle.

Flora

Lake District, Angleterre

L'eau lui léchait les chevilles, inexorablement.

Flora se força à avancer malgré ses tremblements, qui s'intensifiaient.

L'onde lui arriva alors aux mollets. Elle poussa un cri, choquée par sa température. On était en plein été. Comment le lac pouvait-il être si froid ?

Elle se vida la tête, essayant de ne pas penser à Jack ni à son désir ardent de faire partie de sa famille, pour pouvoir se concentrer sur cette unique tâche.

Elle irait au bout, seule et tranquillement, sans personne autour pour l'en empêcher.

L'eau se referma autour de sa taille. Elle voulut crier, mais la peur lui obstruait tant la gorge qu'aucun son ne sortit.

Vas-y ! s'encouragea-t-elle.

Elle se concentrait tellement qu'au début elle n'entendit pas les cris derrière elle.

Les voix s'intensifièrent. Elle reconnut celle de Molly : « Flora, Flora ! »

Puis un concert de voix paniquées lui parvint. Elle ferma les yeux, frustrée.

Ne souhaitant aucun témoin, elle avait choisi exprès un moment où personne ne serait là. Elle voulait entrer dans l'eau seule et affronter sa peur une fois pour toutes, sans faire d'histoire ni être dérangée. Visiblement, cela n'arriverait pas. Les familles, découvrait-elle, s'accompagnaient de péripéties et de problèmes en tous genres. Bien rares étaient les moments où l'on pouvait se retrouver seul. Julia s'en plaignait tout le temps, mais une vie de famille, c'était ce qu'elle-même avait toujours voulu.

Elle se retourna. Izzy, Molly et Jack fonçaient dans l'eau tout habillés. Que diable s'était-il passé pour qu'ils soient aussi fous d'inquiétude ? Elle mit un moment à réaliser qu'elle était la source de leur panique.

— Flora ! Arrête. *Arrête !* Ne fais pas ça.

Suivirent des éclaboussements et des cris. Izzy était en tête, suivie de Molly, qui pataugeait comme Chase. Jack fermait la marche.

Flora se fit tellement arroser qu'elle poussa un cri.

— Ne va pas dans l'eau, cria Molly en agitant les bras comme une pieuvre. Tu ne peux pas nager.

Flora s'essuya le visage et attrapa la fillette, de crainte qu'elle les fasse couler toutes les deux.

— Je n'ai jamais dit que je ne pouvais pas nager. J'ai dit que j'avais peur de l'eau. Je n'ai pas nagé depuis le drame, et je voulais essayer. Il est plus que temps.

Izzy arriva à sa hauteur, son T-shirt mouillé collé au corps.

— Tu allais nager ? Tu n'étais pas…

— Je n'étais pas quoi ?

Izzy déglutit.

— Tu n'essayais pas de te noyer ?

— Me *noyer* ? s'exclama Flora.

Elle comprit alors pourquoi ils s'étaient tous rués dans le lac.

— Ça n'a jamais été mon intention, mais comme ça fait vingt ans que je n'ai pas mis les pieds dans l'eau, c'était effectivement une éventualité. Tu ne l'as peut-être pas remarqué, mais je porte un maillot et j'ai emprunté une paire de chaussons de plongée car je n'aime pas l'idée d'être pieds nus.

Izzy lâcha un sanglot et se jeta à son cou.

— Je croyais que je t'avais encore contrariée. Ou que mon père t'avait donné envie de te suicider.

Flora ne savait pas si elle devait rire ou pleurer. Elle était au bord des larmes, mais c'était probablement parce qu'Izzy l'enlaçait pour la première fois. Fort. Elle se cramponnait même carrément à elle.

Elle lui rendit son étreinte.

— Tu ne m'as pas contrariée. Je ne suis pas du genre à donner des conseils, mais d'après moi aucune femme ne devrait se suicider pour un homme.

— Tu es fâchée contre papa ? s'enquit Molly, qui s'agrippait également à elle de ses doigts mouillés et glissants. Je me fâche parfois quand il me donne du jambon. Il ne fait pas exprès. Tante Clare dit toujours que personne ne fait ce qu'il faut tout le temps.

— C'est bien vrai, dit Flora.

Elle regarda Jack. Il se tenait derrière les filles dans ses vêtements trempés. Jamais elle n'oublierait son expression. Il l'aimait, cela crevait les yeux. Peu importait ce qu'il avait gardé pour lui, peu importait les fautes qu'il avait commises, il l'aimait.

— Tu as oublié d'ôter tes vêtements, lui fit-elle remarquer.

Il soutint son regard, sans sourire.

— J'avais d'autres choses en tête. Je n'arrive pas à croire que tu sois entrée dans l'eau toute seule. Qu'est-ce qui t'a pris ?

— J'avais besoin de faire ça à ma façon.

— Il a *complètement* paniqué quand il t'a vue. Il voulait te sauver, assura Molly d'un air grave. On voulait tous te sauver, mais tu n'avais pas besoin d'être sauvée, alors tout va bien.

— Pourquoi tu n'as pas attendu ?

Izzy s'écarta d'elle et retira son T-shirt trempé.

— Je serais venue avec toi.

— Je ne savais pas comment je réagirais. Je craignais de paniquer et de ne pas être capable d'entrer dans l'eau. Ça aurait été embarrassant.

— Ça m'aurait été égal que tu paniques, répondit Izzy. Je ne t'aurais pas jugée. J'aurais pu te sauver, en revanche.

— Tante Clare dit que si tu n'arrives pas à faire quelque chose, tu dois essayer plus dur, reprit Molly, accrochée à sa main.

— Clare a raison, répondit Flora.

— Si tu veux encore essayer, je suis là. Je te sauverai, si tu coules.

Elle était entourée de bras, de jambes, d'amour.

Elle prit alors conscience que devenir une famille n'arrivait pas du jour au lendemain. Cela prenait du temps. Il fallait y aller doucement, faire preuve de patience, de compréhension et avoir la volonté de pardonner quand des problèmes surgissaient.

— Si tu t'accroches à elle comme ça, elle va couler. Tu es un poids mort.

Izzy retira doucement les doigts de sa sœur de son bras.

— Mais Molly a raison. C'est mieux d'affronter ses peurs entouré de ses proches. Alors on va rester ici. Tu n'as qu'à faire comme si on n'était pas là.

Flora les regarda tous les trois tour à tour, puis reporta son attention sur le lac.

— Tu es déjà dans l'eau, alors autant nager, l'encouragea Molly. Donne un grand coup de pied et sers-toi de tes bras. Regarde, j'essaie de copier Chase.

— Voilà pourquoi tu ne gagneras jamais de points pour le style, marmonna Izzy.

— Je ne suis pas sûre que…, commença Flora, gênée de se sentir observée.

— Lance-toi, chérie, fit Jack. Lance-toi !

— Je sais ce qu'on va faire, on va nager aussi, lança Molly en plongeant dans l'eau avec un joyeux abandon, éclaboussant tout le monde au passage.

Avec un cri de joie, Izzy s'élança dans son sillage.

— Formidable. Maintenant, tu essaies de nager dans une eau mouvementée, lâcha Jack.

Ça ne dérangeait pas Flora. Elle comptait aller au bout, alors peu importait qu'elle se soit fait éclabousser. Elle avait encore pied là où elle était. Jack et Izzy pourraient l'aider, si elle rencontrait des difficultés. Il n'y avait vraiment aucun risque, en dehors de ceux qu'elle imaginait.

Elle se pencha en avant et abaissa lentement son corps dans l'eau, la sentant se refermer sur sa poitrine puis ses épaules. La panique guettait, mais elle poussa en avant. Et soudain, elle nageait. Elle nageait vraiment, son corps en apesanteur. Le reste du monde s'évapora. Elle ne s'était jamais sentie aussi proche de la nature, n'avait jamais affronté ses peurs d'aussi près. L'appréhension papillonnait toujours dans son ventre, mais elle l'ignora et continua de remuer bras et jambes à un rythme régulier, se sentant devenir plus forte à chaque battement.

Progressivement, la peur laissa place à l'euphorie. Elle se mit à faire confiance à son corps, comprit qu'il ne la lâcherait pas, que le passé ne la ferait pas couler comme une pierre et qu'elle s'était trompée en pensant qu'elle ne nagerait plus jamais.

La vie n'était pas figée. Avoir peur de quelque chose ne signifiait pas en avoir peur toute sa vie. Elle avait laissé la peur la retenir et comprenait aujourd'hui que c'était la raison pour laquelle elle avait songé à mettre fin à son histoire avec Jack. Elle était amoureuse, mais également effrayée. Effrayée de s'être rendue vulnérable ; effrayée d'être tombée sous le charme de sa famille quand il la voyait encore comme une étrangère ; effrayée de lui avoir confié ses secrets, fait confiance, alors qu'il n'avait pas confié les siens. Peut-être avait-il peur, lui aussi. Il était humain, comme elle. Il avait ses propres démons. Au lieu de prendre la fuite, mieux valait lui en parler, lui expliquer que ça la rendait malheureuse qu'il ne se confie pas à elle. Mettre à profit cette difficulté passagère pour mieux le comprendre, et l'aider à la comprendre. Les relations amoureuses n'étaient pas figées non plus. Il y aurait forcément des difficultés sur le chemin, et ils devaient apprendre à les négocier ensemble. C'était un processus. Une découverte. Une aventure.

Elle nagea jusqu'à ce que ses bras lui fassent mal. Quand elle se redressa enfin, elle riait, et Izzy aussi.

— Eh ben dis donc ! s'exclama celle-ci, ses cheveux lisses collés à ses épaules. Pour la nage, c'est fait. Deuxième étape : apprendre à faire du kayak. Leçon numéro un : ne pas lâcher la pagaie.

Molly tremblait, la peau marbrée et bleutée à cause du froid.

— J'ai fr-froid. Je peux avoir du chocolat chaud ?

Izzy la prit dans ses bras et lui frictionna le dos pour la réchauffer.

— Bonne idée. On va rentrer. Flora et papa doivent discuter, de toute façon.

— Je peux discuter, moi aussi ?

Le regard d'Izzy navigua entre Flora et son père.

— Tu n'es pas invitée à cette conversation.

— Écoute-le, Flora, cria Molly, les bras autour des épaules de sa sœur, tandis que celle-ci pataugeait jusqu'au rivage. Je crois qu'il veut que tu nous épouses. Ce serait chouette. Après, on pourra adopter un chien. Je m'en fiche s'il est petit.

— Oh mon Dieu, on n'épouse pas une famille entière, on épouse une personne ! la réprimanda Izzy en la serrant plus fort. Quel que soit ton choix de carrière, évite de choisir un métier où il faut se montrer diplomate.

— Diplomate ? Je ne sais pas ce que c'est.

— Ça, rétorqua Izzy avec toute la supériorité de la sœur aînée, on avait compris.

Sortie de l'eau, elle posa Molly par terre avant de lui passer une serviette autour des épaules.

— En avant pour une tasse de chocolat chaud !

Molly regardait Flora et Jack, qui étaient sortis de l'eau, eux aussi.

— Mais…

— Avec de la crème chantilly.

— OK, répondit-elle, tentée, mais peut-être qu'on devrait d'abord…

— Des marshmallows et un flocon de neige en chocolat, ajouta Izzy.

Il n'en fallut pas plus pour la convaincre. Elle remonta la pelouse en courant vers la maison, Izzy dans son sillage.

Flora les regarda s'éloigner, regrettant de ne pouvoir se joindre à elles. Sa peau picotait à cause de l'eau froide, et son cœur galopait. Elle se sentait épuisée mais euphorique.

Elle avait nagé. Elle avait réussi ! Cette victoire avait un impact incroyable sur sa confiance en elle. Elle se sentait invincible.

— Je n'en croyais pas mes yeux quand je t'ai vue dans le lac.

Jack enroula une serviette autour d'elle et lui frotta les bras.

— Je ne me rappelle pas la dernière fois où j'ai eu aussi peur.

— C'était il y a quelques heures, quand tu as découvert qu'Izzy était partie pour la gare.

Il éclata de rire.

— On peut dire que la journée a été éprouvante !

— J'en déduis que votre conversation s'est bien passée, puisque vous êtes arrivés ensemble.

— Oui. On a parlé de beaucoup de choses. Des choses qu'on aurait dû évoquer il y a longtemps. J'ai également discuté avec Clare.

Il lui prit la main et la fit asseoir sur un des transats.

— La seule personne à qui je n'ai pas dit toute la vérité, c'est toi. Je ne parle pas des circonstances de la naissance d'Izzy – j'étais honnête en te disant que je n'y pensais tout simplement pas. Mais Becca… Je ne t'ai pas parlé d'elle, et je te dois une explication. Tu mérites de savoir.

— Jack…

— Tout ce que je te demande, c'est de m'écouter. Si, à la fin, tu décides que toute cette histoire est trop compliquée pour toi, eh bien, d'accord. Enfin non, pas d'accord, mais je ferai de mon mieux pour accepter ta décision et ne pas te harceler pour te faire changer d'avis.

Il resserra la serviette autour de ses épaules.

— J'ai rencontré Becca dans un aéroport. On embarquait sur

le même vol. On sortait ensemble depuis un mois quand elle m'a annoncé qu'elle était enceinte.

— Elle a prétendu que l'enfant était de toi ? s'enquit-elle d'une voix volontairement calme.

Peu importe ce qu'il lui révélerait, elle essaierait de ne pas avoir l'air choquée et s'efforcerait de rester sereine.

— Non.

Il secoua la tête.

— Elle a toujours été franche. Je pense même qu'elle s'attendait à ce que je la quitte. Presque tous ceux qu'elle avait rencontrés jusque-là étaient partis à un moment ou à un autre. Elle ne connaissait ni la stabilité ni la sécurité. Elle n'avait pas connu l'amour.

Flora sentit une vague de compassion. Son enfance avait été différente. Sur de nombreux aspects, elle avait été chanceuse, certainement plus que Becca. Même si leurs enfances avaient été différentes, elle savait ce que ça faisait de se sentir seule, sans personne pour vous soutenir.

— Elle t'avait, toi.

— Oui, et je n'avais aucune intention de la quitter. Mais elle ne me faisait pas suffisamment confiance. Elle trouvait difficile de faire partie d'une famille. Elle s'attendait en permanence à ce que tout s'effondre. Au bout du compte, elle a elle-même saboté notre vie commune.

Flora écoutait en silence, mais cacher son effarement et éviter tout jugement devint un véritable défi quand il lui révéla que Becca l'avait quitté alors qu'Izzy n'avait que trois mois.

Cette femme n'avait peut-être pas été aimée, enfant, mais elle l'avait été adulte. Une enfance difficile et une vie d'adulte heureuse n'étaient pas incompatibles. C'était une question de choix.

Cela valait pour elle aussi. Elle pouvait décider de partir ou choisir de rester.

Elle continua d'écouter tandis que Jack lui parlait de la liaison la plus récente de Becca.

C'était la dernière chose qu'elle aurait imaginée de la parfaite Becca. Excepté qu'elle n'était pas parfaite. Elle était humaine, unique, dotée de défauts comme tout un chacun.

— Elle allait me quitter. Nous quitter, les filles et moi.

Flora posa la main sur la sienne.

— Oh ! Jack...

Pas étonnant qu'il ait mis tant de temps à en parler.

Il continua son récit, soulignant chaque détail douloureux de leurs derniers mois et derniers jours de vie commune. Elle ne l'interrompit pas. Elle aurait tout le temps plus tard de lui poser des questions et de donner son avis.

— Je pensais que les filles n'étaient pas au courant, or j'ai appris qu'Izzy avait entendu Becca au téléphone. Je n'en savais rien. Elle n'a rien dit et ça ne m'a pas traversé l'esprit. Elle prévoyait une confrontation avec sa mère, mais Becca est sortie, ce soir-là, et n'est jamais rentrée. Izzy s'est retrouvée dans une position horrible. Elle croyait que je n'étais pas au courant de cette liaison et ne voulait pas être celle qui me l'annoncerait. Ça ne semblait pas utile, puisque Becca était morte de toute façon.

— Alors elle a porté cet immense secret.

Le cœur de Flora se serra de compassion pour l'adolescente.

— Oui.

Les dernières pièces du puzzle s'assemblaient.

— Elle savait que sa mère te quittait. Elle pensait que cela mettrait fin à votre relation père-fille aussi.

— Ses idées n'étaient pas aussi claires que ça, au début. Elle était en état de choc, bouleversée d'avoir perdu sa mère, et néanmoins fâchée contre elle. Elle a commencé à se sentir coupable, comme si elle était en quelque sorte responsable des actions de Becca. Elle pensait que je ne voudrais plus d'elle.

— Elle avait probablement l'impression qu'elle ne méritait pas de vivre sous ton toit. Elle se punissait pour le comportement de sa mère.

Les joues de Flora étaient mouillées de larmes.

— Pauvre Izzy. Si seulement elle te l'avait dit.

— Je suis soulagé qu'elle t'en ait parlé. Dieu sait combien de temps toute cette histoire aurait duré autrement, ou comment elle se serait terminée.

— Elle ne m'a rien dit de tout ça. J'ai simplement perçu sa colère contre Becca.

— J'ai pourtant concentré toute mon énergie sur le bien-être des filles, j'aurais dû m'en rendre compte. Seulement, j'étais rongé moi aussi, ce qui m'a probablement aveuglé. Puis je t'ai rencontrée.

Il marqua une pause.

— Tu étais si gaie, si lumineuse. Je n'avais pas ressenti un tel espoir depuis longtemps. Mais j'étais terrifié.

— Terrifié ?

— Oui. C'était trop tôt, pas le bon moment, les filles devaient demeurer ma priorité. Je n'avais pas l'intention de t'inviter à boire un café, ce jour-là, ni de t'inviter à déjeuner les jours suivants. Sauf qu'être avec toi me faisait tant de bien qu'y mettre un terme m'était impossible. Ça aurait été comme s'interdire de boire quand on a soif. Je savais pourtant que c'était trop compliqué.

— Trop compliqué pour moi ?

— Notre relation n'aurait jamais été simple. Il n'aurait jamais été question que de toi et moi.

— J'ai su dès le premier jour que tu avais les filles, Jack.

— J'avais peur de me rapprocher de toi, peur de laisser les filles s'attacher à quelqu'un après Becca.

— Le deuil rend craintif. On a peur de perdre les autres personnes qui nous sont chères. La mortalité n'est pas une chose à laquelle on pense. On avance dans la vie en se pensant immortels, puis la mort nous force à accepter qu'on ne l'est pas.

— Il faut encore que je décide quoi dire à Molly, mais rien ne presse.

Il la regarda et secoua la tête.

— Je n'arrive pas à croire que tu aies nagé !

— Je voulais nager parce que…

Le moment était-il venu de le lui dire ?

— … si on continue à venir ici tous les ans, je veux être capable de me joindre à vous.

— Vraiment ? Tu veux revenir ?

— Oui. J'adore cet endroit.

Elle contempla le lac, ne voyant que la beauté, plus la menace.

— Nager m'a fait l'effet d'un grand pas en avant. On dirait qu'Izzy et toi avez fait un pas en avant, aussi.

— Oui.

Ses doigts se resserrèrent sur les siens.

— Qu'en est-il de nous ? Tu n'as pas signé pour cette vie de famille dingue et compliquée. Je sais que tu détestes le conflit.

Elle sourit.

— Ce que je déteste encore plus que le conflit, c'est qu'on me ferme la porte. Être exclue. Quand les filles se sont ruées dans l'eau, j'ai réalisé que je faisais partie de ta famille, ta famille dingue et compliquée, même si on doit encore déterminer la nature de notre relation et la forme qu'on souhaite qu'elle prenne. Je n'ai jamais été aussi heureuse.

Le soulagement envahit les traits de Jack.

— Je pensais que j'avais tout gâché.

— Je pensais que j'avais tout gâché avec Izzy. Ce n'est pas le cas. Aucun de nous n'est parfait, Jack. Je n'attends pas de toi que tu le sois. Je sais combien c'est dur et effrayant d'être ouvert et honnête avec quelqu'un. Je n'ai pas l'habitude de parler de mes sentiments. Je pensais que c'était parce que je ne savais pas comment procéder, mais la vérité, c'est que j'avais peur de me confier intimement. C'était une façon de me protéger du rejet. Lorsqu'on s'ouvre, lorsqu'on se montre tel qu'on est, on prend un risque, on s'expose aux blessures et au chagrin. Apprendre à s'ouvrir est un processus. Apprenons ensemble. Il nous suffit de continuer à se confier l'un à l'autre, de partager. On peut affronter tout ce que la vie nous inflige, si on est ensemble.

— Je me culpabilise que tu doives constamment gérer mes problèmes de famille. Tu n'es pas obligée de rester. Tu peux encore décider de partir.

Elle comprit alors qu'elle avait vu juste. Il avait des craintes, lui aussi. Tout le monde en avait, mais le rejet de Becca devait avoir laissé de sacrées cicatrices.

Elle se tourna vers lui et prit son menton rugueux dans ses mains. Son regard était empli d'inquiétude.

— Je rêve de faire partie d'une famille, avec toutes ses complexités, ses hauts et ses bas. Je ne veux pas partir. Je ne partirai *jamais.*

Elle avait parlé fermement pour qu'il n'ait aucun doute, mais savoir qu'il avait souhaité la protéger, avait pensé à son bien-être, la touchait comme jamais elle n'avait été touchée.

— C'est vrai, tu voulais me protéger ? reprit-elle, émue.

— Oui. Je me protégeais probablement un peu aussi. J'avais peur que tu fasses machine arrière en découvrant combien la vie de famille était intense et émotionnellement épuisante. Je ne veux pas que tu changes d'avis. Je t'aime si fort.

— Je t'aime, moi aussi.

Prononcer ces mots inhabituels lui fit un effet étrange. Elle ne les avait pas dits à quiconque depuis si longtemps. Pas depuis qu'elle s'était tenue dans la cuisine pleine de courants d'air de sa tante et avait essayé de nouer des liens avec elle.

« On n'est pas obligées de s'aimer, on doit simplement apprendre à vivre ensemble. »

Elle avait voulu tellement plus, et aujourd'hui, enfin, on lui donnait de l'amour.

Alors qu'elle était sur le point de répéter qu'elle l'aimait, il l'attrapa et l'embrassa jusqu'à ce que sa tête tourbillonne et qu'elle oublie tout le reste, même son propre nom.

À contrecœur, il mit fin à leur baiser et leva la tête.

— Tu n'imagines pas combien de temps j'ai attendu d'entendre ces mots. Tu m'aimes vraiment ?

— Oh que oui. Et c'est la plus merveilleuse des sensations.

Un sourire ourla ses lèvres.

— Tu m'aimes, en dépit de mes nombreuses responsabilités.

— Si tu parles d'Izzy et de Molly, je les aime aussi.

— Tu es prête à supporter les poussées hormonales, les silences et l'impression désagréable que tu as encore dit ce qu'il ne fallait pas ? C'est vraiment ce que tu veux ?

— Oui. Je le veux.

Gênée par sa réponse aux résonances très officielles, elle s'écarta.

— Pardon, c'était…

Il l'attira de nouveau à lui et l'embrassa avec fougue.

— Molly t'a déjà demandée en mariage, il me semble. Pour la finesse et le tact, oublie. C'est impossible avec une enfant de sept ans à la maison. Elle dit tout ce qui lui passe par la tête.

Elle rit, réalisant que si elle pouvait trouver assez de courage pour nager dans le lac, elle pouvait trouver le courage d'affronter les situations gênantes.

— Je n'attends pas de demande en mariage, Jack. Tout ce dont j'ai besoin, c'est d'être avec toi. Rien de plus, rien de moins.

Si jamais elle sentait le besoin de se marier, elle le lui dirait. Qui sait, elle ferait peut-être elle-même sa demande. Pourquoi pas ?

Pour l'instant, elle avait son amour et cela lui suffisait. Elle comprenait pourquoi il ne lui avait pas tout dit et savait que les difficultés qu'ils avaient rencontrées l'avaient sérieusement fait réfléchir à leur relation, lui aussi. Les tensions des derniers jours leur avaient rappelé à tous deux que, pour qu'une relation amoureuse fonctionne, il fallait de l'amour, de la réflexion, de l'attention, mais également de la confiance.

Alors qu'elle était dans ses bras, elle remarqua un gros bouquet de fleurs abandonné sur la pelouse.

— Qu'est-ce que c'est ?

Elle se redressa, se demandant comment elle ne l'avait pas remarqué avant.

— Elles sont pour toi.

— Tu… Tu m'as acheté des fleurs ? balbutia-t-elle, émue.

Personne ne lui en avait jamais acheté. Elle avait toujours dû les acheter elle-même. Elle se leva pour les récupérer et enfouit le visage dans leurs doux pétales pour humer leur odeur.

— Elles sont ravissantes. Je n'en reviens pas, tu m'as acheté des fleurs !

— Pour être honnête, l'idée vient d'Izzy.

— Izzy ?

Elle leva le nez.

— Je m'étais préparé à te les offrir de la façon la plus romantique qui soit, mais quand je t'ai vue dans l'eau, j'ai eu une trouille bleue. Je crois que je les ai… balancées.

— Balancées, répéta-t-elle avec stupeur.

Son regard fit la navette entre Jack et les pétales par terre.

— Tu les as *balancées* ?

— Que dire pour ma défense ? J'ai paniqué quand je t'ai vue. La prochaine fois que je t'en achèterai, je m'assurerai de te les offrir en bonne et due forme. Connaissant ton amour des fleurs, j'espère que tu les aimeras quand même.

— Oh ! Jack !

Elle les serra contre elle. Même avec quelques pétales en moins, c'était le plus beau des bouquets.

Il la connaissait si bien ! Il savait qu'elle adorait les fleurs, qu'elle avait du mal avec la confrontation, qu'elle avait aussi peur du rejet que de l'eau. Il savait qu'elle était prête à tout pour se faire accepter, quitte à aller contre ses envies et ses désirs. Il était au courant de la profonde solitude et du vide qu'elle avait ressentis pendant si longtemps. Il savait le plus important. Il la connaissait intimement.

Tenant toujours les fleurs, elle posa la tête contre sa poitrine.

— Cet endroit va me manquer.

— Moi aussi. Je suis tout de même pressé de rentrer à la maison. J'ai quelques idées.

Elle leva la tête et plongea son regard dans le sien.

— Tu m'en parles ?

— Le moment venu. Disons simplement que tu peux arrêter de chercher un appartement. Tu emménages avec nous pendant que je mets le plan A en action.

Elle était sur le point de demander quel était ce plan, puis se ravisa. Les détails n'avaient pas d'importance. L'essentiel, c'était qu'à partir de maintenant ils feraient les choses ensemble, comme une famille. Qu'il l'aimait autant qu'elle l'aimait.

Et tandis qu'il baissait la tête et l'embrassait de nouveau, elle en eut la certitude.

Épilogue

Flora

New York

— C'est ma chambre ! cria Molly. Je veux celle-là. Elle a vue sur la rivière.

— Non, c'est la mienne. Je suis la plus âgée, alors c'est moi qui décide.

Izzy et sa sœur se disputaient en se poursuivant de pièce en pièce. Leurs voix résonnaient dans la maison vide, tandis que leurs pieds martelaient le parquet.

— Mais tu pars à l'université ! protesta Molly.

— Pas pour toujours. Je reviendrai souvent pour m'assurer que tu ne fais pas trop de bêtises.

Jack passa les bras autour de Flora et l'embrassa.

— Et toi, as-tu choisi ta chambre ? Ça te dit de faire des bêtises ?

Après avoir décidé conjointement de s'éloigner de la ville, ils avaient commencé à chercher leur nid et trouvé leur bonheur dans le quartier historique de Hudson River Valley. La maison, de style Greek Revival et datant du XIXe siècle, joliment rénovée, était la deuxième qu'ils avaient visitée. Ils l'avaient vue pour la première fois au printemps et en étaient immédiatement tombés amoureux. Tant et si bien que, lors de leur seconde visite, moins de vingt-quatre heures plus tard, ils avaient emmené les filles.

Flora avait été charmée par le verger et les arbres fruitiers en fleurs ; Jack avait immédiatement senti son potentiel et décidé de faire de la vieille grange son bureau. Il avait passé de longues heures au téléphone avec Todd à discuter de la façon dont ils pourraient en faire un espace de travail moderne, tout en préservant ses caractéristiques originelles et son caractère. Même avec toute la technologie qu'il prévoyait d'installer, il serait forcé de passer du temps en ville, ses compétences étant demandées dans des endroits de plus en plus éloignés. Il avait toutefois la ferme intention de sélectionner soigneusement les projets, de manière à pouvoir passer autant de temps que possible à la maison.

La demeure de Brooklyn s'était vendue rapidement, et les nouveaux propriétaires avaient choisi d'acheter également la plupart des meubles. Jack avait insisté : c'était un nouveau départ, ils choisiraient donc les meubles de leur nouveau foyer ensemble. Ils avaient déjà acquis les canapés, qui arriveraient la semaine suivante. Flora, de son côté, avait commencé à peindre des toiles qu'ils accrocheraient aux murs.

Molly avait décidé qu'elle voulait décorer sa chambre sur le thème du cheval. Elle l'avait dessinée dans les moindres détails, ajoutant même une porte d'écurie. En compagnie de Flora, Izzy et elle avaient passé en revue toutes les photos de leur mère et choisi leurs préférées, qu'elles disposeraient dans leurs chambres.

Sachant combien les photos de sa propre mère avaient compté pour elle dans son enfance, Flora en était heureuse. Une nouvelle page se tournait, mais Becca ferait toujours partie de leur histoire.

Elle franchit les portes-fenêtres et, clés en main, sortit sur la grande véranda. Jack avait insisté pour qu'elle les garde avec elle, et elle les tenait si fort qu'elles laisseraient une empreinte sur sa paume.

Home sweet home.

Les gloussements et les chamailleries des filles lui parvenaient par les fenêtres ouvertes. Entendant « Je vais le dire à Flora », elle sourit. Tout cela lui semblait si normal aujourd'hui. Pourtant, elle n'aurait jamais pensé que sa vie prendrait une telle tournure. Elle s'immobilisa quelques instants pour profiter du moment, contemplant le rocking-chair qui se balançait paisiblement sur la véranda et l'érable vieux de deux cents ans planté près de la maison.

Jack parlait déjà de faire installer une piscine. Elle avait des projets, elle aussi. Elle voulait planter un jardin d'herbes aromatiques bio, ainsi qu'un parterre de fleurs, et prévoyait de transformer la section de terrain qui donnait sur la cuisine en potager.

Jack vint se placer derrière elle et posa les mains sur ses épaules.

— On peut aller tester la suite parentale, si tu veux. On n'a pas encore de canapés, mais on a des lits.

Elle sourit, anticipant leur première nuit dans la suite. Les immenses fenêtres avaient vue sur la rivière et les Catskill Mountains. Le précédent propriétaire avait décrit les couchers de soleil comme sublimes.

Elle se retourna.

— Peu importe où je dors, tant que tu dors avec moi.

— Papa ? brailla Molly de l'étage. Il y a un enclos. Je peux avoir un cheval ?

— Dis non ! cria Izzy. Je ne m'approcherai plus jamais d'un cheval. Je ne veux ni le nourrir, ni le brosser, ni le monter.

Jack plongea son regard dans celui de Flora.

— Tu veux toujours faire partie d'une famille ? Tu n'as pas changé d'avis ?

Pourquoi changerait-elle d'avis ?

— Tout ce que j'ai toujours voulu se trouve ici.

— Hé…

Les sourcils froncés, il prit son visage dans ses mains.

— Qu'est-ce qui ne va pas ? Tu es triste ?

Il lui caressa les joues de son pouce.

— Je peux affronter tout ce que la vie m'inflige, mais je ne supporte pas de te voir pleurer.

— Ce sont des larmes de joie.

Elle renifla.

— Je réfléchissais, c'est tout.

— À quoi ?

Il l'écoutait toujours, était toujours prévenant, essayait de la rendre heureuse en la couvrant d'une multitude de petites attentions.

— À toutes ces journées, toutes ces nuits où je me suis sentie seule. Je me demande si avoir connu une telle solitude me fait apprécier encore plus ce qu'on a aujourd'hui.

Il l'enveloppa de ses bras, la serrant fort.

— Crois-moi, chérie, le jour viendra où tu seras prête à tout pour obtenir un moment de solitude.

Elle éclata de rire. Il avait probablement raison. Toutefois, au fond d'elle-même, elle savait qu'elle ne tiendrait jamais tout cela pour acquis.

— Je n'arrive pas à croire que ce soit ma vie.

— Tu y croiras quand les filles se disputeront.

Il posa la bouche sur la sienne, incapable de se retenir, pour un baiser urgent et impatient. Elle le lui rendit, les bras fermement enroulés autour de son cou pour l'empêcher de s'écarter. Sa bouche dévora la sienne, l'érotique glissement de sa langue faisant s'envoler toute pensée de sa tête.

Quand il leva enfin la tête, il murmura des mots qui la firent rougir. Elle adorait les moments qu'ils passaient en famille, mais également ceux qu'ils passaient seuls.

— On n'est pas dans la chambre – il déposa une traînée de baisers le long de son menton –, mais que dirais-tu d'un comptoir de cuisine ? Je tiens de source sûre que c'est de la stéatite, un matériau très résistant. Bien évidemment, ce ne serait pas aussi confortable qu'un lit, mais on fait avec les moyens du bord.

Elle avait tellement envie de lui que, si elle n'avait pas entendu le vacarme de pas dans l'escalier, elle l'aurait pris au mot. Fort heureusement, elle se ressaisit à temps.

— La partie de jambes en l'air dans la cuisine devra attendre.

Elle s'écarta et lissa ses vêtements quelques secondes à peine avant que Molly déboule dans la pièce.

Ses joues étaient rouges d'excitation.

— J'ai vérifié, il y a assez de place pour au moins quatre chevaux.

— Quatre ?

Izzy entra d'un pas nonchalant derrière elle et leva les yeux au ciel.

— Si on t'achète ne serait-ce qu'un seul cheval, je pars à l'université *direct*.

Molly attrapa les mains de Flora et dansa avec elle, valsant et tournoyant.

Entre deux éclats de rire, Flora croisa le regard de Jack. Ils se sourirent d'un air complice.

Molly dansait de nouveau. Pas seulement avec ses bras, ses jambes et le reste de son corps, mais de tout son cœur.

Izzy se joignit à elles, attrapant Flora pour qu'elles dansent toutes les trois ensemble.

À un moment donné, Jack se retrouva dans la ronde. Molly se plaignit lorsqu'il lui marcha sur les orteils mais lui pardonna quand il la fit tournoyer haut dans les airs. Quand il la reposa enfin, elle glissa sur le sol, comme si leur cuisine était une patinoire.

— On mange quoi au dîner ? s'enquit-elle.

— Du jambon, répondit Jack.

Molly lui lança sa peluche au visage. Jack se pencha, l'évitant de justesse.

— Je me suis dit qu'on pourrait sortir manger une pizza. Il y a une pizzeria à deux pas d'ici.

Sa proposition fut accueillie par des cris de joie. Pendant que les filles cherchaient leurs chaussures, Flora, essoufflée et étourdie, posa la main sur le comptoir de la cuisine – *son comptoir de cuisine* – pour reprendre ses esprits.

Mais elle n'eut pas le temps de s'attarder sur les joies d'avoir enfin sa propre maison, car Molly et Izzy se disputaient sur la race de chien à adopter, bien que ni Jack ni elle n'ait officiellement donné son accord.

Elle sourit, enfila ses chaussures, et se tint prête à arbitrer.

— Je veux un labrador comme Chase, commença Molly.

— Adoptons un chien abandonné, proposa Izzy.

Elle attrapa un pull et ouvrit la porte d'entrée.

— Nos voisins ont un chien, déclara Jack. Et une fille du même âge que toi, Izzy. Vous devriez passer du temps ensemble.

Izzy marqua une pause, la main sur la porte.

— On verra.

— Je sais que tu as perdu contact avec la plupart de tes anciennes amies. Ce serait bien si tu…

— Papa, l'interrompit fermement Izzy. J'ai dit que j'y réfléchirais.

— Je ne veux pas que tu te sentes seule. Annie part à l'université, elle aussi, alors j'ai pensé que vous pourriez…

— Jack ! intervint Flora. Assez.

Elle savait combien il s'inquiétait pour Izzy, mais il devait la laisser tracer sa propre route et construire sa vie. Leur rôle était de soutenir, pas de dicter. Elle se ferait de nouveaux amis, elle n'avait aucun doute là-dessus.

— Ne t'inquiète pas, papa.

Elle se lissa les cheveux.

— Je ne serai pas seule. En plus, Flora et toi viendrez me rendre visite.

Il ferma la porte derrière eux. Flora se retourna et contempla la maison, une étrange sensation dans la poitrine.

Elle n'avait jamais eu sa propre porte d'entrée avant.

Son propre chez-soi.

Sa propre famille.

Jack et les filles avaient rempli tous les espaces vides dans son cœur.

— Je veux un labrador !

Molly haussa la voix car personne n'écoutait.

— On peut en avoir un, s'il vous plaît ?

— Je veux un épagneul, lança Izzy qui marchait, parlait et envoyait des textos en même temps.

— Pourquoi pas un dogue allemand ? suggéra Jack.

Toutes trois se tournèrent vers lui.

— Tu veux un dogue allemand ? fit Izzy, surprise.

— Non.

Jack mit les clés dans sa poche.

— Mais si se disputer sur les races de chien est le divertissement de la soirée, j'aimerais participer. Quoi qu'il en soit, on doit bien y réfléchir. On ne peut pas prendre un chien sans être certains de pouvoir lui offrir un bon foyer. Par exemple, qui le sortira quand Izzy sera à l'université et que tu seras à l'école, Molly ?

— Flora, affirma Molly sans la moindre hésitation.

— Et si Flora ne veut pas ?

— On doit tous faire des choses qu'on ne veut pas faire, rétorqua Molly. Je dois ranger ma chambre et débarrasser la table. C'est ça, faire partie d'une famille.

— Tu t'attends à ce qu'elle ramasse le caca de ton chien.

— Ce ne sera pas mon chien, ce sera celui de la famille.

Jamais Flora n'aurait pensé prendre tant de plaisir à voir sa participation tenue pour acquise. Tandis qu'ils descendaient l'allée en se chamaillant, elle resta en arrière, profitant pleinement du moment.

Les jardins lui rappelant vaguement Lake Lodge, elle se souvint qu'elle avait promis à Clare de nouvelles photos. Elles s'envoyaient des emails presque tous les jours et tchattaient par vidéo toutes les semaines ou presque. Flora se réjouissait déjà de passer l'été suivant à Lake Lodge.

Jack, Izzy et Molly se disputaient encore au sujet des chiens, aucun d'eux prêt à céder ou à faire un compromis.

Ils partageraient de nombreux moments comme celui-ci, pensa Flora tandis qu'elle les regardait. Beaucoup d'éclats de rire, beaucoup de disputes aussi. C'était ça, la vie de famille. On pouvait parler librement, dire ce qu'on pensait, tout en sachant qu'on serait aimé et accepté dans tous les cas. La plupart des gens tenaient de telles dynamiques pour acquises, pas elle. Et ce ne serait probablement jamais le cas.

Jack se retourna pour voir où elle était et s'arrêta pour lui donner le temps de les rattraper. Elle sourit, touchée qu'il ait remarqué son absence, puis se dépêcha de le rejoindre, pressée que leur nouvelle vie commence.

Remerciements

Je me sens très chanceuse de vivre de ma plume et de travailler avec une équipe éditoriale incroyable et talentueuse, qui se démène pour que mes livres arrivent entre les mains des lecteurs. Il y a tant de personnes impliquées que c'est impossible de toutes les remercier, mais j'apprécie leur dévouement à chaque étape du livre, de la création de la couverture aux ventes, du marketing à la publicité. Merci à HQN aux États-Unis, et en particulier à Loriana Sacilotto, Diane Moggy, Margaret Marbury et Susan Swinwood, également à Leo MacDonald, Cory Beatty et au reste de la fantastique équipe de HQ Stories, pour leur enthousiasme infini et leurs efforts. J'ai tellement de chance de pouvoir collaborer avec vous. Je remercie en particulier Lisa Milton et Manpreet Grewal. Écrire l'histoire de femmes fortes et inspirantes n'est pas si compliqué dès lors qu'on est entouré de tant de modèles en chair et en os.

Merci à mon éditrice, Flo Nicoll, source inépuisable d'encouragements et d'idées. Sans elle, je serais bien incapable d'écrire une carte de vœux, encore moins un livre.

À mon agent, Susan Ginsburg, femme apaisante et pleine de sagesse, deux qualités essentielles pour tempérer mon imagination hyperactive de romancière. Je me sens très chanceuse et reconnaissante de travailler avec elle.

À ma famille, qui déploie des trésors de patience quand je me focalise obsessivement sur un livre et m'offre son amour et son soutien, sans jamais me suggérer un autre choix de carrière.

À tous mes lecteurs, fidèles et nouveaux, merci du fond du cœur.

Sarah

Vous avez aimé *Embrassons-nous sous les étoiles*
de Sarah Morgan ?
Découvrez son roman *Un été dans la ville de l'amour*
disponible en poche !

« Une histoire pleine d'émotions fortes qui nous emmènera dans le ruelles de Paris et vous fera vivre de très belles choses. » – **Alice Neverland**

Tournez vite la page pour découvrir un extrait !

Extrait

Grace

Le jour de la Saint-Valentin, Grace Porter se réveilla souriante, heureuse en mariage, et dans la douce ignorance des changements qui l'attendaient dans ce domaine.

Avant de quitter la maison, elle confectionna des sandwichs avec le pain qu'elle avait fait la veille et compléta chacune des boîtes repas avec une petite salade et des fruits frais. Puis elle consulta le quatrième point sur sa liste des tâches du jour. *Expliquer à Sophie pour le dîner.*

Grace releva les yeux.

— Sophie ? Tu te souviens que, ton père et moi, nous sortons, ce soir ? Tu trouveras ton repas prêt au frigo. Il faudra juste le réchauffer.

Sa fille Sophie communiquait avec une amie sur un réseau social quelconque.

— Mm…, marmonna-t-elle sans lever les yeux.

— Sophie !

— Oui, je sais ! Téléphone interdit à table. Mais là, c'est hyper important, m'man. Amy et moi, on écrit une lettre de protestation. Et papa m'a promis qu'il la publierait. C'est ahurissant, non, que pour construire un centre commercial ils décident de *fermer* le refuge pour animaux ? Tous ces chiens vont crever si quelqu'un ne fait pas quelque chose. Et ce quelqu'un, ce sera moi. Voilà. C'est fait !

Sophie décolla enfin les yeux de son portable.

— Maman, j'ai dix-huit ans, je suis assez grande pour préparer mes sandwichs toute seule.

Extrait

— Je n'en doute pas. Mais ajouterais-tu la dose recommandée de légumes et de fruits dans ta lunch-box ?

— Non. Et c'est pour ça que je préférerais m'en occuper moi-même. Tu commences à ressembler à Monica, avec tes obsessions *healthy*. J'avoue que ça m'inquiète un peu.

En démenti à cette accusation, le visage de Sophie s'éclaira d'un sourire si lumineux que Grace ne put que le lui renvoyer en écho. Sa fille agissait sur le monde comme une éclaircie par temps gris : elle donnait un supplément d'éclat à tout ce qui l'entourait. Pendant des années, Grace s'était préparée mentalement à voir Sophie entrer en rébellion, tomber dans la drogue ou rentrer ivre morte d'une rave party. Mais rien de tel ne s'était jamais produit. Apparemment, Sophie avait puisé son équipement génétique du côté de la famille de David. Pour Grace, c'était un immense soulagement. Si sa fille était un tant soit peu *addict*, c'était uniquement aux bonnes causes. Sophie détestait l'injustice, qu'elle rejetait sous toutes ses formes, et se considérait comme la porte-parole désignée des opprimés, des laissés-pour-compte et de tout animal, petit ou grand, menacé de maltraitance.

Grace prit loyalement fait et cause pour son amie.

— Monica est une super maman.

— C'est possible, oui. Mais aussi super despotique. À ton avis, elle va faire quoi, Chrissie, une fois qu'on sera lâchées seules en Europe cet été ? Elle va se bourrer tous les jours de frites pour rattraper les années où Monica l'a tyrannisée avec les dangers des graisses cuites, des graisses hydrogénées, des sucres comme ci et des sucres comme ça.

Sophie termina son bol de flocons d'avoine.

— Qu'est-ce que tu me disais, au fait, pour le dîner ?

Grace referma les deux boîtes repas, en posa une pour Sophie sur la table et glissa l'autre dans son propre sac.

— Tu n'as pas oublié quel jour nous sommes ?

Sophie se leva pour débarrasser son bol vide.

Extrait

— Cette chère Saint-Valentin… Le jour où le monde entier peut constater que *personne* n'aime Sophie Porter.

— Ton père et moi, nous t'aimons.

— Oui, OK. Mais sans vouloir te vexer, vous n'êtes ni jeunes, ni cools, ni du genre beau gosse.

Grace prit une gorgée de café. Jusqu'où pouvait-elle se permettre d'aller avec sa grande ado ?

— Tu dis ça en pensant à Sam ?

Le sourire de Sophie s'éteignit lentement, comme si on avait actionné un variateur de lumière.

— Il sort avec Callie. Je n'arrête pas de les voir se balader main dans la main. Chaque fois qu'ils me croisent, elle me fait un petit sourire narquois. Purée, mais on se connaît depuis l'âge de trois ans, avec Callie. Tu comprends, toi, pourquoi elle se comporte comme ça ? Qu'elle soit avec lui, OK. Ça craint, mais c'est la vie. Mais je suis dégoûtée qu'elle se sente obligée de m'enfoncer.

Une douleur se forma dans la poitrine de Grace. Pas de type cardiaque, mais de type maternel. Son rôle, en tant que parent, consistait à apporter son soutien tout en restant en dehors du jeu. Un peu comme si elle assistait à une très mauvaise pièce de théâtre sans pouvoir ni monter sur scène, ni s'éclipser à l'entracte.

— Je suis vraiment désolée pour toi, ma chérie.

— C'est bon… Te prends pas la tête avec ça.

Sophie rangea son bol dans le lave-vaisselle ainsi que celui de son père, que ce dernier avait abandonné sur l'évier.

— Avec Sam, ça n'aurait jamais rien donné, de toute façon. « Sam et Sophie »… Ce pourrait être le titre d'un bon gros navet, je trouve.

La douleur se glissa en Grace comme une lame et alla se loger jusqu'au fond de sa poitrine.

— Dans quelques mois, tu seras loin d'ici, à l'université. Au bout d'un mois passé en Californie, tu ne te souviendras même plus à quoi Sam ressemble. Tu as la vie entière devant toi pour rencontrer un garçon qui a du discernement…

Extrait

— Je vais surtout bosser à fond pour passer mes examens avec mention. Comme ça, je pourrai faire mon droit à Stanford et apprendre à plaider contre tous ces connards qui…

— Sophie !

— Euh… Contre tous ces *gens irrespectueux d'autrui…*

Sophie lui décocha un clin d'œil, hissa son sac à dos sur une épaule et balança sa longue queue-de-cheval sur l'autre.

— T'inquiète, m'man. Les mecs sont trop nuls. Je suis bien mieux toute seule.

Elle changera d'avis, se rassura Grace.

— Passe une bonne journée, maman. Et joyeux anniversaire de mariage, au fait ! Tu as tenu vingt-cinq ans sans hurler après papa, même quand il laisse ses chaussettes traîner par terre ou sa vaisselle sale dans l'évier. Un admirable exploit, si tu veux mon avis. Tu vas voir Mimi aujourd'hui ?

Grace glissa son ordinateur portable dans son sac de cours.

— Cet après-midi. Je lui ai fait des macarons, comme ceux qu'elle aimait quand elle vivait à Paris. Tu sais que ton arrière-grand-mère est gourmande comme un chat.

— Parce qu'elle vivait en France sous l'Occupation et qu'ils n'avaient rien à manger. Elle me raconte souvent qu'elle était tellement faible qu'elle n'avait même plus la force de danser. Pour Mimi, c'est difficile à imaginer.

— C'est peut-être pour ça qu'elle t'en parle. Elle veut que tu saches que rien n'est jamais acquis.

Elle ouvrit la boîte décorée où elle avait disposé les macarons et révéla les friandises couleurs pastel, disposées avec la délicate perfection d'un arc-en-ciel.

Sophie émit un son assez proche du ronronnement.

— Ouah… Tu ne penses pas que si j'en prélève un petit… ?

— *Non.*

Grace referma la boîte.

Extrait

— Mais il n'est pas exclu que tu en trouves quelques-uns dans la boîte repas que je t'ai préparée pour midi.

Elle essaya de ne pas penser à la quantité de sucre. Ni aux mises en garde de Monica sur les ravages liés aux apports de calories vides dans les menus des adolescents.

— Maman, tu es la meilleure. Je t'adore.

Sophie l'embrassa spontanément sur la joue et Grace en eut chaud au cœur.

— Tu as un service à me demander ou quoi ?

— Ne sois pas cynique.

Sophie attrapa sa doudoune.

— Il n'y a pas beaucoup de gens qui accepteraient de donner des cours de français dans un complexe pour personnes âgées semi-autonomes. Je t'admire, maman.

Grace se sentit presque gênée. Elle ne le faisait pas par grandeur d'âme, mais parce qu'elle avait plaisir à fréquenter les résidents âgés qui se montraient toujours ravis de la voir. Avec eux, elle se sentait aimée, reconnue, appréciée.

Aurais-tu encore besoin de susciter l'intérêt et la reconnaissance d'autrui, Grace Porter ? C'est un peu embarrassant, non, à ton âge ?

— Mon cours de français à Rushing River, c'est un des moments forts de ma semaine, en fait.

Elle sortit la pile de menus en français qu'elle avait confectionnés pour l'occasion.

— Comme c'est la Saint-Valentin, je me suis autorisée à être créative : nappes à carreaux rouges et blancs sur les tables, spécialités culinaires made in France dans l'assiette et chansons françaises des années 1950… Connaissant Mimi, ils vont sûrement danser. Qu'est-ce que tu en penses ?

Les yeux de Sophie pétillèrent.

— Très chic ! N'oublie quand même pas que la moyenne d'âge des amis de Mimi est de quatre-vingt-dix ans. Evite qu'ils ne nous fassent tous un arrêt cardiaque.

Extrait

— Je suis quasiment certaine que Robert a des visées sur Mimi.

— Mon arrière-grand-mère, c'est LA femme fatale par excellence. J'espère que je serai comme elle quand j'aurai quatre-vingt-dix ans. J'adore la petite étincelle coquine qu'elle a dans les yeux… Ça a dû être sympa de grandir avec une grand-mère comme elle à la maison.

Plus que sympa même : salvateur. C'était bien pour sauver la situation, d'ailleurs, que Mimi était venue s'installer chez eux, à l'époque.

Mais Grace n'évoquait jamais cette phase de son existence devant sa fille.

— Mimi est un phénomène, en effet.

Grace jeta un dernier regard autour d'elle pour vérifier que sa cuisine était en ordre.

— Ça ira pour toi ce soir ? Tu auras juste à faire réchauffer le ragoût de poulet aux légumes qui est au frigo.

— J'ai dix-huit ans, maman. Tu n'as plus besoin de t'inquiéter pour moi.

Elles entendirent le son d'une voiture qui approchait. Sophie jeta un coup d'œil par la fenêtre.

— C'est Karen ! Je file. À ce soir.

Dire à Grace de ne pas s'inquiéter équivalait à demander à un poisson de s'abstenir de nager. Sitôt Sophie partie, elle enfila son manteau, prit ses clés de voiture sur la console de l'entrée et se hâta vers sa voiture. Le chauffage ouvert à fond, elle se concentra sur la route hivernale. Quatre matinées par semaine, elle enseignait le français et l'espagnol au collège de leur petite ville. Les après-midi, elle donnait des cours particuliers à des élèves en difficulté ou à des adultes désireux de progresser en langues.

Chaque jour depuis vingt-cinq ans, elle empruntait le même itinéraire, longeait les mêmes propriétés, les mêmes arbres, les mêmes magasins. Seules les variations des saisons apportaient leurs nuances à ces paysages familiers. Pour Grace, ces horizons répétitifs n'avaient rien d'étouffant. Au contraire. Elle appréciait la routine et la prévisibilité. Rien de plus rassurant pour elle que la confortable sécurité que procurait une existence bien réglée.

Ce jour-là, une épaisse couche de neige recouvrait la petite ville, habillant de blanc les toits et les jardins. Dans ce coin du Connecticut, il n'était pas rare que la neige tienne des semaines d'affilée. Les enfants s'en réjouissaient, mais Grace avait hâte de la voir fondre. À l'approche du mois de mars, l'hiver lui apparaissait comme un invité qui aurait abusé de l'hospitalité offerte. Elle rêvait de ciel bleu, de robes d'été, de jambes nues et de boissons glacées.

Ses pensées flottaient encore dans de douces considérations estivales lorsque son portable sonna.

C'était David.

— Gracie ?

Même après tant d'années, la voix de son mari gardait le pouvoir de la troubler. Elle était grave, presque rocailleuse, et néanmoins assez douce pour gommer les aspérités douloureuses de l'existence.

— Salut, toi, beau gosse. Tu es parti tôt ce matin.

Et tu as laissé ton assiette sale sur l'évier.

— C'est le coup de feu au bureau, en ce moment.

David était le rédacteur en chef du journal local, le *Woodbrook Post*. Il avait été amplement mobilisé ces derniers temps par les exploits inespérés de l'équipe de tennis féminine, la mise sur pied d'une chorale pour enfants à trois voix et le vol commis à la station-service locale – un larcin qui se résumait à une boîte de biscuits et une bouteille de rhum. Le temps que la police retrouve le coupable, et les preuves du délit avaient déjà été consommées.

Chaque fois que Grace avait le journal entre les mains, elle se souvenait de ce qui l'avait poussée à s'installer dans cette petite ville au charme suranné qui comptait à peine trois mille habitants.

D'autres journalistes, à la place de David, auraient visé une carrière plus prestigieuse. Mais son mari n'avait jamais manifesté le désir de travailler ailleurs que dans cette bourgade de la Nouvelle-Angleterre dont ils étaient tombés amoureux l'un et l'autre. Dans l'esprit de David, il représentait la voix de la communauté. Même s'il s'intéressait de près à l'actualité internationale, il considérait que c'étaient les micro-événements de la vie locale qui cimentaient le lien social. Une de ses plaisanteries favorites consistait à raconter qu'il lui suffisait d'assister à une soirée barbecue et d'écouter les potins pour avoir de quoi remplir son édition du jour. Et comme il entretenait d'excellents rapports avec le chef de la police et celui de la brigade des pompiers, il avait la certitude de ne manquer aucun scoop.

A Woodbrook, cela dit – un endroit dont personne au monde n'avait jamais entendu parler —, les nouvelles étaient rarement fracassantes. Un état de fait dont Grace s'était toujours félicitée.

Elle ralentit en parvenant à une intersection.

— Eh oui, mon cher… Vingt-cinq années de vie commune à notre actif aujourd'hui. Un valeureux exploit, s'il faut en croire Sophie. J'ai hâte d'être à ce soir pour fêter ça.

— Cela te ferait plaisir que je réserve une table ?

Il fallait être un homme pour imaginer pouvoir obtenir une réservation le soir de la Saint-Valentin en appelant le jour même…

— C'est fait.

— Super. Je ne devrais pas rentrer tard a priori. Je bricolerai un truc pour le repas de Sophie ce soir. Ce sera toujours ça de moins que tu auras à faire.

— J'ai déjà cuisiné son dîner hier soir. Le frigo est plein. Tu n'auras à te soucier de rien.

Il y eut un bref silence.

— Tu es Superwoman, Grace.

Le compliment lui réchauffa le cœur.

— Merci, David. Je t'aime.

Sa famille était de loin ce qui comptait le plus pour elle.

— Bon. Si Sophie est gérée pour ce soir, je ferai un tour en ville pour choisir le cadeau d'anniversaire de Stephen. Il dit qu'il ne veut rien, mais je pense qu'on devrait quand même marquer le coup, qu'est-ce que tu en penses ?

— Je suis de ton avis, David. J'y ai d'ailleurs pensé l'autre jour, en faisant mes courses.

Grace attendit que la voie se libère pour bifurquer sur le parking du collège.

— Tu trouveras un paquet préparé à son intention sous le lit de la chambre d'amis.

— Parce que tu as acheté le cadeau d'anniversaire de *mon* boss ?

— Je ne voulais pas que tu te prennes la tête avec ça. Tu te souviens de cette magnifique photo de Stephen, avec Beth et les enfants ?

— Celle que j'ai prise à la fête foraine l'été dernier ?

Grace se gara en épi et détacha sa ceinture.

— J'ai fait faire un tirage papier que j'ai mis sous cadre. Le résultat est assez chouette.

— C'est… très attentionné de ta part.

— Il est prêt et emballé. Tu n'auras plus qu'à signer ton nom sur la carte. Bon, j'arrive au collège, là, donc je te rappellerai plus tard. Tu as une petite voix, je trouve. Tu es fatigué ?

— Un peu, oui.

Elle s'immobilisa, avec une jambe déjà hors de la voiture.

— Tu travailles trop, ces derniers temps. Essaie de lever un peu le pied. Tu n'auras rien à faire en rentrant, tout à l'heure. Profite de l'occasion pour t'accorder une petite sieste avant qu'on sorte.

— Je n'ai pas encore atteint l'âge de marcher avec un déambulateur, Grace.

La nuance de sécheresse dans sa voix était inhabituelle.

— J'essayais de te gâter un peu, c'est tout.

— Désolé.

Le ton de David se radoucit.

— Je ne voulais pas être cassant. Les choses se bousculent pas mal, pour moi, ces temps-ci. J'appellerai un taxi ce soir, comme ça on pourra boire un verre tranquillement sans nous inquiéter de qui conduit au retour.

— Le taxi est déjà retenu pour 19 heures.

Il y eut un silence sur la ligne.

— Cela ne t'arrive jamais d'oublier quelque chose ?

— Tu sais bien que je ne fonctionne qu'avec des listes. Si je les perds, ma vie est fichue.

Il lui venait parfois à l'esprit que, si elle mourait, quelqu'un d'autre pourrait récupérer ses *to-do lists* et prendre la relève, comme si elle-même n'avait jamais occupé la place.

Qu'est-ce que cela disait d'elle ? Une vie se devait d'être propre à soi, non ? Si un inconnu se retrouvait avec ses différentes listes entre les mains, qu'apprendrait-il d'elle, spécifiquement ? Saurait-il qu'elle aimait le parfum des roses et que son grand plaisir était de regarder des films français en VO lorsqu'il n'y avait personne à la maison ? Quel moyen aurait-il de deviner qu'elle écoutait des concertos de Mozart lorsqu'elle se mettait en cuisine ?

— Y a-t-il *un* domaine dans la vie où tu aurais encore un peu besoin de moi, Grace ?

Elle eut un sourire que sa fille aurait qualifié de « très sexe » – un sourire à la Mimi.

— J'ai quelques idées de réponses à te soumettre. J'ai déjà prévu de te faire une démonstration *live* ce soir.

David mit fin à la conversation. Elle se hâta vers l'entrée du collège, saluant au passage des parents venus déposer leur précieux chargement.

Vingt-cinq ans. Elle était mariée depuis *vingt-cinq ans.*

Grace ressentit un élan de fierté et de joie.

Prends-toi ça dans les dents, l'Univers.

Depuis le début, David et elle formaient un duo à toute épreuve. Ils avaient connu des hauts et des bas, comme n'importe quel autre couple, mais ils avaient su rester soudés face aux épreuves. Si bien qu'elle avait eu la chance de devenir le genre de personne

Extrait

qu'elle souhaitait être. Si une petite voix discrète venait lui rappeler à l'occasion que sous le vernis de cette organisation parfaite se cachait quelqu'un de très différent, elle se contentait de lui imposer silence. Elle avait la famille dont elle rêvait. Le couple dont elle rêvait.

La *vie* dont elle rêvait.

Un quart de siècle de mariage méritait d'être célébré dans les formes. Elle avait réservé une table au Bistrot de Claude, le seul restaurant français haut de gamme du secteur. Le Claude en question était en vérité originaire du Texas, mais il avait repéré un manque sur le marché, s'était amusé à modifier son accent et avait créé son établissement en s'inspirant d'un film français qui lui avait plu.

Toute puriste et francophile qu'elle était, Grace devait reconnaître que cette entreprise improbable s'était soldée par une réussite. Elle aurait adoré y emmener Mimi, mais sa grand-mère préférait désormais prendre ses repas chez elle.

Le cadre du restaurant se prêtait d'autant mieux à cette soirée particulière qu'elle avait préparé une belle surprise pour David. L'organisation de son cadeau n'avait pas été simple, mais elle s'était arrangée pour ne rien laisser traîner qui aurait pu le mettre sur la voie.

Par chance, David avait été constamment submergé de boulot, ces derniers mois. Sinon, elle n'aurait pas réussi à mettre son plan au point sans trahir son secret.

Elle poussa la porte de sa salle de cours.

Ses élèves se situaient dans une tranche d'âge où tout ce qui avait trait à la sexualité et à l'amour provoquait des bredouillements sans fin et des crises d'hilarité compulsives. Elle s'était mentalement préparée à les entendre pouffer et s'esclaffer à l'occasion de la Saint-Valentin.

Et elle ne fut pas déçue.

— Hé, m'dame, m'dame ! On vous a écrit un poème pour votre anniversaire de mariage !

— Un poème ? Je suis très honorée. Qui va me le lire ?

Darren grimpa sur une chaise en rougissant et s'éclaircit la voix.

Extrait

— *Vingt-cinq ans, c'est long ! Comme autant d'années de prison...*

Grace écouta stoïquement, partagée entre la tentation d'éclater de rire et celle de se boucher les oreilles.

Lorsqu'elle regagna le parking à l'heure du déjeuner, la tête au bord de l'implosion, elle se félicita une fois de plus de n'assurer qu'un mi-temps au collège. Autre point positif : le trajet jusqu'au complexe pour personnes âgées lui laisserait le temps nécessaire pour décompresser.

La route pittoresque serpentait entre les bois et traversait de jolis hameaux endormis. En automne, les touristes affluaient pour admirer le flamboiement des forêts qu'embrasaient les rouges et les ors de l'arrière-saison. Mais, aujourd'hui, les arbres étaient nus et la terre couverte d'une épaisse couche de blanc. La route suivait les courbes de la rivière tumultueuse qui sortait régulièrement de son lit en période de fonte des neiges. Grace longea la réserve naturelle puis s'engagea sur la petite route qui menait au complexe pour personnes âgées de Rushing River.

Le jour où Mimi avait annoncé son intention de s'y retirer, Grace avait été horrifiée.

Sa grand-mère n'était pas seulement une danseuse adepte de tous les plaisirs hédonistes possibles et imaginables. Elle était également une photographe de renom. Mimi avait parcouru le monde entier avec un appareil-photo en bandoulière. Et cela à une époque où il était rare de voir une femme seule exercer ce métier. Ses photos du Paris de l'immédiat après-guerre lui avaient valu une légitime célébrité. Grace s'était toujours demandé comment sa grand-mère était parvenue à rendre avec une telle acuité les états d'âme de ses modèles. La personnalité vive et exubérante de Mimi contrastait avec ses photos sombres, à l'atmosphère oppressante. On y voyait des rues étroites noyées de pluie. Ou des couples qui s'étreignaient désespérément, comme si les deux partenaires étaient sur le point d'être arrachés l'un à l'autre. L'œuvre photographique de sa grand-mère témoignait d'une histoire sur laquelle Mimi avait rarement mis des mots. Un récit fait de faim et de privations. Un récit où il était question de peur et de pertes irrémédiables.

La dernière chose que Grace aurait imaginée, c'était que sa grand-mère, si cosmopolite et baroudeuse, choisirait de se cloîtrer dans un endroit comme Rushing River. Elle avait tenté de la convaincre de changer d'avis. Si Mimi ne se sentait plus assez solide pour vivre seule, pourquoi n'emménagerait-elle pas chez eux, à Woodbrook ?

Sa grand-mère avait rétorqué qu'elle était trop attachée à son indépendance pour cohabiter avec qui que ce soit – même pas avec sa petite-fille qu'elle adorait. Elle avait tenu bon et mis son projet à exécution sans que Grace ait eu son mot à dire.

Cet épisode remontait maintenant à cinq ans. Mais quelques visites avaient suffi à Grace pour comprendre pourquoi sa grand-mère avait jeté son dévolu sur Rushing River.

Ce lieu était un havre de paix. Les jours où elle-même ne savait plus où donner de la tête, Grace aurait bien rêvé d'y poser ses valises. Il y avait un centre de fitness avec une piscine chauffée, une bibliothèque et un salon de beauté que Mimi affectionnait. Mais c'étaient les résidents que Grace appréciait par-dessus tout. Ils étaient intéressants, amicaux et, grâce à une direction au top, le complexe pour seniors fonctionnait comme une communauté soudée. Sa grand-mère occupait un petit cottage de plain-pied, avec vue sur les pelouses qui descendaient en pente douce jusqu'à la berge. En été, avec les portes et les fenêtres ouvertes, on entendait gargouiller joyeusement la rivière. Mimi avait transformé une pièce en chambre noire où elle continuait à développer elle-même ses photos. Quant à sa chambre à coucher, elle ressemblait à un studio de danse, avec un mur tapissé de miroirs et la barre dont Mimi se servait encore pour faire ses étirements.

La porte d'entrée s'ouvrit avant que Grace ait eu le temps de lever la main pour sonner.

— *Que penses-tu de ma tenue ? Je suis belle, non ?* demanda sa grand-mère en français.

Extrait

Mimi esquissa une pirouette et se hâta de tendre le bras pour rétablir son équilibre.

— Oups !

Grace lui attrapa la main.

— Oh ! Mimi, essaie d'être prudente, une fois dans ta vie. Il serait peut-être temps de renoncer à danser avant que tu finisses par t'aplatir au sol.

— Si je dois me flanquer par terre, j'aime autant que ce soit en dansant. Ou, à la rigueur, glisser de mon lit en faisant l'amour. Ce serait une option acceptable, quoique hautement improbable. Sauf si les hommes d'ici se décident à se bouger un peu, bien sûr.

Grace rit doucement en posant ses sacs. Elle adorait le petit pétillement érotique dans les yeux de sa grand-mère.

— Surtout, ne change jamais.

— À mon âge canonique, il est bien trop tard pour changer. Et pourquoi le voudrais-je, d'ailleurs ? Être soi-même est le seul art dans lequel nous devrions tous être capables d'exceller.

Mimi inspecta sa robe.

— Tu en penses quoi, alors ?

— C'est celle que tu portais quand tu faisais partie du corps de ballet de l'opéra ?

Elle avait vu des photos de cette époque. Sa grand-mère, infiniment jeune encore, gracile sur ses pointes, avec ses longs cheveux ramassés en chignon. S'il fallait en croire Mimi, tout Paris avait été amoureux d'elle, après-guerre. Et Grace n'avait aucune difficulté à le croire.

— Je ne savais pas que tu l'avais gardée, cette robe.

— Il y a longtemps que je ne l'ai plus. C'est une copie que Mirabelle m'a faite. Elle a du talent, non ? Quand j'étais danseuse, mes jambes ressemblaient à autre chose que ces guibolles de poulet déplumé dont j'ai écopé maintenant. Elle l'a donc prévue un peu plus longue que l'original.

— Elle te va magnifiquement, en tout cas.

Extrait

Grace se pencha pour embrasser sa grand-mère sur la joue.

— J'ai apporté tout le nécessaire pour la *French Hour*. Il faut que j'aille aider l'équipe de cuisine pour la mise en place. Mais je voulais d'abord te remettre personnellement mon petit présent du jour.

Elle sortit sa boîte de macarons autour de laquelle elle avait noué un élégant ruban de soie rose pâle.

— Je les ai confectionnés moi-même, *chère madame*, ajouta-t-elle en français.

— Les cadeaux que l'on fait soi-même sont ceux qui ont la plus grande valeur à mes yeux. Surtout lorsqu'ils viennent de toi.

Mimi effleura la soie du ruban.

— J'avais une paire de chaussons de danse qui étaient exactement de cette couleur.

Elle ouvrit la boîte avec un enthousiasme que ses quatre-vingt-dix printemps n'avaient en rien entamé.

— Superbes. Ils sont aussi appétissants que ceux que je mangeais à Paris, les jours de vaches grasses. Je les dévorais des yeux dans les vitrines des confiseurs ; ils étaient beaux comme des bijoux. Je me souviens qu'un de mes amants s'était glissé hors de chez moi un matin pour aller m'en acheter une boîte pour le petit déjeuner. Nous les avons dégustés au lit, nus comme au premier jour.

Grace adorait entendre sa grand-mère évoquer son passé haut en couleur.

— Et comment s'appelait-il, ton amant macaronophile ?

Pourrait-il s'agir du mystérieux individu dont Mimi avait jadis eu un enfant ? Grace ne comptait plus les occasions où elle avait essayé de lui tirer les vers du nez pour découvrir l'identité de son grand-père. Mais Mimi avait toujours refusé mordicus d'en parler. « C'était juste une aventure », se contentait-elle chaque fois d'éluder.

— J'ai oublié son nom. Je ne me souviens que des macarons.

— Tu es une femme hautement infréquentable, Mimi.

Grace lui prit la boîte des mains et la referma. Elle avait toujours trouvé étrange de ne rien savoir de son grand-père. Était-il seulement encore en vie après toutes ces années ?

— Depuis quand devient-on infréquentable sous prétexte que l'on aime s'amuser ? Et pourquoi refermes-tu cette boîte ? J'ai la ferme intention de goûter un de ces macarons tout de suite.

— Il y aura à manger en abondance pendant la *French Hour.*

— J'ai toujours eu pour philosophie de cueillir sans délai les fruits de l'instant. On ne sait pas ce que l'avenir nous réserve.

Mimi reprit la boîte d'autorité et en sortit un macaron. Elle prit une bouchée délicate et ferma les yeux.

— Mm... Vivre pleinement le présent nous dispense de sombrer dans les regrets du passé.

À qui ou à quoi pensait sa grand-mère en disant cela ? À Paris ? À l'homme qui lui avait apporté des macarons au lit ? Si Mimi restait aussi évasive sur certains aspects de sa vie parisienne d'antan, c'était qu'elle trouvait probablement douloureux de se remémorer certains épisodes, se dit Grace. Ce qu'elle pouvait aisément comprendre. Elle non plus ne repensait pas volontiers aux phases noires de son passé.

— Que dis-tu de mes macarons, alors ?

— Ils sont exquis. Tu as des talents de fée, ma chérie.

Mimi rouvrit les yeux, enfila son manteau et se mit en quête d'un foulard qu'elle choisit d'un bleu canard éclatant.

— Comment va Sophie ?

— Elle est furieuse qu'il soit question de fermer le refuge pour animaux. Elle multiplie les courriers et passe ses journées pendue au téléphone pour essayer de mobiliser tous ceux qui veulent bien lui répondre.

— J'ai toujours admiré les gens qui se battent vent debout pour les causes qui leur tiennent à cœur. Et je suis encore plus admirative lorsqu'il s'agit de mon arrière-petite-fille. Tu peux être fière de ce que tu as fait d'elle, Grace.

— Fière, je le suis. Mais je ne suis pas certaine d'être pour grand-chose dans la personnalité de ma fille. Elle tient plus du côté de David.

Extrait

Mimi comprit ses inquiétudes à demi-mot.

— Tu n'as aucune angoisse à avoir, Grace. Sophie n'est pas du tout comme ta mère.

Elle glissa son bras sous le sien et elles empruntèrent le passage couvert qui menait au bâtiment principal.

— Sophie compte venir me voir bientôt ?

— Ce week-end.

— Et David ?

Une expression de tendresse adoucit un instant le visage de Mimi.

— Il est passé hier pour réparer ma poignée de porte, ajouta-t-elle. C'est un homme comme on en rêve, ton mari. Il trouve toujours du temps pour tout le monde. Ai-je pensé à te préciser qu'il devenait plus beau de jour en jour ? Ce *sourire*, mon Dieu…

À qui le disait-elle !

— Je sais. J'ai de la chance.

Mimi s'immobilisa net.

— Non, ma chérie. C'est *lui* qui a de la chance. Quand je pense que tu as su fonder une famille aussi soudée que la tienne, après tout ce que tu as vécu… Tu ne peux pas imaginer comme je suis fière de toi. Tu es le ciment de votre couple et une mère inégalable.

Sa grand-mère avait toujours été son plus grand supporter. Grace la serra avec force dans ses bras, sans se soucier d'éventuels spectateurs. Ce n'était que quand elle tenait Mimi ainsi qu'elle sentait à quel point son inépuisable grand-mère était devenue fragile avec les années. Son ventre se noua. Elle ne pouvait pas imaginer une vie dont Mimi serait absente.

— Tu sais que je t'aime, toi ?

— Evidemment que tu m'aimes. Je suis l'exquise couche de glaçage sur le gâteau rance de la vie.

Grace relâcha son étreinte.

— David et moi, on va fêter nos vingt-cinq ans de mariage, aujourd'hui. Tu avais oublié ?

— J'ai les articulations qui grincent et des veines variqueuses,

Extrait

mais ma mémoire fonctionne encore à la perfection. Je sais quel jour nous sommes. Joyeux anniversaire de mariage, Grace. Je suis heureuse pour toi. Toute femme devrait connaître au moins une fois dans sa vie l'expérience d'un grand amour.

— Et toi, alors ? Tu n'as jamais été tentée de te marier ? Même pas lorsque tu as appris que tu attendais un enfant ?

Mimi remit son élégant foulard en place et glissa son bras sous le sien.

— Je n'ai jamais été le genre de fille à me marier. Contrairement à toi qui es faite pour la vie de famille. J'espère que tu enfileras ta lingerie la plus sexy pour célébrer l'événement ce soir.

— Je refuse de parler sous-vêtements avec toi, Mimi. Mais j'ai réservé une bonne table, ça je peux te le dire. Et c'est au restaurant que je lui remettrai son cadeau.

— Si tu savais comme je vous envie… Un mois entier à Paris au cœur brûlant de l'été. L'odeur des pavés inondés de soleil, les ombres et les lumières sous les arbres des parcs, la façade du palais des Tuileries et les reflets de la lune sur la Seine. C'est difficile à décrire, mais on baigne dans une atmosphère à Paris, comme il n'en existe nulle part ailleurs. Tu t'en souviens, n'est-ce pas ? C'est quelque chose d'indéfinissable qui se love sous la peau, se glisse dans l'air même que tu respires…

Mimi semblait se parler à elle-même. Grace sourit.

— Je me souviens, oui. Mais je n'y suis allée qu'une seule fois et pour une période assez courte. Toi, tu y es née. Tu y as vécu.

— J'y ai vécu et j'y ai été *vivante*, surtout. Chaque seconde de ma vie là-bas, je la remplissais de joie.

Mimi ne se montrait jamais aussi animée que lorsqu'elle parlait de son cher Paris.

— Je me souviens d'un soir où on s'était tous déshabillés pour plonger…

— Mimi !

Extrait

Grace porta un doigt à ses lèvres en s'immobilisant à l'entrée de la salle à manger.

— Tu es sur le point de faire une apparition en public. Tu vas tous leur procurer des troubles du rythme cardiaque avec tes histoires scandaleuses.

— Scandaleuses ? *L'ennui* est un scandale. On n'est jamais trop vieux pour le plaisir. Je leur rends service en leur racontant des anecdotes un tant soit peu excitantes.

Mimi claqua soudain des doigts et lui jeta un regard triomphant.

— Voilà, j'y suis ! Pierre !

— Pierre ?

— L'amant des macarons. On avait fait l'amour une nuit entière, comme des fous.

La curiosité de Grace flamba.

— Tu l'as rencontré où ? Qu'est-ce qu'il faisait, dans la vie ?

— Je l'ai rencontré un jour où il m'avait vue danser sur scène. Je n'ai aucune idée de la façon dont ce garçon gagnait sa vie. On n'a pas dû échanger trois mots, Pierre et moi. Je ne m'intéressais pas à ses perspectives d'avenir mais à son endurance sexuelle.

Grace secoua la tête et ajusta le foulard de sa grand-mère.

— Tu devrais retourner là-bas, au moins une fois.

— À Paris ? Je suis trop vieille. Rien ne serait plus comme avant. Les gens que j'aimais… Qu'en reste-t-il désormais ?

Le regard de Mimi se perdit un instant dans le lointain. Puis elle secoua résolument la tête.

— Allez, viens. Il est temps d'aller danser.

Elle poussa la porte et fit un premier pas dans la salle, à la manière d'une danseuse étoile apparaissant sur scène. Leur arrivée fut accueillie par un chœur d'exclamations joyeuses. Grace sourit et déballa ses sacs sur la table. Elle s'était arrêtée en route pour acheter du « pain français » chez le boulanger de Main Street. Rien de comparable avec la vraie baguette parisienne dont elle gardait un souvenir ébloui,

Extrait

mais c'était le mieux qu'elle avait pu trouver dans les profondeurs rurales du Connecticut.

Pendant que l'équipe de cuisine l'aidait à mettre la table, Grace choisit la musique.

— Edith Piaf !

Mimi s'avança avec une grâce inentamée vers le centre de la salle et, d'un signe, invita Albert à la rejoindre. Très vite, d'autres couples se formèrent et la salle fut bientôt pleine de danseurs fredonnant. Lorsqu'ils finirent par s'asseoir pour manger, ils bombardèrent Grace de questions. Avait-elle réussi à tout boucler pour la surprise de David ? Et comment comptait-elle s'y prendre pour annoncer son idée de voyage ?

Elle les avait tous mis dans la confidence, sachant à quel point ils aimaient se sentir impliqués dans des projets secrets de ce genre.

C'était David lui-même qui avait lancé la tradition : plutôt qu'un cadeau banal pour leur anniversaire de mariage, il avait proposé qu'ils s'offrent mutuellement de nouvelles expériences. Il avait appelé cela leur « Rituel de Création de Souvenirs Heureux » et l'avait instauré pour elle. Parce qu'il voulait que la banque de données de sa mémoire se remplisse de contenus positifs pour remplacer les fichiers noirs de l'enfance.

C'était la déclaration la plus romantique qu'on lui ait jamais faite.

L'année précédente, elle leur avait organisé un petit séjour aux chutes du Niagara. Et ils avaient passé de très bons moments. Mais, pour leurs vingt-cinq ans de mariage, Grace avait décidé de mettre le paquet.

La *French Hour* passa presque trop vite. Au moment où elle finissait de remballer, son amie Monica arriva pour assurer son cours de yoga.

Leur rencontre remontait à l'époque où, enceintes jusqu'aux dents l'une et l'autre, elles suivaient le même cours de préparation à l'accouchement. Rien de tel qu'une autre mère pour prêter une oreille attentive dans les moments de crises jalonnant tout parcours parental.

Extrait

Parler avec Monica lui faisait le plus grand bien, même si son amie lui donnait assez régulièrement le sentiment de ne pas être à la hauteur.

Mener une existence saine était une obsession majeure chez Monica, qui considérait la viande rouge comme responsable d'au moins cinquante pour cent des maux de l'humanité. Son amie pratiquait le *juicing*, cultivait ses propres légumes bio dans son jardin et enseignait le yoga. À en croire Monica, toute sa famille était strictement végétarienne – même si David soutenait haut et fort qu'il lui était arrivé de voir Todd, le mari de celle-ci, s'atteler voracement à une gigantesque entrecôte dans un restaurant-grill de la ville voisine. Au début, il y avait eu quelques tentatives de rapprochement amical en couple. Jusqu'au jour où Monica leur avait servi un dîner entièrement composé de légumineuses. Le lendemain, David avait passé la journée entière plié en deux sur le siège des toilettes.

« Plus jamais ça », avait-il crié de derrière la porte close. « Continue à la voir si tu veux, mais *sans moi* ! »

Grace, dont le propre estomac gîtait à ce même moment comme le pont d'un navire dans la tempête, s'était contentée d'acquiescer.

Depuis ce jour-là, son amitié avec Monica s'était poursuivie entre filles. Elles se retrouvaient pour un café, un déjeuner, parfois pour une journée de soins dans un centre de remise en forme.

Même si David n'appréciait que modérément son amie, Grace aimait beaucoup Monica. C'était une fille généreuse. Le fait qu'elle donnait des cours à Rushing River en apportait une preuve parmi d'autres.

Grace aida Monica à installer son équipement dans la salle dédiée aux activités physiques.

— Chrissie va bien ?

— Elle est tendue. Je ne sais pas trop comment elle réagira si elle n'intègre pas l'université qu'elle a choisie. L'attente nous porte sur les nerfs à tous les trois. J'ai utilisé des techniques de méditation, mais elles n'ont pas l'air de fonctionner.

— Sophie est stressée aussi. Et il ne faut pas espérer avoir de réponse avant le mois prochain.

Leurs deux filles avaient bon espoir d'entrer dans des universités prestigieuses. Grace et Monica étaient conscientes que la déception serait brutale si l'une des deux ne recevait pas sa lettre d'admission.

— Chrissie veut étudier à Brown parce que leur programme l'intéresse. Moi j'ai surtout envie qu'ils l'acceptent parce que c'est près d'ici.

Monica retira son sweat-shirt, révélant des bras d'une fermeté parfaite.

— La coupure serait vraiment brutale si on ne pouvait pas la revoir au moins de temps en temps.

Elle s'interrompit et lui jeta un regard plein de culpabilité.

— Désolée. Je ne devrais peut-être pas te dire ça.

Grace aurait été ravie que Sophie choisisse, elle aussi, une des universités de la côte Est. Mais sa fille avait jeté son dévolu sur Stanford et rêvait d'une existence californienne. Grace n'avait pas voulu lui rogner les ailes en lui mettant la pression pour qu'elle reste dans leur secteur. Elle était fière que Sophie se sente suffisamment forte et confiante en elle-même pour s'envoler hors du nid.

Monica sortit le microphone qu'elle utilisait pour donner son cours.

— Tu y penses souvent ? À ce que deviendra ta vie quand Sophie sera à l'autre bout du pays ? Chrissie me paraît encore si jeune. Todd appréhende le moment où elle quittera la maison. Cela dit, on n'a pas à se plaindre. On sait déjà qu'elle ne fera pas de grosses conneries. C'est une gamine fondamentalement saine et équilibrée. Et David ? Il le vit comment ?

— Il prend ça avec philosophie, je crois. On n'en parle pas souvent ensemble, en fait.

Grace refusait de jeter une ombre sur les derniers mois que Sophie passait à la maison en orientant constamment la conversation sur son départ. Elle avait toujours veillé à contenir ses angoisses de mère, de peur de transmettre son anxiété à sa fille. La dernière chose qu'elle souhaitait, c'était que Sophie se retrouve en position d'avoir à protéger ses parents.

Même avec ses amies, Grace évitait de s'appesantir sur les inquiétudes liées au départ de sa fille.

— Cela va nous faire un vide, bien sûr. Mais David et moi, on n'est pas mécontents non plus d'avoir du temps à deux en perspective.

De longues journées d'été s'étireraient devant eux. Juste elle et David… Plus d'adolescente bourrée de vitalité déboulant dans la cuisine pour dévaliser le frigo. Plus de vêtements éparpillés un peu partout, ni de livres ouverts sur toutes les surfaces disponibles. Plus de brouillons de lettres de protestation indignées étalés sur le plan de travail.

Le départ de Sophie laisserait un grand trou béant dans sa vie. Il y avait des moments où cette perspective l'effrayait, mais elle savait qu'il leur appartenait, à David et à elle, de réinventer leur vie de couple.

— Vous êtes des modèles d'équilibre et de sérénité, toi et David, soupira Monica en ajustant son micro sur son top. Lorsque Chrissie a commencé à nous parler de son projet de voyage en Europe avec Sophie cet été, j'ai cru que Todd allait imploser. Je lui répète sans arrêt que notre fille n'est plus une enfant et que c'est normal à dix-huit ans de partir en vacances sans ses parents. Mais de là à dire que j'ai l'esprit tranquille… Tu crois qu'on aurait dû les encourager à se lancer dans un projet un peu moins ambitieux ?

— J'avais leur âge lorsque je suis allée à Paris pour la première fois. Et ça a été une expérience inoubliable.

Des images semi-oubliées se bousculaient soudain dans son esprit : les arbres des grands boulevards dégoulinant de pluie, le soleil se glissant à travers les frondaisons du jardin des Tuileries, son premier vrai baiser, en bord de Seine, sur fond de fleuve nocturne et de reflets mouvants. Comme si une fenêtre de sa mémoire s'entrebâillait, laissant entrevoir une vie tellement éloignée de la sienne qu'il était presque vertigineux d'y penser.

L'arrivée à Paris, à dix-huit ans ; la découverte d'un monde entièrement différent du sien. Un monde qui lui ouvrait grand les bras.

Philippe.

Son premier amour.

Puis le coup de fil qui avait tout changé.

Tout cela paraissait si loin, désormais.

Monica, elle, avait les deux pieds dans le moment présent. Et elle ne semblait qu'à moitié rassurée.

— Elles n'iront pas qu'à Paris. Rome et Florence sont aussi au programme. Et j'ai entendu de sombres histoires sur Florence. La fille de Donna s'est fait arracher son sac à main sur le Ponte Vecchio. Même de jour, elle n'osait pas se promener seule dans la rue, tellement, là-bas, les hommes ont la main baladeuse. Et imagine que quelqu'un leur mette de la drogue dans leurs verres à leur insu. Je ne veux pas que Chrissie s'intoxique avec des substances chimiques. Elle n'a jamais avalé aucun poison de sa vie. Pas même des antibiotiques.

Grace s'arracha à ses réminiscences. Elle ne doutait pas qu'une fois livrée à elle-même Chrissie ne manquerait pas une occasion de « s'empoisonner » avec toutes sortes de substances dont elle avait été privée jusque-là.

— Elles ont la tête sur les épaules, toutes les deux. S'il leur arrive le moindre problème – ce qui ne devrait pas être le cas -elles pourront toujours faire appel à nous. David et moi, nous serons à Paris pendant tout un mois.

La perspective paraissait presque irréelle. Ce fut, soudain, comme si une porte s'ouvrait sur l'avenir. Une part d'elle-même resterait à jamais nostalgique des « années cosy » où leur fille avait niché en sécurité dans le cocon familial, mais l'avenir offrait encore des possibilités excitantes.

Des potentialités colorées se dessinaient devant elle.

Durant les premières années de leur mariage, David avait perdu

Extrait

coup sur coup ses deux parents, qui constituaient sa seule famille. Il affirmait souvent que sa femme et sa fille formaient tout son univers. Grace aimait le lui entendre dire, d'autant plus qu'elle avait le même sentiment de son côté. Et il leur restait Mimi, bien sûr. Elle sourit. *Son exquise couche de glaçage sur le gâteau rance de la vie.*

L'idée de passer un mois entier en villégiature, à disposer librement de leur temps, avait quelque chose d'euphorisant. Ils paresseraient au lit, s'accorderaient des petits déjeuners prolongés sur le balcon de leur hôtel, flâneraient dans les rues tortueuses entre expos, galeries et musées. Ils auraient du temps et de l'énergie à consacrer à leur vie de couple et pourraient faire l'amour sans craindre d'être interrompus par Sophie.

Leur fille lui manquerait affreusement, mais plus Grace y pensait, plus l'idée de passer plus de temps avec son mari l'enchantait. L'excitait, même.

Elle aborda le sujet avec David quelques heures plus tard, au Bistrot de Claude.

— J'ai pensé à tout ce qu'on allait pouvoir entreprendre, toi et moi, lorsque Sophie sera partie à l'université.

Le restaurant était plein. Grace se sentait encoconnée dans le bourdonnement indistinct des conversations, le tintement des verres et des rires occasionnels. L'argenterie luisait doucement à la lumière fragile des bougies.

David attaqua sa poularde demi-deuil et de subtils effluves de truffe s'élevèrent de son assiette.

— Pour l'instant, on ne sait pas encore où elle va atterrir. Rien ne nous dit qu'elle sera acceptée.

— Elle le sera. Sophie est brillante. Notre bébé est désormais une femme adulte. Volontaire et bosseuse.

Une salve d'applaudissements éclata soudain dans son dos. Grace tourna la tête. Un homme à genoux tendait solennellement une bague sertie de diamants à une femme émue jusqu'aux larmes. Grace se joignit aux applaudissements puis jeta un coup d'œil à David.

Extrait

Elle s'attendait à un clin d'œil complice. Ou à une moue sceptique devant le côté galvaudé de cet étalage public. Mais David ne souriait pas. Le regard qu'il fixait sur le couple était difficile à déchiffrer.

— Ce sera juste nous deux, dorénavant, commenta-t-il en regardant l'homme glisser la bague au doigt de sa fiancée tout émue. Tu y penses, parfois ?

Grace changea de position pour lui faire face. Elle avait commandé les ravioles aux cèpes, qui étaient un vrai régal.

— Evidemment que j'y pense. Mais je pense aussi à tout ce que toi et moi nous pourrons de nouveau faire ensemble. Et je trouve ça plutôt enthousiasmant, pas toi ?

Elle était tellement prise dans sa bulle de positivité qu'elle ne s'aperçut pas tout de suite que David avait laissé sa question sans réponse. Il regardait toujours aussi fixement le couple de futurs jeunes mariés.

— David ?

Il reposa ses couverts.

— Je me sens vieux, Grace. Comme si le meilleur de la vie était désormais derrière moi.

— *Quoi ?* Mais David, c'est absurde ! Tu es dans la force de l'âge. Si ça peut t'aider, Mimi pense que tu es plus sexy que tu ne l'as jamais été.

Elle partageait l'avis de sa grand-mère. On aurait pu supposer qu'à force de vie commune elle finirait par ne plus poser qu'un regard blasé sur son conjoint. Mais ces derniers temps, au contraire, elle se surprenait à observer les épaules de David, l'ombre qui lui obscurcissait la mâchoire, et à se dire « Ouah ». L'âge lui avait conféré une prestance et une maturité qu'elle trouvait irrésistibles.

Lorsqu'elle mentionna Mimi, les traits de David se détendirent. Le coin de ses yeux se plissèrent – un signe avant-coureur du sourire qu'elle aimait tant.

— Tu as discuté de mon sex-appeal avec ta grand-mère ?

— Tu sais comment elle est. Je peux t'assurer que si je ne t'avais pas déjà épousé elle te demanderait en mariage. Quoique... Non que dis-je ? Le mariage, c'est trop bourgeois pour Mimi. Elle coucherait avec toi, te jetterait le lendemain et oublierait jusqu'à ton prénom. Paris est pavé avec les fragments de tous les cœurs en morceaux que ma grand-mère a laissés derrière elle.

Et, bientôt, David et elle les fouleraient ensemble, ces fameux pavés parisiens. Peut-être était-ce le moment choisi pour le lui annoncer.

David tripota son couteau.

— Je me souviens encore du jour où Sophie est née. Et maintenant, elle quitte la maison.

— C'est normal que nous soyons un peu tristes et déphasés. Mais nous avons toutes les raisons d'être fiers de notre fille. Elle est intelligente, généreuse et indépendante. Autant dire que nous nous sommes plutôt bien tirés de notre tâche. Elle a appris à penser par elle-même. Et maintenant, elle va faire ses propres expériences. C'est dans l'ordre des choses.

Le fait qu'autrefois sa propre sortie du nid ne s'était pas déroulée sous des auspices aussi favorables la rendait d'autant plus déterminée à ne pas assombrir le départ de Sophie.

David mangeait sans paraître prêter beaucoup d'attention au contenu de son assiette.

— C'est un tournant majeur pour nous, le départ de Sophie. Cela m'amène à réfléchir à ce que je veux faire du reste de ma vie. J'ai pensé à notre couple, Grace.

Elle acquiesça, ravie.

— Moi aussi, j'ai pensé à nous. Et j'ai envie de célébrer dignement le nouveau départ que nous allons prendre. L'été prochain ne sera pas vide car, toi et moi, nous allons le remplir. À nous deux, David !

Elle leva son verre d'eau, but une gorgée puis lui tendit le petit paquet qu'elle avait dissimulé sous sa chaise. Sur le papier d'emballage, elle avait collé de minuscules reproductions de monuments parisiens célèbres : la tour Eiffel, l'Arc de triomphe, le Louvre et Notre-Dame. Les trouver sur Internet lui avait pris plus de deux heures.

Extrait

— C'est quoi ?

— Ma surprise pour notre anniversaire de mariage. Chaque année, on fait une petite virée quelque part pour créer un nouveau souvenir. Ce voyage-ci sera de nature particulière. Peut-être même qu'il t'inspirera pour terminer ton livre.

Depuis qu'elle le connaissait, David travaillait à son premier roman. Mais il semblait être resté englué à mi-chemin.

— Un voyage pour deux.

Il retira l'emballage avec lenteur, comme s'il n'était pas certain de vouloir découvrir ce qu'il y avait dans le paquet.

Le couple assis à la table la plus proche leur jeta un coup d'œil intrigué. Grace les connaissait vaguement – tout le monde connaissait plus ou moins tout le monde dans une petite ville comme la leur, qui offrait une collection de visages familiers sur lesquels il n'était pas toujours possible de mettre un nom.

David sortit le plan de Paris intra-muros qu'elle avait commandé par Internet.

— On part en France ?

— Oui !

Elle était absurdement heureuse de son idée.

— Toutes les réservations sont faites. On fait un break pendant tout le mois de juillet. Tu vas adorer ce séjour, David.

— Un *mois* ?

— Si tu t'inquiètes pour ton boulot, je te rassure tout de suite. J'ai déjà parlé à Stephen et il pense que c'est une excellente idée. Tu travailles non-stop ces derniers temps et le mois de juillet est toujours calme, au journal. Et…

— Attends. Tu en as parlé avec *mon boss* ?

Il se frotta la mâchoire, comme s'il venait de prendre un coup au menton. Des marques rouges apparurent sur son visage, sans qu'elle puisse déterminer s'il s'agissait d'une réaction de colère ou d'embarras.

— Il fallait que je sois sûre que tu puisses te libérer.

Extrait

Elle n'aurait peut-être pas dû le faire, même si Stephen avait accueilli très gentiment sa demande.

— Grace, tu n'es pas obligée de gérer jusqu'au moindre détail de ma vie.

— Je pensais que l'idée te plairait.

Allait-il se décider à inventorier le reste du contenu de la boîte ? Elle y avait glissé un ticket de métro, une carte postale de Notre-Dame et la luxueuse plaquette de l'hôtel grand standing où ils avaient une chambre réservée pour un mois.

— Ce sera un voyage rien que pour nous deux, David. On aura un mois entier à passer ensemble, au cœur de l'été, à explorer une des plus belles villes au monde. On dînera le soir en terrasse sur les trottoirs parisiens, on regardera défiler la terre entière et on méditera sur ce qu'on a envie de faire de notre avenir. Juste toi et moi.

Elle était déterminée à voir cette nouvelle phase de leur vie comme un tournant positif. Comme une aventure. Pas comme un passage obligé, assombri par la nostalgie et les regrets.

Y aurait-il quelque chose d'étrange à revenir à Paris au bras de David ? Non. Bien sûr que non. Son dernier voyage remontait à plusieurs décennies. Et faisait partie d'un passé auquel elle ne s'autorisait plus à penser depuis longtemps.

— Tu aurais dû m'en parler avant, Grace.

— Mais il n'y aurait plus eu de surprise !

David paraissait pâle, presque nauséeux. De son côté, elle commençait à ne plus se sentir en appétit non plus. La soirée ne se déroulait pas *du tout* comme elle l'avait imaginé.

Il referma la boîte.

— Tu as déjà tout réservé ? Oui, bien sûr, quelle question. Tu es *toi.*

— Ça veut dire quoi, ça, exactement ?

Était-elle censée faire son autocritique à cause d'un aspect de sa personnalité qu'elle considérait comme une de ses principales qualités ? Avoir un talent pour l'organisation était une vertu *positive,*

Extrait

non ? Elle avait grandi avec tout le contraire et savait à quel point le désordre était destructeur.

— Tu as pris ma vie en charge comme si c'était la tienne, Grace. Même ce que je suis parfaitement capable d'accomplir seul, tu le fais. Comme acheter un cadeau d'anniversaire pour mon patron, par exemple.

— Je sais bien que tu es capable de t'en charger ! Ce n'est pas la question. Mais ça me fait plaisir de le faire dans la mesure où ça te décharge d'une de tes tâches.

— Même le plus infime détail de notre vie commune, tu l'organises sans me demander mon avis.

— C'est juste pour éviter les oublis.

— Je comprends que ce soit important pour toi. Sincèrement, Grace.

Il y avait une grande gentillesse dans sa voix. Et une pointe de compassion dans son regard qui la fit presque se tortiller sur sa chaise. Un peu comme quand on entre dans une pièce pleine de monde et qu'on s'aperçoit qu'on a boutonné sa chemise de travers.

— On n'est pas obligés de parler de trucs négatifs le soir de notre anniversaire de mariage.

— Peut-être que si, au contraire. Peut-être qu'on aurait dû en parler beaucoup plus qu'on ne l'a fait.

— C'est une soirée festive pour nous, David. Pourquoi s'attarder sur de petits problèmes sans importance ? Cela te préoccupe que j'en fasse trop pour toi ? Pour moi, ce n'est vraiment pas un souci. J'ai plaisir à te faire plaisir.

Elle voulut poser sa main sur la sienne mais il la retira.

— Ce n'est peut-être pas un souci pour toi, mais c'en est un pour moi.

— Pourquoi ? Tu as une vie très occupée. Je suis contente d'apporter ma pierre à l'édifice.

— À force, ça me donne l'impression d'être… d'être un assisté.

Il se frotta la mâchoire.

Extrait

— Parfois, j'en arrive à me demander si tu as encore besoin de moi pour quoi que ce soit.

Grace se sentit soudain incapable d'avaler encore la moindre bouchée. C'était comme si la terre elle-même venait de s'ouvrir sous ses pieds.

— Comment peux-tu dire une chose pareille ? Tu sais très bien que ce n'est pas vrai.

— Ah oui ? Tu planifies et organises chaque aspect de ma vie comme de la tienne. Tu es la femme la plus indépendante que je connaisse. Elle est où ma contribution, au juste, dans ce couple ? Qu'est-ce que je te fournis ?

En d'autres circonstances, elle n'aurait pas hésité à répondre « de formidables orgasmes ». Et ils se seraient écroulés de rire ensemble. Mais, ce soir, David ne plaisantait pas. Et elle n'avait jamais été aussi peu d'humeur à rire de son côté.

Les gens de la table à côté les observaient à intervalles de plus en plus réguliers.

Grace n'en avait strictement rien à faire.

— Ta contribution est évidente ! David…

Il repoussa son assiette à laquelle il avait à peine touché.

— Il faut qu'on parle, Grace. Je n'avais pas l'intention de te le dire ce soir, mais…

— Mais quoi ? De quoi veux-tu me parler ?

Le malaise qui l'étreignait ne cessait d'empirer. David ne se ressemblait plus, comme si elle avait soudain affaire à un inconnu venu prendre sa place. Lui qui avait toujours été si fiable, si sûr de lui. Si sûr *d'eux deux*.

— Pourquoi tu te frottes sans arrêt la mâchoire ?

— Parce qu'elle me fait mal.

— Tu devrais aller voir le dentiste. Tu as peut-être un abcès ou quelque chose. J'appellerai demain matin pour prendre rendez-vous…

Elle s'interrompit net.

— … ou tu peux appeler toi-même, si tu préfères.

Extrait

— Je veux divorcer, Grace.

Un tintement étrange lui saturait les oreilles. La musique d'ambiance combinée aux bruits qui s'élevaient de la cuisine proche avait dû déformer les paroles de David. Il n'avait pas pu prononcer les mots qu'elle avait cru entendre.

— Pardon ?

Il tira sur le col de sa chemise comme s'il avait de la peine à respirer.

— Cela me rend malade de te dire ça. Je m'étais juré de ne jamais te faire de mal, Gracie.

Elle avait donc bien entendu.

— Tu veux divorcer parce que j'ai acheté le cadeau de Stephen à ta place ?

— Non.

Il marmonna quelque chose et déboutonna son col de chemise.

— Ce n'est pas le bon moment. Je n'avais pas prévu de te l'annoncer ce soir. J'aurais dû…

— C'est le départ de Sophie, alors ? Je suis consciente que nous allons vers une transition compliquée.

La panique prenait le dessus. Lui serrait le cœur. Le broyait, même. Des doigts d'acier lui comprimaient les poumons. Faute d'air pour respirer, elle allait tomber dans les pommes. Ou dans ses ravioles, plus précisément. Elle imagina le titre du lendemain dans le *Woodbrook Post*.

LA MORT PAR LES PÂTES !

Une habitante de Woodbrook se noie dans la sauce de ses ravioles en s'écroulant le nez dans son assiette.

— Ce n'est pas à cause de Sophie. C'est à cause de nous. Il y a un moment déjà que ça ne va plus du tout.

Elle décela dans le regard de David une expression qu'elle n'y avait encore jamais vue.

Extrait

La pitié. Mélangée, certes, à la tristesse et à la culpabilité. Mais ce fut la pitié qui lui lacéra le cœur.

C'était *son* David, pourtant. L'homme qui l'aimait si fort qu'il en avait pleuré d'émotion le jour de leur mariage. L'homme qui l'avait tenue dans ses bras pendant que leur fille menait son rude combat pour venir au monde. David qui avait toujours été là pour elle, quelles que soient les circonstances. David, son meilleur ami et le seul être au monde qui la connaissait presque mieux qu'elle-même.

Jamais David n'aurait toléré qu'on lui fasse du mal. Et encore moins d'être lui-même la source de sa souffrance. Songeant à cela, Grace sentit son début de panique se muer en terreur. Lui faire du mal était la dernière chose au monde qu'il voulait, mais il s'y résolvait quand même – autrement dit, c'était du sérieux. Il en était arrivé au stade où il préférait la blesser plutôt que de rester avec elle.

— Je ne comprends pas.

Si leur couple avait été en crise, elle aurait dû être la première informée, non ? David et elle avaient toujours fait front commun. Sans lui, elle se serait effondrée, il y avait de cela tant d'années.

— Qu'est-ce qui ne va plus entre nous, David ?

Il avait le front luisant de sueur

— Nos vies sont devenues… Je ne sais pas. Ternes. Prévisibles. Je travaille au même endroit depuis toujours, je vois les mêmes personnes et je rentre tous les soirs pour…

— … pour me retrouver moi.

Il n'était que trop facile de terminer sa phrase.

— Au fond, ce que tu essaies de me dire, c'est que *moi* je suis prévisible. C'est que *moi* je suis terne.

Ses mains étaient prises d'un tel tremblement qu'elle les noua sur ses genoux pour les dissimuler.

— Ce n'est pas toi, le problème, Grace, mais moi.

Le fait qu'il prenait la responsabilité sur lui ne lui apporta aucun soulagement. Au contraire.

— Comment cela pourrait-il ne venir que de toi ? Je suis la

femme avec qui tu vis et tu n'es pas heureux. Donc il y a quelque chose chez moi qui te rebute.

Le problème, c'était qu'elle *aimait* que leur vie soit prévisible.

— J'ai grandi avec l'imprévisibilité, David. Crois-moi, elle n'a rien de si fabuleux.

— Je sais avec quoi tu as grandi.

Oui, bien sûr, il savait.

Était-elle bel et bien devenue sinistre ? Le désir qu'ils soient de bons parents pour Sophie avait peut-être tourné à l'obsession chez elle ? Mais David avait toujours partagé cette préoccupation.

Il défit un second bouton de sa chemise et fit signe au serveur de leur rapporter de l'eau.

— Pourquoi on crève de chaud, dans ce restau ? Je ne me sens pas très bien… Qu'est-ce que je disais, déjà ?

Elle n'était pas non plus au top de sa forme.

— Tu me disais que tu voulais divorcer.

Jamais elle n'aurait imaginé que ce mot surgirait dans une conversation entre David et elle. Et encore moins dans une conversation se déroulant dans un lieu public. Deux personnes au moins, parmi les dîneurs attablés, étaient des parents d'élèves. Ce qui tombait très mal, vu la façon dont ils se donnaient en spectacle.

Ma mère, elle a dit que vous alliez divorcer, m'dame. C'est vrai ?

— Grace…

David avala une gorgée d'eau et elle nota que sa main tremblait. Il avait l'air malade pour de bon. Tout laissait supposer que si on lui tendait un miroir son propre visage aurait le même aspect décomposé que le sien.

Et comment réagirait Sophie ? Elle serait anéantie par la nouvelle. Et si cela gâchait ses projets pour l'été ? La décision de David tombait au pire moment.

Monica trouverait probablement le moyen d'accuser les effets pervers de la viande rouge. *Trop de testostérone.*

Extrait

— On peut aller voir quelqu'un pour en parler. À tout problème, sa solution. Si on s'y attelle, toi et moi, on peut…

— Réparer notre couple, ça ne se règle pas à coups de *to-do lists*, Grace.

Elle sentit ses joues virer à l'écarlate. Car c'était très exactement ce qu'elle avait pensé faire.

— Nous sommes mariés depuis vingt-cinq ans. Il n'y a rien que nous ne puissions affronter ensemble, à condition d'y mettre du nôtre.

— J'ai quelqu'un d'autre dans ma vie.

Les mots lui firent l'effet d'un uppercut en plein ventre.

— Non !

Sa voix se fissura. Se brisa. À l'image de ce qui se passait à l'intérieur d'elle-même, car elle partait en morceaux. Elle se vit un instant comme une assiette en porcelaine fine qu'il aurait jetée avec force contre un mur.

— Dis-moi que ce n'est pas vrai, David.

Elle allait vomir. Ici même, en public, dans ce charmant petit restaurant pseudo-français, sous les yeux d'une cinquantaine de spectateurs fascinés.

Elle imaginait d'ici la réaction de ses élèves.

Vous avez gerbé, m'dame ?

Oui, Connor. J'ai gerbé. Et cela n'avait rien à voir avec la qualité des ravioles.

David avait l'air encore plus mal en point qu'elle.

— Ce n'était pas prémédité, Grace.

— C'est censé être une consolation ?

Elle avait mille questions à lui poser. *Qui est-elle ? Est-ce que je la connais ? Cela fait longtemps ?*

Finalement, elle se contenta d'une seule :

— Tu l'aimes ?

David se passa la main sur le front.

— Je… oui. Je crois, oui.

Extrait

Elle vacilla sous le choc. Pas juste une passade sexuelle, donc. Mais du sérieux. Du passionnel.

La trahison ultime.

Elle se leva, même si ses jambes semblaient en désaccord avec cette décision. De l'eau, plus que du sang, semblait lui couler dans les veines. Mais elle ne voulait pas poursuivre cette conversation devant témoins une seconde de plus. Pas pour épargner David, mais par respect pour Sophie et pour elle. Qu'avait-on surpris de ce qu'ils venaient de se dire ? Allait-on la prendre à part, au supermarché ?

J'ai entendu dire que ton mari ne t'aimait plus ? Ça ne doit pas être facile.

— On rentre.

— Grace, attends.

David sortit quelques billets de sa poche et les laissa tomber sur la table sans les compter.

Grace avait déjà presque atteint la porte, son paquet cadeau avec son projet parisien sous le bras. Pourquoi il lui avait paru vital de ne pas l'abandonner sur place, elle n'aurait su le dire. Peut-être qu'elle ne voulait pas laisser ses rêves brisés traîner au vu et au su de tous. L'été à deux qu'elle leur avait programmé n'aurait pas lieu. Ils ne se verraient plus que pour des questions de partage de biens ou des consultations chez le notaire.

La réalité de ce qui leur arrivait l'atteignit de plein fouet.

David était l'homme – *l'amour* – de sa vie. Il était les fondations solides sur lesquelles elle avait construit son univers merveilleusement sûr et prévisible. Sans lui, tout s'effondrait.

Son cœur battait à toute vitesse.

Elle avait l'impression de vivre une expérience de sortie du corps. Sa conscience flottait quelque part ailleurs mais une part d'elle-même était toujours là, dans le restaurant, à faire mécaniquement ce qu'elle avait à faire. Sourire. Dire au revoir. « Oui, merci. C'était délicieux », comme si son avenir torpillé ne venait pas de lui exploser à la figure.

David porta la main à sa poitrine et secoua la tête lorsque le serveur voulut l'aider à enfiler son manteau.

Extrait

— Je ne me sens pas bien du tout, Grace.

Non, sérieux ?

— Bizarrement, je ne suis pas non plus au summum de ma forme.

Qu'attendait-il, au juste ? Qu'elle acquiesce, qu'elle compatisse ? Qu'elle le plaigne ? Qu'elle signe les papiers du divorce sans piper mot ?

— C'est comme… comme si je ne pouvais plus…

David chancela puis s'effondra sur lui-même, envoyant voler une table roulante et un manteau. Il chuta comme un poids mort, heurtant le sol avec un bruit terrible.

Grace resta immobile sur place.

C'était donc ça, être en état de choc ? Se retrouver pétrifiée comme un objet inutile ?

Un grand silence venait de tomber dans la salle. Elle était vaguement consciente que quelques dîneurs s'étaient levés pour mieux voir ce qui se passait. Les serveurs avaient tous la tête tournée dans sa direction et la regardaient avec un mélange de panique et d'attente dans les yeux.

David gisait au sol, le front couvert de sueur, avec des yeux qui semblaient lui sortir de la tête. Il se tenait fébrilement la poitrine d'une main en tirant sur le col de sa chemise de l'autre.

Leurs regards se trouvèrent et elle vit la terreur dans ses yeux.

Aide-moi… Aide-moi.

— Appelez une ambulance !

Grace fut fascinée d'entendre que sa voix rendait un son presque normal. Elle avait une formation de secouriste, mais son corps et son esprit étaient paralysés. L'homme avec qui elle vivait depuis un quart de siècle avait cessé de l'aimer.

David avait rompu leur pacte. Il avait couché en douce avec une autre femme. Probablement à de multiples reprises. Depuis combien de temps cette liaison durait-elle ? Et dans quel contexte ? Avaient-ils fait l'amour dans leur lit conjugal ou avaient-ils eu la décence de faire ça ailleurs ?

Extrait

Un râle monta de la gorge de David. Grace observait ses propres réactions avec un mélange bizarre de curiosité et d'horreur. Était-elle sérieusement en train d'envisager la possibilité de ne pas lui porter secours ?

Mon nom est Grace Porter et je suis la meurtrière de mon mari.

Elle, une criminelle ? Non, l'idée de crime impliquait une préméditation. Ce qui se passait maintenant relevait plutôt du meurtre par opportunité.

Si David mourait, elle ne saurait même pas qui appeler pour annoncer la nouvelle. Il ne lui resterait plus qu'à scruter la foule à l'enterrement pour repérer la femme qui pleurerait aussi fort qu'elle.

Vaguement consciente du bruit et de l'agitation autour d'elle, Grace regarda son mari à terre pendant ce qui lui parut durer des minutes, qui ne furent en réalité que quelques secondes.

L'homme qu'elle aimait gisait devant elle. Ils avaient élevé un enfant ensemble et elle avait toujours considéré comme une évidence qu'ils vieilliraient côte à côte.

Si David avait cessé de s'y retrouver dans la vie qu'ils menaient à deux, il aurait au moins pu le lui dire *avant* de claquer la porte ! L'injustice de ce qu'il lui infligeait faillit l'emporter sur son sens du devoir. Il ne lui avait même pas laissé une chance d'essayer de sauver leur couple. Sa décision, il l'avait prise pour deux. Sans qu'elle ait voix au chapitre. Comment avait-il *pu* lui faire un coup pareil ?

L'écho d'une sirène s'éleva au loin. David émit un son étranglé et ses yeux se fermèrent.

Grace sortit de son inertie.

Elle ne pouvait pas laisser mourir un être humain sous ses yeux, même si le principal intéressé venait de lui enfoncer un couteau dans le cœur.

Elle s'agenouilla à côté de lui, chercha son pouls et se concentra sur sa respiration. Puis elle posa le talon des mains sur le milieu du sternum et commença les compressions thoraciques.

Une… deux… trois… Je t'en veux, David… Je t'en veux, je t'en veux…

Extrait

Au bout de trente compressions, elle lui pinça les narines et lui insuffla de l'air dans la bouche. Essaya de ne pas penser à ces mêmes lèvres embrassant celles d'une autre femme.

La première chose qu'elle ferait en rentrant serait de changer les draps.

Le son des sirènes se rapprochait. *Vite, vite.* Elle ne voulait pas qu'il meure. Ce serait une voie de sortie facile pour David. Et elle ne voulait pas qu'il s'en tire aussi aisément.

Ce qu'il lui fallait, c'étaient des réponses à ses questions.

Retrouvez tous les romans
de Sarah Morgan en poche

Harper
Collins
POCHE

Composé et édité par HarperCollins France.

Achevé d'imprimer en avril 2021.

CPI
FIRMIN-DIDOT

à Mesnil-sur-l'Estrée (Eure)

Dépôt légal : mai 2021.

Pour limiter l'empreinte environnementale de ses livres, HarperCollins France s'engage à n'utiliser que du papier fabriqué à partir de bois provenant de forêts gérées durablement et de manière responsable.

Imprimé en France